BRÖSELBÄR
VERLAG

Zum Buch

Dichtes Gedränge und Geschiebe, ein Anstoßen, Zuprosten und Wünschen von allem Möglichen. Weihnachtliche Songs dröhnen aus den Punschhütten, so dass man sein eigenes Wort kaum versteht – ja, es ist Advent, die stillste Zeit im Jahr!

In der Mödlinger Altstadt rücken die Menschen wegen beißender Kälte und kommender Krisen näher zusammen. Die Standlwirte, in der Hoffnung auf fette Gewinne, schenken kräftig ein. Heißer Punsch und Glühwein rinnen wie Lava über wund geschlagene Seelen und entfachen erneut alte Feindschaften.

Verzeihen und vergessen? Nie! Da brodelt etwas in den Töpfen und greift verhängnisvoll um sich – erst als folgenschweres Unglück, doch schon bald aus mörderischer Absicht …

Schwere Zeiten für Kommissar Mario Meller vom S-C-ONE, dem auch privat das Schicksal übel mitspielt.

Zum Autor

Wolfgang Weiss, 1950 in Hall/Tirol geboren, wächst im SOS-Kinderdorf Altmünster am Traunsee auf. 1968 übersiedelt er nach Mödling bei Wien, beginnt seine Berufslaufbahn als Grafiker, Texter & Songwriter und gründet 1980 das Creativhaus. Nach 35 gestressten Jahren in der Werbebranche wendet er sich Neuem zu – dem Leben als Schriftsteller.

Wolfgang Weiss lebt und arbeitet in Mödling, Wien und Berlin.

Wolfgang Weiss

PUNSCH KILLER

Mellers vierter Fall

KrimiRoman

Nach einer
»MordsIdee«
von
Eva Weiss

BRÖSELBÄR VERLAG

Im BröselBär® Verlag erschienen:

KrimiRoman-Serie:

»Frühlingsrolle«, Mellers erster Fall	ISBN 978-3-902578-01-3
»Todesfälle«, Mellers zweiter Fall	ISBN 978-3-902578-02-0
»Kampfgeister«, Mellers dritter Fall	ISBN 978-3-902578-03-7
»Punschkiller«, Mellers vierter Fall	ISBN 978-3-902578-04-4
In Vorbereitung: Mellers fünfter Fall	ISBN 978-3-902578-05-1

Biografie:

»Sechster-Sechster-Fünfzig«, Roman	ISBN 978-3-902578-00-6

JugendRoman-Serie:

»Bröselbär lebt!«, Erstes Abenteuer	ISBN 978-3-902578-11-2
»Bröselbär brennt!«, Zweites Abenteuer	ISBN 978-3-902578-12-9

1. Ausgabe/Juni 2009, BröselBär® Verlag, 2340 Mödling

Coverdesign: Eva Weiss
Fotos: Eva Weiss, Creativhaus-Archiv
Satz: Creativhaus, 2340 Mödling
Druck und Bindung: digiDruck, 1100 Wien
Printed in Austria

ISBN 978-3-902578-04-4

www.wolfgang-weiss.at

Es scheint, als setze der Mensch soziale Kälte

gegen die Klimaerwärmung ein.

Wolfgang Weiss

Eins

Freitag, 28. November 2008 …

Er wartete – das Gepäck auf dem Boden –, bis sich die erste automatische Schleuse hinter ihm geschlossen hatte und sich eine weitere vor ihm öffnen würde.

Ein letzter, bedeutungsvoller Blick – dem Sicherheitsbeamten hinter der Schutzscheibe gewidmet – und sein gemurmeltes: »Zum Vergessen schön«, war alles, was ihm zum Abschied einfiel, während er nach seinem schwarzen Koffer griff.

Mit einem schiefen Grinsen, tief durchatmend und mit einem verschnürten Karton in der anderen Hand, schritt er schließlich hinaus, in den nebelgrauen Novembertag.

Kaum war er durch die Schleuse, rief ihn der Wachebeamte scharf zurück.

Er zuckte zusammen.

Was will der Trottel noch?, schoss es ihm heiß durchs Hirn.

An der Schutzscheibe angelangt, grummelte er:

»Was denn noch?«

Höflichkeit hatte er hier gelernt. Nur nicht aufmucken – bis zur Arschkriecherei, bis zur Unkenntlichkeit seines Ichs.

»Da – für Sie«, erwiderte der Beamte und schob einen Notizzettel unter der dicken Trennscheibe durch.

Er faltete ihn und klemmte ihn zwischen Karton und Schnur.

»Also dann, Herr Weinlich ... auf Nimmerwiederschauen!«

Der Beamte grinste sein gewohntes Gesichtsverziehen, mit dem er alle bedachte, die durch diese Schleuse gehen durften.

»Man tut, was man kann ...«, lächelte er dem Beamten zu.

Im Innersten spürte er eine andere Gefühlsregung, doch die behielt er für sich. Also, lächeln ... immer nur lächeln.

Er war draußen – frei.

Frei sein Körper, frei sein Geist, noch freier seine Zukunft.

Tief aufatmen: endlich wieder gitterlose Aussicht.

Unweit im Geäst eines kahlen Kastanienbaums saßen vereinzelt Krähen. *Kraaahkraaah ... kraaahkraaah ...*

Ein hämischer Willkommensgruß, der trostloser nicht hätte sein können. Doch mit einem unbeschreiblichen Gefühl – eine Mischung aus Triumph, Hass und unbändiger Freude – verließ er an diesem trostlosen Novembertag jene Stätte, die ihm neun Jahre, sechs Monate und zweiundzwanzig Tage lang als Quartier gedient hatte. Auf Staatskosten.

Es fröstelte ihn, nicht nur innerlich. Ein gruseliges Schaudern kroch über seinen Rücken, und er drückte seine wenigen Habseligkeiten an sich. Die Schnur um den schweren Karton ließ die Finger taub werden.

Das helle Sakko, das ihn vor Kälte schützen sollte, hatte er noch nicht oft getragen, dennoch war es längst aus der Mode gekommen. Über neun Jahre alt und äußerst unpassend für das frostige Wetter. Doch wie hätte er, als er im Mai 1999 seine Haft antrat, Jahreszeit und Wetter am Tag seiner Entlassung wissen können ...

Er sah nach links, dann rechts die Straße entlang.

Vereinzelt fuhren Autos an ihm vorbei, wurden langsamer. Sie musterten ihn, während er bibbernd am Gehsteig wartete, direkt vorm Haupteingang der Vollzugsanstalt.

Da sich die Autofahrer einbremsten und ihn anglotzten, ahnte er, was die sich dachten. *Wieder einer draußen von denen.*

Er wusste nicht, dass sie deswegen langsamer wurden, weil sie vermuteten, er wolle über die Straße, zur gegenüberliegenden Bushaltestelle.

Sie sollte eigentlich hier sein.

Erst jetzt sah er auf den Zettel und las:

Fr. Höglinger kann nicht
Zug nach Wien-Westbhf
holt Sie dort ab – 0650-222 43 25

Starr fixierte er den Zettel, blickte hilflos um sich, wartete, bis die Straße frei war, und ging schließlich auf die Haltestelle zu.

Ein Bus, der sich rasch näherte, bog ein und kam mit der Einstiegstür direkt vor ihm zum Stehen. Zischend öffneten sich die beiden Flügeltüren. Der Fahrer griff nach einer Wurstsemmel, die auf seinem Schoß lag, biss gierig davon ab und begann genussvoll zu kauen. Erst jetzt sah er zu ihm, weil er noch immer auf dem Gehsteig stand.

»Steigen S' ein oder was?«, hörte man zwischen Abbeißen und Kauen.

»Entschuldigen Sie … geht der zum Bahnhof?«, fragte er den Busfahrer zaghaft.

»Der geht net, der fahrt … und wann S' net sofort einsteigen, dann ohne Sie.«

Wortlos folgte er dieser Aufforderung und stieg in den Bus. Er war der einzige Fahrgast.

Als würde es dem Fahrer besondere Freude bereiten, fuhr er sofort los. In einer Hand die Wurstsemmel, lenkte er mit der anderen den Bus zügig aus dem Haltestellenbereich.

Im letzten Moment fand der Zugestiegene Halt und konnte sich auf einen Sitzplatz in den vorderen Reihen retten.

»Arschloch, blödes«, grummelte er und warf dem Busfahrer einen wütenden Blick zu.

Dieser grinste hämisch in den Rückspiegel und fragte:

»Samma wieder draußen?«

Der Busfahrer erwartete keine Antwort und konzentrierte sich auf die Straße und den Verkehr …

Martin Weinlich rutschte auf den Fensterplatz und legte sein Gepäck neben sich. Der handliche Koffer war vollgestopft mit Kleidungsstücken, Waschzeug und sonstigem Allerlei, das sich im Lauf der Jahre angesammelt hatte. Im Karton steckten Hefte, Briefe und viele handgeschriebene Blätter – seine Notizen.

Er hatte seine gesamte Haftzeit dokumentiert. So weit es ihm möglich gewesen war. In den ersten Jahren hatte er noch keine Erlaubnis bekommen, sein Gedankengut zu verewigen. Er hatte aber alles nachgeschrieben – codiert mit Wortbegriffen und Andeutungen, die nur er verstand, um nicht gegen die Bestimmungen zu verstoßen. Die Zensur war unerbittlich.

»Düstere Jahre«, hatte er seine Erlebnisse genannt.

»Erlebnisse …«, dachte er verbittert. »Was habe ich denn schon erlebt? Neuneinhalb Jahre von 6 bis 22 Uhr eine einzige tägliche Lähmung: aufstehen, waschen, Frühstück. Zellentür auf, arbeiten in der Wäscherei. Mittagessen, dann wieder in die Wäscherei. Eine Stunde Hofgang. Abendessen, Zellentür zu, nachdenken, schlafen. Zwischendurch ein paar Mal pinkeln und ein Mal scheißen. Den ganzen Tag lang eine einzige Scheiße – Wochen, Monate, Jahre hindurch.«

Eins hatte er bald überrissen: Wenn man sich ruhig verhielt und immer das machte, was von einem verlangt wurde, dann wurde man in Ruhe gelassen.

Es war auch notwendig, sich innerhalb der Gruppe unauffällig zu verhalten. So unverbindlich wie möglich zu sein. Keine intensiven Freundschaften zu pflegen, sich keinen Seilschaften zugehörig zu zeigen. Manche hatte er daran zerbrechen sehen, weil sie sich zu sehr an andere geklammert hatten.

Das Häfenleben war brutal.

Aus ihm hatte es einen Stillen, einen Verschreckten, einen Bückling gemacht. Die Psychologen hatten ihn durchschaut – glaubten sie. Wer's glaubt, wird selig. Doch wie es in seinem Innersten aussah, das ging niemanden etwas an.

Neuneinhalb Jahre Zellenleben sind keine Übergangszeit, keine sinnbringende Auszeit. Neuneinhalb Jahre sind eine verdammt lange, verdammt hirnleere Zeit. Sekunden werden zu entsetzlich schleichenden, öden Tagen über Lichtjahre hinweg. Ebenso die Nächte – kein heimeliges Leuchten, nur kaltes Neonlicht. Und ab 22 Uhr liegt die Dunkelheit schwer wie eine Betonplatte auf der Seele …

Dann begann sein Hirnkino und spulte erste Szenen ab.

Hirnkinogrübeln mit einem Erste-Reihe-fußfrei-Sitzplatz war sein Halt, seine Überlebensstrategie in dieser Hölle – die einzige sinnbringende Beschäftigung. Er konnte sich eine Zukunft ausmalen, eine neue Welt zusammenbasteln, in der er sich, frei von jeglichen Mauern, bewegen konnte. Unkontrolliert und von niemandem gegängelt …

Neuneinhalb Jahre Gefängnis, eine taube Zeit.

Eine Zeit zum Vergessen. Düstere Jahre, dachte er und klopfte mit den Fingern auf den Karton mit den Notizen.

Die Jahre davor lagen irgendwo vergraben, die wollte er zu einem späteren Zeitpunkt hervorkramen. Nicht hier im Bus, dazu hatte er noch genügend Zeit, das spürte er.

Freie Lebensjahrezeit.

Und schon spulte sein Hirnkino zum hunderttausendsten Mal jene Unglücksnacht ab. Eine Tat, die sein Leben schlagartig verändert hatte und von der er nicht mehr wusste, ob sie überhaupt von ihm ausgeführt worden war. Doch er musste es glauben, das Gericht hatte ihn verurteilt: Tötung im Affekt.

Wie viele Versionen hatte ihm sein Kino schon vorgegaukelt? Unendlich viele. Er war der Regisseur, der Hauptdarsteller, der Filmstar seiner eigenen Tragödie. Auch für das Ausmalen der Nebenrollen blieb ihm genug Zeit: über neun Jahre, dachte er verbittert.

Drehbücher hatte er sich zum Erbrechen ausdenken können, hatte auch sämtliche Versionen durchgespielt. Jede war verdammt genial tragisch – bis zur selbstmitleidigen Zerfleischung. Nur bei der Titelauswahl für seine Tragödie war er ratlos. Keinen fand er für sein verpfuschtes Leben passend …

Während ihn der Bus durch den kalten Novembertag fuhr, überfiel ihn der Begriff *Schicksal* und beschäftigte seine Gedankenwelt. Das Schicksal ist grausam, lässt sich auf keinen Deal ein. Es schlägt zu und trifft dort, wo es am meisten schmerzt im Plötzlichen, im Unerwarteten, im Unvorhersehbaren. Genauso wie der Tod, der schlägt auch erbarmungslos zu. Den Löffel abgeben zu müssen, das konnte täglich der Fall sein, stündlich, minütlich, vielleicht sogar in dieser Sekunde.

Er war jetzt vierzig.

Als er in diesen Bunker gesteckt wurde, dem er an diesem Tag den Rücken gekehrt hatte, war er einunddreißig gewesen.

Ich war ein Mensch, dann lange keiner. Doch jetzt werde ich wieder einer – und was für einer.

Weit, weit weg war er, während er gedankenverloren durch die verdreckte Scheibe starrte, auf der in Zickzackbahnen Regentropfen diagonal übers Glas huschten. Manche verbündeten sich, wuselten umso schneller, bis sie an den Fensterrand stießen und sich auflösten.

Er wählte einen Tropfen aus, von dem er glaubte, dass er besonders lang seinen Weg über das Glas durchhalten würde: sein Lebenstropfen. War er verschwunden, suchte er sich einen weiteren aus. Ein Spiel, das die Zeit der Busfahrt vertrieb und ihn wieder milde stimmte.

In Gedanken verstrickt, führte ihn seine innere Reise dorthin, wo sein Unglück zu keimen begonnen hatte …

Er bemerkte nicht die Menschen, die zustiegen, und jene, welche den Bus wieder verließen. Nahm nicht ihre misstrauischen Blicke wahr, während sie den sonderbaren Fahrgast in Reihe vier mit dem Sommersakko musterten, der mit Koffer und Karton den Sitzplatz neben sich belegte.

Ein älterer Mann mit Hut tippte ihm auf die Schulter.

»Entschuldigen Sie!«

Aus seinen Gedanken gerissen, starrte er den Störenfried beinahe böse an.

»Gestatten!«, sagte der Mann höflich. Erschrocken über die unwirschen Blicke, fragte er mitfühlend: »Ist Ihnen nicht gut? Sie schauen schlecht aus!«.

»Wie bitte?«, fuhr ihn der Angesprochene ruppig an. Was will der von mir, pochte es in seinem Hirn.

»Ich muss mich niedersetzen … weil meine Füß derpacken's nimmer«, erklärte der ältere Mann geduldig und sah ihn bittend an.

Erst jetzt verstand er, nahm hastig Karton und Koffer vom Nebensitz und stellte sie auf seinen Schoß.

»Entschuldigung! Ich war in Gedanken … weit weg!«

Er versuchte ein verbindliches Lächeln.

Der Alte setzte sich umständlich neben ihn und ächzte, während er dem linken Fuß mit beiden Händen in eine angenehme Sitzposition nachhalf. Dann richtete er sich auf und seufzte:

»Das wünsch ich niemandem, wenn er einmal so alt ist wie ich. Das mit dem Fuß, meine ich.«

Jetzt musterte er seinen Sitznachbarn genauer und stellte fest:

»Aber, wenn ich Sie mir so anschau ... a bisserl dünn angezogen sind S' schon, für diese Jahreszeit. Meinen S' net? Da können S' Ihnen leicht den Tod holen, bei dem Sauwetter!« Dabei zeigte der alte Mann mit der Hand zum Fenster hinaus.

Weinlich wollte keine Unterhaltung führen, ließ sich aber zu einer Antwort hinreißen:

»Ich war lange Zeit außer Landes – im Süden. Deswegen...« Er zupfte als Erklärung an seinem hellen Sakko.

»Ahsoo!«, nickte der ältere Mann. Ein kleiner Plausch tat ihm gut. Er überbrückte die Fahrtzeit und vielleicht erfuhr er eine interessante Geschichte, die er seiner Frau erzählen konnte, wenn er wieder daheim war.

»Von woher kommen S' denn leicht?«, wollte der Alte wissen und sah auf Karton und Koffer. Gleichzeitig aber kam ihm eine Idee, als er den tätowierten rechten Unterarm des Mannes sah.

»Ahsoo, ich versteh«, beantwortete er sich seine Frage selbst.

Tätowierte waren in seinen Augen Knastbrüder. Dazu noch das eindeutige Gepäck, die sommerliche Kleidung – er wusste Bescheid. Obendrein kam der Bus aus der Richtung, in der sich die Vollzugsanstalt befand. Andere Fahrgäste warfen daraufhin misstrauische Blicke in seine Richtung.

»Na, dann is ja alles gesagt«, erwiderte der als Knastbruder ertappte leise.

Er begann zu schwitzen, auch wenn es im Bus, der jetzt ziemlich voll besetzt war, annähernd die Temperatur wie außerhalb hatte.

Die Nähe fremder Menschen machte ihn nervös. Er war sie nicht mehr gewöhnt, nach mehr als neun Jahren Knast …

Der Verkehr kam jetzt ins Stocken und der Bus kroch im Schritttempo dahin. Bis er schließlich stand. Minutenlang. Auch auf der Gegenfahrbahn war der Verkehr zum Erliegen gekommen.

Der Busfahrer fluchte laut vor sich hin:

»Depperte Baustelle! Jedes Mal des Theater um die Zeit auf der Streckn. Solln s' in der Nacht arbeiten, aber net jetzt …«

Jemand pochte wuchtig an die Bustür. Der Fahrer überhörte es vorerst. Als das Pochen jedoch heftiger wurde, betätigte er den automatischen Türöffner.

»Was soll des? Wolln S' den Bus zsammhaun oder was? Sehn S' net, dass ma im Stau stehn? Da is keine Haltestelle!«

»Wir musse zu Bahnhof, bitte!«, hörte man es undeutlich von draußen in den Bus hinein.

Inzwischen hatte es heftig zu schütten begonnen. Durch die geöffnete Tür konnte man den Regenguss förmlich riechen.

»Na guat, kommts rein!«, zeigte sich der Busfahrer plötzlich von einer unerwartet netten Seite.

Zuerst sah man einen dunklen Haarschopf, ein allerliebstes Mädchen mit funkelnden Augen und breitem Lächeln. Sie steckte in einem knallgelben Wetterfleck und blieb schüchtern im Mittelgang stehen. Ihr folgte eine ebenso dunkelhäutige, hübsche Frau, eingehüllt in einen bunten Wintermantel aus Schaffell mit aufgesticktem Ziermuster. Sie sagte etwas zu dem Mädchen, worauf es weiterging. Zuletzt hob ein kräftiger Schwarzafrikaner mit blitzweißen Zähnen zwei schwere Koffer in den Bus.

Kurz hatten sich die Blicke des Häfenbruders mit denen der hübschen Frau gekreuzt, während sie an ihm vorbeigegangen war. Eine Frau, dachte er, wie lang habe ich keine Frau mehr in meinen Armen gehalten, und ein pulsierendes Gefühl bemächtigte sich seiner.

»Danke, danke«, hörte er den Vater beim Einstieg keuchen. Sah ihn kurz verschnaufen, bevor er – die beiden Koffer vor sich herschiebend – seiner Familie folgte, die in den hinteren Reihen Platz nahm.

Mit dem älteren Mann hatte er kein Wort mehr gesprochen. Er spürte jedoch seine Blicke, wenn auch jeder sichtlich in Gedanken versunken aus dem Fenster oder vor sich hin starrte. Vermutlich hätte sich der Alte am liebsten woanders hingesetzt.

Endlich fuhr der Bus wieder an. Im Schritttempo erreichten sie schließlich den Bahnhof.

Eilig hastete er mit Koffer und Karton durch den Regen zum Bahnhofseingang und verschwand in der Menge ...

Er sah sie, ohne von ihr entdeckt zu werden. Doch er wollte sich Zeit lassen und die Vorfreude auf das Wiedersehen voll auskosten. Viele Briefe waren in den letzten Jahren hin- und hergegangen. Sie waren sein einziger Kontakt zur Außenwelt gewesen. Eine Welt, die seit knapp einem halben Tag auch wieder die seine war.

Wie verloren stand sie da und wich erschrocken vor einem Hund zurück. Eine mollige Frau versuchte vergeblich, ihren sichtlich noch jungen Boxer wegzuzerren, der zuerst an den Hosenbeinen der Wartenden schnüffelte, dann plötzlich an ihr hochspringen wollte.

Er musste schmunzeln, denn er kannte Annas Angst vor Vierbeinern, auch wenn sie noch so klein waren. Als Kind war sie von einem Dackel in die Nase gebissen worden, sicher nicht vorsätzlich. Es war beim Herumtollen im Garten passiert, und seither hatte sie vor Hunden Respekt. Daran hatte sich nichts geändert, wie er jetzt mitansehen konnte.

Der übermütige Boxer warf sich nun vor ihr auf den Boden und wollte beginnen, an ihrem Schuh zu knabbern. Angstvoll hob Anna ihre Hände in Brusthöhe und rasselte mit dem Schlüsselbund.

»Bitte ...«, flehte sie die Hundebesitzerin an, »ziehen Sie das Viech da endlich weg!«

»Sind S' doch net so gschreckt! Der will ja nur ein bisserl spielen«, hörte er die Hundedame zu Anna sagen. Den Hund ermahnte sie:

»Pfui, Orpheus, das ist ein Frauli und kein Leckerli!«

Sie zog mit einem heftigen Ruck an der Leine.

»Wuff, wuff, wuff!«, wehrte sich Orpheus, weil sich das Lederband um den Hals zuzog.

»Sie dürfen Orpheus nicht bös sein, aber der spinnt heut ein bisserl. Schuld ist das Sauwetter. Da wird er immer wurlert. Aber so ein junges Wauwauli darf ruhig ein bisserl gaga sein.«

Verängstigt nickte Anna nur, wandte sich ab und wollte sich schon entfernen.

»Anna ... hallo!« Verhalten rief er sie.

Sie drehte sich um, erblickte ihn und blieb stehen. Ein gefütterter, dunkelblauer Parka verbarg ihre Figur, lediglich an der Jeans konnte man ihren schlanken Körper vermuten. Sie war schon immer zu dünn gewesen, wie ihre Mutter stets bemängelt hatte.

Langsam ging er auf sie zu, stellte Koffer und Karton auf den Boden und wartete.

Sie nahm seine beiden Hände und sah ihm lang ins Gesicht, als suche sie in seinen Augen nach der gemeinsamen Vergangenheit. Dann lächelte sie und sagte leise:

»Na komm schon und drück mich, kleines Bruderherz.«

Da fiel alle Anspannung von ihm ab. Sein Körper vibrierte, er warf sich in ihre Arme, schluchzte kurz auf und vergrub sein Gesicht in ihrem Nacken.

Sekundenlang standen sie inmitten des hektischen Treibens in der Halle des Wiener Westbahnhofs und hielten einander fest. Achtlos eilten Menschen vorüber. Manche schenkten ihnen einen kurzen Blick und huschten vorbei.

»Jetzt wird alles gut, kleines Bruderherz. Alles … wird … gut«, flüsterte sie, streichelte tröstend seinen Rücken. Behutsam löste sie sich aus seiner Umarmung und ermahnte ihn:

»Jetzt aber los … ich steh im Halteverbot.« Sie hielt die Autoschlüssel wieder in der Hand. »Außerdem muss ich noch schnell was einkaufen, bevor die zusperren. Deine Freiheit wollen wir feiern.« Sie lachte ihn an und seufzte:

»Morgen kaufen wir dir ordentliche Klamotten, weil mit denen da verhaften s' dich …« Sie lächelte verlegen. »Weißt eh, wie ich es meine.«

»Ja, ja … und wie ich das weiß«, erwiderte er. Sein Gesicht bekam einen verbitterten Ausdruck, und er wich zurück.

»Entschuldige, Martin! Das war doch nicht so … so gemeint. Jetzt komm endlich.«

Hilflos verlegen boxte sie ihm versöhnlich auf die Brust. Im Stillen ärgerte sie sich, dass sie so gedankenlos war.

Doch Anna gegenüber war er nicht lang nachtragend. Seiner Lieblingsschwester verzieh er vieles. Er hatte zwar nur sie als einzige Schwester, dennoch bezeichnete er sie seit jeher so.

Martin hatte Annas zweiten Mann noch nie gesehen. In den Briefen wurde er von ihr ein einziges Mal beschrieben. Damals, als sie ihn kennengelernt hatte. Aber ob sie ihn liebte?

Mit Manfred Geier, ihrem ersten Mann, war sie von Beginn an sehr, sehr glücklich gewesen.

Als ihr Bruder war er bei der Hochzeit dabei gewesen. Für Manfred, seinen besten Freund, hatte er als Trauzeuge fungiert.

Er war es auch, der seine Schwester mit Manfred bekannt gemacht hatte und voll einverstanden war, als sich Anna Hals über Kopf in seinen Freund verliebte. Damals hatte er seine Schwester spaßhalber gewarnt:

»Lass dich niemals mit einem Geier ein, der umkreist dich so lang, bis du fällig bist.«

Lydia Wimmer, ihre beste Freundin, war Annas Trauzeugin gewesen. Aber dass es zwischen Lydia und ihm funken würde, hätte Martin sich damals nie träumen lassen. Ihr Lachen gefiel ihm, ihre blitzenden Augen, ihre Stimme. Vor allem aber ihre verrückten, spontanen Ideen. Lydia war seine Traumfrau schlechthin.

So hatte es Martin am Hochzeitstag seiner Schwester empfunden.

Er war neben Lydia gestanden, als beim Brautstraußwerfen das Blumengebinde direkt auf sie zuflog und ihr aus der Hand zu fallen drohte. Damit es nicht zu Boden fiel, griff er auch zu. Schon hatte sie seine Hand mit den Blumen geschnappt und hochgerissen. So hielten sie beide gemeinsam den Strauß – der Gong für ihrer beider Schicksal war geschlagen worden.

Seine Schwester hatte sich einen Ast gelacht und ihrer Freundin auf den Kopf zugesagt:

»Typisch Lydia. Und gleich den besten Mann an der Hand, meinen kleinen Lieblingsbruder.«

Die Lieblingsschwester mit seinem besten Freund verheiratet, er mit ihrer besten Freundin zusammen – was für eine herrliche, unbeschwerte Zeit das damals war!

Atemberaubende Erotik mit nächtelangen Liebesspielen, wobei sich Lydia hemmungslos hingeben konnte. Doch die heißen Nächte wurden ruhiger, es folgten Zeiten der großen Gefühle, des innigen Zusammenseins und schließlich hielt der Alltag Einzug bei dem jungen Liebespaar. Bis zu jenem verhängnisvollen Tag, der Martin völlig aus der Bahn geworfen hatte.

Nach seiner Verurteilung begann der düstere Lebensabschnitt. Jahre hinter Gittern, um langsam zu sterben ...

Walter war seit fünf Jahren Annas neuer Mann. Doch ihre Beziehung war nie so impulsiv gewesen wie jene mit Manfred Geier. Sie führten eine vernünftige, aber relativ emotionslose Ehe.

In Walters Firma, der Fahrschule Höglinger in Wien, war sie als Sekretärin die gute Seele für alle und für alles, was es täglich zu erledigen galt. Einen besseren Griff hätte Ing. Walter Höglinger nicht machen können.

Nach dieser furchtbaren Geschichte zwischen Martin und Manfred war Anna seelisch schwer angeschlagen gewesen und es hatte zwei Jahre gedauert, bis sie wieder halbwegs auf die Beine gekommen war. Ihren tollen Job als Vorstandssekretärin hatte sie von einem Tag auf den anderen hingeschmissen. Die gemeinsame Wohnung hatte sie noch ein einziges Mal betreten, um ihre Dokumente und ein paar Kleidungsstücke zu holen. Dann war sie zur Mutter nach Mödling gezogen.

Über zwei Jahre war Anna arbeitslos gewesen, war einfach nicht in der Lage, unter Menschen zu gehen. Wenigstens hatte sie keine finanziellen Sorgen, denn es gab überraschenderweise eine hohe Lebensversicherung, die Manfred zu ihren Gunsten abgeschlossen hatte.

Um sich wieder mit der Umwelt in Einklang zu bringen, hatte sie in dieser Zeit viel über Esoterik und Yoga gelesen.

»Sich in Achtsamkeit üben« war ohnehin ihre Lebenseinstellung. Sie hatte damals nicht geahnt, dass dies das »Herzstück« der buddhistischen Lehre war. Annas Ziel war immer schon: vernünftig und bedacht durchs Leben zu gehen, den Nächsten zu achten, Eigenheiten anderer verstehen zu lernen, um so wenig wie möglich an Leid zu erfahren.

Im Internet fand sie eines Tages ein Seminarhaus in Brunn am Gebirge, das Yogastunden anbot, und wagte es, einen Kurs zu besuchen.

Auf Anhieb gefiel Anna diese fernöstliche Geisteshaltung, die ihrer Schmerzverarbeitung äußerst gelegen kam. Einem Psychotherapeuten hatte sie sich nach der Tragödie mit Manfred nicht ausliefern wollen. Zu sehr hatte sie Angst gehabt, man würde ihr Tatsachen aus der Tiefe ihrer Seele präsentieren, denen sie in ihrem labilen Zustand nicht gewachsen gewesen wäre.

Bei diesem Yogakurs lernte sie Ing. Walter Höglinger kennen.

Ihr kleiner Lieblingsbruder saß zu dieser Zeit bereits das dritte Jahr seiner Gefängnisstrafe ab, war schwerst depressiv und hatte versucht, sich umzubringen. Dank professioneller Hilfe durch eine Psychologin wurde er seelisch stabilisiert, so dass keine Suizidgefahr mehr bestand.

In dieser Zeit hatte Anna ihn das erste Mal im Gefängnis besucht und sich endlich mit ihm ausgesprochen. Ihre gemeinsamen Gespräche bewirkten, dass sich für ihn die Haftzeit erträglicher gestaltete und die Geschwister zusammengeschweißt wurden.

Die »heilige Anna« in ihrer Opferrolle, so sah Martin sie. Denn trotz ihres immensen Leidensdrucks war sie die Einzige, die sich um ihn kümmerte. Besuchte ihn regelmäßig und schickte ihm – sage und schreibe – 104 Briefe, beinahe jeden Monat einen …

Daheim bei Anna herrschte dicke Luft. Das fiel ihm auf.

Walter war zwar noch nicht zu Hause, trotzdem war sie plötzlich anders, nicht mehr die große Schwester.

Anna bat ihn, im Wohnzimmer Platz zu nehmen, während sie das Gästezimmer für ihn herrichtete. Sie hatte vorgeschlagen, dass er die erste Woche bei ihnen im Haus wohnen sollte. Walter war über ihre Entscheidung nicht sehr erbaut gewesen, hatte sich aber nicht mehr dazu geäußert.

Martin saß im Zimmer und starrte durch die Glasfront in die Novembernacht hinaus. Er wartete, bis Anna vom ersten Stock herunterkam. Dass er hier alles andere als willkommen war, das spürte er intuitiv.

Als er den Lichtschein eines Autos aufblitzen sah, sprang er auf und ging nervös zur Bücherwand. Tat so, als würde ihn eins der Bücher in den Regalen interessieren.

Am liebsten hätte er sich eine Zigarette angezündet, wagte es jedoch nicht, da er wusste, dass Anna und Walter Nichtraucher waren.

Die Tür ging auf und ein groß gewachsener Mann in grauem Anzug, mit leichtem Ansatz zu einer Glatze, kam ins Wohnzimmer. Walter Höglinger wollte soeben auf die Küche zugehen, als er ihn erblickte. Sein Blick verfinsterte sich und er blieb mitten im Raum stehen.

Da ging Martin auf den Hausherrn zu und sagte:

»Hallo, ich bin Martin, Annas Bruder. Ich dachte, sie hat Ihnen gesagt, dass ich heute bei Ihnen …«

Er wurde immer leiser, schwieg mitten im Satz. Mit einem zaghaften Lächeln reichte er Annas Mann die Hand.

Walter ergriff sie. »Na dann, willkommen in der Freiheit.«

Ein Männerhanddruck, bewusst heftig, um seine Aversion zu zeigen. Ein Bruchteil einer Sekunde nur – und ihre beiderseitige Abneigung war beschlossene Sache. Keine gute Ausgangsbasis zum Beginn der neuen Freiheit.

»Na? Schon eingelebt?«

Walters schroffe Frage täuschte nicht darüber hinweg, was er vom Knastbruder hielt, dennoch versuchte er höflichkeitshalber ein Gespräch in Gang zu bringen.

»Ich werde Ihnen nicht lang auf die Nerven gehen, das verspreche ich«, bekam er von Martin wie als Entschuldigung zu hören. »Mir wäre es ohnehin lieber, wenn ich …«

»Aber, Martin, du kannst doch bei uns bleiben! Hallo, Schatz!«

Anna kam die Treppe herunter, ging auf ihren Mann zu und küsste ihn andeutungsweise auf die Wange.

»Ging noch alles glatt ohne mich?«, versuchte sie ihn abzulenken, um der angespannten Atmosphäre die Schärfe zu nehmen.

»Ja, ja. Aber da gibt's noch eine Sache, die ich …«, Walter sah kurz zu Annas Bruder, »Sie entschuldigen …«

»Ihr könnt per Du sein, Walter. Das ist mein Bruder«, versuchte sie weiterhin unbeirrt zu vermitteln.

»Anna! Bitte komm kurz mit.« Walter sah sie fordernd an und ging voraus zur Treppe.

»Entschuldigen Sie, Herr Höglinger«, mischte sich Martin jetzt ein, als er ihr verzweifeltes Gesicht sah. »Ich spüre Ihre Ablehnung und werde Ihnen bestimmt nicht zur Last fallen. Ich habe das Anna auch gesagt. Aber sie meinte, dass ich …«

»Herr Weinlich«, unterbrach Walter ihn ungerührt, »Sie haben Recht. Ich bin es nicht gewohnt, einen Exhäftling bei mir zu beherbergen.«

»Bitte! Walter, ich bitte dich!«

Anna stand mit Tränen in den Augen vor ihrem Mann, der sich abwandte, ihren Bruder ansah und verkündete:

»Ich verstehe, Familienangelegenheiten. Nun gut, ich schlafe solange im Hotel. Verständige mich, Schatz, wenn er eine andere Bleibe gefunden hat.«

Er nickte kurz zu den beiden hin und verließ raschen Schrittes das Haus. Minuten später hörte man ein Auto starten. Scheinwerferlicht warf kurz verzerrte Schatten an die Bücherwand, das Motorengeräusch verlor sich im Dunkel der Nacht.

Betroffen stand das Geschwisterpaar im Raum.

»Mein Gott, Martin! Es tut mir so wahnsinnig leid. Ich konnte nicht ahnen, dass Walter gleich so ungut reagieren würde.«

Anna ging auf ihren Bruder zu. Er jedoch wich zurück.

»Bitte nicht, Anna! Was soll's, das wird mir zeitlebens angelastet werden!«

Martin seufzte, setzte sich auf die Kante der Couch. Die Ellbogen auf den Knien abgestützt, hielt er den Kopf in seinen Händen und schloss die Augen. Dann ließ er sich zurückfallen, während unaufhaltsam Tränen über seine Wangen flossen.

Anna setzte sich an seine Seite, hielt ihn an einer Hand und sprach tröstend auf ihn ein:

»Ach, Martin … armer, kleiner Bruder … ich werde dir immer zur Seite stehen … Wir müssen jetzt ganz fest …«

Sie schwieg mitten im Satz. Die Stille im Raum, die lediglich vom Ticktack einer alten Wanduhr zerhackt wurde, wirkte bedrohlich. Das Uhrwerk begann zu schlagen:

Dong, dong, dong, dong …

Zwanzig Uhr. Sie sah zur Uhr hin, dachte in Zeitsprüngen Vergangenes durch, plötzlich zischte sie halblaut vor sich hin:

»Verfluchter Manfred! Verdammte, verfluchte Lydia!«

»Das kannst du laut sagen«, kam es von Martin. Er richtete sich abrupt auf. »Weißt du, wo sie jetzt … lebt?«

Es dauerte, bis sie sich zu einer Antwort durchringen konnte.

»Nein … Bitte, Martin, es hat keinen Sinn. Vergiss die Vergangenheit. Auch ich habe mich damit abge…«

»Du bist auch nicht über neun Jahre deines Lebens hinter Gittern gesessen, Anna«, fuhr er ihr böse dazwischen.

»Martin, bitte! Ich hab doch nicht, ich war nicht … Bitte, bitte, ich will nicht mehr daran erinnert werden!«

Jetzt war es Anna, die sich Martin an die Brust warf und herzzerreißend aufschluchzte.

Ich weiß, was ich tun werde, dachte er grimmig, während seine Hand ihr Haar streichelte. Als sie sich wieder beruhigt hatte, fragte er:

»Was nun? Wie geht's jetzt weiter …? Ich meine wegen des ehrenwerten Herrn Ingenieur Höglinger.«

Er konnte es nicht lassen, seine zynische Seite zu zeigen.

Sein Zynismus hatte sich im Gefängnis gefestigt, auch wenn er ihn jahrelang verborgen halten musste. Doch jetzt, wieder in Freiheit, brach er aus ihm heraus. Gleichzeitig bereute er das Gesagte. Es gab andere, die er damit strafen wollte.

»Sei nicht gemein, Martin. Siehst du nicht, wie schwer ich es mir dir zuliebe mache? Walter ist halt nicht begeistert, dass du bei uns wohnst.«

»Lass nur, Anna … ich verstehe die Botschaft. Ich geh ja schon, brauchst mir nur ein Taxi zu rufen«, erwiderte er eingeschnappt und stand auf.

»Hör endlich auf mit deiner Mitleidsmasche!«, schrie sie plötzlich, während sie aufsprang und auf ihn zuging. »Glaubst du, du bist der Einzige, der damit fertig zu werden hat? War ich es denn, der damals Lydia hinterherspioniert hat? War ich es, der Manfred an den Heizkörper geschleudert hat? War ich es, die vor Gericht aussagte, dass du ihn vorsätzlich getötet hättest?«

Sie hielt kurz inne, holte tief Luft und steigerte sich hinein:

»WAR ICH ES ETWA? NEIN!«

Wieder im Normalton fuhr sie fort:

»Hör auf, mich als Verursacher deiner Seelenqual zu sehen. Ich habe mit dir genauso mitgelitten, all die Jahre. Ich habe zu dir gehalten, das werde ich auch weiterhin. Aber hör jetzt endlich auf, andere für dein Schicksal verantwortlich zu machen. Weil ganz so unschuldig bist du nicht gesessen …«

»Das ändert nichts an der Tatsache, dass ich sofort von hier weg muss … und will«, erwiderte er bockig.

»Jetzt komm, sei vernünftig«, sprach Anna auf ihn ein, »Walter stört dich nicht, er schläft im Hotel. Und ich hab das Gästezimmer für dich hergerichtet. Also, komm.«

Sie lächelte ihm versöhnlich zu, boxte ihn leicht in die Seite und forderte ihn auf:

»Die eine Nacht nur, mein kleiner Bruder. Morgen sieht die Welt wieder ganz anders aus. Wohin willst du heute noch? Etwa zu Walter ins Hotel?«

Er sah sie lang an, wusste nicht, ob er ernst bleiben sollte oder ihrem Lächeln zustimmen. Schließlich schnappte er seine Habseligkeiten, die noch immer mitten im Raum lagen, und ging die Treppe hoch.

»Wenn du dir ein Bad einlassen willst, pass auf, das Wasser wird manchmal plötzlich ganz heiß!«, rief Anna ihm nach. »Lass dir ruhig Zeit, ich koche uns inzwischen was Gutes!«

Sie ging in die Küche des offenen Wohnraums, stützte sich mit beiden Armen an der Arbeitsplatte ab und beobachtete ihr Spiegelbild im dunklen Ceranfeld. Sie atmete tief durch und ein befreites Lächeln entspannte ihr Gesicht.

Wilde Gedanken bestürmten sie, während sie einen Topf Wasser für die Spaghetti aufstellte.

Im Weinregal fand sie eine besondere Flasche Rotwein.

»Die da – als Strafe, dass du mich hängen hast lassen, Walter.« Sie grinste übermütig, während sie einen seiner teuersten Weine entkorkte. Aus der Vitrine holte sie langstielige Rotweingläser, schenkte sich ein Glas ein, schwenkte es, roch daran, kostete davon und ließ das Aroma im Mund wachsen.

Wärme durchströmte sie, während der Wein wie Öl die Kehle hinunterrann. Sie nahm einen weiteren Schluck, einen größeren, und badete ihre Zunge darin, während der Mundraum von der Schwere des edlen Tropfens eingelullt wurde.

Lass dir Zeit, Anna, befahl ihr Hirn.

»Ja, lass dir Zeit«, lächelte sie halblaut und eine kühne Idee formte sich in ihrem Kopf, so dass ihr schwindlig wurde …

Nach dem Essen besprachen sie die nächsten Schritte, die Martin zu erledigen hatte. Am Montag bis spätestens zwölf Uhr musste er sich beim Bewährungshelfer melden. Vorher wollte er beim Arbeitsamt vorsprechen. Martin musste schnellstens zu einem Job kommen.

»Damit ich als Steuerzahler wieder ein tragbares Mitglied der ehrenwerten Gesellschaft werde«, wie er höhnisch anmerkte.

»Sei nicht ätzend, Martin. Das Leben läuft nun mal so. Alle müssen wir uns einordnen und fürs Nichtstun gibt's eben nichts. Wenn du krank wirst, kommt der Staat für dich auf und deine Rente soll er ja auch einmal bezahlen.«

»Ich bleib nicht länger in einem Land, in dem die Rechtssprechung alles andere als gerecht ist. Aber du hast Recht, Anna. Solang ich noch hier bin, ordne ich mich unter … haha, nur nicht auffallen, das habe ich ja bis zum Kotzen im Knast gelernt. Da bin ich Weltmeister geworden.«

»Wenn du aus der Situation nichts Besseres gelernt hast, kannst du einem nur leidtun. Ich dachte, diese Jahre waren deine Lebensprüfung, die Grundlage für eine Neuorientierung. So hast du es mir jedenfalls geschrieben, als ich dir die Bücher über die buddhistische Lehre geschickt habe. Ich habe durch Yoga mit meinem Schicksal Frieden schließen können. Wenn du willst, komm das nächste Mal mit. Du wirst sehen, das besänftigt deine Hassgefühle. Denn ehrlich – sie schaden dir nur, Martin.«

»Bevor ich mich auf eine spirituelle Ebene einpendle, muss ich wohl erst in der realen Welt landen, sonst lande ich wieder dort, von wo ich gerade herausgekommen bin. Versteh mich bitte nicht falsch, Anna«, erwiderte er verbittert.

»Hast ja Recht, lass dir nur Zeit. Ich mein es ja nur gut mit dir.«

Anna seufzte, weil sie Martins Zynismus beunruhigte …

Lang noch lag sie wach im Bett und wälzte sich hin und her. So viel war an diesem Tag auf sie eingestürmt und kam wieder hoch. Jetzt hatte sie Zeit, alles zu überdenken.

Es hatte damit begonnen, dass sie von Walter mit Arbeit eingedeckt worden war, so dass es ihr nicht mehr möglich gewesen war, Martin vom Gefängnis abzuholen. Sicher, es lief momentan nicht besonders in der Fahrschule und es mussten sofort wichtige Aktionen gesetzt werden, da es einen Konkurrenten gab, dem es mit äußerst unfeinen Methoden gelungen war, ihren Geschäftsgang zu stören. In der Innung war jedoch niemand mehr erreichbar gewesen. Sie würde Anfang kommender Woche die Sache erledigen, hatte sie Walter versprochen. Da hatte sie ihr Mann mit anderen Arbeiten beauftragt, so dass sie nicht nach Krems-Stein fahren konnte. Alles pure Absicht, weil ihr Mann genau wusste, wie sehr sie sich auf diesen Tag, an dem ihr Bruder in Freiheit kam, gefreut hatte.

Walter hatte sich in letzter Zeit überhaupt verändert, war

desinteressiert, direkt unnahbar geworden. Gewiss, ihr Eheleben war seit Beginn kein aufregendes, eher eine Zweckbeziehung, doch seit Jahren war es nur das Nebeneinander-Leben zweier Menschen, die aus Kostengründen eine Art Wohngemeinschaft gebildet hatten.

Annas Beziehung zu Walter glich längst einem Verhältnis wie zwischen Bruder und Schwester.

Mit Martin hatte sie eine wesentlich innigere Bindung als mit ihrem Mann, wenn sie es recht bedachte. Wobei sie sich eingestehen musste, dass ihr der kleine Bruder besonders ans Herz gewachsen war. Schließlich hatte sie ihn aus dem Teich gerettet, als er beim Eislaufen durch die dünne Eisschicht eingebrochen war. Anna war sich sicher, dass sie Martin damals das Leben gerettet hatte.

Mein Gott, wie lang war das her! Wie alt waren sie damals? Martin sechs, sie etwa acht Jahre alt.

Jedes Mal, wenn sie in Martins Augen sah, kamen ihr schemenhaft die Erinnerungen – sein entsetzter Blick, der seine Todesangst widerspiegelte.

Der Ziegelteich lag in den Feldern zwischen Maria Enzersdorf und Brunn, in der Nähe der B17. Dass auf diesem Teich das Eislaufen strengstens verboten war, wussten alle Kinder. Vielleicht gerade deswegen oder auch, weil der Eisplatz in der Südstadt stets überfüllt war, reizte es Anna damals.

Sie hatte ihren kleinen Bruder mitgenommen, auf den sie aufpassen musste, und ging mit ihm zu dem verbotenen Teich Schlittschuhlaufen. Es war ein kalter Winter, wie es ihn heute schon lang nicht mehr gibt. Das Eis war dick genug, das glaubten sie jedenfalls, als sie vorsichtig am Ufer entlangfuhren. Sie wagten sich immer weiter zur Mitte hin. War das herrlich, einen Teich so ganz für sich zu haben! Vergnügt rutschten sie über das

Eis und mussten dennoch leise sein, damit sie niemanden auf sich aufmerksam machten. Es hätte ja sein können, dass Leute in der Nähe waren. Im Sommer waren die Ziegelteiche – davon gab es noch mehrere in der Gegend – beliebte Badeteiche.

Dann brach Martin im Eis ein, Gott sei Dank in der Nähe des Ufers, vielleicht zwei, drei Meter entfernt. An einer Stelle im Teich, wo das Eis besonders dünn war. Sofort war Anna bei ihm und kam dabei fast selbst unters Eis. Am Ufer, in unmittelbarer Nähe, lagen aufgehäuft abgeschnittene Jungpflanzen. Es gelang ihr, einen besonders langen Ast aus dem Haufen zu ziehen, den sie Martin entgegenhielt.

Anna sah nur Martins angstvolles Gesicht und wie er seine Arme nach ihr ausstreckte, während sie ihn anflehte:

»Festhalten, Martin! Nimm beide Hände! Bitte, bitte …!«

Worte, die ihr nie wieder aus dem Kopf gingen.

Mit letzter Kraft hatte sich Martin an dem rettenden Geäst festklammern können und Anna zog aus Leibeskräften, so dass ihr beinahe die Sinne schwanden. Sie hätte nie geglaubt, dass sie es schaffen würde. Doch die Panik, dass Martin ertrinken könnte, verlieh ihr unglaubliche Kräfte.

Martins stummer Blick, seine vor Angst erstarrten Augen – sie krallten sich, wie seine Finger damals an den Ast, an ihr fest. Auch jetzt hier im Bett sah sie wieder alles – unvergessen! Dieser Blick, diese Angst hatten sich in ihrer Seele eingenistet. Seit damals fühlte sich Anna als sein Schutzengel.

Martin bekam eine Lungenentzündung und war lange Zeit krank. Auch sie lag mit einer schlimmen Erkältung im Bett.

Damals wohnte die Familie Weinlich in der Südstadt, in einem dieser Bungalows, die Haus an Haus gebaut sind. Für die Eltern war es der erfüllte Traum schlechthin. Nur der hasenstallgroße Garten, jener kleine Fleck Rasen, von Mauern umgeben, vermittelte Anna das Gefühl, eingesperrt zu sein. Dazu noch der winzige Pool, den sich Vati unbedingt eingebildet hatte und der den Rasenfleck noch mehr verkleinerte. Außerdem brannte das Chlorwasser entsetzlich in den Augen. Aber – so war es halt. Anna saß dann meistens in einer Ecke das Gartens, las und verlor sich in einem Mädchenroman, während Martin im Pool pritschelte und Mutti an ihm herumnörgelte, wenn er das Wasser mit dem Sandküberl herausschöpfte und in die Wiese goss.

Vati war selten zu Hause, und wenn, dann lag er erschöpft im Wasser auf der Luftmatratze und niemand durfte ihn stören. Wenn Gäste geladen waren, präsentierte sich Vati als stolzer Poolbesitzer. So bekam Anna schon als Kind mit, dass Bungalow, Auto, Pool und ein uneinsehbarer Garten Attribute waren, mit denen Erwachsene gern auf den Putz hauten – damals wie heute. Nur sind heute die Dimensionen um Hunderte Quadratmeter größer, um viele PS kräftiger und um Villen mondäner.

Bitter kamen Anna die letzten Diskussionen mit Walter hoch, der sich unbedingt ein noch größeres Auto zulegen wollte, einen dieser protzigen SUV-Benzinschlucker, obwohl auch sie die Wirtschaftskrise zu spüren bekamen.

So eingesperrt im goldenen Käfig wie damals in der Südstadt, das war Anna schon immer ein Gräuel. Sie war ein Kind, das die Weite brauchte.

»Auf einem Hügel stehen und sehen, warum die Welt rund ist.« Das hatte sie einmal in einem Jugendbuch gelesen. Davon träumte sie seit jeher. Den Überblick haben, das wurde zu ihrem Lebensmotto. Einen Überblick wollte sie auch über Martins Leben haben, vor allem nach seiner schrecklichen Tat und während seiner Haftzeit, an der sie sich mitschuldig fühlte.

Wie damals, als Martin im Eis eingebrochen war. Wie sehr doch Kindheitserinnerungen ein ganzes Leben prägten!

Als Vati und Mutti sich scheiden ließen, blieb Vati im Bungalow und Mutti übersiedelte mit den Kindern zur Omi nach Mödling, in diese düstere Wohnung in der Herzoggasse.

»Das ist eine heilige Wohnung. Hier wohnte einmal der Herrgott persönlich, daher müsst ihr hier besonders brav sein«, hatte Omi die Kinder ermahnt, wenn sie zu laut waren oder sich wegen irgendwelcher Anlässe stritten. In jener Wohnung im ersten Stock lebte früher einmal ein Pfarrer und vor ihm angeblich irgendwelche Padri eines Stifts. Das wusste Anna noch aus Omis Erzählungen. Ihre Omi war inzwischen schon lang gestorben. Nur Mutti wohnte noch in Mödling und war seit Jahren allein. Es gab keinen Mann mehr in ihrem Leben.

Dabei war Mutti es gewesen, die die Scheidung eingereicht hatte. Anna und Martin hatten damals nicht erfahren, warum. Sie sagte nur, das sei ihre persönliche Entscheidung gewesen, und von Vati bekam Anna auch keine aufklärende Antwort.

Als dann Mutti erfuhr, dass diese »Hellseherschlampe«, wie sie jene Frau bezeichnete, zu Vati in den Bungalow gezogen war, brach der Kontakt zu ihm völlig ab. Eigentlich erschütternd, wenn man bedenkt: Da lebten die Weinlichs keine drei Kilometer voneinander entfernt, und dennoch sah man sich so gut wie nie. Nicht einmal zu den Feiertagen.

»Dieser Schlampenhörige kommt mir nicht über die Schwelle«, so Muttis gehässige Bemerkung. Sie gab Omi zu verstehen, dass sie froh sei, dieses Kapitel endlich ausgestanden zu haben.

Vati war also Muttis Kapitel gewesen – lachhaft.

Anna hatte anfangs sehr darunter gelitten, doch die kluge Omi avancierte schnell zum »Ersatzvater«. Vati war ohnehin selten daheim gewesen.

»Einer muss sich ja um den Geldsegen kümmern«, hieß es oft im Hause Weinlich, wenn wegen seiner oftmaligen Abwesenheit dicke Luft zwischen den Eltern herrschte. Wenigstens gab es nie finanzielle Engpässe, denn Vati verdiente mehr als gut. Dafür war den Eltern etwas völlig abhanden gekommen: unbeschwerte Fröhlichkeit und letztendlich das Herzliche. Vati und Mutti waren die trockene Vernunft in Person geworden – ach, wie vernünftig! Nichts wurde aus dem Bauch heraus entschieden, Freude kam nur schaumgebremst auf und wenn, dann wurde sie – wie ein Huhn vor dem Braten – abgemurkst. Bei den Weinlichs hieß das erste Gebot »Vernunft«. Vor allem beim Nachwuchs angewendet, so hatte es Anna in Erinnerung. Selbst wenn sich besonders positive Ereignisse einstellten, war mit Hiobsbotschaften stets zu rechnen, so das Familiencredo.

Es war Mutti, die stets einen Anlass fand, ihr Recht zu bekommen – in Sachen Unglück. Mit ihrer negativen Einstellung lockte sie manches als unabwendbares Schicksal ins Haus. Ihre beste Freundin konnte aus den Karten vorhersagen, was als Nächstes auf Mutti zukommen würde. Was dann natürlich genauso oder zumindest ähnlich eintraf. Das muss man sich, bei allem Vernunftdenken, geben – Mutti hatte sich von einer Kartenleserin einlullen lassen!

Jene Freundin, die kartenlesend – gratis natürlich – in die Ehe der Weinlichs hineingepfuscht hatte, war Muttis Beraterin für vernünftige Lebensführung. Gemäß Karten wurde Vati auch so lang genervt und traktiert, bis er in die Trennung einwilligte.

Bezeichnend war, dass nach der Scheidung die Verbindung zwischen Mutti und der Kartenleserin abrupt zu Ende war.

Als Kind spürte Anna, dass es zwischen Vati und Mutti nie so recht klappte. Doch sie kam erst später – als sie bereits erwachsen war – dahinter, warum dies so war. Diese fremdgesteuerte Hilflosigkeit, aber auch die Gehässigkeiten ihrer Eltern, ihre gegenseitigen Schuldzuweisungen, nur um sich reinzuwaschen, falls einmal ihre Kinder kamen und sie deswegen zur Rede stellten, war nur eine der bitteren Erkenntnisse über ihre relativ freudlose Kindheit.

Ein von Fröhlichkeit sprühendes Leben blieb Anna und Martin vorenthalten. Leider. Dafür bekamen sie eine Verhaltensvernunft vorgebetet und eingetrichtert, die keine freien Spielräume mehr erlaubte. Die Weinlich-Eltern waren die Wurzel der Vernunft im Quadrat mal Pi hoch sieben. So hatte Anna die Jahre in der Südstadt schmerzlich in Erinnerung.

Diese freudengebremste Welt schmiedete die Weinlich-Kinder mehr denn je zusammen.

Etwas kleiner geraten als die meisten Kinder, in der Schule oft gehänselt und bedrängt, war Martin einer rüden Kinderwelt ausgeliefert gewesen. Dabei hatte Martin eine liebenswerte Art, war ein hübscher Junge und überraschend kreativ. Immer wieder verblüffte er Anna, auch mit seinem handwerklichen Geschick. Die fehlenden körperlichen Kräfte, um sich etwa im Turnunterricht oder im Schulhof während der Pausen zu behaupten, kompensierte er mit Witz, Intelligenz und Schnelligkeit. Das machte Martin immerhin bei den Lehrern beliebt. Er war ein guter Schüler und half anderen oft bei den Hausaufgaben.

Aus dem fürwitzigen Buben wurde schließlich ein junger Mann, der mit seinem Charme und Wortwitz bei Frauen gut ankam. Allerdings litt er mehr und mehr unter dem Komplex, nur eins siebzig groß zu sein. Dabei gab es genügend Burschen seines Alters, die nicht viel größer waren als er. Doch für ihn waren seine eins siebzig eine sichtbare Tragödie. Verstärkt durch die blöden Witze anderer in der Clique, stellte sich bei ihm eine Art Phobie ein. Bis Martin schließlich begann, Schuhe mit erhöhter Sohle und Einlagen zu tragen, um wenigstens ein paar Zentimeter an Größe zu gewinnen. Das war zu der Zeit, als Martin sich eine eigene Wohnung suchte und sich von daheim abzunabeln begann. Längst volljährig, wohnten er und Anna ja noch immer bei Mutti und Omi in Mödling …

Anna verlor sich in ihrer Vergangenheit, dachte an jenes Fenster im Mauervorsprung. Ihr Lieblingsplatz, der ihr wieder einfiel, auch weil er sie während eines schmerzvollen Abschnitts in ihrem Leben begleitet hatte: die Scheidung ihrer Eltern.

Dieses Fenster war zu Annas Trauer- und Nachdenkplatz, gleichzeitig auch zur Aussichtswarte geworden. Sie konnte vom ersten Stock aus das Geschehen auf den Straßen verfolgen. Mit freiem Blick auf die Pestsäule und auf den Verkehr, der daran vorbeizog. Eigentlich war es ursprünglich Opas Lieblingsplatz gewesen. Opa war schon längst gestorben, doch sein alter Lehnstuhl stand vor diesem Fenster. Die Kinder kannten Opa nur noch aus Erzählungen und von den Bildern in Omis zerschlissenem Fotoalbum.

Als Mutti mit ihren Kindern zu Omi übersiedelte, wurden drei Zimmer – je eins für die Kinder und eins für Mutti – in Beschlag genommen. Gut, dass die Wohnung groß genug war. Allerdings waren die düsteren, gewölbten Räume mit Schränken und Anrichten vollgestopft. Diese wiederum mit Kleidungsstücken und allerlei Dingen, die seit Jahrzehnten ausgedient hatten.

Omi war zwar über den Neuzugang in ihrer Wohnung erfreut, weniger jedoch über Muttis Ausmusterungs- und Wegwerfaktion. Anna und Martin hatten damals tatkräftig mitgeholfen, um innerhalb kürzester Zeit einziehen zu können. Die Zimmer wurden neu ausgemalt. Möbelstücke, die nicht mehr zu gebrauchen waren, wurden aus der Wohnung geschleppt und entsorgt. Drei Betten aufgestellt, die Bettwäsche frisch bezogen – und erledigt war die Umsiedelung an einem Wochenende.

Sogar Vati half noch mit. Ein paar Arbeitskollegen unterstützten ihn beim Ausmalen und Möbelschleppen. Mutti nahm sich der weggeworfenen Kleiderberge an, die sie in Plastiksäcken zur Rotkreuzstelle brachte.

An diesem Wochenende ging ein Handgriff in den anderen über, die Familie funktionierte wie ein Uhrwerk. Lediglich Omi ging allen auf die Nerven, weil so viele Änderungen für sie zu viel waren. Bereits Vatis Ausmalerei verfolgte Omi mit Argusaugen und konnte sich nicht an die weißen Wände gewöhnen, weil die Sonne plötzlich so grell ins Zimmer strahlte.

Als dann auch noch der alte Lehnstuhl verschwinden sollte, rebellierte Omi lautstark. An Opas Lieblingsplatz durfte nichts verändert und sein Lehnstuhl nicht einen Millimeter verrückt werden. Beinahe verrückt wurde höchstens Mutti, nach der Schlepperei und dem ewigen Gezanke mit Omi, weil sie bei jedem Stück, das Mutti wegbringen wollte, aufjammerte: »Was? Dieses schöne Kleid willst du auch wegwerfen?«. Bis Mutti der Geduldsfaden riss und sie ihr die miefigen Fetzen vor die Füße warf. Daraufhin machte sich Omi einen Tee, verdrückte sich damit in Opas Lehnstuhl und sprach kein Wort mehr. Sie war zutiefst beleidigt.

»Wenn ich tot bin, werde ich meinem Otti erzählen, was ihr mir angetan habt«, drohte Omi bei jeder Gelegenheit, wenn im Haushalt Dinge geändert wurden, die ihr nicht passten.

So hatten die Kinder diesen einmaligen Sitzplatz beim Fenster erobert. In seiner Gemütlichkeit besaß er etwas Mystisches.

Wenn Anna beleidigt war, wenn sie sich zurückziehen und lesen wollte, nahm sie den Fensterplatz in Beschlag. Stundenlang.

Die Füße hochgezogen, hockte sie da, in eine kuschelige Decke gehüllt, und las. Oder sie kniete auf Opas Lehnstuhl und sah zum Fenster hinaus, verfolgte einfach nur das Treiben auf den Straßen. Es gab ja immer was zu sehen.

Dort hockte sie auch oft mit Martin, der stets auftrumpfte, weil er sämtliche Automarken kannte und sie mittels Strichlisten zählte, wenn sich die Fahrzeuge im Schritttempo an der Pestsäule vorbeibewegten.

1976 waren die Herzoggasse und die Kaiserin-Elisabeth-Straße bereits zur Fußgängerzone umgebaut worden, was sich für die Kinder noch spannender gestaltete. Wenn sie ihre Aufgaben gemacht hatten, klebten sie förmlich am Fenster, um das Treiben »da draußen« zu beobachten.

Mutti war anfangs in der Mödlinger Wohnung oft verkühlt. Ihr rigoroser Auszug aus dem Bungalow rächte sich bereits im ersten Winter, weil sich Omis Wohnung aufgrund der beinahe meterdicken Wände stets als zu kalt anfühlte. Also heizte Mutti auf Teufel komm raus. »Damit der Hauch des Todes nicht mehr zu sehen ist«, wie sie es demonstrativ ausdrückte.

Omi hingegen war es gewohnt, so zu leben.

Sie war eine sparsame Frau, die im Krieg schon schlimmere Winter durchhalten musste, und nahm Mutti diese Verschwendung an Heizöl sehr übel. Das Heizproblem war Jahr für Jahr das Kernthema der Familie. Omi und Opi hatten seit jeher lediglich einen Raum geheizt.

Da die Türen zu Küche und Schlafzimmer stets geöffnet waren, konnte der Kachelofen im Wohnzimmer innerhalb dieser dicken Mauern zwar nie heimelige Wohlfühltemperaturen schaffen, aber für Omi reichte es allemal. Die paar Holzscheite, die sie täglich brauchte, holte sie aus dem Verschlag unten im Hof, in dem das Winterholz gelagert war. Einmal im Jahr kam die bestellte Holzlieferung, die sie in stundenlanger Arbeit in diesen Verschlag schlichtete.

Doch nun waren Kinder in der Wohnung, daher auch die anderen Räume zu erwärmen. Dafür war der Kachelofen zu schwach. Ein Ölofen, der beim täglichen Nachfüllen mit Heizöl einen üblen Geruch verbreitete, musste zusätzlich aufgestellt und angeschlossen werden. Das Schleppen des Ölkanisters in den ersten Stock – da mussten auch Anna und Martin fest mithelfen – war keine so angenehme Sache und oft Anlass für Streitereien zwischen Omi und Mutti. Weil Omi meinte, wenn sie nicht so viel Öl verheizen würden, müsste man nicht so viel stinkendes Zeug schleppen. Doch gegen eine Zentralheizung hatte sich Omi stets gewehrt. Die wurde erst eingebaut, nachdem sie gestorben war. Aber da waren Anna und Martin schon ausgezogen.

Während Anna daran dachte, hatte sie das Gefühl, Heizöl zu riechen.

Im Sommer war die Mutter mit Anna und Martin übersiedelt.

Sogar darauf hatten die Eltern Rücksicht genommen, damit die Trennung den Kindern so wenig Schwierigkeiten wie möglich bereitete. »Bis zum Schulbeginn muss alles erledigt sein«, so Muttis strategischer Plan der totalen Abnabelung von Vati. Den Kindern war es recht, weil sie noch nicht in die Tatsache »Scheidung« eingeweiht worden waren. Damals wurde ihnen gesagt, der Bungalow würde komplett ausgemalt werden, bis dahin sollten sie bei Omi wohnen, damit Vati die Arbeiten im Haus erledigen könne.

Die Omi war lieb und verwöhnte sie von Beginn an. Als hervorragende Köchin konnte sie die besten Mahlzeiten zubereiten und die feinsten Kuchen backen. Jeder Essenswunsch wurde erfüllt. Sicher auch, um die Trennung der Eltern besser verkraften zu können, die Mutti erst nach Wochen ihren Kindern stückweise – mehr so nebenbei – beibrachte.

Der Schock zeigte sich alsbald. Besonders lautstark bei Martin, weil er ein Papakind war und Vati ihm plötzlich fehlte. Auch wenn er sich selten mit Martin beschäftigt hatte, so war es jetzt was ganz anderes. Obendrein hatte ihm das Wohnen in der Südstadt gefallen, vor allem im Sommer das Herumpritscheln im Pool. Allmählich wurde Martin zum Querulanten, der bei geringsten Anlässen auszuckte, in sein Zimmer lief, randalierte und alles durcheinanderwarf. Sein Jähzorn strapazierte zusätzlich die ohnehin angespannte Situation zwischen den Erwachsenen.

Omi war der Meinung, der Bengel gehöre einmal ordentlich übers Knie gelegt – so, wie es zu ihrer Zeit üblich war, das wirke und würde ihrem Enkel die Flausen austreiben. Mutti war natürlich anderer Ansicht und versuchte ihrem Jungen mit Argumenten beizukommen. Als Martin darauf keine Reaktion zeigte, versprach sie irgendwelche Belohnungen – ebenfalls zwecklos. Der Junge verbarrikadierte sich bei solchen Anfällen in seinem Zimmer, riss die Kleidung aus seinem Schrank, warf mit den Sachen vom Schreibtisch um sich und zerstörte dabei natürlich manches. War der Anfall vorbei, kniete er sich auf den Lehnstuhl und starrte auf die Straße hinunter. Das Zeichen für Mutti, dass sie das Ergebnis seines Wutanfalls aufräumen konnte und es tatsächlich tat, während Omi neben ihr stand und keppelte, warum sie so blöd sei und sich das alles gefallen lasse.

Anna hingegen hatte sich eine stummbockige Art zugelegt und sich prinzipiell zurückgezogen. Auch weil Mutti nicht bereit war, auf sie einzugehen, ihr endlich eine verständliche Erklärung abzugeben, statt einfach nur in den Raum zu stellen, dass das »Kapitel« Vati für sie ein für allemal erledigt sei und Anna das eines Tages schon verstehen würde.

War es da ein Wunder, dass sich an den Kindern innerhalb kurzer Zeit Kummerspeck sichtbar machte?

Rigoros wurde der Verursacherin ein Riegel vorgeschoben. Mehr aber brauchte Omi nicht: Ihr die noch einzige Freude, das Kochen und Backen, zu beschneiden? Das kam nicht infrage.

Mutti war natürlich Omis Kochkunst ebenso verfallen und schnabulierte ausgiebig die süßen wie würzigen Speisen, plus kräftigendem Nachschlag. Sich scheiden lassen war zwar nur eine Unterschrift auf einem Dokument – alles in allem eine Stunde vor Gericht. Doch die Scheidung seelisch zu verkraften, dafür benötigte sie im Nachhinein doppelt so viel Kraft wie für ihr vermeintlich unerträgliches Zusammenleben mit Vati. Hatte sich ihr schlechtes Gewissen zu Wort gemeldet, weil sie eingestehen musste, dass sie Vati in ihrer Böses-Schicksal-Phobie direkt in die Hände dieser Kartenleserin gespielt hatte?

Die drei zugesiedelten Weinlichs schienen wie Germteig aufzugehen und waren aufeinander nicht gut zu sprechen: Mutti, weil sie am meisten zugelegt hatte und sehr unter ihren Kummerwülsten litt, die sie nicht mehr wegbrachte und an denen natürlich Omi schuld war. Die Kinder waren sauer, weil es die guten Sachen nicht mehr geben durfte, sondern nur noch vernünftige Hausmannskost angesagt war …

Immer wieder diese Vernunft, kam es Anna in den Sinn.

Sie wälzte sich im Bett von einer auf die andere Seite. Wie ein störender Faden hatte sich Muttis übertriebenes Vernunftgerede auch durch Annas Leben gezogen.

Natürlich hatte sie Mitleid mit Mutti. Auch wenn es ihre Entscheidung gewesen war, Vati zu verlassen. Sie hatte es bitter bezahlt. Mutti lebte allein in der Wohnung in der Herzoggasse. Sie

»wohne ihr frustriertes Dasein ab«, wie sie es nannte. Doch ließ sie sich bis heute nicht überzeugen, damals falsch gehandelt zu haben. Wie oft hatte Anna mit ihrer Mutter darüber diskutieren müssen. Vati war inzwischen gestorben. Ein Tod, der mehr als mysteriös war, wie Mutti stets betonte. Angeblich hätte diese Hellseherschlampe, mit der Vati nach der Scheidung zusammenlebte, von Anfang an ein falsches Spiel getrieben. Dass seine Lebensversicherung zu deren Gunsten ausbezahlt wurde, war für Mutti ein weiteres, eindeutiges Zeichen.

Die Wahrheit lag irgendwo in der Mitte. Muttis ehemalige beste Freundin, jene obskure Kartenleserin, hatte sich Vati unter den Nagel gerissen, so einfach war das. Mutti war so naiv und hatte ihn der besten Freundin auf dem Silbertablett serviert, indem sie ihre Lebensängste und Gefühle, die Unzulänglichkeiten und die Fehler ihres Mannes auf dem Kartentisch aufgebreitet liegen sehen wollte.

Anna kannte Mutti, ihren Hang zur Kartenlegerei, zu Okkultismus und sonstigen geldabsaugenden Methoden nur zu gut. Unzählige Bände füllten das Bücherregal in der Mödlinger Wohnung.

Inzwischen war Mutti selbst in diesem windigen Geschäft tätig und zockte gnadenlos ab. Anna sagte das ihrer Mutter unverblümt. Doch Mutti störte das nicht. Sie hatte sich dieser dualen Lebenswelt-Ebene, wie sie es nannte, längst verschrieben und Geld verdiente sie schließlich ja auch damit.

Sie hatte sogar ein Buch herausgebracht, in dem sie ihre Theorien erklärte, eine Art Leitfaden als Lebenshilfe. In esoterischen Kreisen schien sie damit Erfolg zu haben. In ihrem Werk beschrieb und analysierte sie Erlebnisse und Erkenntnisse ihrer Klienten sowie die daraus folgende Logik, dass es eine Vorausbestimmung gebe, die jedes Leben – vor und nach dem Tod –

als Schicksalsweg vorzeichne. Für Mutti die Bestätigung ihres Lebensschicksals. Doch in Annas Augen wälzte die Mutter die Schuld ihres Versagens auf eine nicht nachweisbare Theorie ab. Ihr Geschäft funktionierte, nur wurde Muttis Leben – trotz aller gewonnenen Erkenntnisse – nicht gelassener.

Eins war bei allen Schicksals- und Sternentheorien durchschaubar: Muttis Rache an der einst besten Freundin. Denn sie saugte ihr die Kunden ab. Diese Freude gönnte Anna ihrer Mutter, wenn sie sonst schon nichts zu lachen hatte ...

Anna fielen Statements aus jenem Buch ein, in das sie kurz reingelesen hatte. Jeder normal denkende Mensch musste nach den ersten paar Seiten dahinterkommen, dass er mit dem Kauf dieses Buchs die erste Erkenntnis gewonnen hatte, nämlich sein Geld für nützlichere Dinge auszugeben.

Sie dachte an ihre Herkunft, an ihre Eltern, an die Jahre in der Südstadt, die wenige Zeit gemeinsam mit Vati. Sein Tod war in der Tat mysteriös: Herzversagen – Sekundenherztod.

Erst war er, laut Aussage seiner Lebensgefährtin, tagelang verschollen, dann tauchte er plötzlich in der Türkei in einem Hotel auf – als Leiche. Seltsamerweise bekam Anna damals eine Nachricht von ihm, obwohl er sich monatelang nicht gemeldet hatte.

»Hallo, Kleines! Hallo? Ich bin in Antalya ... Ich muss dir jedenfalls was ganz Dringendes mitteilen. Bitte sei so lieb und ...« Mehr war nicht in der Sprachbox. Seine Stimme klang gehetzt. Nicht so, wie Vati üblicherweise sprach. Verdächtig war auch, dass der Anruf aus dem 5-Sterne-Hotel kam, in dem er tot aufgefunden wurde, obwohl er dort nicht eingecheckt hatte. Die Recherchen ergaben, dass eine unbekannte Frau, die jedoch nicht mehr ausfindig gemacht werden konnte, das Zimmer im Voraus bezahlt hatte. Vermutlich waren die türkischen Behörden nicht daran interessiert gewesen, in diesem Fall intensiver zu ermitteln. Ein elitäres Urlaubshotel, viele betuchte, internationale Gäste – da schätzte niemand solches Aufsehen. Totsein passte nun mal nicht zum Urlaubsfeeling.

Da der herbeigerufene Notarzt eindeutig »Tod ohne Fremdeinwirkung – Sekundenherztod« feststellte, fanden die Ermittler keinen Grund, weiter nachzuforschen.

Auch der Versicherungsagent, der den Fall prüfte, konnte keine Ungereimtheiten entdecken. Vati hatte nämlich erst ein paar Wochen zuvor seine Lebensgefährtin als Begünstigte der Lebensversicherung eingesetzt. Und mittels handgeschriebenem Testament durfte sie sich auch als Haupterbin über seinen Nachlass freuen. Daraufhin hatte Mutti eine Anzeige bei der Polizei eingebracht und Vatis Lebensgefährtin bezichtigt, sie hätte beim mysteriösen Tod ihres Exmannes die Finger mit im Spiel gehabt. Aber die Lebensgefährtin war nach Abklopfen sämtlicher Indizien über jeden Verdacht erhaben gewesen.

Als Vati starb, war sie nachweislich in Österreich und glaubte ihn bei einem Meeting in Italien. Also musste man annehmen, dass er ein Verhältnis gehabt und sich in diesem Hotel körperlich einfach übernommen hatte. Aus Rache für die Anzeige ließ sie Vatis Leiche in der Türkei verbrennen und die Urne zu sich in die Südstadt senden. In jenen Bungalow, der schon längst auf sie überschrieben worden war. Pech für Mutti. Doch das hatte sie sich selbst zuzuschreiben …

»Mein Gott«, dachte Anna und die Tränen kamen ihr dabei, »ich weiß so wenig von Vati!«

Wie sehr hatte sie sich immer nach seiner Zuwendung gesehnt. Ihr Bruder jedoch hatte noch viel weniger davon abbekommen – der kleine Martin, der zu ihrem Sorgenkind geworden war.

Wieder kam ihr das Eislauferlebnis in den Sinn … und schon war sie bei der eigentlichen Tragödie gelandet, die sie in den letzten Tagen erneut wie glühender Stahl quälte, obwohl sie diese schrecklichen Stunden und jenen unglückseligen Namen längst tief in den untersten seelischen Schlammschichten vergraben glaubte:

Manfred Geier.

Ihr Manfred, den sie über ihren Bruder kennengelernt hatte. Ja, und Lydia Wimmer, ihre damalige beste Freundin und die eigentliche Schuldige an der ganzen Tragödie.

Als Manfred Geier in ihr Leben trat, geschah dies mit solcher Wucht, die in Anna alsbald Hörigkeitsgefühle auslöste. Manfred wurde ihr Ein und Alles: ihr Geliebter, ihr Lebensmann, ihr Guru, ihr Gott in Mannesgestalt.

Wo die Liebe hinfällt …

Als ihr die Mutter warnend zuraunte, diesem Mann sei sie niemals gewachsen, regte sich in Anna das erste Mal Widerstand, ja, mehr noch: Wut war in ihr hochgekommen, weil sie Mutters negative Beschwörungen längst mehr als satt hatte …

Doch wenn sie ihr Schicksal recht beleuchtete, kam ihr ein fataler Vergleich in den Sinn: auf der einen Seite Muttis verhängnisvolle Verstrickung mit ihrer besten Freundin, dieser kartenlesenden Hellseherin – die Folge: eine zerbrochene Ehe. Auf der anderen Seite: Anna und ihre beste Freundin Lydia, die ihr Manfred weggeschnappt, ihre Ehe zerstört, dazu noch ihren Bruder ins Gefängnis gebracht hatte.

Anna seufzte tief auf. Auch wenn sie todmüde war, die Vergangenheit ließ sie nicht einschlafen …

Der Tag des Kennenlernens.

Manfred sah blendend aus, war dunkelhaarig, hatte etwas Spitzbübisches an sich. Stets ein freches Lächeln, Wortwitz und eine verbale Schlagfertigkeit, in die sich Anna auf Anhieb verliebte – dieser Typ war mehrfach umwerfend.

Er besaß einen großen Gemüseladen auf dem Wiener Naschmarkt, den er nach dem Tod seines Vaters übernommen hatte, da sonst die Konzession für diesen lukrativen Platz verloren gegangen wäre. Martin hatte Manfred geholfen, das alte Gemüsegeschäft umzubauen – aus tollen Ideen war ein wahres Schmuckkästchen entstanden, hell und freundlich eingerichtet.

Das Geschäft lief hervorragend, denn das Obst und Gemüse war von bester Qualität, wenn auch um einiges teurer als bei Manfreds Konkurrenten. Alles wurde perfekt arrangiert präsentiert. Das gesamte Erscheinungsbild von »Gemüse Geier« samt wortgewandtem Chef war ein einziger Hingucker. Die Folge: Manfred brauchte dringendst Personal, um den Einkauf organisieren zu können. So kam es, dass Martin gleich einen Job angeboten bekam und für den Warennachschub zuständig war. Jeden Tag um vier Uhr früh fuhr er mit dem kleinen Lieferwagen zum Inzersdorfer Großmarkt und orderte die Ware, während Manfred den Laden in Schuss brachte und den Verkauf vorbereitete.

Die beiden waren jung und motiviert, das frühe Aufstehen machte ihnen nichts aus. Und wenn die Nächte etwas zu kurz geraten waren, dann fuhr Martin direkt von der Kneipe zum Großmarkt.

Als Manfred seinen Laden »Gemüse Geier« neu eröffnete, war auch Anna zugegen. Sie war stolz, dass ihr Bruder einen guten Job hatte und endlich Ruhe in sein unstetes Leben eingekehrt war. Es hatte nicht immer so rosig für ihn ausgesehen. Oft war er durch falsche Freunde in bedenkliche Engpässe finanzieller Art geraten, aus denen ihn Anna wieder herausboxen musste – Anna und ihre Schutzengelrolle.

Sie seufzte auf, als sie an den einen Fall dachte, als Martin mit einem unterschriebenen Kaufvertrag für ein neues Auto aufgekreuzt war und sie angefleht hatte, ihm zu helfen, weil er sich den BMW niemals leisten konnte. Anna war wieder einmal eingesprungen und hatte Martin aus der Klemme geholfen.

Monate später war Martin in einen Unfall verwickelt gewesen. Die Versicherungsprämie war nicht rechtzeitig bezahlt worden – und so »durfte« Anna ihm wiederum finanziell unter die Arme greifen ...

Bei diesem Eröffnungsfest hatte es zwischen Manfred und Anna sofort gefunkt. Nicht viel später war Anna zu Manfred übersiedelt – trotz Muttis negativer Vorsehungen. Doch das Schicksal war gnädig und versprach ihnen eine traumhafte gemeinsame Zukunft. Sie beschlossen, zu heiraten.

Der Hochzeitstag war kein Tag, um sich Sorgen über die Zukunft zu machen. Sonniges Wetter, blumengeschmückte Hochzeitstafel, fröhliche Menschen, Freudentränen, herzliche Wünsche – Anna schwelgte im Glück.

Dass sich an diesem Tag auch das Schicksal von Martin und ihrer besten Freundin entschieden hatte, erfuhr sie ein paar Tage später von Lydia. Anna war höchst erfreut, dass es nun auch Martin erwischt hatte. Ihr kleiner Bruder, ihr Sorgenkind – endlich konnte sie ihn beruhigt »aus der Hand geben«, wie sie es Lydia gegenüber augenzwinkernd ausdrückte. Natürlich half sie dem verliebten Pärchen, eine Bleibe zu finden.

Lydia kam aus bescheidenen Verhältnissen und war Annas innigste Freundin. Mit ihr konnte sie alles besprechen, alle ihre Sorgen teilen. Da war es selbstverständlich, dass die große Schwester für ihren kleinen Bruder und die beste Freundin finanziell tief in die Tasche griff und für einen Kredit bürgte, mit dem sich Martin und Lydia eine Wohnung leisten konnten.

Anna und Manfred, Lydia und Martin – wie traumhaft schön diese Zeit war. Und wie abrupt sie beendet wurde. An jenem Tag, als Anna mit Martin wegen einer behördlichen Angelegenheit gemeinsam vorsprechen musste und Martin – schusselig wie immer – die nötigen Unterlagen daheim vergessen hatte. Also mussten sie nochmals zu seiner Wohnung fahren. Stutzig wurden die Geschwister, als sie Lydias Auto vor dem Wohnblock sahen, da sie eigentlich an ihrem Arbeitsplatz sein sollte.

Als sie in die Wohnung kamen, hörten sie Stimmen – lustvolles Keuchen und Stöhnen.

Anna flehte Martin noch leise an, er solle um Himmels Willen nicht in das Schlafzimmer gehen. Sie ahnte, dass Lydia einen Liebhaber hatte. Sie verstand auch, dass sie ihr nichts davon erzählt hatte, schließlich war Martin ihr Bruder.

Martin jedoch riss die Tür zum Schlafzimmer auf und stürmte hinein. Was dann geschah, konnte Anna bis heute nicht genau nachvollziehen. Sie hatte nur Martin brüllen gehört:

»Lydia! Ihr Schweine, ihr verdammten! Lydia … warum?«

Es folgte eine kurze Pause … dann ein Aufschrei Martins, heftiges Gepolter und Wortfetzen:

»Du elende Sau! Du Verräterschwein!«

Dazwischen Lydias hysterisches Geschrei.

Oh Gott, oh Gott, oh Gott …!

Anna kämpfte mit den Tränen, als sich das Geschehene in ihrem Kopf breitmachte, als wäre es erst gestern gewesen. Jener Moment, als sie durch die halb offene Tür sah, wie Martin sich auf einen nackten Mann stürzte und ihn an den Haaren aus dem Bett riss, auf den Boden warf und wie ein Verrückter auf ihn eindrosch … auf Manfred, ihren Mann.

Sie sah sich, wie sie dazwischengehen wollte, aber da hatte sich Lydia, die nackt auf dem Bett kniete, auf Anna geworfen.

So furchtbar, so schrecklich …!

Lydia hatte Anna einen Stoß verpasst, so dass sie mit dem Kopf an den Türstock geprallt war. Dann war sie von Lydia aus dem Zimmer gedrängt worden – die Tür hinter ihr zugeknallt –, während Lydia geschrien hatte:

»Dein bescheuerter Bruder ist total verrückt geworden!«

Wie betäubt war Anna vor der Tür gekniet, hatte die Hände an den Kopf gehalten, während das Blut zwischen ihren Fingern hervorquoll.

Dann hatte sie durch die Tür einen dumpfen Knall und ein ächzendes Röcheln gehört, dem eine unheilvolle Stille folgte.

Tödliche Stille …

Plötzlich Lydias gellender Schrei:

»BIST DU WAHNSINNIG?«

Wiederum Stille …

Anna hatte es nicht gewagt, nochmals das Zimmer zu betreten. Sie war vor der Tür gekniet, am ganzen Körper zitternd, während Tränen und Blut vom Gesicht tropften. Sie hatte nur »Warum Manfred … warum Lydia?« gestammelt.

Als die Tür wieder geöffnet wurde, stand Lydia nackt vor ihr, schlotterte am ganzen Körper und stotterte:

»D-Dein Bruder i-ist e-ein Mö-Mörder.«

Dabei war sie neben Anna zusammengesunken, hatte die Hände anklagend in die Höhe gestreckt und mit überschlagender Stimme gebrüllt:

»DER WAHNSINNIGE HAT MANFRED ERSCHLAGEN!«

Von da an wusste Anna nichts mehr.

Sie war ohnmächtig geworden …

Anna drückte ihr Tränengesicht in den Kopfpolster.

Wie sehr die Vergangenheit schmerzte. Von Neuem brach in

ihr alles zusammen, als sie an diese schrecklichen Momente zurückdachte.

Sie wusste, auch sie war schuld an Martins Verurteilung. Wäre sie doch damals nur im Schlafzimmer geblieben! Sie hätte sich nicht von Lydia wegstoßen lassen dürfen!

Gewiss, sie hätte Manfred mit Lydia im Bett gesehen, bitter genug. Doch sie hätte noch eine Tatsache gesehen, und die hätte sie vor Gericht beweisen können.

Anna wusste, dass ihr Bruder kein Mörder war. Sie wusste, dass Lydia falsch ausgesagt hatte, konnte es aber nicht widerlegen. Lydia wollte Martin für eine Tat strafen, deren Ursache sie selbst heraufbeschworen hatte. Sie wollte ihn vernichten.

Lydia war in Wahrheit die Täterin …

Anna presste ihre Hände an den Kopf, schloss die Augen, versetzte sich zurück an jenen Tag, zu jener Schlafzimmertür, um zu erfahren, was damals wirklich geschehen war.

Vor Gericht hatte Lydia geschworen, dass Martin seinen besten Freund bewusst getötet habe, indem er dessen Kopf mit voller Wucht auf den Heizkörper geknallt hatte. Das Gerichtsgutachten hatte ergeben, dass dieser Hieb für Manfred Geier unmittelbar tödlich gewesen war …

Anna sah auf die Uhr. Grell leuchteten die grünen Ziffern: Zehn vor zwei. Noch vier Stunden Schlaf, dann musste sie aufstehen. Sie seufzte und zwang sich zur Ruhe, konnte jedoch nicht mehr einschlafen. Gedankenfetzen und Vergangenheiten schwirrten durch ihren Kopf, auch war ihr heiß geworden.

Sie stand auf und wollte ins Badezimmer, um sich das Gesicht zu kühlen. Das viele Weinen hatte die Augen gereizt, ihre Wangen brannten.

Sie machte kein Licht an und schlich am Gästezimmer vorbei, blieb jedoch – einer inneren Stimme folgend – kurz stehen und lauschte an der Tür. Noch immer hatte Anna dieses Pflichtgefühl, den kleinen Bruder beschützen zu müssen. Es befahl ihr, die Tür zu öffnen.

Sie sah ins Dunkel hinein. Die Decke war zurückgeschlagen, das Bett leer. War er auf dem Klo oder war er gar …? Wäre er aufs WC gegangen, dann hätte sie es hören müssen. Leise Panik kam jetzt in ihr hoch. Sie flüsterte beinahe unhörbar:

»Martin?«

Es meldete sich niemand. Martin war verschwunden.

Jetzt schlich sie, nackt wie sie war, im Dunkeln über die Treppe hinunter ins Wohnzimmer. Ein Aufatmen der Erleichterung, sie beruhigte sich wieder.

Martin stand mit dem Rücken zu Anna vor dem großen Fenster und schien in den Garten zu schauen. Er atmete stoßweise.

»Martin? Was ist mit dir?«

Mit einem Ruck riss es Martin herum. Er hielt beide Hände vor sein Geschlecht und starrte sie an.

Erst jetzt begriff Anna, was Martin hier machte. Sie fand es zuerst abstoßend und fühlte sich peinlich berührt. Doch wie schwer musste es für ihn gewesen sein, jahrelang ohne sexuelle Erfüllung auskommen zu müssen.

Großes Mitleid überkam sie.

»Ach, Martin!« Sie ging langsam auf ihn zu und flüsterte:

»Ich versteh dich … Komm, alles wird wieder gut.«

Martin stöhnte auf:

»Bitte nicht! Ich … schäme mich.« Er drehte sich weg.

Als ihn Anna an der Schulter berührte, zuckte er zusammen, ließ sich jedoch zurückfallen und lehnte sich an sie.

So standen sie minutenlang. Schweigend, nackt aneinandergepresst. Anna spürte das Muskelspiel seiner Pobacken auf ihrem Schamhügel. Sie dachte mit Sehnsucht an ein in ihr längst verlöschtes Feuer, so dass ihr schwindlig wurde und sie sich an ihm festhalten musste. Der durchtrainierte Körper ihres Bruders, der sich an ihre Haut presste, raubte ihr beinahe den Atem.

Plötzlich überkam sie eine unbändige Lust.

Wahnsinn – Martin war ihr Bruder, war der, den sie zu beschützen gewohnt war! Aber Martin war ihr, seit sie denken konnte, näher als jeder andere Mensch, der in ihrem Leben bisher eine Rolle gespielt hatte.

Sie hatte ihren Vater geliebt, ihre Mutter – jene kindliche, hilfesuchende Liebe zu den Eltern – und wurde von ihnen enttäuscht. Sie hatte Manfred wie keinen Mann sonst geliebt – und wurde von ihm bitter enttäuscht. Sie hatte Lydia, ihre beste Freundin geliebt – und wurde von ihr schwerstens betrogen. Und Walter? Ja, auch ihn hatte sie einmal geliebt! Oder war es nur ein kurzes Aufflackern gewesen, eine Art Dankbarkeit, weil er sich um sie bemüht hatte? Mochte sein.

Doch jetzt stand ihr Bruder vor ihr!

Wie in Trance genoss Anna seine Körpernähe und wusste: So wie Martin hatte sie noch niemanden geliebt. Ihren kleinen Bruder, den sie beinahe im Eis verloren hatte, der ihren Manfred auf dem Gewissen hatte, der jetzt vor ihr stand und ebenfalls vor Erregung vibrierte.

Sie umschlang ihn mit beiden Armen und streichelte mit den Händen seinen Bauch, während er leicht die Beine grätschte. Langsam stülpten sich ihre Finger über seine, mit denen er sein Geschlecht verdeckt hielt. Sie zog seine Hände sanft weg und legte ihre darauf, spürte das Zucken in seinem Glied.

»Anna, wir … wir sind doch …!«, stieß Martin flüsternd hervor, ließ sich jedoch die Berührungen gefallen.

»Wir sind … Bruder und Schwester … und niemandem Rechenschaft schuldig«, kam es vor Erregung bebend von Anna.

Da drehte sich Martin um, sah seiner Schwester ins Gesicht und drückte sie leidenschaftlich an sich.

Das matte Licht ließ nur schemenhafte Konturen zu, doch ihre zärtlichen Berührungen schenkten zwei verwundeten Seelen jenen mystischen Glanz, der sie alles um sich herum vergessen ließ.

Langsam sanken sie auf den flauschigen Teppich, der im Wohnzimmer weit über den Couchtisch hinausragte.

Beide erlagen der unaussprechlichen Sünde.

Anna aus unendlichem Mitleid, aber auch aus einer längst verloren geglaubten Sinnlichkeit.

Martin in einem Taumel unvorstellbarer Lust und gleichzeitiger Wut, die sich in ihr explosionsartig auflösten.

Im dunklen Garten bewegte sich ein Schatten und pirschte sich ganz nahe an das Fenster heran ...

Zwei

Donnerstag, 4. Dezember 2008 …

Seine Wangen brannten wie Feuer.

Während er davonlief, wischte er sich die Tränen weg. Verschwommen sah er das Gerätehaus und verschwand dahinter. Nach Luft japsend lehnte er sich an die Hauswand – tief ein- und ausatmen –, sein Herz pochte wild …

Langsam beruhigte er sich. Sein Hintern fühlte sich taub an.

Vorsichtig lugte er um die Ecke. Großes Aufatmen – der Alte war ihm nicht gefolgt.

Jetzt probierte er an der Tür. Sie war unversperrt.

Er schlüpfte in den dunklen Raum hinein und zog die Tür behutsam hinter sich ins Schloss. Sie knarrte leicht.

Sekundenlang blieb er unbeweglich stehen, während ihm tausenderlei Gedanken durch den Kopf schossen. Sein Atemhauch fühlte sich in der Kälte warm an. Sehen konnte er ihn nicht, es war zu dunkel hier drinnen. Er ging in die Hocke und zuckte zusammen, es tat höllisch weh. Er sank auf die Knie, beugte seinen Kopf nach vor und verharrte so, bis der Schmerz halbwegs erträglich war. Tränen der Wut kamen wieder hoch.

Langsam gewöhnten sich seine Augen an die Dunkelheit. Schließlich erhob er sich ächzend und versuchte, sich zu orientieren.

Ein Versteck war bald gefunden. Hinter aufgestapelten Plastikbottichen, wie sie zum Weinlesen benützt werden, verschanzte er sich. Mit mehreren zusammengelegten Jutesäcken, die er beim Abtasten der Regale in seine Finger bekam, hatte er sich eine kleine Mulde geschaffen, in der er jetzt kauerte. Die Kapuze seiner Winterjacke hatte er sich aufgesetzt. Hier drinnen war es bitterkalt.

Sollte er doch suchen, bis er schwarz wurde – hier würde er ihn nicht vermuten.

Er war verzweifelt und wütend. Wütend wie noch nie!

Wenn er schon Schläge bekam, dann bitte für etwas, was er wirklich angestellt hatte. Doch dieses Mal war er unschuldig gewesen. Aber der Alte hatte gar nicht zugehört, sondern ihm einfach links und rechts eine gedonnert, so dass die Nase sofort zu bluten begonnen hatte. Mit den klobigen Schuhen hatte er ihm auch noch einen Tritt verpasst und dabei voll das Steißbein getroffen.

Wie ein Blitz war ihm der Schmerz ins Hirn geschossen, während er über den Vorplatz gestolpert war …

Er kauerte im Dunkel des Lagerraums und versuchte eine andere Sitzposition, weil die getroffene Stelle schmerzte.

»Mama … Mama«, wimmerte er leise und kratzte sich dabei das eingetrocknete Blut von den Nasenlöchern und vom Kinn.

Seit er mit Mama bei ihm wohnte, war alles anders geworden. Doch sie bemerkte nicht, wie er von dem Alten behandelt wurde.

Irgendwie musste er sich abreagieren. Sein Herz schrie nach Vergeltung.

Der Traktor wurde gestartet – er hörte den Motorenlärm –, dumpf drang das *Taktak-taktak* durch die Tür.

Endlich – der Leuteschinder war weggefahren.

Jetzt konnte er beruhigt sein. Er atmete auf und kroch aus seinem Versteck hervor. Licht wollte er jedoch keins machen, der Schein könnte ihn womöglich verraten.

Durch ein paar versetzte Glasziegel, die in der Wand eingelassen waren, drang ein wenig Licht des nebligen Tages in den Raum.

Er inspizierte die Behälter und Dosen, die in den Regalen standen. Allerlei war hier gelagert, teilweise mit einer dicken Staubschicht belegt.

Weiße Plastikkanister standen vor ihm in der Mitte des Ganges. Fast wäre er darüber gestolpert. Er schraubte von einem der Behälter den Verschluss ab, steckte den Finger hinein, zog ihn wieder heraus und schnupperte.

Hmm ... es roch würzig.

Vorsichtig leckte er daran. Wie von fremder Hand bestimmt, öffnete er den kleinen Karton, der direkt vor seinen Augen im Regal stand ...

– – –

Einen Tag vorm Krampusfest war im S-C-ONE die Hölle los.

Es war der Abschlusspunkt der monatlichen Sitzung, der Unruhe in die versammelte Mannschaft brachte und eine heftige Diskussion in Gang setzte.

Für die S-C-ONE Weihnachtsfeier, die am Krampustag geplant war, sollte plötzlich jeder Teilnehmende 15 Euro als kleinen Obolus beisteuern. Begründung: Im Sinne der Einsparmaßnahmen sehe sich das Innenministerium außer Stande, wie bisher das Weihnachtsfest zu sponsern, in Anbetracht der Wirtschaftslage, die derzeit weltweit vorherrsche.

»Da ist es nicht angebracht, für ein internes Fest Steuergelder zu verschwenden. Das würde in der Öffentlichkeit kein gutes Licht auf den S-C-ONE werfen. Obendrein, wo man der Sondereinheit ohnehin ein neues Gebäude hinstellt.«

Welch unweihnachtliche Botschaft.

Gewiss, die »Tuareg« – noch immer Chefin des S-C-ONE, was Kommissar Meller mehr denn je wunderte – hatte eingangs verkündet, dass die momentane Arbeitsplatzsituation noch etwas länger anhalten würde. Das war die erste schlechte Nachricht.

Im alten S-C-ONE Gebäude ging es zurzeit wie in einem Taubenschlag zu. Das müsse man eben hinnehmen, in Hinblick auf das neue Besetzungskonzept. Es sei nur eine Frage der Zeit, die Rohbauphase sei bereits abgeschlossen, man dürfe also mit einer Übersiedlung in die neue S-C-ONE Zentrale im kommenden Jahr rechnen. Nur wann, das wisse man noch nicht. Das hieß: der 31. Dezember 2009 war auch noch kommendes Jahr

Im wahrsten Sinne des Wortes kriminell, wie sich seit Monaten die Kolleginnen und Kollegen im bisherigen Gebäude unterhalb der HTL auf die Füße traten. Axel Körner hatte ausgerechnet, dass derzeit pro Person etwa drei Quadratmeter Arbeitsfläche zur Verfügung standen, inklusive WC-Anteil und A3-großer Essensfläche im Speiseraum, wohlgemerkt. Das mochte übertrieben klingen, aber ginge es in dem Tempo weiter, würde diese Übertreibung noch vor Weihnachten von der Wirklichkeit eingeholt werden.

Der S-C-ONE schien tatsächlich aus allen Nähten zu platzen. Doch noch immer kamen neue Leute dazu – die künftige Besetzung des neuen Gebäudes.

Meller hatte noch Tuaregs Prophezeiung vom vergangenen Jahr im Ohr. »Die gute Nachricht: Wir übersiedeln«, hatte sie dem Kommissar verkündet.

»Und die schlechte Nachricht?«, war Mellers Frage gewesen.

»Na ja – wir übersiedeln. Und es täte mich wundern, wenn beim S-C-ONE jemals etwas glatt über die Bühne ginge«, so Tuaregs hellseherische Antwort. Wie Recht sie gehabt hatte.

Dennoch war sie ungeschickt gewesen. Hätte sie zuerst das mit der Weihnachtsfeier erklärt, wären bestimmt nicht sofort alle eingeschnappt gewesen, so aber …

Natürlich hatten sich die Gruppenleiter zu Wort gemeldet. Anmaßend sei es, was sie in ihren Abteilungen mitmachten. Wie sollte man da noch effektiv arbeiten können, wenn sich bald zwei Leute einen Schreibtisch teilen müssten. Und jetzt sollten sie alle – wie sie hier saßen – dem Ministerium in Wien nicht einmal eine Weihnachtsfeier wert sein? Schließlich seien sie rund um die Uhr für die Sicherheit der Bevölkerung tätig – und das nicht selten unter Einsatz ihres Lebens.

Die Leiterin der V-Gruppe 3 rief dazu auf, die Weihnachtsfeier zu boykottieren. Wenn »die da oben« nicht einmal bereit seien, sich mit einer Weihnachtsfeier, wie es in der Privatindustrie längst Usus sei, bei den Kolleginnen und Kollegen für ihre Einsatzbereitschaft zu bedanken, dann könne man gern darauf verzichten. Dabei ginge es nicht um die läppischen 15 Euro, sondern schlichtweg ums Prinzip – basta.

Donnernder Applaus war die Antwort. Das Fest wurde daraufhin von der sichtlich enttäuschten S-C-ONE Chefin, Dr. Sabine Turek, abgeblasen.

Es war das erste Mal, dass es im S-C-ONE keine gemeinsame Weihnachtsfeier geben würde …

»Schade … dafür lade ich für meine 15 Euro die Stoppl auf ein Krampusmenü ein«, verkündete V-Agent Mike Lehner. Ihm war es um die abgesagte Weihnachtsfeier sichtlich leid.

»So ein Schnorrer! Weil man mit 15 Euro schon groß einladen

kann. Die reichen grad für ein Burenwurstmenü beim Standl auf der Hauptstraße! Da wird deine Frau aber schwer begeistert sein«, ätzte Axel Körner.

»Immerhin – ich hab wen zum Einladen, im Gegensatz zum Herrn Kollegen«, konterte Lehner hämisch.

V-Agent Axel Körner war zurzeit wieder einmal supersolo. Was er immer dann verkündete, wenn eine Liaison zu Ende war. Wobei man bei ihm nie genau wusste, wann eine begonnen hatte bzw. ob es überhaupt eine war.

Körners Liebesleben war hauptsächlich abhängig von den Kontakten, die er während seines Jobs als Ermittler knüpfen konnte. »Die Polizei, dein Freund und Helfer« – dieses Motto nahm er wörtlich. Nur bescherte ihm sein Machogehabe nicht selten Enttäuschungen, weil gerade jene Frauen, auf die er flog, mit ihm nichts anzufangen wussten. Seine zwar geistreiche, aber doch auf ein einziges Thema fixierte, simple Anmache, hielt die meisten Frauen davon ab, sich mit ihm bis zum Punkt »bei mir oder bei dir« zu befassen.

Der V-Agent war eben aus rauem Wiener Innenstadtholz geschnitzt, dadurch mit viel Sarkasmus und Schmäh bestückt. Für jene Art Romantik, die Frauen so sehr liebten, hatte er wenig Verständnis. Diesen Seelenschmus, wie er fand, setzte er lediglich zur Einleitung einer intimen Stunde ein. Wenn er wollte, konnte er es gehörig, und was Körner dann verbal von sich gab, lullte gewaltig ein. Seine Worthülsen, die er spielerisch als Liebesfloskeln einsetzte, kamen bei manchen Schönheiten gut an. Doch jede normal denkende Frau dankte ihm seine geschickt verdeckte Verarschung dementsprechend.

Axel Körner, eben durch und durch ein verdeckter Ermittler, sogar in zwischenmenschlichen Belangen.

Der V-Agent sah Ablehnungen als Performanceübungen, als

Egotest, wie weit er bei seinen Eroberungen gehen konnte. Nur jene Dame, die sich diesen verbalen Schwachsinn gefallen ließ und bei ihm zu bleiben vorhatte, war seiner ebenbürtig. Gemäß Körners These Number One: »Wenn ich mich von der arrogantesten Seite zeige und die Frau bleibt noch immer, dann muss etwas an mir sein, das unwiderstehlich ist.«

Immerhin, er sah recht passabel aus – vielleicht ein Argument.

Wenn Körner also auf Liebestour war, Lehner hatte ihm bereits den Titel »Bratpfanne« verliehen, dann war er eine Parodie seiner selbst. Würde man seine Anmachersprüche gesammelt aufnehmen oder in Buchform bringen – es wäre es ein abendfüllendes Kabarett, ein Nachschlagewerk für Männer, wie man erfolgreich abblitzt.

Um ein Verlassenwerden nicht ertragen zu müssen – was Körners Macho-Weltbild erschüttern würde –, trennte *er* sich vorzeitig von jenen Geduldigen, die an ihm kleben geblieben waren. Mit der Begründung: fehlende Übereinstimmung im Sinne intellektuellen Gleichklangs – so seine selbstgefällige Diagnose.

Zurzeit war Axel Körner seelisch in einer kniffligen Schräglage. Jetzt, wo er auf die fünfunddreißig zuging, bekam er plötzlich eine Art Torschlusspanik. War der Supermacho gar ernsthaft auf Brautschau, auf der Suche nach *seiner* Traumfrau?

Auch wenn er das nie zugeben würde – vorgesorgt hatte er jedenfalls, um einer ebenbürtigen Partnerin alles bieten zu können: eine fertig eingerichtete Wohnung, auch wenn sie sich, an der Größe gemessen, bescheiden ausnahm. Für zwei Personen allemal ausreichend – sofern man sich nur spätabends sehen würde, was in Körners Fall zutraf. Die meiste Zeit verbrachte der V-Agent ohnehin außerhalb seiner vier Wände, so dass ein permanentes Aufeinanderhocken – wie es zurzeit im S-C-ONE praktiziert wurde – nie der Fall wäre. Weiters besaß er ein nettes, wenn auch gebrauchtes Auto und eine Lebensversicherung, inklusive vier bezahlter Prämien. Ja, ein Sparbuch gab es auch noch im Hause Körner. Mit einer Summe drauf, die er besser für sich behielt. Ein nobles Essen – für eine Person – in einem angesagten Fresstempel in der Innenstadt würde sich damit finanzieren lassen. Ohne Trinkgeld, versteht sich.

Doch seine Geldknappheit durfte ihm nicht zur Last gelegt werden. Müsste man doch glatt vermuten, der Körner könne mit Geld nicht umgehen, weil schlecht verdiente er beim S-C-ONE nicht. Mitnichten. Ungeschickte Transaktionen, die hauptsächlich seine Mutter verbockt hatte, waren der Grund. Daher griff er ihr monatlich – wie man so sagt – finanziell unter die Arme. Sogar die Ehe seiner Eltern zerbrach an diesen windigen Börsengeschäften, die ein gerissener Bulgare mit den alten Körners getrieben hatte. Das Bittere daran war: Die Körner Seniors – und dadurch auch der Junior – waren seither permanent blank. Axels Wut auf einen gewissen Herrn Atanas Gachtonav war schmerzhaft wie eine unheilbare, offene Wunde. Denn der Betrüger lief, trotz intensivster Bemühungen über die Interpol, seiner habhaft zu werden, immer noch frei herum. Fast könnte man meinen, gewisse Verbrechen würden sich lohnen.

Wenn also Körner bei seinen Eroberungen schon nicht mit finanzieller Potenz protzen konnte, so hatte er immerhin einen krisensicheren Job als V-Agent. Im Vergleich zu den Brokerschnöseln, denen durch haarsträubende Spekulationen nicht nur Millionen, sondern auch ihre Arbeit flöten gegangen war.

Nein, V-Agent Axel Körner brauchte sich bei der derzeitigen Verbrechenslage wahrlich keine Sorgen um seinen Arbeitsplatz zu machen, eher um sein Leben.

Genügend Attribute also, die eine Frau beeindrucken und die für mehr als drei Wochen Beziehung reichen müssten. Warum aber war dem nicht so? Eben – Körners patscherte Macho-Masche.

Selbst der Kommissar hatte ihn bereits darauf hingewiesen, eh sehr behutsam. Doch einen Axel Körner in Sachen Frauen auf etwas behutsam hinzuweisen, das war so sinnlos, wie einen Porschefahrer zu überzeugen, dass man mit einem 70-PS-Gefährt genauso ans Ziel käme. Zwar um ein paar Minuten später, dafür aber sicherer, dazu noch umweltbewusster.

»Kann schon sein, aber ein Porsche fährt geiler …«

Seine schlagkräftigen Wortverdrehungen konnten einem den Wind aus den Segeln nehmen.

Darauf hinstoßen müsste man den Körner, mit beiden Händen, und ihm dabei kräftig in den Arsch treten! Aber wer sollte das beim Macho-Axel bewerkstelligen, wenn nicht eine ebenso wortgewandte Frau, die klug genug war und ihn zu nehmen verstand … auch auf den Arm …

»Ich sehe das Schönste eines Abends im unerwarteten Überraschungsfaktor. Sozusagen die große *Unbekannte,* die einem über den Weg laufen kann«, konterte Axel Körner und blickte Mike Lehner sauer an. Eine Grundsatzdiskussion vor versammelter Belegschaft, das fehlte ihm noch.

Lehner konnte leicht daherreden, er hatte seine Lebensplanungsphase hinter sich und war im Begriff, so gemütlich wie möglich den Renteneintritt zu erreichen, mit Stoppl und seinem Sohn Tobias.

Kinder waren in Körners Lebensplanung ohnehin nie zum Thema geworden, zu sehr war er mit seinem Ego beschäftigt. Aber endlich eine Frau, eine für länger, danach schrie seine einsame Seele schon seit Wochen. Er verstand sich selbst nicht mehr. Nach außen hin konnte er das natürlich nicht zeigen.

War die kommende Weihnachtszeit dafür verantwortlich?

Meller hatte ihn längst durchschaut. Wie ähnlich Axel Körner in diesem Fall seinem Freund Lo Bianco war.

Sie saßen – wie üblich nach jeder monatlichen Sitzung – zur anschließenden Besprechung in Mellers Büro. Weil die anderen Büros zu klein waren, hockte die Crew der Gruppe 4 dicht gedrängt auf Mellers nobler Sitzlandschaft, die sich zwischen zwei Schreibtischen etwas zu wuchtig ausnahm.

Die lässigen Zeiten, in denen sich der Kommissar in sein »tönendes Büro« zurückziehen konnte, um bei einem stimmigen Sound seinem Gedankenfluss freien Lauf zu lassen, gehörten der Vergangenheit an.

Er hatte es sich aus eigener Tasche etwas kosten lassen, sein immerhin doppelt so großes Büro in ein wohlklingendes Office zu verwandeln. »Mellers Mördersound« war hin und wieder zu nächtlicher Stunde im Haus zu hören.

Klassisch oder esoterisch. Je nachdem, wie Meller aufgelegt war, wenn er die eine oder andere CD in den Player legte.

Das war jetzt Schnee von gestern – kam es dem Kommissar wehmütig, während er kurz zum Fenster hinaussah und sich ein flockiges Schneetreiben vorstellte. Sollte es heuer wieder ein schneeloser Winter werden, so wie in den letzten Jahren?

Gut, es war erst Anfang Dezember und seine Stimmung glich dem nebligen Wetter – trübsinnig, weil … weil …

Ach was, eigentlich weil er selbst nicht so direkt wusste, warum. Wahrscheinlich hatte er sich ebenfalls vom Frust im Festsaal anstecken lassen und sich über die Entscheidung des neuen Verantwortlichen im Ministerium geärgert.

Nach dem letzten großen Fall im vergangenen Jahr, dieser verhängnisvollen Geschichte mit den gesprengten Sendemasten, wollte er schon den ganzen Krempel hinschmeißen.

Damals waren mehrere Menschen teilweise unschuldig zu Tode gekommen. Von den Rädelsführern hatte niemand überlebt, auch Franziska Krapfenbacher war Monate später gestorben.

Was aber für den Kommissar damals den Ausschlag gegeben hatte aufhören zu wollen, war das Verhalten des glatzköpfigen Einsatzleiters bei Malowezckas Geiselnahme ihm gegenüber, obwohl dieser Einsatz dank Meller erfolgreich abgeschlossen werden konnte. Eigentlich dank Joe – aber der Hund gehörte zu Meller wie die Zehen zu seinen Füßen.

Doch jetzt sollte in Kürze auch noch sein Büro – sein Ruhepol, seine einzige Rückzugsmöglichkeit im S-C-ONE – in Beschlag genommen werden. Der Schreibtisch für den neuen Mitarbeiter, der ihm angekündigt worden war, stand schon im Zimmer. Wie ein Unsympathler störte ihn das klotzige Ding bei den gewohnten Schritten durch *sein Büro,* das für ihn schon mehr Wohnung als Arbeitsstätte war.

Die V-Agenten seiner Gruppe hatten ihn jedenfalls gebeten, ja, angefleht – allen voran Claudia Rotter – noch auszuharren. Dann, wenn sie ins neue Gebäude übersiedelt wären, würde bestimmt alles wieder so werden wie zuvor, wenn nicht besser.

Mario Meller war einer, der sich breitschlagen ließ, wenn man ihm mit einem überzeugenden Argument kam. Leute, die ihn nicht so gut kannten, würden ihn als herzensguten »Latsch« bezeichnen, was auch sein mildes, freundliches Auftreten verströmte. Oder war es die verdammte Ähnlichkeit mit diesem Schauspieler, der jetzt auch noch in Sachen Kaffeekapsel und -maschine fernsehgerecht seine Grimassen schnitt?

Insgeheim freute sich Meller auf die Zeit, wenn der Run auf diesen Typen nachließ. Dann endlich würde er von Vergleichen wie: »Also, Sie schauen dem Clooney aber schon so was von ähnlich« verschont sein.

»Es reicht«, hatte Meller kurz nach der Klärung des Spraybomber-Falls, so hieß der Einsatz im vergangenen Jahr, die S-C-ONE Chefin wissen lassen.

Doch Dr. Sabine Turek – Tuareg wurde sie wegen ihrer wallenden Gewänder und ihres dunklen Teints genannt – hatte ihn händeringend gebeten, sich seine Entscheidung noch einmal gründlich durch den Kopf gehen zu lassen. Das blöde Gerede des Einsatzleiters hätte sie ebenso gestört und das hätte sie diesem auch deutlich zu verstehen gegeben.

»Was Besseres kommt selten nach … und Sie sind der Beste für die Gruppe 4, Herr Meller … Wenn ich Sie schon mal so richtig loben darf.«

Sie durfte. Dem Kommissar, von ihrer Schmeichelei eingelullt, war nichts anderes übrig geblieben – er hatte nachgegeben. Gewisse Frauen haben eine untrügliche Intuition für geeignete Worte zum richtigen Zeitpunkt.

»Na, wenn das so ist, dann mach ich noch ein Jahr. Bis auf Widerruf, bitte.«

Sie hatte ja Recht. Meller war mit Leib und Seele Kriminalbeamter. Und wären die im Ministerium nicht so umständlich bzw. politisch so manipulierbar und auf ihre eigenen Vorteile bedacht gewesen, der Job hätte ihm um vieles mehr Spaß gemacht. Aber, so ist das Leben – und wenn man sich einen solchen Job aussucht, muss man auch mit den branchentypischen Unliebsamkeiten rechnen. Er hätte auch eine Karriere direkt im Ministerium anstreben können, als sein Onkel noch etwas zu sagen hatte. Ohne sich dabei groß einen Haxen ausreißen zu müssen.

Können ja, aber nicht wollen.

Und darauf war Mario Meller stolz: dass er standhaft geblieben war und auf jegliche Beförderung verzichtet hatte.

Dem Kommissar ging es nie um Vergünstigungen, obwohl gerade ihm Hofrat Dr. Walter Meller diesen Posten beim S-C-ONE beschert hatte. Doch war es nicht umgekehrt? Hatte nicht sein Onkel es seinem Neffen zu verdanken, dass er sich für diesen Job bereit erklärt hatte? Damals, als er über vier Jahre zuvor von Rio nach Mödling übersiedelt war, weil Onkel Walter ihn gebeten hatte, Chef der neu gebildeten Einheit im Süden Wiens zu werden. Dass Mario Meller bereits nach einem Jahr die Position wieder freiwillig abgab, hatte gewisse Gründe und auch mit Mellers Lebensphilosophie zu tun, die ihn nach 15 Jahren Rio geprägt hatte. Leiter der V-Gruppe 4 und ein ganz gewöhnlicher Kommissar zu sein, verschaffte ihm mehr Befriedigung und Bestätigung. Sich mit Politikern herumzuschlagen und dabei hinterhältigen Hieben ausgesetzt zu sein, so wie Meller es zu Beginn seiner Tätigkeit als S-C-ONE Boss durchmachen musste, war nicht sein Ding.

Er dachte mit Groll an den »Nadelstreif«. Wenigstens hatte das flinke Austauschen der Personen auf der politischen Bühne auch seine Vorteile – dank einer überraschenden Nationalratswahl im September. So verschwand also auch der stets schwitzende Nadelstreif – bestimmt hochgelobt – in einer anderen Abteilung, war sich Meller sicher. Es nachzuprüfen, war ihm zu unwichtig, Hauptsache, weg! Natürlich hatten alle im Ministerium gewusst, wie unfähig der Mann war. Aber Protektion ist genauso hartnäckig wie lästiger Fußpilz.

Meller wusste bereits, dass ein Tiroler, ein gewisser Dr. Hofer, Nadelstreifs Nachfolger war. Na, wenn es ein Tiroler war, dann konnte es mit dem S-C-ONE nur steil aufwärts gehen. War doch der Kommissar ebenfalls ein Gebürtiger aus dem Land der zackigen Berge, und sein Onkel Walter, ein Ur-Innsbrucker, hatte schließlich dem S-C-ONE den Startschubs gegeben.

Jedenfalls atmete die gesamte Belegschaft befreit auf, als Nadelstreifs Abgang bekannt wurde.

Wie das Leben so spielt, welch Glück ...

Mellers Leben war eine Verkettung von Glück und Unglück in unmittelbarer Folge. Das Glück war ihm in letzter Zeit beruflich zwar weniger hold, privat jedoch mehr.

Nur, wie lang würde es andauern?

Was bin ich für ein ängstlicher Glückspilz, schien auf Mellers Stirn geschrieben zu sein, so kam er sich zurzeit vor. Geld hatte er zum Abwinken geerbt. Zwar musste er sich durch die Finanzkrise im Herbst von einem Teil seines Aktienpakets verabschieden, doch das kümmerte ihn herzlich wenig.

Mellers Verhältnis zu Geld war ein zwiespältiges, kein positives – trotz der vielen Kohle. Und weil er sich darum so wenig gekümmert hatte, quälte ihn jetzt sein Vermögen. Er hatte doch das verdammte »Pech«, durch den Tod seiner Frau Lilian zu unermesslichem Reichtum gekommen zu sein. Und weil er damit nicht zurande kam, verschloss er Augen und Ohren vor seinen Finanzen, beließ Lilians Konten in Rio und São Paulo unverändert und ließ sich nur eine monatliche Apanage nach Mödling überweisen – mehr nicht.

Fernando Moreno, Notar in São Paulo, langjähriger Freund und Berater der Familie Goldmann, betreute auf Mellers Bitten hin das ererbte Kapital weiter. Als dieser ihn nach dem Börsencrash mitteilen musste, dass im globalen Börsenvernichtungskrieg beinahe zehn Millionen Euro verschwunden waren, regte sich Herr Moreno noch mehr über Mellers Gelassenheit auf.

Dem Kommissar war das schlichtweg egal. Es war nicht sein Geld und auch nicht sein Fehler, dass ein Teil des Vermögens in suspekten Spekulationskanälen versickert war. Noch Lilians Großmutter hatte auf diese hochriskanten, wenn auch gewinnträchtigen Papiere gesetzt. Zu ihrer Zeit die richtige Entscheidung, hatte sich doch das Kapital infolge geschickter Käufe und Verkäufe von Aktien seinerzeit mächtig vermehrt.

Mit Lilians Tod war die Goldmann-Linie ausgestorben und das Vermögen dem Kommissar als Haupterbe überschrieben worden. Dem Witwer blieb nichts anderes übrig, als die Fakten so zu belassen. Er hatte null Ahnung von Geldgeschäften. So wollte er es Zeit seines Lebens auch beibehalten.

Meller hätte leicht lachen gehabt – hatte er aber nicht.

Ihn quälten diese Geldlast und das Sich-damit-beschäftigen-Müssen. Er hätte alles Geld verschenken und sich nur einen Teil behalten sollen. Gerade so viel, um damit gut leben zu können. Was brauchte er denn schon Großartiges.

Seit diesem gewaltigen Wertverlust der Aktien wusste Meller, was er mit seinem Reichtum in Rio anfangen wollte. Stets hatte er diese Entscheidung wie ein glibberiges Wabbelding vor sich hergeschoben. Auch, weil sein Leben in Mödling so ganz anders verlief als die Jahre zuvor in Rio. Herausgerissen aus dieser Leichtigkeit des Seins – dazu noch der Schock über den Tod seiner Lilian –, war es für Meller schwer, sich der europäischen Lebensart nahtlos anzupassen.

Jedenfalls, nach diesem Gespräch zwei Monate zuvor mit dem Notar standen zwei Entschlüsse für ihn fest. Erstens: Seinen Job wollte er weiterhin ausüben, so lang – haha, wie witzig –, bis sie ihn hinauswerfen würden. Zweitens: Er würde ein soziales Projekt aufbauen, und er wusste schon, wer ihm dabei helfend zur Seite stehen sollte.

Dafür waren allerdings noch einige finanzielle Transaktionen durchzuführen. Auch die Gründung einer Stiftung war zu bewerkstelligen. Mellers Hilfsnetz sollte sich von Rio bis nach Mödling spannen.

Mellers Kapital musste aus dem dunklen Safebunker raus und an die frische Luft gesetzt werden – um nicht zu sagen: sinnvoll zum Fenster hinausgeworfen werden – für Menschen, die es nötiger hatten als er. Nach letzten Berechnungen litten weltweit etwa eine Milliarde Menschen bitterste Not. Das Elend griff schleichend um sich, auch in direkter Nachbarschaft.

Außer, dass es im S-C-ONE drunter und drüber ging, hatte es in diesem Jahr bis dato wenigstens noch keinen Mord gegeben, mit dem sich Mellers Abteilung zu beschäftigen hatte.

Sollte in unserer Region das Jahr gar friedlich – ohne Mord und Totschlag – ausklingen? Nichts sehnlicher wünschte sich der Kommissar, während sich kurzfristig vorweihnachtliche Stimmung in seinem Herzen breitmachen wollte, die jedoch sofort unterdrückt werden musste. Schuld war der Dienstplan.

Wegen der zahllosen Krampus-, Weihnachts- und sonstigen Firmenfeiern war auch seine Gruppe rund um die Uhr eingesetzt.

Adventzeit war die Zeit der »Stillen Einkehr« – im nahen Sinne des Wortes: Das Stillen betraf den Durst, den es zu löschen galt. Oder war es der Frust, der zu vergessen war? Jener Frust, den man in elf Monaten aufgestaut hatte, um ihn in der Adventzeit berauscht zu vergessen? Die Einkehr galt den vielen Lokalen, die in der Vorweihnachtszeit so lang geöffnet hatten, bis der letzte Gast abgefüllt heimgewackelt war.

Keine stille, eher eine sehr laute Zeit, diese Zeit des Besäufnisses. So klang es nämlich aus manchen Kneipen heraus, wenn die Tür sich kurz öffnete und ein Sturzbesoffener auf allen vieren das Weite bzw. sein Zuhause suchte.

Oh du fröhliche, stille Nacht, in der alle Jahre wieder das Christkind kommt.

Penetrant erklangen jene Lieder aus den Boxen oder wurden von der trinkfreudigen Meute gesungen. Als Stimmungsmacher zog man sich andere Hits rein – Prosecco, Schampus, Cocktails, Punsch, Glühwein & Co. Glücklich trinkt, wer singt!

Ab einem gewissen Moment war es anscheinend egal, was das Gesöff kostete, Hauptsache, die Stimmung war okay.

Die Aufgabe für sämtliche V-Gruppen hieß also: verstärkte Präsenz zeigen und sofort einschreitend zupacken, wenn es unter den sonst friedvollen Menschen zu Handgreiflichkeiten kam.

Speziell an neuralgischen Plätzen und Orten – vor Kneipen, Gasthäusern, Discos und natürlich auch auf dem Weihnachtsmarkt in der Fußgängerzone, von den Mödlingern Fuzo genannt – sollten V-Agenten des S-C-ONE als »szenekundige Beamte« Augen und Ohren offenhalten und Verhaltensauffällige aus dem Verkehr ziehen.

Schlimm genug waren die Straftaten, die in »dunklen Jahreszeiten« verübt wurden. Kaum verschwand die Sonne und tauchte Stadt und Land in neblige Düsternis, schon kamen sie aus ihren Löchern gekrochen – diese kriminellen Subjekte, die stehlend und raubend durch die Gegend zogen und sich alles, was ein bisschen wertvoll aussah, unter den Nagel rissen. Da konnte es sogar sein, dass Schlafenden der Schmuck von den Fingern geraubt wurde. Das war keineswegs übertrieben und schon einige Male geschehen. Wobei diese Gangster human waren, wenn sie dabei niemanden verletzten.

Aber auch Überfälle auf Banken, Tankstellen, Wettbüros, sogar auf Zuckerl- und Blumenläden gehörten zum Tagesgeschäft solch zwielichtiger Figuren zu vorweihnachtlicher Zeit.

Da war die örtliche Exekutive nicht selten überfordert und wurde daher von S-C-ONE Leuten tatkräftig unterstützt.

Des einen Freud, des anderen Leid, so murrten sie in Mellers Büro, weil der verdammte Dienstplan sämtliche Weihnachtsvorbereitungen und Shoppingtermine über den Haufen warf.

»Der vergangene Herbst war ohnehin schon stressig genug und gleich wieder voll reinhauen? Wir sind doch auch nur Menschen und keine Überwachungsmaschinen!« So klang der einheitliche Tenor der kleinen Einsatztruppe.

Fast meldete sich bei Meller ein Hauch von Mitleid. Aber als V-Gruppenleiter musste auch er sich Tuaregs Einsatzplan unterordnen, den er soeben in den Händen hielt.

Mit stirngerunzelter Miene sah er in die Runde und ließ die frustigen Bemerkungen seiner Crew an sich abprallen.

»Weil sich alle ob dieses Dienstplans überfordert fühlen, lade ich …«, er unterbrach kurz und lächelte, »… alle zu mir ein! Eine kleine Feier, damit wir die Adventzeit leichter überstehen.«

Wie unwirklich kamen die Worte aus Mellers Mund.

Erstauntes Schweigen war die Folge.

Der V-Gruppenchef lud die kleine Crew persönlich zu sich nach Hause ein? In das winzige Häuschen in der Wiener Straße?

»Wenn ich mir die Frage erlauben darf«, meldete sich Claudia Rotter und sah den Kommissar ungläubig an, »wohin denn?«

Sie wusste, dass Meller zwar irgendwann die Villa im »Auholz« beziehen würde. Doch irgendwann war nicht morgen und auch nicht vor Weihnachten. Bis jetzt stand lediglich der Rohbau, wenn auch schon mit eingebauten Fenstern und Türen – so viel wusste sie von Lo Bianco.

»Zu mir … im Auholz.« Meller lächelte Claudia an. »Das Haus ist winterfest und kann auch schon beheizt werden, wenn auch noch keine Böden verlegt sind. Da spielt's keine Rolle, wenn was verschüttet wird.«

»Na dann, viel Spaß«, urteilte Claudia enttäuscht, »ich hätte mir aber schon eine einfallsreichere Dekoration als nackte Ziegelwände vorgestellt … Wenn schon eine Weihnachtsfeier, dann eine mit dem ganzen Klimbim: Lichterbaum, tausend Kerzen und eine Christkindldeko, dass die Glocken nur so klingen … weil ich steh auf so was.«

»Ich denke eher an eine fetzige Krampusfeier und jeder darf einladen, wen er will«, erwiderte der Kommissar, beseelt von seiner plötzlichen Idee. Auch ihm war der Stress der letzten Zeit ziemlich an die Nieren gegangen. Abgesehen davon, war das Wetter neblig, feucht und kalt. Da hob auch eine Stunde länger schlafen nicht gerade die Laune. Obendrein war die Uhrzeitumstellung auf die Winterzeit schon über einen Monat her.

Jetzt bei einer Krampusparty einmal richtig auf den Putz zu hauen, danach war ihm zurzeit. Was es kosten würde, darüber machte er sich keine allzu großen Gedanken. Meller spürte innerlich direkt so was wie tierische Vorfreude.

»Welch kluge Worte aus dem Mund unseres Chefteufels«, grinste Axel Körner satanisch, »nur, warum in die Ferne schweifen, wenn das Böse so nahe liegt. Eine Krampusfete hier im Keller tut's auch. Damit's auch höllisch zugeht, verkleiden wir uns als Krampus, schnappen die Gangster, die bei uns im Keller sitzen, und verklopfen sie. Dann hat jeder was davon. Wir weniger Frust und die Ganoven einen kleinen Vorgeschmack auf die Hölle … Übrigens, weiß jemand die Mehrzahl von Krampus? … Krampen, haha!«, lachte Körner und sah zu den Kolleginnen hin.

Das ging nun wirklich zu weit.

»Also ehrlich, Körner«, wies ihn Meller zurecht, »du magst geschlechtsspezifische Probleme haben, aber verschone uns jetzt hier damit.«

»Wer hat die nicht?«, muckte der Angesprochene auf.

»Man weiß ja, wer solche hirnlosen Tiefschläge von sich gibt. Eigentlich müsst er froh sein, überhaupt einen Krampen abzubekommen«, bemerkte Irene Schneider trocken.

Tiefschläge sind immer hirnlos, und der nächste kommt bereits auf mich zu, dachte Meller grimmig, als er zum Schreibtisch schielte, der wie ein Feind im Raum stand.

Aber neugierig war er auf den Neuen und etwas Gutes hatte es auch: Er konnte einen Teil seiner Dienstzeit abtreten.

Meller …! Was ist los mit dir …?, schalt er sich.

Ach, weil's doch wahr war! Auch er litt unter der derzeitigen Situation. Während er gedanklich in einer Tiefschlagschleife hing, dudelte das Telefon auf seinem Schreibtisch. Er hob ab.

Nach kurzer Zeit verfinsterte sich seine Miene. Kündigte sich bereits der zweite Tiefschlag an?

»Ja, ja, wir kommen schon«, sprach Meller gereizt in den Hörer und legte auf. Er griff wieder zum Telefon, wählte eine Nummer und wartete … sekundenlang, dann sprach er, jedoch in einem sorgenvollen Ton:

»Rufst du mich bitte am Handy an? … Baba!«

Er hielt kurz inne, strich sich mit der Hand gedankenverloren übers Kinn, den Hörer noch immer in der Hand. Voll Sorge dachte er an Bella.

Sie hatte sich noch nicht gemeldet und es war bereits später Nachmittag. Er hatte versprochen, sie abzuholen, wenn sie mit den Untersuchungen fertig war. So lang konnte das doch nicht dauern?

Meller legte den Hörer wieder auf den Apparat.

Als er morgens ins Büro gefahren war, hatte er Joe bei Erika Hauser in der Südstadt abgegeben. Die rüstige alte Dame freute sich jedes Mal, wenn sie das Frauchen spielen durfte.

»Axel, Mike … ihr kommt mit, wir müssen in die Fuzo … der

Rest«, Meller sah in die Runde, »Entschuldigung, ich meinte, Sie machen bitte Dienst, wie er im Plan steht. Claudia, sei du so lieb und melde dich im Krankenhaus bei einem Herrn Doktor Haselbauer. Er wird dir über vier Eingelieferte nähere Infos mitteilen … Verdacht auf Vergiftung …«

Während sie im Wagen saßen und mit Blaulicht zur angegebenen Einsatzstelle rasten, klärte sie der Kommissar über ihren Blitzeinsatz auf:

»Bei einer Punschhütte brachen innerhalb kurzer Zeit vier Leute zusammen. Wie gesagt, Verdacht auf Vergiftung, vielleicht ein gezielter Giftanschlag. Dem Einsatzleiter kommt der Hüttenbetreiber nicht ganz koscher vor. Notärzte sind bereits vor Ort gewesen und haben die Bedauernswerten ins Krankenhaus bringen lassen. Die betreffende Punschhütte wurde sofort gesperrt. Sie warten jetzt auf uns.«

»Sag, gibt's das?«, stöhnte Axel Körner dazwischen, der mit dem Wagen bei der Pestsäule in die Herzoggasse einbiegen wollte. »Jetzt ist die Absperrung oben und die blöde Fernbedienung funktioniert nicht!«

»Mit leerer Batterie geht's nie! Jeder verlässt sich auf den anderen«, witzelte Mike Lehner, sprang aber aus dem Auto und eilte in einen nahe liegenden Geschirrladen. Kurz darauf kam er mit einer Verkäuferin heraus, die an der Hauswand vis-à-vis einen Schlüssel in den Schaltkasten steckte und ihn kurz drehte.

Die Barriere senkte sich und verschwand im Boden …

Der Platz vor dem Rathaus war um diese Zeit bereits gesteckt voll. Passanten standen dicht gedrängt um die ohnehin eng nebeneinander stehenden Holzbuden.

Körner versuchte, den Wagen im Schritttempo durch die Menge zu lenken.

»Das gibt's doch nicht …!«, fluchte er, weil einige Leute partout nicht zur Seite gingen, und schaltete kurz das Folgetonhorn ein.

Tatüü …! Tatüüü …!

Darüber erschrocken, gaben sie den Weg frei.

»Na also – geht ja«, grinste Axel Körner dämonisch.

Mike Lehner, der die bösen Blicke der erschrockenen Passanten durch das Seitenfenster einheimsen musste, genierte sich:

»Leute erschrecken, das taugt dir, gell?«

»Das ist kein Gschirreinsatz, sondern ein Polizeieinsatz«, konterte Körner und blickte ihn durch den Rückspiegel genervt an. Manchmal könnte er Mike auf den Mond schießen …

Zwei Polizisten winkten das S-C-ONE Team zu einer der Punschhütten. Eine Menschentraube wich zurück und machte den Platz frei.

Ein kräftiger Mann, etwa um die sechzig, stand vor der Hütte, neben ihm eine Frau, noch keine vierzig. Sie steckte in einem wattierten, dunkelblauen Anorak und trug eine knallrote Weihnachtszipfelmütze mit blinkenden Sternen und weißem Bommel, wie sie um diese Zeit viele Köpfe bedeckten – der Stimmung wegen, aber auch als Schutz vor der Dezemberkälte.

Hilflos sah sie in die Runde, dann wieder zu dem Mann hin, der grimmig dreinblickend dastand, während sich ein Polizist Notizen machte, vermutlich die Daten der beiden aufschrieb.

Die zwei Klappen, die sonst den Ausschankbereich der Hütte überdachten, waren heruntergelassen.

»Grüß euch, Kollegen«, begann der Beamte und sah auf seinen Notizblock.

»Also, die Fakten«, er blickte zum Kommissar, »das ist Friedrich Hamlinger, der Verantwortliche dieser Punschhütte. Er hat seinen Betrieb in Guntramsdorf«, stellte er den Mann vor. »Und das«, er wies mit dem Kuli auf die junge Frau, »das ist seine Lebensgefährtin, Eveline Lanzendorfer, die in der Hütte da ausschenkt. Die Punschhütte haben wir sicherheitshalber versperrt und auch die Spurensicherung verständigt ... die stehen aber noch im Stau.«

Währenddessen trat der andere Polizist hinzu, der bis jetzt die Leute auf Abstand gehalten hatte, begrüßte die V-Agenten und meinte gereizt:

»Hean S', die Leut gengan ma ordentlich auf'n Wecka. Gibt eh nix zum Schaun, aber sie kräuln da zuwe, als wann's was zum gwinnan gäbert!«

Er sah kurz auf Körner und Lehner und bat sie:

»Gehn S', helfn S' ma«, und schritt dabei erneut auf die Menge zu, die den Kreis um die Beamten wieder geschlossen hatte.

»Da gibt's nix zum Schaun!« Der Beamte dirigierte mit seinen Armen. »Gengan S' weiter! Für heute ist der Laden zua! Oder will sich noch wer freiwillig den Magen verrenken?«

Die beiden V-Agenten halfen dem Beamten, redeten auf die Leute ein. Ein besonders Schlauer, bereits mittelschwer angesäuselt, zog einen Vergleich mit dem Giftattentat, das angeblich einem Bürgermeister gegolten hatte.

»Sch-Stellen Sie sich Ihnen vor ... das hätte auch mich er-erwischen können«, erregte sich der Mann, »weil ich hab bei der P-Punschhütten einen P-Punsch k-konsumiert – hicks!«

»Dann haben S' aber doppeltes Glück gehabt!«, beruhigte ihn Axel Körner und fuhr fort: »Erstens, weil Sie nicht der Bürgermeister sind. Den kenn ich nämlich, zwar nicht persönlich, aber aus der Zeitung. Und zweitens, weil Sie ... Moment ...! Wann haben Sie den Punsch hier getrunken?«

Der Mann sah auf seine Uhr. Klopfte drauf, hielt sie an sein Ohr und blickte dann auf die Uhr am Rathausturm.

»Des … is … jetzt – hicks – schon … etwas länger her!«

»Moment, warten Sie! Ich brauche Ihre Daten. Bleiben Sie bitte da stehen, bis der dort drüben Sie befragt!« Dabei deutete Körner auf den Kommissar. Zu den Umstehenden sagte er:

»Und die anderen – bitte – für heute ist Schluss mit der Vorstellung … oder hat noch wer hier etwas konsumiert?«

Stumme Verneinung war die Antwort.

»Also dann – auf Wiederschauen!«

Während der V-Agent die Daten des Angeheiterten aufschrieb, löste sich die Menschenansammlung langsam auf.

Meller hatte indessen einen Anruf auf sein Handy bekommen und war hinter die Punschhütte gegangen, um die Anruferin besser verstehen zu können. Von Claudia Rotter erfuhr er eine schockierende Nachricht. Einer der vier Eingelieferten – ein älterer Mann mit schwerem Herzleiden – war inzwischen verstorben. Das Gift hatte ihm den Rest gegeben. Dabei hatte der Mann in seinem Zustand dem Arzt noch mitteilen können, dass man es auf ihn abgesehen habe. Undeutlich gesprochene Wortfetzen, zuletzt nur geflüstert, beinahe unhörbar. Doch noch bevor er einen Namen nennen konnte, fiel er ins Koma, aus dem ihn die Ärzte nicht mehr zurückholen konnten.

Über Mellers Rücken spannte sich eine Gänsehaut, als er das hörte. Brutal – wenn das nun ein gezielter Anschlag war?

Doch um das zu ermitteln, dafür war er jetzt an Ort und Stelle. Schon wollte er das Handy wegstecken, als es abermals läutete. Sie war dran.

»Hallo, Bella! Wo steckst du? Ich hab mir schon Sorgen um dich gemacht!«

Meller war beruhigt, als er ihre Stimme hörte. Doch gleichzeitig warnte ihn ein unbestimmtes Gefühl.

Sie klang fremd, ganz anders als sonst, als sie sprach:

»Mario … ich … ich bin schon zu Hause. Es ist nichts … bitte, es ist nichts …« Dann brach sie kurz ab. Ihm war, als kämpfe sie mit den Tränen. Leise sprach sie weiter: »Komm heute zu mir … nicht zu spät, bitte … ich muss mit dir reden.«

»Bella, was ist …?«

Doch sie hatte bereits aufgelegt. Eine böse Vorahnung befiel ihn, während er das Handy in die Tasche gleiten ließ.

Bella war in den letzten Monaten über ein ungewohntes Ziehen im Unterleib beunruhigt gewesen – nein, nicht ihren Zyklus betreffend, es war anders, gestand sie ihm eines Morgens. Bloß eine Verkühlung, hatte sie gedacht. Sie war oft schwimmen, hatte anschließend ihre nassen Badesachen angelassen und sich in der Sonne gebatzt, so, wie sie es schon seit ihrer Jugend machte. Weil dieses Ziehen nicht aufhörte, war sie zur Frauenärztin gegangen. Die schickte sie nach Wien in eine Spezialklinik, um sie durchchecken zu lassen.

An diesem Tag hatte sie eine letzte Untersuchung und sollte die Befunde erhalten. Erwartungsgemäß harmlos, wie ihr die Ärztin beruhigend versichert hatte – in ihrem Alter kämen halt jetzt langsam die ersten Wehwehchen –, aber diese Sache genauer anzuschauen, würde nicht schaden …

Als Meller wieder hinter der Holzhütte hervortrat, sah er zwei Männer in unmittelbarer Nähe. Einer der beiden hatte eine Kamera auf ihn gerichtet, die blitzend klickte. Es waren Ewald Bacher, der Chefredakteur der *Neue-Süd,* und sein Fotograf.

»Herr Bacher … bitte nicht …«, bat Meller und hielt sich eine Hand vor Augen, weil ihn das Geblitze störte.

»Eh klar … überall, wo's nix zum Schauen gibt, sind die dabei«, ätzte Axel Körner, ging auf sie zu und wollte dem Fotografen die Kamera wegnehmen.

»Körner, lass ihn!«

Der Kommissar sah müde auf die beiden und versicherte dem Journalisten:

»Rufen Sie mich später an, Herr Bacher. Wir wissen ja, wie das Spielchen läuft … Sie stören unsere Ermittlungen nicht, dafür erhalten Sie von mir das Nötige für Ihr Blatt, okay?«

»Sehr okay, Herr Meller«, antwortete Bacher, grinste wie immer, winkte den Fotografen zu sich und sie verzogen sich.

Klappt ja, dachte Meller, man braucht nur deutlich zu reden. Doch dann fiel ihm wieder Bellas gehetzter Anruf ein.

Ich habe jetzt hier zu tun, zwang ihn sein Pflichtgefühl, und er ging auf die paar Leute zu, die noch vor der Hütte standen.

Inzwischen hatte leichter Nieselregen eingesetzt. Auch das noch, murrte der Kommissar innerlich und zog fröstelnd die Schultern zusammen, er war sichtlich nicht passend gekleidet. Sein Lieblingsparka war zwar praktisch, jedoch für dieses Sauwetter schlichtweg zu dünn.

Aus den Augenwinkeln nahm er wahr, wie sich ein Schatten vom Gewerbehaus löste. Ein Mann, dessen Gesicht er leider nicht mehr sehen konnte, verschwand um die Ecke.

Noch so ein Schaulustiger, der nicht genug bekam!

Wäre der Kommissar in Gedanken nicht so sehr mit seiner Wetterfühligkeit und Bellas Telefonat beschäftigt gewesen, er hätte dieser Beobachtung mehr Bedeutung geschenkt …

Vergifteter Punsch!

Diese Hiobsbotschaft hatte die Fußgängerzone gesäubert. Das Nieseln, das sich jetzt zu einem unbarmherzigen Winterregen ausartete, tat sein Übriges dazu. Was auch immer – war es das Vergiftungsgerücht oder der Regenguss –, der Schrannenplatz war wie leer gefegt.

Die Punschhütten standen einsam in der Dämmerung im Halbkreis auf dem Schrannenplatz. Matter, rötlicher Lichtschein,

Kinderchöre von der CD sowie der Duft von Gewürzen und Alkohol waren das Einzige, was adventhaftes Feeling vermittelte.

Bei einigen Hütten waren die Klappen heruntergelassen. Jene Betreiber, die ihren Erlös aus dem Verkauf von Christbaumkugeln, pseudogeschnitztem Holzfiguren oder glitzerndem Klimbimkitsch erzielten – Massenware, wie man sie auf sämtlichen Weihnachtsmärkten bekam –, hatten für heute Schluss gemacht. Wem war bei einem solchen Wetter schon nach Glitzerkugeln oder sonstigem Kitsch.

Der Kommissar zählte – fünf Hütten, ausnahmslos Punschläden, waren noch in Betrieb.

Auf den Stehtischen, die um die Hütten standen, brannten noch vereinzelt Kerzen in kleinen Laternen, die ihr flackerndes Licht über blanke Tischplatten warfen. Wind kam auf und löschte die letzten Kerzenflammen.

Ein paar Laternen purzelten, Glas zersplitterte.

»Scheißweihnachten!«, fluchte ein Mann und eilte aus seiner Holzbude, um die Laternenreste einzusammeln.

Die Glocke im Rathausturm kündigte mit metallischen Schlägen die Uhrzeit an:

Peng … peng … peng … peng … peng … peng – sechs Mal.

Es waren fast keine Menschen unterwegs. Die wenigen huschten, die Köpfe tief in Jacken- und Mantelkrägen eingezogen, über das Pflaster und verschwanden in der Dunkelheit.

Im Lichtschein mehrerer Scheinwerfer, die den Schrannenplatz beleuchteten, glitzerten Regentropfen wie Millionen winziger Sternschnuppen, die sich todesmutig in die Tiefe stürzten.

In den noch offenen Hütten werkelte das Personal, blickte jedoch dementsprechend frustig drein, weil wegen fehlenden Publikums kein Geschäft mehr zu machen war.

Zwei der vier Männer, die an einer Punschhütte standen, schäkerten mit der Ausschankhilfe, die anderen stierten stumm in ihr Häferl, das sie mit beiden Händen umklammert hielten und aus dem sie alle paar Augenblicke einen Schluck nahmen.

»Ein Geschäft ohne Geschäft ist kein Geschäft«, bemerkte Axel Körner vielsagend. Der Kommissar schien ähnlich gedacht zu haben, nickte gedankenverloren. Dann wandte er sich dem Betreiber der Hütte zu, vor der sie standen.

»Ich habe soeben eine folgenschwere Nachricht erhalten: Einer der Eingelieferten ist im Krankenhaus seiner Vergiftung erlegen. Zuvor konnte er dem Arzt jedoch mitteilen, dass er mit Absicht vergiftet worden sei …«

Der Kommissar setzte kurz ab, um zu sehen, wie seine Botschaft auf den Mann wirkte, und fuhr fort:

»Das hat schwerwiegende Konsequenzen, Herr Hamlinger. Sie werden anschließend mit uns in den S-C-ONE fahren!«

Da wich der Mann zurück, tippte mehrfach mit dem Zeigefinger auf seine Brust, während er sich mit der anderen Hand am Thekenbrett festhielt und aufgebracht schrie:

»Wer? Ich? Ich soll wen vergiftet haben? Ja, wen denn? Kenne ich den? Genauso kann es ein Anschlag auf mich gewesen sein! Oder auf die Eveline! Was weiß ich, wer uns was anhängen will! Das ist doch ein kompletter Blödsinn!«

Hamlinger stöhnte auf, griff sich an den Kopf, fuchtelte mit seinen Händen, ging dann auf den Kommissar zu, wollte ihn am Kragen packen und schrie hysterisch:

»Bittee …! Warum soll gerade *ich* einen um die Ecke bringen?«

Meller, der zurückgewichen war, unterbrach ihn schroff:

»Schreien Sie nicht so herum! Noch hat niemand behauptet, dass Sie jemanden – wie Sie sagen – um die Ecke bringen wollten. Aber in Ihrer Hütte ist ein Getränk ausgeschenkt worden, das drei Männer in akute Lebensgefahr gebracht und einen Mann das Leben gekostet hat! So, wie Sie sich gebärden, Herr Hamlinger, habe ich da auf einen Verdacht zu schließen, oder was …?«

Spinnt der? Oder er hat wirklich Dreck am Stecken!

Der Kommissar war wütend, atmete tief durch und bestimmte:

»So, und jetzt gehe ich da rein.« Er deutete auf die Punschhütte. »Sie warten bei meinen Kollegen, bis ich Sie rufe! Sie haben mich verstanden?«

»Ja, hab ich«, gab der Mann jetzt kleinlaut von sich, während er grimmig auf seine Lebensgefährtin blickte.

»Wer hat den Schlüssel?«, wollte der Kommissar wissen.

Einer der Beamten sperrte die Hütte auf und machte Licht. Meller verschwand darin.

»Hean S', Herr Inschpekta! Mir wird kalt und Hunger hab ich auch! Außerdem muss ich nach Haus, mei Alte wartet auf mich!«, meckerte jetzt der Besäuselte.

Axel Körner, sattelfest im Umgang mit Betrunkenen, redete beschwichtigend auf ihn ein:

»Warten S' noch ein bisserl, Herr Cvitkovits. Dafür fahren wir Sie dann nach Hause … gratis!«

»Wenn der Herr Inschpekta glauben?«, gluckste jetzt der Mann. »Hehehe! Se fahrn mi wirklich nach Oberwart …?«

Meller, ohnehin schon gereizt, hatte diesen Dialog mitangehört, eilte aus der Hütte heraus und fuhr den Besoffenen an:

»Wie wären Sie denn in Ihrem Dusel heimgekommen? Etwa gar mit dem Auto? Dann können Sie Ihre Papiere gleich bei dem Kollegen da abgeben!« Er zeigte auf einen der beiden Polizisten.

»Woa doch nur a Schmäh, Herr Inschpekta!«, gab er jetzt klein bei. »Ich schlaf heut eh bei meiner … bei meinem Freund in der Giannoni-Gasse.«

Das Wort »Giannoni-Gasse« verpasste Meller einen leisen Stich in der Herzgegend. Eva Roth, diese verrückte Malerin, wohnte in jener Gasse.

Er winkte einen der Polizisten zu sich und bat ihn, den Mann aus seinem Blickfeld zu schaffen und zu seinem angeblichen Freund zu bringen. Seine Daten hatten sie. Ernstzunehmende Informationen aus ihm herauszukitzeln, war in seinem Zustand nutzlos, und mit Besoffenen zu diskutieren, das widerstrebte dem Kommissar prinzipiell.

Der Beamte schnappte den Betrunkenen, hakte sich ein und sagte:

»So, und jetzt geht's zum besten Freund. Wie heißt denn die Schöne, wenn ich fragen darf?«

»Se san aber ein Blitzgneißer, Herr Inschpekta! Wolln wir net vorher noch auf ein Bierli ins Mautwirtshaus? Ich lad Sie ein, weil ich hab heute die Spendierhosen an!«

»Hoppala …! Heben S' Ihre Füße, Herr Cvitkovits!«

Beinahe wäre der Polizist mit ihm hingefallen.

»Ein Bierli und ich tanz wie ein Tanzbär«, kicherte Cvitkovits, während sie sich aufrafften und davonwankten.

»Jetzt halten S' Ihren Mund, sonst falln S' noch drauf und Ihr Freund wird beim Schmusen keine Freud haben.«

»Ein Bierli nur, Herr Inschpekta … weil die … die Lisi ist noch in der Arbeit … hicks.«

Die Dunkelheit verschluckte die beiden Gestalten. Der Regen, der noch stärker wurde, erstickte jedes weitere Wort …

Der Kommissar begab sich wieder in die Punschhütte.

Es war knapp Platz für zwei Personen, wenn sie nebeneinander standen. An der Rückwand bogen sich Regalbretter unter der Last verschiedener Schnäpse, Weinbrände und Liköre, die in Flaschen aufgereiht standen. Der Rest der Regale war mit Schokoladen, Keksen und allerlei Süßigkeiten gefüllt.

Unter der schmalen Arbeitsplatte standen fünf weiße Plastikkanister, teilweise noch voll – fertige Punsch- und Glühweinmischungen, vermutete der Kommissar.

Aufgeschnittenes Brot lag in Plastikfolie eingewickelt auf der Arbeitsplatte. Auf einem Schneidbrett sah er mehrere Brote, eins davon mit Liptauer bestrichen – angebissen abgelegt. Der Aufstrich war eingetrocknet und das Brot bog sich leicht nach oben. Seitlich standen in Plastikboxen verschiedene Aufstriche, aufgeschnittener Speck lag in einer Vorratsbox. Das Gefäß mit dem Liptauer war offen, ein kurzes Messer steckte noch in der Masse, der Deckel lag auf dem Boden. Gewürzmischungen, Salz und Pfeffer standen daneben. Eine aufgerissene Packung Servietten war mit Liptauer bekleckert, ein Brotmesser lag quer darüber. Unter der Arbeitsplatte neben der Tür quoll ein mit Essensresten, benützten Servietten, Zigarettenkippen und Plastikmüll vollgestopfter Mistkübel über. Reste lagen auf dem Boden verstreut. Seitlich der Ausschank befand sich eine weitere Arbeitsplatte, auf der zwei typische Töpfe standen, wie sie für das Erhitzen von Punsch und Glühwein verwendet werden. Daneben, auf einer elektrischen Herdplatte, brodelte in einem kleineren Topf Wasser vor sich hin. An einem Kochlöffel, der obenauf lag, hingen mehrere Teebeutel in die kochende Brühe und schwammen wie kleine Schiffchen munter hin und her.

Meller schaltete die Herdplatte ab. Dann legte er je eine Hand auf die Plastikdeckel der großen Töpfe. Sie waren noch lauwarm. Er öffnete beide Behälter und sah hinein. Der eine Topf war beinahe voll, beim anderen fehlten mehr als drei Viertel des Inhalts. In einem offenen Behälter lagen Orangen, in Scheiben geschnitten. Daneben standen ein halb voller Aschenbecher, ein Zuckerstreuer und etwa zwanzig benützte Häferln, aus dunkelblauer Keramik mit Mödlinger Motiven. Unterhalb der Arbeitsplatte, vis-à-vis des Mistkübels, standen in blauen, gestapelten Gitterkörben weitere Mödling-Häferln.

In diese Punschhütte müsste schnellstens jemand vom Marktamt kommen, stieß es dem Kommissar eklig auf.

»Na endlich …! Die Spurenermittler sind da!«, sagte Mike Lehner. Er war zu Meller in die Hütte getreten.

»Was machen wir jetzt? Nehmen wir die beiden gleich mit?«

»Das müssen wir. Aber vorher fahren wir mit den beiden nach Guntramsdorf und schauen uns im Betrieb um. Ich mach das mit Körner. Fahr du nach Hause, Mike, für heute reicht's.«

»Eh klar, ich schon wieder!«, beschwerte sich Körner, der hinzugetreten war.

»Mike hat Familie … du bist solo – so weit ich weiß. Außerdem willst du eines Tages meinen Job übernehmen. Mach's für die Karriere. Überhaupt, Axel, etwas mehr kollegiales Verhalten kann nicht schaden und ist unglaublich förderlich für deine Charakterbildung.«

Der Kommissar lächelte Körner an, während er sich von Mike Lehner mit einem Kopfnicken verabschiedete.

»Das heißt, es wird wieder eine lange Nacht werden«, lamentierte Körner.

»Du sagt es«, bestätigte der Kommissar …

Dass weder Hamlinger noch die Frau das Gift in den Punschkanister geschüttet hatten, das war so eindeutig, wie das Wetter scheußlich war. Denn mit einem Giftattentat freiwillig sein eigenes Geschäft zu ruinieren, so blöd konnte niemand sein!

Auch wenn der Kommissar nach dem Saustall in dieser Hütte

niemals auch nur einem Schluck einer Hamlinger-Punschmischung über seine Lippen gebracht hätte – andere hatten diesen Mist in sich hineingeschüttet, lagen jetzt mit schwersten Vergiftungen im Krankenhaus und einer von ihnen pendelte bereits zwischen Himmel und Hölle.

War in den meisten Punschhütten die Beleuchtung auf schummriges Rot gedimmt, um die mangelnde Sauberkeit zu kaschieren? Oder war das sündige Krampusrot nur zur Animation, um sich das Fest der Liebe ein bisschen schönzutrinken, weil der Geschenkekaufrausch – nüchtern betrachtet – nicht auszuhalten war? Bestimmt von beidem etwas.

Man würde es tags darauf wissen, wenn eine deftige Mundecke oder Fieberblase die Lippen verzierte, weil entweder die Häferln nicht sauber genug gereinigt worden waren bzw. zu wenig Alkohol – von wegen Desinfektionswirkung – den heißen Gesöffen beigemischt worden war.

Meller dachte an vergangene Punschsaisonen, seit er wieder in Mödling lebte. Regelmäßig hatte er unter dieser lästigen Lippenbefleckung zu leiden. Wobei er das Jahr über nie solche hässlichen Dinger bekam.

Doch in dieser Saison, da war sich Meller sicher, würde kein Punsch, kein Glühwein sein Immunsystem schwächen. Egal, wer ihn dazu einladen wollte, er würde standhaft bleiben!

Es müsste eine Bazillenvernichtungswaffe geben, die Mundecken und Fieberblasen von Punschhütten fernhält. Ähnlich diesen Mückenbrutzlerlampen, die in den Sommernächten die lästigen Stechbiester mit einem *Brtzl-brtzl* in Asche verwandeln, kam es Meller in den Sinn. Und wer dieses Ding nicht in seinem Kobel aufhängt, muss eben zusperren.

So wie jetzt der Hamlinger. Er war vermutlich unschuldig, aber sein Geschäft war nach dieser Giftgeschichte gelaufen.

Doch was weiß man, irgendwie hat jeder Dreck am Stecken und der Hamlinger eine Holzbude voll davon.

Vielleicht wurde der Weinhauer von einem Konkurrenten erpresst? Oder seine Lebensgefährtin wollte ihm einen Denkzettel verpassen? So, wie die Lanzendorfer mit grimmigem Blick neben der Hütte gestanden und kein Wort mit dem Hamlinger gesprochen hatte, war das schon denkbar.

Aber nach dem ersten Eindruck der beiden wusste der Kommissar: Die hatten das Gift nicht beigemischt. Nein, diesen hinterfotzigen Anschlag hatte jemand gezielt inszeniert.

Dennoch mussten Hamlinger und Lanzendorfer bis dato als Verdächtige gelten, und der Betrieb in Guntramsdorf sollte sofort durchsucht werden. Irgendwann musste das Gift ja in einen oder mehrere Plastikbehälter gekommen sein. Noch war auch nicht bestätigt, ob alle Kanister selbiges Teufelszeug beinhalteten. Nur wann, wie und durch wen wurde diese Alkohol-Zucker-und-Gewürzebrühe in eine höllische verwandelt?

Während die Spurenermittler die Punschhütte systematisch auseinandernahmen, um sie anschließend zu versiegeln, fuhren Meller und Körner mit den »Verdächtigen« nach Guntramsdorf.

»Was …? Bist du wahnsinnig geworden …? Na warte …!«, brüllte Friedrich Hamlinger und wollte auf ihn einschlagen.

Da sprang die Frau auf und schrie ihn an:

»Fritzi, bist jetzt schon ganz narrisch worden!«

Der Kommissar packte blitzschnell die Hand des Mannes und stieß ihn zurück.

»So läuft das nicht, Herr Hamlinger!«, herrschte ihn Meller an, während der Junge hinter seiner Mutter Schutz suchte.

Hamlinger bebte vor Wut. Unter Zornesröte traten die Adern an seinen Schläfen und am Hals hervor.

»Ich hab immer gsagt, dieses Gfrast ghört ins Erziehungsheim gsteckt! Jetzt hamma den Salat!«

Er sah auf die Frau und herrschte sie an:

»Und du? Du bist schuld … weil du ihn immer so verwöhnst!«

»JETZT REICHT'S ABER …!«, brüllte Meller nun dazwischen.

Das wirkte. In normaler Lautstärke sprach er weiter:

»So nicht, Herr Hamlinger! Mag sein, dass der Junge das Zeug hineingeschüttet hat. Aber schuld ist derjenige, der das Gift frei zugänglich lagert. Und dafür sind allein Sie verantwortlich!«

Der Junge zuckte zusammen, als Meller sich an ihn wandte:

»Also, Felix … vor mir brauchst du keine Angst zu haben. Ich beschütze dich vor Herrn Hamlinger. Er wird dir nichts antun, dafür werde ich persönlich sorgen. Aber du musst auch ehrlich zu mir sein, wenn ich dich jetzt frage.«

Meller blickte den Jungen prüfend an.

»Sag, hast du das Pulver in den Kanister geschüttet?«

Völlig verängstigt und in Panik sah Felix zu Meller auf, dann auf Hamlinger und erneut zum Kommissar.

Dann nickte er stumm und sah zu Boden.

»Na komm, Felix«, munterte ihn Meller auf, »ich brauch ein deutliches Ja von dir.«

»Jahh«, flüsterte der Junge und zitterte am ganzen Körper.

»Na, sehen Sie, Herr Kommissar? Ich hab's gleich gesagt, der Bengel war's! Und jetzt ist einer dran krepiert und ich …!«

»Herr Hamlinger!«, unterbrach ihn Meller schroff und wendete sich wieder dem Buben zu.

»Und warum hast du das gemacht, Felix?«

Starr vor Angst stand der Junge vor den Erwachsenen … und machte sich in die Hose. Sie sahen, wie sich der Stoff dunkel färbte und sich auf dem Boden eine kleine Pfütze bildete. Mit beiden Händen versuchte er, den Fleck zu verdecken.

»Weil … weil … er mich … immer so viel hauen tut!«, flüsterte er fast unhörbar.

»Das Gfrast lügt ja wie gedruckt! Na warte, du Rotzpipn! Dir werd ich's geben!«

Hamlinger wollte wieder auf den Jungen losgehen.

Da riss Meller endgültig der Geduldsfaden. Er sprang dazwischen und zischte dem Mann ins Gesicht, so dass nur er es hören konnte:

»Sie halten jetzt Ihre blöde Klappe, Mann! Ich bringe Sie sofort hinter Gitter, wenn Sie noch einmal versuchen, auf den Jungen einzuschlagen! Haben wir uns verstanden?«

Er nickte Körner zu – der verstand.

»Kommen Sie, Herr Hamlinger, wir gehen jetzt ein bisschen an die frische Luft. Dort können Sie Dampf ablassen.«

Er schnappte den Mann grob an der Schulter und dirigierte ihn zur Tür hinaus.

Der Kommissar atmete durch. Er forderte die Frau und den Jungen auf, beim Küchentisch Platz zu nehmen.

Durch das Fenster sah Meller im Licht der Hofbeleuchtung, wie Hamlinger mit Körner heftig diskutierte und der V-Agent beschwichtigend auf den Mann einredete.

Abgesehen davon, dass Hamlinger mit seiner aufbrausenden Art sich den Kommissar nicht gerade zum Freund gemacht hatte – seine kleine Wirtschaft war ein einziger Saustall.

Meller und Körner hatten sich sämtliche Räumlichkeiten zeigen lassen. Im Vorratsschuppen waren sie dann auf ein hochgiftiges Pestizid in konzentrierter Form, das in unmittelbarer Nähe der Plastikkanister gelagert war, gestoßen. Das geöffnete Gebinde stand im Regal, eine Spur der verräterischen Substanz führte vom Regalbrett über den Boden bis hin zu dem Platz, wo die Kanister gestanden hatten.

Das anschließende Verhör von Hamlinger, seiner Lebensgefährtin und dem Kind brachte schließlich die erschütternde Gewissheit zu Tage:

Die Haustür und das Gartentor hatten offen gestanden, als Felix von der Schule nach Hause gekommen war. Und Pucki, der Rottweiler, war verschwunden. Hamlinger hatte den Jungen beschuldigt, er hätte den Hund entkommen lassen. Die Mutter war in Mödling in der Punschhütte, um sie sauber zu machen. Der Vortag war recht heftig gewesen und das Geschäft gut gelaufen.

Hamlinger hatte den Jungen wieder einmal verprügelt, daraufhin war Felix ausgebüchst, hatte sich im Vorratsschuppen versteckt und aus Wut dieses Mittel in einen Kanister getan. Eh nur ein bisschen und nur in den ersten Kanister. Dann war er aus seinem Versteck gekrochen und hatte Pucki gesucht. Aus Angst, weil er wusste, dass es wieder Prügel geben würde, wenn der Hund am Abend nicht zu Hause war.

Diese Informationen bekam der Kommissar erst nach behutsamem Befragen des Jungen, der dazwischen immer wieder in Tränen ausbrach …

Frau Lanzendorfer hielt den Jungen in ihren Armen, während dieser leise vor sich hinwimmerte.

»Psss, psss, psss …! Alles wird wieder gut«, tröstete sie ihn, streichelte sein wirres Haar aus dem Gesicht und fragte ihn vorwurfsvoll:

»Warum hast du mir nie gsagt … dass er dich haut?«

Hilfesuchend sah die Frau zu Meller hin und flüsterte:

»Ja, mei …! Was muss der Bub durchgemacht haben. Ich hab von dem Hauen wirklich nix mitbekommen. Der Fritzi war bei mir nie so. Wir haben in letzter Zeit zwar manchmal schon recht viel gestritten, zughaut hat er jedoch nie! Aber dass er den

Buben schlagt? Ich hab nie was davon gemerkt ... und ... wenn der Bub zu mir nix sagt?«

Sie sah den Jungen an und jammerte:

»Herrgott noch einmal! Felix, ich kann das doch net riechen«

Sie drückte den Buben kurz fest an sich und lamentierte:

»Furchtbar! Jetzt das mit den Leuten im Krankenhaus ... einer tot ... schrecklich! Der Bub kann doch nix dafür, der ist doch viel zu jung. Der weiß doch gar nicht, dass er so was anstellen könnt! Was soll ich denn jetzt machen, Herr Kommissar?«

»Geben Sie Ihrem Buben zuerst einmal ein Taschentuch, damit er sich schnäuzen kann«, forderte Meller sie auf, »und dann werde ich Ihnen sagen, was zu tun ist.«

Meller sah zu, wie sich der Junge die Nase putzte und die Tränen aus den Augen wischte.

»Vorweg mein persönlicher Rat: Ich empfehle Ihnen, diesen Mann so schnell wie möglich zu verlassen, das ist das eine. Das andere – wie Sie sehen, kann auch ein so kleiner Junge was ganz Entsetzliches anstellen. Verantwortlich dafür aber sind die Eltern ... also Sie, Frau Lanzendorfer. Das wird das Gericht ebenfalls so sehen und danach urteilen.«

»Um Gottes Willen, muss ich denn jetzt deswegen gar ins Gefängnis? Was passiert denn dann mit dem Buben?«

Ängstlich sah Felix zum Kommissar und flüsterte:

»Bitte ... nicht die Mama einsperren ... ich hab das gmacht ... ich ... ich geh gern ins Gefängnis.«

»Also, Felix, jetzt hör mir einmal gut zu ... du musst nicht ins Gefängnis«, fast hätte Meller auflachen müssen, wäre die Angelegenheit nicht so schrecklich gewesen.

Zur Frau gewendet, sagte er:

»Frau Lanzendorfer, ich informiere Sie lediglich, was auf Sie zukommen wird, weil so ohne Weiteres lässt sich dieser Fall nicht aus der Welt schaffen. Da kann ich Ihnen keine Hoffnung machen … Allerdings, die Sache mit dem Verprügeln wird der Fürsorge gemeldet. Wir sehen hier Handlungsbedarf – ich muss Ihnen das so offen sagen. Sie sind als Aufsichtspflichtige für die Sicherheit und das Wohlergehen Ihres Sohnes verantwortlich. Und wenn Ihr Lebensgefährte das Kind schlägt und misshandelt …«, Meller sah auf den Jungen und schwieg. Die ängstlichen Kinderaugen schnitten ihm die Kehle zu.

So einen Jungen hätte ich beinahe einmal gehabt, dachte er mit Wehmut. Er wurde unendlich traurig, und eine gehörige Portion Wut stieg in ihm hoch.

Da saß ein völlig verschreckter Siebenjähriger vor Meller und hoffte sehnlichst, endlich von diesem Unhold erlöst zu werden.

Sich aus den Hamlinger-Fängen zu befreien, dazu war der Junge allein nicht in der Lage und seine Mutter leider zu dumm. Sie hatte nicht bemerkt, was ihrem Kind angetan worden war.

Nach den Gesprächen, die Meller mit Frau Lanzendorfer geführt hatte, erkannte er schnell, wie nachlässig sie in der Betreuung und Fürsorge ihres eigen Fleisch und Blutes war – schlichtweg alarmierend!

Auf die Frage, wer Felix' Vater sei, konnte die Lanzendorfer keine Auskunft geben. Sie hatte dieses Thema aus ihrer Seele verbannt, für ihren Sohn sollte es keinen leiblichen Vater geben.

Was für eine traurige Welt, in welche dieser Junge hineingeboren worden war. Und jetzt war er einem Jähzornigen ausgeliefert, der alles andere als ein guter Ersatzvater war.

Manche Menschen sollten nie Kinder bekommen dürfen, kam es Meller in den Sinn, als er die Frau mit ihrem Jungen vor sich sitzen sah. Menschlich gesehen kein korrekter Gedanke, das wusste er. Doch was war schon menschlich in dieser Familie.

Er hoffte nur, dass die beiden so schnell wie möglich diesen

Mann verlassen konnten und in einem liebevollen Umfeld, in dem der kleine Felix endlich wieder »Kind sein« durfte, ein neues Zuhause finden würden.

Wie Meller von Eveline Lanzendorfer erfahren hatte, war ihr Leben eine einzige Achterbahn. Sie kam aus einem lieblosen Elternhaus, suchte als Jugendliche nach Zuwendung, Liebe und Anerkennung und glaubte jedem Mann, der sich für sie interessierte. Die Folge: Sie warf sich vielen Männern an den Hals, die ihr einen unsteten Lebenswandel, schließlich eine ungewollte Schwangerschaft bescherten, mit Felix als Ergebnis. Sie wusste nicht genau, wer der Vater war, wollte daher auch keinen der infrage kommenden Männer damit konfrontieren.

Das Baby hätte endlich Glück und Freude in ihr tristes Leben bringen sollen, daher nannte sie es Felix – der Glückliche.

»Ich war schon immer eine verbissene Einzelkämpferin«, verriet sie trotzig. Wenn auch eine sehr naive, fand Meller.

Knapp drei Jahre zuvor lernte sie Friedrich Hamlinger kennen. In Ermangelung einer geeigneten Wohnung – sie war wieder einmal in finanziellen Nöten und konnte sich die Miete nicht mehr leisten – zog sie nach ein paar Tagen gleich bei ihm ein. Zu Beginn hatte es recht gut funktioniert, doch nach einem Jahr war die Beziehung nicht mehr so harmonisch. Wo aber sollte sie erneut unterkommen? Sie war dieses dauernde Umziehen leid, auch ihr Sohn litt sehr darunter und so schlimm war es beim Hamlinger auch wieder nicht.

Doch um die Weihnachtszeit kam es immer öfter zu Streitereien. Heuer war es besonders schlimm. Die Schuld gab sie dem schlechten Geschäftsgang und den enormen Belastungen, die ihr Lebensgefährte zu tragen hatte.

Durch seine Scheidung und die Unterhaltspflicht für drei minderährige Kinder war Friedrich Hamlinger schlicht überfordert.

Als seine Exfrau von der neuen Beziehung erfahren hatte, überschüttete sie Hamlinger mit gerichtlichen Klagen. Die Folge waren Forderungen, die ihm die letzten Reserven raubten.

Nur so konnte Hamlinger sich erklären, dass er Felix das öfter spüren habe lassen. Jetzt täte es ihm leid. Dass er wegen seiner Ex und ihrer Forderungen so auszucke, sei doch verständlich.

»Was? Und deswegen verprügeln Sie den Jungen? Was kann denn der Bub für Ihre widrigen Lebensumstände?«, hatte ihn Meller zusammengestaucht.

Was war an diesem Jungen alles verbrochen worden?

Er würde den Fall noch am selben Tag melden.

– – –

Sie saßen in der Küche.

Die Uhr aus gebranntem Ton an der Wand tickte unbarmherzig und zeigte knapp vor halb vier Uhr früh.

Naive Malerei beherrschte das Ziffernblatt – ein feistes Männlein mit Schlapphut und ein ebensolches Weiblein mit Zöpfen, umringt von rundlichen Kühen und Schafen vor rotglühenden Berghängen, gestützt von einer geschwungenen Banderole mit der Inschrift: »Val di Fassa«.

Den Stunden- und Minutenzeiger kümmerte das herzlich wenig. Unberührt bewegten sie sich über das kitschige Motiv. Sie tickten die Gegenwart ein, während sie sich fast unbemerkt von der Vergangenheit lösten. Nur der Sekundenzeiger überholte sie Runde für Runde, als wollte er die Zukunft einholen.

Tick … tack … tick … tack …

Das geht nicht, kam es Meller wie blöd in den Sinn, weil für ihn die Zeiten – Vergangenheit, Gegenwart und Zukunft – zu einem Klumpen zusammengeschmolzen waren.

Ein klebriger Kloß steckte in seinem Hals und schmerzte höllisch beim Runterschlucken in der Herzgegend, was Meller die Tränen in die Augen trieb. Er wischte sie unauffällig fort.

Sie trank Wein. Viel Wein.

Zitternd griff ihre Hand zum wiederholten Mal zum Glas und führte es zum Mund. Mit bebenden Lippen trank sie in kleinen Schlucken, bevor sie es absetzte und auf den Tisch stellte.

Sollte sie nur trinken, ihre Angst runterspülen und müde werden. Morgen würde alles anders aussehen.

»Was heißt morgen – morgen ist heute, ist jetzt! Es wird keinen Morgen mehr geben, an dem alles anders wird!«

Verbittert kamen Bellas Worte.

Mit einer ungeschickten Handbewegung hatte sie unabsichtlich ihr Glas umgeworfen und der Inhalt ergoss sich über den Befund. Sie sah zu, wie der Wein vom Papier aufgesaugt wurde, reagierte aber nicht.

Benützte Taschentücher lagen zuhauf neben ihrem Glas Meller nahm mehrere und wischte damit die Pfütze weg.

Die erste Flasche war bereits geleert und stand am Rand des Tisches, die zweite war noch halb voll.

Halb voll ist positiv und halb leer ist negativ, dachte er.

Doch Bellas Befund war weder mit halb voller noch mit halb leerer Flasche zu messen. Er war katastrophal und alles andere als ein positiver Grund zum Anstoßen.

Ihr Gesicht war gerötet, die Augen glichen entzündeten Wunden. Sie hatte keine Tränen mehr und ihm fehlten längst die Worte.

Bella schnäuzte sich zum x-ten Mal, dann flüsterte sie:

»Wirst du auf ihn aufpassen ... ihn beschützen?«

Seit Stunden flüsterte sie nur noch. Als wäre es verboten, ein solches Urteil mit aller Kraft hinauszubrüllen:

Großflächige Metastasenherde im Unterleib. Die Leber, die Gebärmutter und weitere innere Organe bereits befallen.

Bellas Todesurteil.

Sie wiederholte sich, weil er nicht antwortete:

»Wirst du ihn beschützen, Mario?«

Da legte Meller, wie schon Hunderte Male in dieser Nacht die Hand auf ihre und sagte ebenso leise:

»Mach dir um Manuel keine Sorgen, ich schaue auf ihn. Aber du … noch ist nicht alles verloren, noch gibt es eine Chance! Ein anderer Arzt soll dich untersuchen, Bella! Ich kenne da einen Spezialisten in Döbling, der …«

»Mario, bitte! Was glaubst du!«, zischte sie ihn an. »Der noch und dann der noch!«, unterbrach sie ihn schroff. »Mein Doktor ist auch ein Spezialist!«

Bella starrte wütend auf das feuchte Blatt Papier auf dem Tisch und sprach plötzlich überlaut. Meller erschrak.

»Was soll das noch für eine Chance sein? Doktor Bayer hat mir gesagt: vierzehn Tage, vielleicht eine Woche mehr. Und … und ich soll meine Dinge in Ordnung bringen. Das sei wichtig, sagte er.« Sie lachte zynisch auf: »Jaah … und psychologische Hilfe bekomme ich auch! Mein Gott, es gibt noch so viele Dinge zu erledigen, die ich nicht mehr schaffe! Wie soll ich das in der kurzen Zeit? Ich kann nicht …«

Ihre Unterlippe bebte, während sie sprach. Dann sank sie plötzlich kraftlos in sich zusammen und fiel seitlich vom Sessel.

Meller sprang auf und eilte ihr zu Hilfe. Doch zu spät, schon schlug Bella mit dem Kopf hart auf dem Boden auf.

»Um Himmels Willen, Bella! Was ist mit dir?«

Meller bettete sie vorsichtig in Seitenlage. Er fühlte ihren Puls. Sie war ohnmächtig geworden. Er rief die Rettung an, flehte den Mann in der Leitung an, sofort zu kommen, und gab die

Adresse durch. Dann kniete er sich wieder zu Bella und hielt ihre Hand.

Manuel stand schlaftrunken im Türrahmen, sah, wie Meller sich um seine Mutter bemühte und lief erschrocken auf sie zu.

»Mama …! Mama …! Was hast du mit meiner Mama gemacht? Ist sie tot?«, rief er und blickte angstvoll zum Kommissar auf.

»So red doch keinen Blödsinn, Manuel!«, fuhr Meller ihn an. »Schlecht ist ihr geworden und da ist sie umgekippt!«

»Aber sie ist ganz weiß im Gesicht und am Kopf blutet sie!«, erwiderte Manuel misstrauisch.

»Also, Manuel, jetzt komm, beruhige dich erst einmal und spinn dir nicht was Blödes zusammen. Setz dich zum Tisch und warte mit mir, bis die Rettung da ist. Ich habe sie schon verständigt, sie muss jeden Augenblick kommen. Deine Mama ist krank und muss sofort ins Spital. Aber es ist nichts Schlimmes, es wird schon wieder«, log er sich und den Jungen an.

Es muss wieder werden, Bella! Es muss, es muss …!

Meller hoffte und glaubte daran.

Und wenn es nicht mehr wird?

Dann würde er sich wie ein Vater um den Jungen kümmern.

Der *Favela-Ton* kam erst schleichend, zuletzt dröhnte er …

Vor Jahren wäre er in Rio de Janeiro bei einem Einsatz beinahe erschossen worden, hätte ihn nicht ein Kollege aus der Schusslinie gestoßen. An jenem Tag stellte sich bei ihm dieses tiefe Ohrenbrummen ein, ein ansteigendes Dröhnen, das sich unmerklich in seine Gehörgänge schlich. Immer dann, wenn er intuitiv eine heiße Spur witterte oder wenn er unter besonderem Stress stand …

Drei

Freitag, 5. Dezember 2008 …

Der Morgen war grauenhaft.

Mellers Augen lagen tief in den Höhlen und brannten. Er fühlte sich um Jahre gealtert. Der Geschmack im Mund war so schal, wie der Nebel bleiern war, der Mödling erstickte. Der Gutes wie Böses gnadenlos verhüllte, so dass nichts auch nur irgendwie wohin dringen konnte. Für Gerüchte ein schlechtes Wetter.

Ebenso war Meller seiner Gedankenwelt ausgeliefert. Orientierungslos – wie eine blinde, flügellahme Krähe, die auf einer gereinigten Asphaltfläche Futter suchen wollte.

Selbst Claudia Rotters unbekümmerte Fröhlichkeit nervte ihn in aller Früh. Er sperrte sich in seinem Büro ein, weil er beim obligaten Frühstück – Kaffee und Topfengolatsche – von niemandem gestört werden wollte.

Dann kam er und störte gewaltig.

Doch er musste stören, denn es war sein erster Arbeitstag im S-C-ONE, also kam die Rotter erst mal zum Handkuss.

»Ich sagte doch, ich will nicht gestört werden, auch nicht telefonisch«, schnarrte Meller seine Sekretärin durchs Telefon an.

»Das mag schon sein, aber der Neue ist da und will von dir eingeführt werden. Ich meine, auf seinen Arbeitsplatz. Den hat er in deinem Büro – schon vergessen?«

Mochte es Schlimmeres geben. An diesem Morgen war für den Kommissar die kleinste Störung schlimm genug.

Dabei konnte der Neue nichts dafür, dass er als V-Agent in Mellers Büro einzog. Sein Job verlangte es.

Die Begrüßung war dementsprechend schroff und dürftig, als Claudia mit dem Neuen auftauchte.

»Angenehm, Kommissar Mario Meller.«

»Sodala … Hofer mein Name«, begann der Neue, »es tut mir echt leid, dass ich da Ihr Büro …«

»Ich weiß, ich weiß«, unterbrach ihn Meller abwinkend.

»Einen Vornamen hat der Herr Hofer auch?«

»A-Punkt-Hofer … das A schteht für Andreas. Und das Hofer wie der Hofer von Tirol, unser Held.«

»Na, dann machen Sie Ihrem Vorbild keine Schande.«

Jetzt lächelte Meller und sagte:

»Ich bin übrigens auch einer, ein gebürtiger Innsbrucker.«

»Echt? Des isch aber bärig«, verfiel Hofer in ärgsten Tiroler Dialekt. »Kimm i mit an echten Tiroler zsamm, na, wia mi des gfreit! I bin a Haller.«

»Also, Herr Hofer«, lenkte Meller ein, »schrauben Sie Ihre impulsive Heimatverbundenheit ein bisschen zurück. Bei uns gibt es einige, die werden sich mit Ihrem Dialekt ein bisschen schwer tun.«

Meller wusste, wie Körner auf Tirolerisches reagierte.

Die allgemeine Einführung des Neuen überließ er aber seiner Sekretärin und verabschiedete sich:

»Also, nochmals – herzlich willkommen. Ich brauch jetzt etwas Frischluft. Mir wird's nämlich hier zu eng«, meinte er doppelsinnig.

Damit ließ Meller die beiden stehen und ging außer Haus. Derzeit gab es nichts zu ermitteln, abgesehen von der Hamlinger-Sache. Doch dieser Fall war für Meller geklärt und längst eine Angelegenheit für den Staatsanwalt und das Jugendamt. Körner hatte noch den ausführlichen Bericht zu verfassen und Meller auf den Tisch zu legen.

Der Kommissar hingegen hatte jetzt in seinem Innersten zu ermitteln, was zu ordnen und neu zu überdenken war.

Seit dem fatalen Krebsbefund und Bellas Zusammenbruch lähmte ein Gefühl absoluter Hilflosigkeit sein analytisches Denken. Dazu noch Manuel, der – als die Rettung kam – ausgeflippt war, sich auf seine Mutter geworfen hatte und nicht mehr zu beruhigen gewesen war. Meller hatte ihm versprechen müssen, dass er über Nacht bei ihm bleiben würde.

Noch nie hatte er bei den Fischers übernachtet.

Anfangs hatten er und Bella beschlossen, dass er nicht bis zum Morgen blieb, wenn er zu Besuch bei ihr war.

Manuel nur ja nicht überfordern. Er sollte auf die neuen Lebensumstände behutsam vorbereitet werden. Wobei es Meller in Wahrheit um seine Unabhängigkeit ging. So unvorbereitet für den Jungen die Rolle des Ersatzvaters zu übernehmen, wäre ihm doch etwas zu schnell gegangen.

Bella hatte jedes Mal gelächelt, wenn das Thema aufs Tablett kam, und überließ ihm letztlich die Entscheidung, ab wann sie zusammenziehen würden …

Ich sollte weg, dachte Meller – weit weg!

Wieder zurück nach Rio?

Doch von dort war er schon einmal geflüchtet, eben nach Hause, nach Mödling. In Rio war der Tod zu Hause, dort lag Lilian begraben – und hier würde er auch bald zuschlagen.

Überall ist der Tod zu Hause! Er ist allgegenwärtig. Die ganze Welt ist ein Totenhaus – widerwärtig!

»Auch ich werde eines Tages …«

Seine halblauten Worte wurden von Sambaklängen unterbrochen. Sie zu Ende zu denken, missfiel ihm. Gedanken an den Tod waren nie gute Gedanken.

Der Sambasound seines Handys!

Leicht und unbeschwert, direkt wirklichkeitsfremd erklang er in diesem Moment. Jahrelang war Meller dem Zauber und Rhythmus dieser Melodien erlegen gewesen. Damals in Rio hatte er das beschwingte Gefühl in sich aufgesaugt und danach gelebt. Wie sehr fehlte ihm plötzlich diese Leichtigkeit.

Mit Wehmut dachte er an die Zeit zurück.

Die Sonne von Rio, die kurz seine Erinnerung streifte, jagte ihm einen Schauer über den Rücken, als wollte sie ihn von hier vertreiben.

Keine Minute länger noch hierbleiben, in dieser grauen Nebelsuppe!, in die Meller Schritt für Schritt setzte, während er seinen Gedanken nachhing.

Nebel bedeutete für ihn Beklemmung.

Noch beklemmender aber war, dass er, seit er wieder in Mödling lebte, mehr und mehr wie ein Europäer dachte und fühlte. Gewiss, er war im Grunde ein ernsthafter Mensch, der nie leichtsinnig jegliches Sicherheitsdenken über Bord warf und einfach nur in den Tag hineinlebte. Doch diese lebensfrohe Leichtigkeit, wie er sie in Rio genossen hatte, war ihm nach und nach abhanden gekommen.

Hier war seine Gedankenwelt bedeutungsschwer, auf eine seltsame Art kompliziert geworden.

Als er 1982 erstmals die Flucht ergriffen hatte und ohne rechtes Ziel durch die Welt gereist war, da hatte er in einem jahrelangen, innerlichen Kampf gelernt, das Leben so zu nehmen, wie es war. Erst in Rio de Janeiro hatte er zu sich finden können, sich endlich »angekommen« gefühlt.

Das Leben in Rio war seine Therapie, seine Selbstheilung.

Doch jetzt, bloß nach den paar Jahren in seiner ursprünglichen Heimat, spürte er, wie er sich von Befindlichkeiten runterziehen ließ, wieder so schwermütig dachte und lebte wie in seinen Zwanzigerjahren.

Das beunruhigte ihn außerordentlich.

Ein Teufelskreis! Meller wurde das Gefühl nicht los, etwas grundsätzlich falsch zu machen.

Da, schon wieder – diese prinzipielle negative Einstellung!

Das wollte, nein, das musste er ändern. Er hatte bei allem, was ihm bisher widerfahren war, unsagbares Glück gehabt. Er hatte mit Lilian eine wunderbare Liebe erleben dürfen und er hatte sie verloren, grausam verloren. Als Ersatz hatte er Geld und Besitztümer zum Abwinken erhalten.

Was für ein kümmerlicher Ersatz, kam es ihm bitter hoch. Jeder andere würde sich zerwuzeln vor Freude!

Aber er war nicht wie jeder andere. Er war Mario Meller, der Kommissar. Ein ernsthafter Mensch, der zurzeit verzweifelt versuchte, einer weiteren Schicksalsschleife, die seinen Hals zuschnürte, zu entkommen.

Isabella Fischer – seine Bella – war dem Tode geweiht.

»Verdammtes Schicksal … Warum sie?«

Verzweifelt kam der Satz über seine bebenden Lippen und verschwand in der dicken Nebelsuppe. Seinen Tränen ließ er freien Lauf.

Er war allein in der Gasse.

Plötzlich stand eine ältere Frau wie aus dem Nichts kommend vor Meller, so dass er erschrak.

»Ist ja ein richtiges Sauwetter heute, was?«, sagte sie und lächelte ihn an, weil sie gesehen hatte, wie Meller zusammengezuckt war. »Fehlt Ihnen was? Sie schauen nicht gut aus!«

»Aber nein! Mir ist nur etwas ins Auge gefallen«, erwiderte er, wischte sich die Tränen weg und ging schnell weiter.

Klar würde ihm bald etwas sehr, sehr fehlen!

Bella nämlich, und Meller war gegen ihren Mörder machtlos. Ein angekündigter Mord und niemand hatte auch nur die geringste Chance, den Täter zu stoppen! Der Krebs war in diesem Stadium allmächtig. Wenn selbst Ärzte keine Hoffnung mehr sahen, dann war der Kampf aussichtslos.

Die Hoffnung stirbt gemeinsam mit Bella.

Meller war auf den Grund seiner Seele gesunken. Er fühlte sich wie ein an die Wand geketteter Gefangener. Mit keinerlei Spielraum. Nicht einmal mit den Ketten rasseln konnte er.

Was mache ich hier noch?

Hoffnungslos stellte er sich der Schicksalfrage und zwang sich nachzuschauen, wer sein Handy hatte dudeln lassen.

Immer wollte man was von ihm!

Als er sah, wer nach ihm verlangt hatte, wählte er besorgt die angezeigte Nummer.

Es dauerte, bis abgehoben wurde – endlich.

»Bella, wie geht es dir?«

Meller war stehen geblieben und wartete auf ihre Antwort.

»Hallo, Mario! Ich darf nicht mehr raus. Heute werde ich ins AKH überstellt und … und am Dienstag früh schon operiert.«

Sie schluchzte kurz auf und blieb still.

»Bella! Ich komm sofort zu dir!«, versicherte er ihr und eilte den Weg, den er gegangen war, wieder zurück.

»Bitte, Mario! Das geht jetzt nicht. Es sind noch Untersuchungen zu machen. Komm morgen ins AKH … Das wegen Manuel habe ich mit Stoppl geregelt. Sie weiß das von mir bereits und nimmt ihn heute zu sich. Ich danke dir, dass du gestern Nacht bei ihm geblieben bist, er hat es mir erzählt … Du, die Schwester winkt, ich … ich muss schon wieder weg! Eine Bitte hätte ich noch: Nimmst du morgen Manuel mit … und auch meinen Laptop? Einen Schlüssel zur Wohnung hat die Stoppl!«

»Schon okay, Bella, mach ich.«

»Denk an mich, Mario! Ich liebe dich … so sehr!«

Ihre letzten Worte waren nur noch geflüstert, dann war die Leitung unterbrochen.

Meller war stehen geblieben. Er hätte noch so viel Tröstendes, Aufbauendes sagen wollen. Nun starrte er auf sein Handy.

Plötzlich peitschte ein Gefühl von Hilflosigkeit mit voller Wucht auf ihn ein, so dass er wie betäubt wankend dastand.

Ein weiteres Mal erfuhr Meller in seinem Leben, was das Wort »Schicksalsschlag« bedeutete.

Als hätte er sich daran gewöhnt, ertrug er die brutalen Hiebe aufrecht stehend, mit Tränen in den Augen …

– – –

Entsprechend deutlich präsentierten die Medien den schrecklichen Vorfall.

Tödliches Drama durch vergifteten Punsch!

Tragischer konnte kein anderer Titel dieses Unglück zur Horrorgeschichte hochstilisieren. Zeitungsmachern fehlte stets das Feingefühl, so sah es zumindest Meller.

Sie berichteten von den fatalen Folgen der tödlichen Punschmischung, die durch Nachlässigkeit ein Menschenleben gekostet hatte und durch die sich drei weitere Personen schwerste Vergiftungen eingehandelt hatten. Dass ein siebenjähriger Junge unmittelbarer Auslöser dieser Tragödie war, zeigte das Drama in einem noch drastischerem Licht.

Das Foto eines Punschhäferls mit Mödlinger Motiv war, in

Farbe gehalten und vom Zeitungsrand angeschnitten, schräg im Text platziert. Die Bilder von Eveline Lanzendorfer, ihres Jungen und von Friedrich Hamlinger waren in der *Neue-Süd* schwarz-weiß abgebildet.

Schwarz-weiß-Fotos vermittelten noch mehr Dramatik. Wenn dann die Szenen auf den Fotos zusätzlich eine heile Welt darstellten, konnte es einem direkt eine Gänsehaut unter den Pullover zaubern.

So einen hatte Meller heute an, einen fröhlich bunt gemusterten, der überhaupt nicht zu seiner Stimmung passte, als sich die Pipihaut auf seinem Rücken bildete.

Das Spiel mit Bildern und Worten, ein manipulierbares Geschäft, aber ein lukratives. Des einen Leid, des anderen Freud! So schaukelten sich News – waren sie dramatisch genug – zum gewinnbringenden Kassenschlager in dieser Branche hoch.

So lief das Business.

Bad News waren Good News! Tatsächliche Good News aber waren so interessant wie Omas Strickzeug im Plastiksackerl und bestenfalls Platzfüller, wenn's sonst nichts Schlimmes gab.

Was für eine Logik! Denn das Böse, das Unheilvolle, das Schreckliche hatte jene magische Kraft, der sich niemand entziehen konnte. Weder die Urheber der gedruckten Zeilen, der gezeigten Bilder, noch die Leser.

Hamlingers Bild war ein Passfoto aus längst vergangenen Tagen. Verkniffen sah ein derber Bauernschädel in die Linse und jetzt Meller an. Hamlinger hatte schon damals etwas Brutales in seinen Gesichtszügen gehabt. Wer und vor allem was hatte diesen Mann zu einem Tyrannen gemacht?

Meller tat der Junge leid. Der konnte am allerwenigsten dafür. Auf dem Bild sah er einen verschreckten Felix, wie er von seiner Mutter auf eine Schaukel gesetzt wurde. Ein älteres Foto.

Augenscheinlich aber hatte er Angst, krallte sich deshalb an ihr fest. Eveline Lanzendorfer lächelte zwar, aber man spürte förmlich, wie sie den Jungen auf das Sitzbrett drückte und sich von ihm lösen wollte. Für den Kommissar schien es, als sei ihr das Kind lästig.

Ein Bild sagt mehr als tausend Worte.

Ob Meller es ebenso interpretieren würde, hätte er die beiden nicht unter diesen Umständen kennengelernt?

Wie kamen die Presseleute zu solchen Aufnahmen?, fragte er sich, verzichtete jedoch auf eine Antwort, weil es klopfte. Zurzeit war er allein in seinem Büro.

Er hatte den neuen Kollegen kurzerhand Körner und Lehner anvertraut, damit sie mit ihm die wichtigsten Bereiche durchgingen. Hauptsache, er war ungestört und konnte sich einen Plan zurechtlegen. Er wusste, dass Mike Lehner durch seine Stoppl sofort von Bellas Krankheit erfahren würde und wollte Claudia Rotter informieren.

Er brauchte auch jemanden, mit dem er reden konnte!

Anschließend wollte er mit seinem Arzt Kontakt aufnehmen. Es musste ihm gelingen, Bella so weit zu bringen, dass sie einer weiteren Untersuchung in einer Privatklinik zustimmte. Die Kosten waren das geringste Problem.

Er musste etwas unternehmen. Diese ohnmächtige Hilflosigkeit machte ihn wütend.

Es klopfte erneut.

»Ja, bitte …?«

Meller erwartete seine Sekretärin und war höchst erstaunt, dass sie gemeinsam mit Lo in der Tür stand.

»Hallo, Lo! Du? Gibt's Schwierigkeiten auf der Baustelle?«

Meller war aufgesprungen und auf die beiden zugegangen. Nicht jetzt auch noch dort Probleme!

»Ach was, Mario. Die läuft wie geplant!«, erwiderte Bianco, mit einem Blick auf Claudia. »Aber Stoppl hat Claudia angerufen und sie mich. Da wollte ich sofort zu dir … ach, was soll das Geschwafel! Das ist ja furchtbar, das mit Bella!«

»Du sagst es, Lo«, erwiderte Meller resigniert und deutete müde auf die Sitzgarnitur. »Kommt, setzt euch. Ich wollte sowieso mit euch reden.«

»Das tut mir so leid, Mario«, flüsterte Claudia und Tränen standen in ihren Augen. Da konnte sich Meller nicht mehr halten und brach weinend zusammen.

Claudia und Lo umarmten ihn immer wieder.

Stumm warteten sie, bis er sich endlich beruhigt hatte.

»Entschuldigt mich bitte«, Meller sprang plötzlich auf, »ich muss mich schnäuzen.« Er eilte zum Schreibtisch und suchte hektisch nach Taschentüchern. Es war ihm plötzlich peinlich, vor den beiden in Tränen ausgebrochen zu sein.

»Da, nimm die!« Claudia hielt ihm ein Packung entgegen.

Das Telefon dudelte. Meller wusste im Moment nicht, was er machen sollte – sich schnäuzen oder den Telefonhörer abheben. Im selben Augenblick ging auch noch die Tür auf und Körner kam mit dem neuen V-Agenten lachend ins Büro.

Da drehte sich Meller ihnen zu und herrschte sie an:

»Könnt ihr nicht anklopfen wie jeder normale Mensch!«

»Entschuldigung, Chef! Ich hab eh geklopft. Wollt nur melden, dass wir alles durchgemacht haben.«

Mellers Telefon hatte das Klopfen übertönt.

Als Körner sah, dass der Kommissar tränenüberströmt dastand, fragte er mitfühlend, um die Situation zu überspielen:

»Is leicht gar wer gstorben?«

Seinen Chef so aufgelöst zu sehen, das war selbst ihm neu.

»Körner, ich denke, ihr vertschüsst euch!«

Claudia Rotter sprang auf, ging auf die beiden Verdutzten zu, schob sie auf den Gang hinaus und schloss leise die Tür. Dann setzte sie sich wieder zu Lo und schlug vor:

»Ich sag jetzt erst mal allen Bescheid, dass die Krampusparty abgesagt ist. Können wir sonst was für dich … für Bella tun?«

»Wir können gar nichts mehr tun. Es ist zu spät. Bella wird sterben. Bald … sehr bald.«

Beinahe tonlos kamen die Worte über Mellers Lippen …

– – –

Die Zeitung lag aufgeschlagen auf dem Tisch.

Ein einziger Gedanke erhellte das Gesicht, als hätte die dezente Beleuchtung einen plötzlichen Stromstoß erhalten.

Der Gedanke bauschte sich zu einem Gewitter auf, das einem gekränkten Ego endlich jene saftige Weide bot, nach der schon immer gelechzt wurde.

»Genial! Dem Schicksal ein Schnippchen schlagen und selbst ein bisschen Schicksal spielen!«

Der ausgerufene Satz blieb dumpf im Raum stehen, unterstrichen von einem teuflischen Grinsen. Gedanklich waren die Schlingen bereits ausgelegt und erste Opfer würden bald mit tödlicher Gewissheit hineintappen.

Heute war Krampustag. Ein guter Tag für das Böse …

– – –

»Sagts amal, hat enker Chef was mit den Augen?«, wollte der neue V-Agent von Körner wissen.

»Werter Herr Hofer! Wenn schon, dann *euer Chef* und nicht *enker Chef*. Im Osten Österreichs verständigen wir uns auf

Hochdeutsch. Obendrein sind wir in diesem Haus mit Neulingen prinzipiell per Sie. Erst dann, wenn sich ein Jungspitz wie Sie die ersten Sporen verdient hat, darf er uns duzen. Und wann das ist, bestimmen wir, capito?«

»Wenn Sie meinen!« Hofer errötete eingeschüchtert. Es war ihm peinlich, vor den anderen bloßgestellt zu werden.

Sie saßen im Büro von Lehner und Körner. Auch die beiden V-Agentinnen Schneider und Kohn waren anwesend.

»Ich denke, ich werde mich ein bisschen Herrn Hofer widmen und ihm unsere speziellen Hausregeln erklären«, zeigte sich Irene Schneider von einer selten freundlichen Art und heimste dafür von Axel Körner einen finsteren Blick ein.

»Mei, des isch aber nett von … von Ihnen!«, bedankte sich Hofer. Jetzt zeigte auch Manuela Kohn ihre soziale Ader und gesellte sich grinsend dazu:

»Genau … kommen S', Herr Kollege. Es ist eh gleich Mittag, gehen wir gemeinsam essen?«

»Ja gehts nur, wir fangen derweil Verbrecher«, äffte Körner spöttisch, weil soeben sein Telefon läutete. Er hob ab.

»Körner!«

Erst hörte er nur Knacken und heftiges Atmen.

»Hallo! Körner spricht hier!«

»Bin ich … da richtig …?«, klang es schüchtern.

»Das hängt davon ab, gnä' Frau, was für eine Nummer Sie gewählt haben und ob derjenige, den Sie wollten, auch dran ist.« Körner nervte das Gespräch bereits.

»Ist dort die Polizei …?«

»Sie sprechen mit dem S-C-ONE!«

»Auch gut …!« Hörbares Aufatmen. »Ich hätt da was …!«

»Ja, was denn!«

»Der Weihnachtsmann ist weg!«

»Wieso? Der ist doch noch gar nicht da!«

Hat's die Frau im Birndl?

Der V-Agent kannte solche Spaßmacher und wollte der Sache schon mit einer gepfefferten Antwort ein Ende bereiten, doch da kam ihm die Stimme im Hörer zuvor:

»Nein, nein! Ich meine den da vis-à-vis auf dem Balkon von den Schartmüllers. Da ist erst einer ghängt, wie ich zum Billa einkaufen gegangen bin. Wissen S' eh, die dicken Figuren in Rot und mit Zipfelmütze, wie man sie immer öfter auf dem Balkon hängen sieht. Und jetzt, wo ich zrück bin, ist die plötzlich weg. Ich seh's da von meinem Kuchlfenster aus …!«

Sie schwieg kurz, dann schrie sie in den Hörer: »Jössas, des … des gibt's doch net! Jetzt san's auf einmal zwei mit Zipfelmützen … und bewegen tun sie sich auch …!«

Körner kam ein böse Ahnung und er fragte:

»Wo wohnen S' denn, gnä' Frau?«

»In der Grenzgasse!«, gab die Stimme bereitwillig Auskunft plus weiterer Beobachtung: »Hörn S', des ist direkt spannend. Wenn des net Weihnachtsmänner wären, tät ich fast glauben, dass des Einbrecher sind … Hörn S' – des san wirklich Einbrecher, Herr Inspektor! Jetzt werfen s' grad zwei Säcke über den Balkon! So kommen S' doch endlich!«

»Zum Teufel noch mal, so verraten S' mir endlich Ihre Hausnummer und Ihren Namen …!«

»Jetzt san s' weg! Wärn S' da gwesen, hätten S' die erwischt! Was sagten Sie? Meine Hausnummer wolln S' wissen? Bitte, Grenzgasse 35 … Mayr Gerti heiß ich … Mayr mit eM, A, Ü wie Ypsilon und eR.«

Körner knallte den Hörer hin und raufte sich die Haare, dann läutete er die Fahndung nach zwei Weihnachtsmännern ein, die in der Grenzgasse einen Einbruch verübt hatten.

Der Vorteil beim Erkennen von Weihnachtsmännern war ihr auffälliges Kostüm. Der Nachteil: Um diese Zeit stand beinahe an jeder Ecke ein Weihnachtsmann mit Jutesack, die Glocke schwingend – oder hing an Hausmauern.

Die beiden Diebe entkamen mit ihrer Beute und hinterließen den zum Tatort eilenden V-Agenten, zwei Weihnachtsmannkostüme über ein Gebüsch geworfen …

– – –

Er hatte genug – von seiner Alten daheim und dem alljährlichen Weihnachtsputz. Wie er das alles satt hatte, so satt.

»Hast du schon die Batterien für die Krippe besorgt?«

»Warum bist du nicht zur Tante Birgit gefahren?«

»Immer muss ich alles allein checken!«

Natürlich hatte er die läppischen Batterien noch nicht besorgt. Warum auch? Es war Samstag, der sechste Dezember – und die Birndln mussten erst am Heiligen Abend leuchten.

Überhaupt – immer alles wegen der Tante. Sie hat uns dies geschenkt … und das ist auch von ihr … die Krippe natürlich ebenfalls. Und wenn Tante Birgit am 24. auf der Matte stand, sollten sie natürlich leuchten, die Birndln und ihre Augen.

»Das ist doch kein Aufwand! Eh nur ein Birndl im Stall beim Jesulein und eins bei den Hirten im Lagerfeuer. Das sind wir der Tante schuldig, weil sie uns schon so viel geschenkt hat!«

Wenn ihm seine Frau so kam, kochte er innerlich und wünschte sich eine Grippe. Allerdings eine, mit der er die ganzen Feiertage im Bett liegend verbringen würde. Dann hätte sich das Krippenthema von selbst erledigt. Denn Tante Birgit, hypochondrisch schwer angeknackst, geriet bei jedem Bakterienherd in Panik.

Ich sollte mir die Augen mit Zwiebeln einreiben, einen Schal umhängen und hustend bei ihr auftauchen, dachte er.

Das ganze Jahr über lästerte sie, weil er ein fauler Sack sei. Sang ihm bei jeder Gelegenheit die Ohren voll, wie schwer es gewesen sei, ihn in der Buchhaltung unterzubringen. Dort hätte er fantastische Chancen, warum er sich nicht mehr anstrenge?

Den Job hatte er nur angenommen, weil sich nichts anderes angeboten hatte.

Glück gehabt! Bei der Wirtschaftskrise zahlte es sich aus, dass er den Buchhaltungskurs doch noch gemacht hatte, obwohl ihn das Belegesichten noch mehr anödete als einst sein Job als Koch. Tag für Tag im Küchendunst stehen, nach Bratensaft und Knoblauch stinken, das hatte ihm bald gereicht.

Weil die Tante kein Auto besaß, hätte er ihr Stroh besorgen sollen. Für ihre beiden Karnickel, eh viel zu fett und untauglich für einen Weihnachtsbraten. Wie kann man sich nur zwei so blade Viecher in der Wohnung halten!

Er dachte sich mehr und mehr in Rage.

Überhaupt – dieser verdammte Weihnachtsputz!

Kaum waren die ersten Dezembertage angebrochen, bekam Julia einen Rappel und stellte die Wohnung auf den Kopf, weil Tante Birgit den Heiligen Abend mit ihnen feiern würde. Da musste die Wohnung bis zum 24. Dezember klinisch rein, nein – bakterienfrei sauber sein!

Erst dann durfte die Krippe alljährlich auf dem pseudogriechischen Keramiksäulenstummel Platz nehmen. Neben dem Christbaum, einer naturidenten Kunststoffkreation, weil die Tante auf natürliches Nadelgehölz allergisch war. Die Kerzen – um Himmels Willen, bloß nichts, was Rußpartikel erzeugt – durften nicht angezündet werden, wegen Birgits empfindlicher Lunge und Augen. Dafür waren zwei Lichterketten von Julia kunstvoll in den Baum hineingearbeitet. Wenn Tante Birgit müde war, durfte er sie nach Wien in ihre Wohnung chauffieren, wobei er die ganze Fahrt lang um die Ohren geschmissen bekam, wie tüchtig Julia sei. Was er mit ihr für ein Glück habe und dass er ruhig mehr Dankbarkeit zeigen könne …

Das erste Jahr hatte er diesen Zirkus noch mitgemacht und Julia beim Weihnachtsputz geholfen, so gut er konnte. Sogar zum Kloputzen zeigte er sich gefügig. Doch nichts hatte ihr gepasst! Überall, wo seine Hände dran waren, hieß es, er sei nur schlampig und schludrig drübergegangen. Da reichte es ihm.

Nie wieder hatte er geholfen, sondern sich absichtlich in die Sitzgarnitur gelümmelt und sich eine DVD nach der anderen reingezogen, während sie mit Lappen und Wischer durch die Wohnung wuselte.

Das Schlimmste aber war, ihre Putzorgie ließ sie sich von Weihnachtsliedern untermalen. »Stille Nacht« so unerträglich laut, dass ihm die Kopfhörer auch nichts nutzten – ihre Rache.

Die Heilige-Abend-Gefühlsduselei sollte dann alles wieder vergessen lassen, was sie wochenlang an ihm bemäkelt hatte.

An diesem Morgen geschah es dann.

Weil er über den Staubsaugerschlauch gestolpert war und sie deswegen als gestörten Putzlappen beschimpft hatte.

Da war sie ausgezuckt, hatte ihn zum primitivsten Dreckskerl der Welt erklärt und einen unerträglichen Schmarotzer genannt, der nur deshalb bei ihr bleibe, damit er sie rammeln könne.

Da wusste er: Es reicht!

Dieses putzsüchtige Weibsbild passte nicht mehr zu ihm.

»Eins garantier ich dir: Es hat sich ausgerammelt!«, hatte sie ihm nachgebrüllt, als er wütend die Wohnung verlassen hatte.

Als ob sie sich jemals gewehrt hätte, wenn er sie in den Arm genommen hatte! Gewiss, es gab schon länger Funkstille in seinen genitalen Zonen – nur, warum?

Wegen des verdammten Weihnachtsputzes! Oder war da etwa gar mehr?

Egal – weg, nichts wie weg! Er hörte, wie die Tür in den Falz knallte, so dass der Putz rieselte.

Putz hin, Putz her – heute würde er kräftig auf den Putz und den Hut auf seine beschissene Beziehung hauen.

»Bis Silvester und dann ist Schluss mit lustig«, dachte er laut vor sich hin, während er seinen alten Golf startete.

Gut, dass sie keine Kinder hatten. Dieses Thema war schon nach den ersten Jahren ihrer Ehe ad acta gelegt worden. Julia hatte sich eine Art zugelegt, die ihn stets davor gewarnt hatte, mit ihr Nachwuchs zu zeugen. Das systematische Planen aller gemeinsamen Ziele gestaltete sich zusehends zu Julias Alleingang, während er zum Mitläufer degradiert worden war.

Ihr Marathon der Zielstrebigkeit lautete: Karriere machen, gesellschaftliches Ansehen ausbauen und dann Familie gründen. An Punkt zwei arbeitete Julia gerade, denn ihre Freunde waren zurzeit ihr Ein und Alles, besonders ihr Chef.

Das berufliche Weiterkommen ihres Mannes hingegen war für sie nicht von Relevanz, für ihn allerdings auch nicht. Wahrscheinlich war das auch die einzig mögliche Ausgangsbasis, die diese ungleich gewichtete Beziehung zusammenzuhalten vermochte. Doch jetzt war Schluss – fine – fin – end!

Das erkannte er an diesem Morgen so klar wie noch nie.

Sie war tüchtig, mag sein. Allerdings hatte er von einem befreundeten Pärchen erfahren, dass Julia in ihrem Job nicht so zimperlich war, wenn es galt, sich selbst ans Ziel zu bringen. Da gab es schon manche Leiche in ihrem Keller. Was ihr in der Kollegenschaft nicht gerade Sympathien einbrachte. Jetzt, als linke Hand ihres Chefs, konnte sie jeden Neuzugang auf Herz und Nieren prüfen. Da war es für sie ein Leichtes, »gefährliche Konkurrenz« vorweg auszuschalten.

Es muss geschieden werden, sonst würde er noch ersticken!

Wie sie wohl darauf reagieren würde? Überhaps rechnete er die gemeinsamen Habseligkeiten zusammen. Da war die Wohnung, die gehörte ihm. Das Häuschen in Burgenland beim Trausdorfer See, in dem sie in den warmen Jahreszeiten die Wochenenden verbrachten, gehörte Julia. Tante Birgit hatte es ihnen zur Hochzeit geschenkt, das würde er Julia überlassen müssen. Weiters die Lebensversicherung, die Julia angeleiert hatte – da war jedoch noch einige Jährchen einzuzahlen. Mit Geld umgehen, ja, das konnte sie, das musste er neidlos anerkennen, denn diese Versicherung machte glatt hunderttausend aus – wenn sie zur Auszahlung kam. Es blieb also im schlechtesten Fall doch einiges für ihn übrig. Ansonsten gab es noch zwei Autos, seinen sieben Jahre alten Golf und ihren neuen Mini. Ob wohl alles zuerst zusammengezählt und dann halbehalbe aufgeteilt werden würde? Was würde da für ihn abfallen?

Auf jeden Fall seine Wohnung, um die würde er kämpfen, schließlich war das seine! Den Möbelkram könnte sie sich unter den Nagel reißen und in ihren 175-PS-Mini schieben. Jaah …! Und sich dann auf Nimmerwiedersehen vertschüssen. Je früher, desto lieber!

Überhaupt, seit sie diesen Mini unter ihrem Arsch hatte, war sie nicht mehr auszuhalten. Es tat ihm weh, dass sie mehr auf das Röhren ihres Mini-Boliden stand als auf sein Aufstöhnen, wenn er in ihr kam.

Vielleicht ging es sogar ohne Scheidung?

Einfach so, Schwamm drüber und auseinandergehen. Einvernehmlich, ohne teuren Anwalt und gerichtliches Prozedere.

Doch wie er Julia kannte, würde sie ein Exempel statuieren wollen. Nur um aller Welt – am meisten sich selbst – beweisen zu können, dass sie an der Trennung *total* unschuldig sei, um die gemeinsamen Freunde auf ihre Seite zu ziehen.

Sein Freund Heiner hielt ihm die Stange, das zählte.

Doch jetzt wollte er sich dem Trubel hingeben und erst einmal durch die SCS bummeln. Geld hatte er nicht viel eingesteckt, doch ihm war ohnehin nicht nach einkaufen. Nur ein bisschen flanieren, später ein Bierchen trinken und Heiner anrufen. Sie könnten sich in der Mödlinger Fuzo treffen, auf ein paar Punsche vielleicht.

Heiner hatte zurzeit ebenfalls gröbere Wickel mit seiner Alten. Er musste grinsen, als er an Heiner und Iris dachte. Vor Jahren war Iris seine Freundin gewesen. Dann war Heiner aufgetaucht und schwupp, schlug ihr Herz heinerwärts. Wie sie es geschafft hatten, trotzdem Freunde zu bleiben, war ihrem Talent als angehende Psychotherapeutin zuzuschreiben. Immer auf Friede-Freude-Eierkuchen machen, selbst wenn eine Beziehung den Bach runtergegangen war. Jetzt hatte Iris ein Problem an der Backe, weil Heiner ihr Psychokram auf den Geist ging.

Und das freute Werner, weil er seither mit Heiner gut konnte und ihm wertvolle Tipps verriet, wie Iris zu »behandeln« war.

Das Leben ist gerecht …

Über Nacht hatte das Wetter plötzlich umgeschlagen und es war wieder wärmer geworden. Noch nieselte es leicht, doch Wolkenlöcher zeigten bereits ein bisschen vom Himmelblau.

Jetzt am frühen Nachmittag war in der Mödlinger Fuzo noch nicht viel Betrieb. Ein Kinderzug zog seine Kreise vom Schrannenplatz zur Spitalskirche und wieder retour. Ein paar Kinder fanden sich immer, die diesen Fahrdienst in Anspruch nahmen.

Lästig war nur, dass der Zug in der Nähe der Punschhütte seine Station hatte, an der Werner mit Heiner stand und Geschichten von seiner Ex über sich ergehen lassen musste. Iris hatte wieder einmal dies und das gesagt, getan oder eben nicht. Blablabla – wie er das nur zu gut in Erinnerung hatte!

Er sah dabei verärgert zum Kinderzug hin, weil der Mann den Motor tuckern ließ, so dass man sein eigenes Wort fast nicht verstand.

»Kann der Typ nicht endlich den Scheißmotor abstellen? Wie das stinkt!«, unterbrach er Heiners Gelaber und wollte schon zum Zugführer gehen. Doch der fuhr wieder an, da sich ein paar Kinder in einen der Waggons gesetzt hatten.

»Wenn der das nächste Mal das Ding net abstellt, dann kann er sich was anhören.«

»Hörst du mir eigentlich zu?«, beschwerte sich Heiner jetzt.

»Sicher – aber ich kenn das ja alles, nix Neues. Ich sage nur: Vergiss die Weiber und mach's wie ich. Im Jänner gibt's die Scheidung. Dann beginne ich zu leben, und wie!«

»Was? Ihr lasst euch scheiden?«

»Was heißt *ihr? Ich* lass mich scheiden!«

»Pfah, du traust dich was! Wie ich die Julia einschätz, kratzt sie dir das Weiße aus den Augen, Oida! Überleg dir das noch einmal. Bei der bleibst net einmal nackert über!«

»Hauptsache, frei! Das zieh ich durch und wenn's meine allerletzte Action ist. Die Wohnung ghört sowieso mir«, prahlte Werner, mehr von seinen Worten als von der Durchführung überzeugt. Noch war ja nicht Jänner.

»Na – auf des trink ma jetzt einen Herrenpunsch! Den wollt ich eh schon kosten«, erwiderte Heiner. »Komm, Werner, ich lad dich ein, bevor ich dich unter der Mödlingbach-Brücke übernachten seh.« Heiner lachte meckernd.

»Wart ab, so, wie du vor deiner Alten in die Knie gehst, bist du der Erste, den ich dort antreffen werd«, entgegnete Werner.

»Was weißt du schon von Iris.« Heiner lachte nervös auf, als ihn Werners Blicke trafen. »Blödsinn, die war ja mit dir ... also, dann kannst du dir ja vorstellen, warum sie mir langsam auf den Sack geht. Wahrscheinlich geht das jedem Mann bei der Iris so, nach einer gewissen Zeit.«

Werner trank sein Häferl in einem Zug leer und stellte es mit Wucht auf den Tisch. Von der Erschütterung erlosch die Kerze in der Laterne, die vor ihnen stand. Nachdenklich sah er der dünnen Rauchsäule zu, bis sie verschwunden war.

Er seufzte kurz auf, dann grinste er seinen Freund an.

»Weißt was, pfeif auf die Iris und zieh zu mir! Die Julia soll zu deiner Alten übersiedeln. Wär des was? Nur wir zwei – super! Wir könnten machen, was wir wollen und uns jedes Mädel anlachen!« Er zwinkerte. »Na, sind das nicht traumhafte Optionen?«

Heiner wiegte nachdenklich den Kopf.

»Na ja, je länger ich drüber nachdenk, desto mehr könnt ich mich an andere Lebensumstände gewöhnen«. lächelte er listig, klopfte Werner kräftig auf die Schulter, dass es ihn schüttelte, und forderte ihn auf:

»Weißt was, Oida, auf unsere zukünftigen Exen trinken wir zur Abwechslung einen weiteren Herrenpunsch!« Er nahm die leergetrunkenen Häferln und holte Nachschub ...

Werner war nach seinem SCS-Bummel nach Mödling gefahren. Übers Handy hatte er Heiner erreicht, der sofort zum vereinbarten Platz gekommen war. Auch Heiner brauchte etwas Abstand von seinem Psychodrachen, wie er Iris nannte, wenn er sich ihr gegenüber unterlegen fühlte.

»Vor Weihnachten sind die Weiber alle total deppert«, waren Heiner und Werner einheitlicher Meinung.

Sie standen schon eine ganze Weile an einem der Stehtische, hatten bereits ein paar Häferln Glühwein intus und waren auf Herrenpunsch umgestiegen.

»Unsere zukünftigen Exen! Haha! Klingt das witzig … klingt wie Hexen. Solche sollt ma noch verbrennen dürfen – bei den Heizpreisen … hahaha …! Da wären die sogar noch billig!«

Einige Passanten blieben kurz stehen und beobachteten die beiden, die sich lautstark über ihre Frauen oder Exfrauen – so eindeutig war das nicht herauszuhören – lustig machten.

»Moment, Werner, damit ich's net vergess«, sprach Heiner und zog zwei Bons aus der Tasche, »ich lad dich noch auf was ein«, und schob ihm einen zu.

»Was ist des?«, zeigte sich Werner neugierig.

»Damit kannst ein Haus gewinnen. Und falls wir von daheim rausfliegn, hätten wir ein Haus«, triumphierte Heiner auf, »ein Wunschhaus sozusagen! Dann wären wir wunschlos glücklich!« Heiner lachte und klopfte seinem Freund auf die Schulter.

»Geh, Oida, halt mich net am Schmäh!« Werner fühlte sich veräppelt und wollte das Los zerknüllen.

»So wart doch«, hielt ihn Heiner davon ab. »Vielleicht gwinnst wirklich. Dann kannst deine Alte in den Wind schießen. Aber wennst net dran glaubst, dann gib's mir wieder!«

»Nix da! Gschenkt ist gschenkt! Hah – was les ich? Mein Los hat die Nummer zwo-drei-vier-null … das ist doch die Postleitzahl von Mödling! Na, wenn das kein gutes Omen ist?«, lachte Werner, nahm das Los und steckte es achtlos in seine Gesäßtasche.

Schon lästerten sie weiter über ihre zukünftigen Exfrauen, in einer Fäkalsprache, die manche Passanten erboste.

Pikiert schüttelten sie die Köpfe und gingen weiter ihres Weges. Manche Eltern mussten ihre Kinder von den beiden wegziehen, die wie zwei Clowns Grimassen schnitten, mit Kopf und Körper wackelten und sich auch über die vorbeigehenden Leute lustig machten …

Frau Wachtl hatte genug zu tun, um unbeschadet über den steilen Hügel des Schrannenplatzes zu gelangen. Es war die tägliche Tour zu ihrer Freundin, die am anderen Ende der Fußgängerzone wohnte. Mit ihrem Gehstock könnte sie ein mahnendes Wahrzeichen sein, wenn sie mühsam den »Mödlinger Berg« bestieg, denn der Stock war ihr einziger sicherer Halt.

In den warmen Jahreszeiten war der »Mödlinger Berg«, wie diese künstlich aufgeschüttete Hürde bei den älteren Semestern genannt wurde, leichter zu bezwingen. Doch die Kinder, die dank des Gefälles eine fantastische Abfahrt für ihre Roller hatten, liebten diesen Berg und nutzten ihn ausgiebig.

Das fürchteten die Alten, denn die kleinen Rabauken sausten ungeniert den Hügel runter und so manchem alten Menschen zwischen die Waden oder fuhren ihn gar um. Schuld waren dann natürlich nie die Kinder, die weinten, weil sie sich das Knie oder die Handflächen aufgeschrammt hatten. Dass solche Zwischenfälle die soziale Koexistenz zwischen Jung und Alt strapazierten, war vorauszusehen. Vor allem, wenn das *Herz für Kinder* manches Mal vor Schrecken aussetzte.

Axel Körner, der Zyniker, würde dem verantwortlichen Planer lästernd ins Ohr flüstern:

»Echt steil, Ihr Hang zu Steilhängen! Aber wo, bitte, bekommt man Pickel, Seil und Steigeisen?«

Frau Wachtl hatte sich jedes Mal über diesen Hügel geärgert und auch schon manchen blauen Fleck eingeheimst, wenn sie so ein Fratz von hinten angefahren hatte.

Jetzt im Winter waren wenigstens keine Roller-Raser unterwegs, dafür aber gab es bei Minusgraden schon hin und wieder spiegelglatte Pflastersteine, wo selbst Streusplitt nichts nützte, sondern eher einen »abrollenden« Effekt unterstützte.

Diese Gedanken gingen der alten Wachtl durch den Kopf, in Erinnerung an das letzte Erlebnis im Herbst, als sie ein todesmutiger Dreiradler schmerzhaft attackiert hatte.

Auf das Gelästere der beiden Betrunkenen wurde sie erst aufmerksam, als sie an Wurstbauers Punschstand vorüberging. Sie kannte den Heurigenwirt, wer kannte den Halsabschneider nicht, grüßte ihr allgemein bekanntes »Grüß Gooott ...!« dennoch freundlich nickend.

Werner grinste blöd zurück und fragte Heiner laut spöttelnd:

»Meint die alte Fuchtel mit ihrem Stock gar uns?«

Da schimpfte die alte Frau und schwang ihren Stock in die Richtung der beiden:

»Mehr Contenance, junger Mann, wenn ich bitten darf!«, schob noch ein: »Sie Flegel, Sie«, nach und setzte ihren Weg, auf den Boden schauend und Fuß vor Fuß setzend, fort.

Da trat ein beherzter älterer Herr zu den Männern und drohte erbost:

»Soll ich d' Polizei rufen müssen?«

Heiner brach in Gelächter aus und erwiderte keck:

»Kommen S', des mach ma gemeinsam!«, hielt die Hände trichterförmig vor den Mund und rief laut schallend:

»Poooliiizeiii ...!«

Wütend wandte sich der Alte ab, als er sah, dass andere Passanten das Spektakel sichtlich genossen.

»Warum sind die so lustig, Mami?«, fragte ein kleines Mädchen sah abwechselnd auf die beiden Männer, dann auf die grinsenden Leute.

»Weil die dumm sind ... Komm schon, geh jetzt weiter!«

»Werd ich auch dumm, wenn ich lache ... und ...«, die Kleine konnte sich von der Hand ihrer Mutter losreißen und ging näher ran, »… und so lustig bin wie die da, Mami?«

»Komm sofort her, Rebecca! Die sind ja besoffen!«, schimpfte die Frau. Unwirsch zog sie ihre Tochter weg, während sie dem einen, der Werner genannt wurde, einen bösen Blick zuwarf.

»Was ist besoffen, Mami … ist das lustig?«, hörte man das Mädchen noch fragen, bevor sie in der Menge, die sich auf dem Schrannenplatz inzwischen gebildet hatte, verschwanden.

Bei Punsch oder Glühwein wollten viele den anstrengenden Einkaufsbummel verdauen und ihren aufgestauten Adrenalinspiegel wirkungs- wie stimmungsvoll betäuben. Ihnen war es egal, dass der Mödlinger Adventmarkt hauptsächlich eine Ansammlung von Punschhütten auf dem Platz beim Stadtbrunnen war. Im Vergleich zu dem Stress, den sie Stunden zuvor in überheizten Einkaufstempeln, inmitten menschenverstopfter Malls durchmachen mussten, war die klirrende Dezemberkälte, die bei anbrechender Dunkelheit plötzlich über Mödling hereingebrochen war, direkt eine Wohltat.

Gegen diese Eisbärkälte hielten sie nun die wohlig warmen Keramikhäferln in ihren klammen Fingern und drückten sie abwechselnd an ihre geröteten Wangen. Innerlich wärmte sie die heiße Punsch- oder Glühweinmischung.

Wie es ganz tief drinnen – wo manche Seelen erfroren – aussah, ging niemanden etwas an. Als seelischen Aufwärmer suchten solch Geplagte andere Leidgenossen, die man traubenweise vor einem Punschstand fand – sogenannte Traubensteher.

Ein Punschstand ist das Stehbeisl für manch seelengeplagte Frustgeier. Der letzte Halt, bevor sie in die Knie gehen, sei's aus Selbstmitleid oder infolge übermäßigen Genusses jenes überzuckerten Heißgetränks.

Frei nach dem Motto: Alkoholische Süße betäubt die Bitternis des Lebens.

Trank man nur ein Häferl zu viel, dann kippte die vorweihnachtliche Stimmung und der Mageninhalt landete auf Gehsteigen oder im Mödlingbach.

Ortskundige tauften Mödling – infolge exzessiven Punschgenusses – in der Adventzeit »Punschling«, und den Mödlingbach, der sich lieblich durch die geschichtsträchtige Babenbergerstadt windet, »Punschlingbach«.

Vor den Punschhütten standen jetzt dicht gedrängt Männer und Frauen und palaverten. Bereits nach dem ersten Zuprosten machte sich ein kollektives Zusammengehörigkeitsgefühl breit. Die rasch ins Blut übergehende Punschmischung heizte die Stimmung zusätzlich an.

Ideal bei der bereits klirrenden Kälte.

Die milchigweiße Mondsichel kümmerte sich herzlich wenig um die hitzig Diskutierenden, die über die kommende Wirtschaftskrise herzogen, die man bald in der Geldbörse spüren oder sonst irgendwie am Hals haben würde.

Man schimpfte über unfähige Politiker, die diese Krise längst erkennen hätten müssen. Still ärgerten sich jene, die ihre Kröten heimlich ins Ausland transferiert hatten, um sie dort höchst lukrativ zu bunkern.

Pech gehabt! Ja – die Amis und ihr Oberhäuptling waren schuld an dem Debakel, nicht aber die eigene Gier, darin war man sich einig.

Einhellig verdammt wurden die Finanzgurus und Berater, die einem Aktienpakete untergeschoben hatten, damit man später darauf samtweich zu liegen käme. Alles war futsch, als man, wie die Kurse ins Bodenlose, verdammt hart fiel.

Eine bittere Erkenntnis, so aufs Kreuz gelegt worden zu sein.

Wenigstens ein paar Häferln Punsch konnte man sich noch leisten. Na dann mal Prost!

Das alles kümmerte Werner Mader und Heiner Baumann, deren Zungen bereits schwer waren, herzlich wenig. Sie hatten eine geniale Lösung für ihre Probleme gefunden und tranken erneut darauf.

Als sich noch andere Leute zu ihrem Tisch gesellten und sich in ihr Gespräch einmischten, entstand bald eine heftige Diskussion über Sinn und Unsinn der Ehe. Ein Mann, der von seiner verlustreichen Trennung berichtete, sagte verbittert:

»Erst bei der Scheidung lernt man seine Frau richtig kennen. Ich spreche aus leidvoller Erfahrung. Meine Ex lebt heute mit ihrem damaligen Rechtsanwalt zusammen.«

Deftige Zoten über Frauen und ihre Geldgier waren die Folge, die mit weiteren Punschmischungen runtergespült wurden. Der Wirt, dem die beiden trinkfesten Umsatzbringer schnell aufgefallen waren, ließ sich nicht lumpen und lud sie auf einen speziellen Punsch ein. Stets kamen Leute, stellten sich zu Werner und Heiner, hörten zu, nippten schweigsam an ihrem Häferl oder gaben eigene Erfahrungen zum besten. Man sah die Angesäuselten als unterhaltsame Abwechslung.

Irgendwann standen zwei Häferln mit Punsch vor den beiden.

»Bitte, zwei Herrenpunsch für die leidgeprüften Ehekrüppel!«, wurde ihnen gesagt. Wer sie bezahlt hatte? Egal, irgendwer.

»Leiwand, W-Werner … hicks … da z-zahlt u-uns irgendwer einen Punsch … hicks!«, kam es schwerzüngig von Heiner.

»Prrosst …! Auf den unbekannten Spender … hicks!«

Werner sah in die Menge, als würde er Ausschau nach dem edlen Spender halten, hielt sein Getränk hoch und stieß dann mit seinem Keramikhäferl plump an das seines Freundes.

Vorsichtig führte jeder sein Häferl an die Lippen und schlürfte von der heißen Brühe.

Ein etwas feineres Publikum hatte sich inzwischen um den Tisch eingefunden, was jetzt die Wortwahl und die Gesprächsthemen dezenter werden ließ. Man beachtete die beiden nicht, vielmehr fühlte man sich von den Betrunkenen belästigt.

Heiner und Werner konnten in dieser Runde schwer mitreden. Sie wechselten daher an den Nebentisch, wo noch ein paar der alten »Fans« standen, die sich über ihre Witze krumm gelacht hatten.

Merklich stumm geworden und mehr mit dem Beobachten der neuen Gäste beschäftigt, nippten sie an ihren Häferln. Man sah ihnen an, dass ihr Punschkonsum bereits die Reserven ihres Stehvermögens anknabberte.

Plötzlich – ehe jemand zupacken konnte, fielen beide wie auf Kommando um. Heiner riss dabei den Tisch mit, so dass die Häferln mit einem Knall auf dem Boden zerbarsten.

Mit einem Aufschrei des Entsetzens waren die Umstehenden auseinandergesprungen – nur ja nicht vom Punschgebräu angespritzt werden und schon gar nicht mit den Bsoffenen in Berührung kommen!

Werner erwischte es besonders schlimm. Mit voller Wucht schlug er mit dem Kopf auf dem harten Pflaster auf. Sofort bildete sich eine Blutlache, in der sich funkelnd die Lichterketten der beleuchteten Bäume widerspiegelten.

Die Adventstimmung kippte im Nu.

Galten die beiden Trinkfesten erst noch als spaßige Gesellen, so war man jetzt über das unerwartete Ende schockiert.

»Erst hirnlos einesaufen und dann nix vertragen!«, schimpfte ein rüstiger Älterer, der die beiden schon länger beobachtet hatte.

»Die hätten mir so nach Hause kommen sollen, das wäre ihr letztes Weihnachtsfest gewesen!«, urteilte eine in teuren Nerz eingehüllte Mollige aufgebracht. Sie wartete mit ihrem Kind an der Hand bei der Hütte nebenan, wo Schaumrollen verkauft wurden, bis sie drankam. Vor ihr standen zwei Halbwüchsige, jeder eine Dose Bier in der Hand, die sich nicht entscheiden konnten, was sie kaufen wollten.

»So endet man, wenn man frühzeitig zu saufen beginnt«, hakte die Pelzlady, mit einem finsterem Blick auf die beiden Jugendlichen mit ihren Bierdosen, nach.

»Geh, Oma, schieb dir die Schaumrollen hinten rein, weil das is gsünder und macht net so blad«, konterte der eine, während der andere demonstrativ einen Schluck aus seiner Dose nahm.

»Das muss ich mir von solchen Bengeln net bieten lassen!«, schnarrte sie und zog wütend ab, ihr Kind hinter sich nachziehend, das jetzt zu weinen begann, weil es die versprochene Süßigkeit nicht bekam.

Um die beiden in der Punschbrühe Liegenden hatte sich ein Kreis von Neugierigen gebildet.

»So helfts doch endlich und rufts die Rettung«, schallte es anonym aus der gaffenden Menge.

Einige griffen zum Handy und drückten die 144 …

Dort, wo Werner und Heiner hingefallen waren, machte sich zu allem Übel auch noch Kotgeruch bemerkbar.

»Pfah … solche Schweine!«

Angeekelt verdrückten sich die Letzten, die zuvor über die beiden gelacht hatten. Mit den Besoffenen wollte man nicht in Verbindung gebracht werden.

Es dauerte vielleicht fünf Minuten, schon kam die Rettung mit *Tatü-Tata* vorgefahren und schob sich durch die Menschenmenge auf dem Schrannenplatz.

Nach der ersten Untersuchung konnte der Notarzt bei dem Mann mit der Kopfwunde nur noch eins feststellen – Exitus.

Der andere schien sich in einem kritischen Zustand zu befinden. Er war bewusstlos, doch seine Muskeln zuckten heftig.

Behutsam im Rettungswagen verstaut, wurden die beiden ins Krankenhaus gefahren. Ohne *Tatü-Tata,* nur mit Blaulicht, als wollte man den Ohnmächtigen in seinem Zustand ruhen lassen.

Das Gegenteil war jedoch der Fall. Verzweifelt versuchte der Notarzt den Mann aus seiner Ohnmacht aufzuwecken.

Die Drohung der molligen Nerzlady hatte sich für einen der beiden erfüllt. Denn Werner Mader würde niemals mehr Weihnachten feiern können. Wie das Punschtrinken für Heiner Baumann ausgehen würde, stand ebenfalls in den Sternen, die über Mödling glitzernd funkelten …

– – –

Sie waren nicht allein im Zimmer.

Im Bett an der Fensterseite lag eine junge Frau, die sich zum Fenster gedreht hatte. Sie hustete hin und wieder.

Meller saß vor Bella und hielt ihre Hand. Beide schwiegen.

Manuel hatte sich neben seine Mutter auf das Bett gesetzt, auch wenn die Schwestern das nicht erlaubten. Er hatte Bella versprechen müssen, sofort runterzurutschen, wenn eine zur Tür hereinkäme.

Bella sah schlecht aus, Meller nicht besser.

Das Handy dudelte den unverkennbaren Sambasound. Wie elektrisiert riss es Meller aus seinen Gedanken und er eilte zu den Garderobehaken, wo sein Parka hing.

Es war ihm peinlich, da sich die Patientin im Nachbarbett ihm zudrehte und ihn vorwurfsvoll ansah.

»Meller, ja …?«

Verhalten meldete er sich, die Hand vor den Mund haltend.

Er winkte Bella kurz entschuldigend mit dem Handy und ging aus dem Zimmer, um das Telefonat in Ruhe führen zu können.

Jetzt hielt Manuel seine Mutter an der Hand fest und wollte sie nicht loslassen. Sie sah ihn liebevoll an und streichelte immer wieder seine dünne Hand.

Bella atmete tief ein, hielt die Luft an und ließ sie leise durch die Nase ausströmen. Sie hörte in sich hinein, wie schon Tausende Male in den letzten Wochen.

Es war zum Verrücktwerden!

Das Unwirkliche an diesem schrecklichen Todesurteil war – sie hatte keinerlei Schmerzen. Und jetzt sollte sie die Welt verlassen, so wie man in einen Zug oder in ein Flugzeug steigt? Einfach weg sein von dieser unsagbar traumhaft schönen Welt? Jetzt, wo sich ihr Leben in eine Richtung hin bewegte, von der sie nicht mehr zu träumen gewagt hatte!

Wie behutsam es Mario und ihr gelungen war, ihre Gefühle füreinander in einer Zweisamkeit zu erleben, ohne dass der Junge rebellierte. Sie kannte Manuel und wusste, wie eifersüchtig er auf Männer reagierte, die mehr als nur Bellas Freundschaft wollten. Seit sie jedoch mit Mario liiert war, hatte Manuel noch nie protestiert. Vielmehr war er stolz auf Bellas neuen Freund und hätte ihn gern als Vater gesehen, das hatte sie bald gespürt.

Wie schmal der Junge war. Dabei aß er gern und auch nicht wenig. *Ach, was mache ich, wenn ich …*

Bella weigerte sich, ihre Gedanken zu Ende zu denken, denn alle endeten stets mit zwei Worten:

Sterben müssen … sterben müssen … sterben müssen!

Brutale Kälte überfiel Bella plötzlich, ließ sie fröstelnd erschaudern. Sie musste an die Träume der letzten Zeit denken.

Immer wieder spukte dieser grinsende Totenkopf durch ihre wirre Traumwelt und verhöhnte sie.

Sie hatte Angst vor dem Einschlafen, weil sie wusste, dass der bleiche Schädel wiederkommen würde. Mehr und mehr verfiel Bella in einen Zustand, der Reales und Träume vermischte, bizarre Bilder formte. Bilder der Ewigkeit.

Krebs … Krankheit … Sterben.

Sterben … Tod … Nichts.

Nichts … Auflösung …?

Sie löste sich behutsam aus der Hand ihres Sohnes.

»Bitte, Manuel, ich bin schon so müde! Und ihr müsst noch nach Hause. Morgen könnt ihr ja wieder kommen.«

»Mama!«, bettelte Manuel heftig. »Ich möchte bei dir bleiben. Kannst du nicht mit der Schwester sprechen, dass ich bei dir schlafen darf?«, flehte er jetzt.

»Psst …! Manuel …! Sei leise, wir sind hier nicht allein!«

Bella hielt ihren Finger vor den Mund und sah zur Bettnachbarin hin. Die zeigte jedoch keine Reaktion.

Bella wandte sich wieder ihrem Jungen zu.

»Du weißt, das geht nicht!«, ermahnte sie ihn. »Ich werde für die kommende Woche mit der Schwester reden, ob sich …«

Meller kam zur Tür herein. Er sah deprimiert drein.

»Was ist passiert, Mario?«, flüsterte Bella.

Meller blickte sie an, so dass sie Angst bekam.

»Bitte, Mario! Was ist passiert?«, wiederholte sie leise.

Meller sah zu Manuel hin und bat ihn:

»Manuel, würdest du kurz draußen warten? Ich möchte mit deiner Mutter etwas besprechen.«

Als er Manuels besorgtes Gesicht sah, beruhigte er ihn:

»Berufliches, nichts für deine Ohren«, und schubste Manuel aufmunternd vom Bett.

Als der Junge die Tür hinter sich geschlossen hatte, setzte sich Meller wieder zu Bella und flüsterte, damit es die junge Frau nebenan nicht verstehen konnte:

»Es gab wieder einen Fall in Mödling. Stell dir vor! Noch so eine Punschgeschichte wie vor ein paar Tagen. Nur dieses Mal war es kein Unglücksfall, sondern ein gezielter Giftanschlag. Ein Opfer ist daran …« Meller stockte mitten im Satz und schwieg. Der Tod war widerwärtig und allgegenwärtig, dachte er und sah Bella an. »Ich muss leider los«, sagte er traurig.

»Schon gut, Mario«, erwiderte Bella. »Ich bin eh total erschöpft. Den ganzen Tag liegen müssen macht einen richtig groggy. Hoffentlich kann ich heute durchschlafen. Vergangene Nacht war's ja nicht so toll.«

Sie lächelte Meller an und streckte ihm die Hand entgegen. Er nahm sie und beugte sich zu ihr herunter. Sie flüsterte:

»Mario … lieber, lieber Mario! Warum muss das Leben so sein! Ich hab dich so lieb und ich …«, sie stockte. Tränen traten in ihre Augen, dann sprach sie weiter:

»Glaubst du … an … an einen Gott, Mario?«

»Nicht immer. Und jetzt schon gar nicht. Ein gerechter Gott darf so etwas nicht zulassen. Nicht mit dir, Bella.«

Meller wischte ihr die Tränen aus dem Gesicht. Er bekam ein Würgen im Hals und schloss die Augen.

Verdammt noch mal, Himmelherrgott, warum gerade diese Frau?, fluchte er innerlich. Er erinnerte sich an seine Lebensrettung vor Jahren in Rio, als er einem Gangster schutzlos gegenübergestanden hatte und abgeknallt worden wäre, hätte ihn nicht ein Kollege aus dem Schussfeld gestoßen. Auch der Fall vor zwei Jahren beim Steinbruch in der Hinterbrühl fiel ihm ein, als ihn Mike Lehner in letzter Sekunde aus der Felswand hochgezogen hatte. Sonst wäre es sein Todesfall gewesen.

Sein Gott hatte mit ihm zwei Mal Erbarmen gehabt. Doch warum zeigte er sich bei Bella so hartherzig?

Sie ist ein guter Mensch und verdient es, weiterzuleben! Sie hat ein Kind, das behutsam auf das Leben vorzubereiten ist! Und schließlich: Diese Frau gehört zu mir!

Wenn es in deiner Hand liegt, warum erfüllst du mir nicht diesen einen kleinen Wunsch? Ich liebe diese Frau! Und wenn das nicht in deinem Sinn ist, was dann? Erklär mir den Sinn deiner Entscheidung, du gnadenloser Gott!

Bella riss ihn aus seiner stummen Verzweiflung.

»Mir bleibt keine andere Chance, Mario«, sagte sie beinahe unhörbar, »ich muss an Gott glauben.« Sie schwieg kurz.

»Ich ... ich bete für uns, Mario. Vielleicht gibt er uns doch noch eine letzte Chance.« Bella lächelte, dann bat sie Meller:

»Geh jetzt, Mario ... Warte, fast hätte ich es vergessen.«

Sie griff in die Lade des fahrbaren Beistelltisches und reichte ihm den Wohnungsschlüssel.

»Den wollte ich dir noch geben, damit du nicht zu Stoppl musst, falls ich etwas brauche.«

Sie sah auf den Laptop, den ihr Meller gebracht hatte, ließ sich auf das Kissen zurückfallen und sagte:

»Manuel soll noch einmal zu mir, bitte.«

»Schlaf dich ordentlich aus, Bella. Bis morgen dann.«

Meller nahm ihr Gesicht in beide Hände und küsste sie auf Stirn und Mund. Dann erhob er sich, schnappte seinen Parka und ging aus dem Zimmer. Draußen winkte er Manuel zu sich, der im Aufenthaltsraum gewartet hatte und sofort auf Meller zusteuerte.

Wie verloren ihm der schmale Junge vorkam. Innerhalb des einen Jahres, seit Meller mit Bella zusammen war, hatte Manuel an Größe zugelegt, er kam langsam in die Pubertät. Die Jeans flatterte um seine Beine und sein ernstes Gesicht zeigte erste Anzeichen männlich-kantiger Züge. Zurzeit hatte Manuel wenig zu lachen.

Als Meller den Jungen auf sich zukommen sah, überfiel ihn ein unbeschreibliches Mitgefühl. In diesem Augenblick wusste er, dass dieser hochgewachsene, schlaksige Junge ihm den Sohn ersetzen würde, den er einmal hätte bekommen sollen.

Damals, mit seiner Frau Lilian in Rio.

»Dein Typ wird verlangt. Ich warte hier.«

Meller lächelte Manuel aufmunternd zu.

Der Arzt, der Bella operieren würde, kam auf Meller zu und bat ihn in sein Büro.

– – –

Die Untersuchungen im Mödlinger Krankenhaus erbrachten ein eindeutiges Ergebnis. Normalerweise wäre es nur mit gerichtsmedizinischer Erfahrung möglich gewesen, so schnell zu einem Ergebnis zu kommen. Doch im Fall der beiden Eingelieferten konnte aufgrund der aufgetretenen Symptome eine sofortige Diagnose erstellt werden.

Atemnot, Zittern und Zucken der Muskeln sowie schwere Krämpfe deuteten auf eine Vergiftung mit Strychnin hin.

Bei Heiner Baumann hatten sich diese Symptome klar gezeigt. Dank eines muskelentspannenden Präparats konnte er ruhig gestellt werden und lag jetzt im künstlichen Tiefschlaf.

»Herr Baumann ist körperlich gut in Form. Wäre die Dosis stärker gewesen … Na ja, schauen wir mal, ob er diese überhaupt überlebt«, sagte Doktor Haselbauer, der bereits die ersten Vergiftungsopfer im Hamlinger-Fall untersucht hatte.

»Mich wundert nur eins«, sinnierte er, »wenn jemand wen

umbringen will, warum gerade so? Ein Mord mit Strychnin lässt sich doch sofort nachweisen!«

»Vielleicht war das vom Täter beabsichtigt?«, erwiderte Meller.

»Möglich. Apropos Gift, da habe ich noch eine Frage. Was ist bei den Ermittlungen mit dem ersten Vergiftungsopfer herausgekommen? Ich hatte doch gemeldet, dass der Mann etwas von absichtlicher Vergiftung erzählte, bevor er starb!«

»Natürlich sind wir der Sache nachgegangen – eine tragische Geschichte und irgendwie makaber. Seine Frau gab zu Protokoll, dass ihr Mann in letzter Zeit an einer Art Verfolgungswahn gelitten und in jeder Speise Gift vermutet hatte. Sie war schon ganz verzweifelt, weil er stets den Hund zuerst an seinen Teller gelassen hatte. Zuletzt musste sogar sie vor seinen Augen vom Teller kosten, bevor er das Essen in sich hineinschaufelte. In Wahrheit hat er sich totgefressen, erzählte die geschockte Frau. Jeden Tag Schweinefleisch, Wurst oder Faschiertes, viel zu fett und ungesund. Wenn sie ihm mit Gemüse kam, wurde er unausstehlich. Auch Nachbarn, die einmal zu Gast waren, erzählten von einer solchen peinlichen Verkostung. Als sie sich über ihn lustig gemacht hatten, wurden sie nicht mehr eingeladen. Was sie sehr schade fanden, denn die Frau kocht hervorragend, so die Aussage der Nachbarn. So ist ihr Mann tatsächlich an dem gestorben, wovor er am meisten Angst gehabt hatte, an Gift. Wäre sein Herz nicht schon so sehr belastet gewesen, er hätte das wie die anderen überlebt, wie wir bereits wissen.«

Der Arzt und der Kommissar standen in der Prosektur. Auf dem Metalltisch vor ihnen lag die Leiche von Werner Mader.

»Dieser Mann hier hatte schlichtweg Pech. Wäre er nicht – ich meine das jetzt nicht zynisch – auf den Kopf gefallen, er hätte die Vergiftung vielleicht überlebt. Doch die beiden hatten, übertrieben gesagt, bald mehr Alkohol als Blut im Körper.«

Der Arzt beugte sich über die Leiche und sagte mehr zu sich selbst: »Wie kann man nur so leichtfertig sein Leben wegwerfen?«, und zum Kommissar gewendet:

»Mir tun die Hinterbliebenen leid, so kurz vor Weihnachten.«

Meller antwortete nicht darauf. Er war mit seinen Gedanken bei Bella. Am liebsten wollte er jede Minute bei ihr sein.

Doch der Dienst ging vor.

»Es muss ihnen jemand das Gift direkt in das Getränk geträufelt haben, sonst hätte es mehr Opfer gegeben«, erklärte Meller.

»So wird's wohl gewesen sein. Doch das ist ab jetzt Ihr Fall. Meine Arbeit ist getan ... ich muss.« Der Arzt deutete auf die Uhr. »Es warten noch Patienten auf mich. Seit auf der Gerichtsmedizinischen drastisch eingespart wird, kommen halt wir wieder einmal zum Handkuss. Aber einen Handkuss bekommen soll ja was Feines sein, nicht wahr?«, witzelte Doktor Haselbauer sarkastisch, zog sich die Gummihandschuhe aus und gab dem Kommissar die Hand.

»In diesem Sinne, schöne Feiertage noch, Herr Meller.«

– – –

»Das hätt mich ja direkt gewundert – ein Jahr ohne Mord! Jetzt hamma wieder eine Leiche«, mäkelte Axel Körner.

Er überflog die erste Seite der gehefteten Computerausdrucke, die Claudia Rotter den beiden mit einem knappen »Morgen« auf den Tisch geknallt hatte.

Sie schien schlechte Laune zu haben.

Ihren Chef, der seit Tagen drei Mal so betrübt wie sein Hund dreinschaute, hatten sie noch nicht gesehen. Doch Joes Trauermiene war von Geburt an in seine Visage gezeichnet, die Mellersche erst jetzt.

Inzwischen wusste jeder, warum, behielt es aber für sich. Denn auf ein Geheimnis konnte man schlecht jemanden ansprechen. Wie aber sollte man dem Chef gegenüber auftreten, wenn er einen übernachtig, mit rotgeränderten Augen ansah?

Es war Sonntag, früher Vormittag. Ein Tag, an dem niemand bei guter Laune war. Nicht einmal das Wetter, das einem mit eiskalten Windböen jegliche Bewegungsfreude in freier Natur nahm.

Schuld waren natürlich die vielen zusätzlichen Überstunden Überstunden machen hieß, zu wenig Zeit für persönliche Dinge zu haben. V-Agenten hatten ebenfalls ein Recht auf durchorganisierte, friedliche Weihnachten. Dafür war dieses Fest schließlich gedacht.

Axel Körner ereiferte sich über die krankhaften Auswüchse des Geschenkekaufwahnsinns.

»Du hast leicht lachen, Körner! Ich hab Frau, Kind, Freunde, Verwandte – das schreit nach einem Berg von Geschenken!«

»Die am Ende eh niemand wirklich braucht. Gib dir's einmal, und leg für jeden nur einen Zettel untern Baum, auf dem steht: *Ich liebe dich* oder *Ich schenke dir meine Freundschaft* oder ähnliches. Dann erfährst wenigstens, wer dich trotzdem mag.«

»Sehr originell«, murrte Mike Lehner, während er sich wieder dem Bericht in seinen Händen widmete. Als er das letzte Blatt durchgelesen hatte, schleuderte er den Ausdruck auf den Tisch.

»Da bitte, wegen der bsoffenen Giftleiche müssen wir jetzt zusätzlich Extraschichten schieben! Und wann soll ich dann die Geschenke besorgen?«, lamentierte der V-Agent.

»Wie gesagt, selber schuld, wenn du jeden beglücken willst. Verschiebst halt den Heiligen Abend auf Juni, dann hast genug Zeit. Bei dreißig Grad im Schatten feiert sich's eh viel lustiger als in der Saukälte. Mich wundert's sowieso, warum das nicht schon längst eingeführt worden ist: Weihnachten im Sommer! Von mir jedenfalls kriegt heuer niemand was. Ich bin nämlich so was von blank wie schon lang nicht mehr.«

Körner sah Lehner zu, wie er die dampfendheiße Kaffeebrühe umrührte, und bemerkte zynisch:

»Überhaupt wundert's mich, dass du bei *der* Finanzkrise noch Kröten hast? Kann es sein, das du heimlich was laufen hast?«

»Was ich heimlich mach, geht dich einen feuchten …«

Die Tür wurde heftig aufgerissen, der neue V-Agent stürmte in den Raum, so dass die beiden mit einem Satz aus ihren Sesseln fuhren. Dabei schüttete sich Lehner den Kaffee auf die Hose. Vor sich hinfluchend, versuchte er, die Sauerei mit mehreren Taschentüchern aufzusaugen und wegzuwischen.

»Brennt's wo?«, fuhr Axel Körner den Neuen an, während er sich wieder auf seinen Sessel fallen ließ.

Andreas Hofer lächelte und verkündete:

»Sodala, da wär ich!«

»Sodala?«, ätzte Körner schroff. »Was heißt *sodala?* Würde sich der Herr Kollege wohl ein bisschen deutlicher, vor allem amtsdeutschsprachlich ausdrücken?«

»Da bin ich! Unser Chef hat gsagt, ich soll mich bei enk … bei Ihnen melden«, erwiderte der neue V-Agent.

»Lassen Sie sich von dem Kollegen da nicht so aufganserln«, zeigte Mike Lehner seine geduldige Ader. Er reichte Hofer den Bericht und forderte ihn auf:

»Jetzt lesen Sie das erst einmal in Ruhe durch und dann gehen wir die Vorgangsweise im Vergiftungsfall Mader und Baumann durch. Bis Herr Meller wieder zu uns stößt, hat er mir in Vertretung die Leitung in diesem Fall übergeben.«

»So, so?«, zeigte sich Axel Körner erstaunt.

»Letzte Seite. Lies zuerst und staune später. Erfahrung und

Weisheit zählen eben vor … na, eh schon wissen. Entschuldigt mich bitte kurz, ich muss die Flecken wegmachen. Das schaut ja aus, als hätt ich mich angmacht.«

Mike Lehner stand auf und wollte schon aus dem Zimmer, während sich Hofer an die Schreibtischkante lehnte.

»Wo sind denn heute unsere Mädels?«, lenkte Körner vom Thema ab. Es ärgerte ihn, weil nicht er von Meller als Vertretung bestimmt worden war.

»Das wüsste ich auch gern«, erwiderte Lehner, bereits an der Tür, und sah auf seine Uhr – halb zehn.

Als würden sie soeben herbeigerufen, ging die Tür auf und die Kolleginnen standen, von eiskalten Temperaturen wangengerötet, direkt vor Mike Lehner.

»Wir haben uns nur ein bissi verspätet«, flötete Irene Schneider entschuldigend und mit einem erstaunten Blick auf seine befleckte Hose meinte sie schmunzelnd: »Aber hallo …!«.

»Das ist nix, nur Kaffee!«, sagte Lehner unwirsch und wand sich an den Frauen vorbei durch die Tür.

»Scheint ja für beide eine heiße Nacht gewesen zu sein«, ätzte Axel Körner, die beiden Frauen angrinsend.

»Wie meinen Sie denn das?«, fragte Manuela Kohn lauernd, mit einem hilfesuchenden Blick auf Irene Schneider.

»So, wie ich's sage!«, erwiderte Körner, »Wenn die Damen so spät auftauchen, was sollte man denn da sonst annehmen?«

Auf eine Erklärung wartend, sah er beide neugierig an.

»War nur eine Krampusfeier bei guten Freunden. Hat länger gedauert als vorgesehen«, klärte ihn Irene Schneider auf.

»Na dann, willkommen im Klub. Bei uns geht's seit gestern Nacht auch teuflisch zu. Es gibt eine neue Punschleiche.«

Vier

Montag, 8. Dezember 2008 …

Bella sollte am Dienstag operiert werden.

Der Arzt hatte Meller noch am Samstag über das vernichtende Ergebnis der Untersuchungen informiert. Schlimmer konnte es nicht sein. Innere Organe waren von Metastasen übersät und auch am Nervenstrang um das Stammhirn hatten sie sich ausgebreitet. Deswegen vermutlich auch Bellas Ohnmachtsanfall.

Der Kommissar hatte nach seinem Besuch bei Bella mit der Tuareg ausgehandelt, dass er sich die nächsten Tage freinehmen konnte. Er wollte Bella für diese komplizierte Operation Mut zusprechen, einfach bei ihr sein. Der Arzt konnte leider nicht voraussagen, wie die Operation verlaufen würde.

Auch Manuel, der noch immer nicht wusste, wie schlimm es um seine Mutter stand, wollte er wieder mitnehmen.

Nach den Ermittlungen am Tatort war die Einsatzbesprechung für den frühen Nachmittag des Feiertags angesetzt worden. Die S-C-ONE Chefin, die Staatsanwältin und das Team der V-Gruppe 4 waren anwesend.

Etwas deplatziert wirkte der Adventkranz mit zwei brennenden Kerzen auf dem langen Besprechungstisch, während die bisherigen Ergebnisse der Ermittlungen erörtert und diskutiert sowie die notwendigen Vorgangsweisen durchgespielt wurden, wer was wann und wo ausführen sollte.

Zuerst war daran gedacht worden, die Punschhütten sofort sperren zu lassen. Doch die Betreiber hatten sich dagegen heftigst gewehrt. Sie konnten nichts dafür, dass es Wahnsinnige gab, die Gift in ihre Getränke mischten. Genauso müsste man sofort jeden Supermarkt schließen, weil vergiftetes Fleisch oder mit Gift präparierte Süßigkeiten in den Regalen liegen könnten. Ebenso müsste das Autofahren verboten werden, da man jeden Wagen entsprechend manipulieren konnte. Niemand dürfte ab sofort in eine U-Bahn steigen oder mit dem Zug fahren. Auch im Flugzeug oder im Lift könnte jeden Moment eine Bombe hochgehen und, und, und ...

Das Risiko lag also wie immer beim schwächsten Glied in der Kette, beim gewöhnlichen Konsumenten.

Axel Körner meinte zynisch, dass bei solch ausufernden Spekulationen jeder in irgendeiner Form als Verdächtiger gelte. Schließlich bewege man sich in einer Welt voller Gefahren, dank Wahnsinniger, Terroristen und sonstiger Geistesgestörter.

Kurz und nicht gut – man befand sich in einer Zwickmühle.

In Mödling die Punschstände sowie alle Hütten, in denen Ess- und Trinkbares verkauft wurde, sperren zu lassen, wäre zwecklos und würde nur den Unmut der Bevölkerung hervorrufen.

Wer es auf ein Opfer gezielt abgesehen hatte, dem waren neben Gift noch unzählige andere Anwendungen mit tödlicher Garantie in die Hand gegeben. Die Palette von Ins-Jenseits-befördernder-Scheußlichkeiten zusammengefasst, würde ein Buch zwei Mal so dick wie die Bibel füllen.

Da man bei der Untersuchung des betreffenden Punschstandes auf keinerlei Gift gestoßen war, kam man zur Überzeugung, dass den beiden Männern das Gift direkt in ihr Getränk geträufelt worden sein musste. Leider waren sämtliche Häferln, die auf dem Stehtisch gestanden hatten, beim Sturz der beiden Betrunkenen zu Bruch gegangen. Es konnten zwar geringe Reste sichergestellt werden, jedoch gab man sich keiner zu großen Hoffnung hin. Dummerweise hatte der Hüttenbetreiber nach dem Abtransport der beiden mit der Rettung die klebrigsüßen Reste und das Blut von Werner Mader mit heißem Wasser vom Pflaster geschwemmt. Zu diesem Zeitpunkt konnte ja noch niemand ahnen, dass Gift im Spiel war.

Der Hüttenbetreiber war nach der Bekanntgabe der Ergebnisse völlig außer sich, weil er einen Anschlag auf sein Geschäft vermutete. Wer würde nach diesem Vorfall bei ihm noch etwas konsumieren?

Natürlich wurde dieser Verdacht näher in Betracht gezogen. Einem Konkurrenten auf diese infame Weise das Geschäft zu ruinieren, indem man seiner Kundschaft den Magen verdirbt? Immerhin ein Argument, aber ein schwaches, weil man sich ins eigene Fleisch schneiden würde. Denn welcher Durstige wäre so lebensmüde und würde sich nach solch einer Horrormeldung auch nur einen Fingerhut voll hinter die Binde gießen? Egal, bei welcher Punschhütte.

Doch die Mödlinger Weinhauer waren eine eingeschworene Gilde, die Neidgefühle und Konkurrenzdenken nicht auf solche Unart austrugen. Noch bekam jeder Wirt genügend Kundschaft, um diese gehörig abzufüllen.

»Ein Supergeschäft, unsere Punschhütten auf dem Schrannenplatz!«, wie einige Betreiber den V-Agenten verrieten. Die Umsätze steigerten sich von Jahr zu Jahr. Allerdings wurde gebeten, das nicht an die große Glocke zu hängen, denn sonst könnten die Initiatoren auf die Idee kommen, die Hüttenmieten für zukünftige Adventevents in die Höhe zu schrauben.

Nach solchen Aussagen fiel natürlich der Verdacht auch auf jene Hüttenbetreiber, die nur Weihnachtsschmuck und Basteleien verkauften. Deren Geschäfte liefen nicht so grandios. In Wahrheit waren sie saumäßig, auch wenn die Hüttenmieten einen Bruchteil jener der Punschwirte ausmachten.

Da könnte bei einem Hauben- und Wollhandschuhverkäufer oder einem Weihnachtskugelverkäufer heftiger Neid aufkommen und sich dieser daher giftig ärgern und rächen. Wenn er zusehen musste, wie sich die Massen vor den Sauf- und Fressständen – so Körners Definition – hin und her schoben, während bei seiner Hütte höchstens ein paar Mütter mit Kindern standen und sich über die Preise für ein Strickhauberl oder ein Plastikengerl mokierten.

Oder der Übeltäter war ein gestörtes Individium, das prinzipiell Weihnachtsmärkte hasste und mit seinen Giftanschlägen der Bevölkerung Angst einjagen wollte.

Deswegen die Schließung der Punschhütten zu veranlassen würde nicht viel bringen. Der nächste Weihnachtsmarkt war sozusagen um die Ecke in einer der benachbarten Gemeinden.

Man entschied schließlich, eine Information auf die Punschhütten zu pinnen. Mit dem dringlichen Hinweis, die Getränke nicht unbeaufsichtigt stehen zu lassen. Nach Meinung der Einsatzleitung würde der Punsch- und Glühweinkonsum nach Bekanntwerden des zweiten Giftanschlags ohnehin schlagartig verebben.

Außerdem wollten die V-Agenten das direkte Umfeld von Werner Mader und Heiner Baumann nach verdächtigen Personen abklopfen.

Nicht zu vergessen – Zeugen mussten ausfindig gemacht werden! Personen, die mit Mader und Baumann gemeinsam beim Stehtisch gestanden hatten. Einer von denen konnte vielleicht Verdächtiges gesehen haben. Etwa, wie jemand etwas in die Häferln der Betrunkenen gegeben hatte.

Im Zuge der Ermittlungen musste nun vorrangig der Mödlinger Adventmarkt verdeckt kontrolliert, sozusagen dem Punschpublikum genau auf die Finger geschaut werden. Das sollte die Aufgabe von Körner, Hofer und Schneider sein.

Mike Lehner und Manuela Kohn waren damit beschäftigt, die familiären Hintergründe der beiden Opfer zu hinterleuchten …

Sie saßen bei Julia Mader – einer dunkelhaarigen, sportlichen 35-Jährigen – in einer penibel sauber geputzten Wohnung.

Frau Mader hatte sich ein Papiertaschentuch um den Finger gewickelt und tupfte sich permanent den Tränenfluss von den Augen, damit die aufgetragene Schminke nicht darunter litt.

»Ich will kein Geheimnis draus machen, aber der Werner und ich hatten in der letzten Zeit keine gute Zeit. Das war vor Weihnachten immer schon so, aber heuer war es ganz schlimm. Wir sind … wir waren über fünf Jahre verheiratet«, sie betupfte sich die Augenlider und sagte leise: »Wer macht so was? Der arme Werner … furchtbar!«

»Sie können sich nicht vorstellen, wer Ihrem Mann so etwas Böses antun könnte?«

»Ich? Wieso ich? Ich kenne doch niemanden von seinen seltsamen Spezln!«

»Wie, seltsame Spezln?«, fragte Manuela Kohn lauernd.

»Na, seine Saufbrüder halt. Den Heiner kenn ich ein bisserl näher, auch seine Frau. Die Iris ist übrigens eine Exfreundin von Werner, aber alles vor meiner Zeit! Eine überspannte Allesversteherin. Ich würde die Iris als meine dreizehntbeste Freundin bezeichnen, wenn Sie wissen, was ich meine.«

Julia Mader sah Manuela Kohn säuerlich an.

»Glauben Sie, dass Ihr Mann und die Exfreundin noch ...?«, wollte Mike Lehner wissen.

»Geh, die ist ja viel zu ... oder was glauben Sie?«

»Ich glaube gar nichts, ich frage Sie nur.«

»Also, wenn S' mich so fragen, dann muss ich gestehen, dass der Werner und ich schon seit einiger Zeit nimmer haben ... Sie wissen, was ich meine. Das könnte ein Grund sein. Aber warum ist der Heiner vergiftet worden ...?« Julia Mader stockte mitten im Satz und sagte: »Hab ich auch schon durchgespielt ...«

»Wo waren Sie gestern Nachmittag, Frau Mader?«

»Ich? Daheim war ich und hab die Wohnung auf Vordermann gebracht, so wie jedes Jahr vor Weihnachten. Tät es sonst so ausschauen? Warum wolln S' das wissen, Herr Kommissar?«

»Einfach Lehner. Ich bin kein Kommissar, Frau Mader.«

»Ändert das was an meiner Frage?«

»Ich frage, Sie antworten, so läuft das! Also, Frau Mader, wie ist Ihr Verhältnis zu den Baumanns?«

»Sagte ich schon. Ich kann die Iris nicht leiden, weil sie eine urfalsche Ziege ist. Allen kriecht sie mit ihrer schleimigen Art irgendwie hinten rein. Die kann richtig anlassig sein, aber ich hab sie bis jetzt abgewimmelt. Mich hat prinzipiell gestört, dass sie vor mir mit Werner zusammen war ... so schaut's aus.«

»Gibt es Ihrerseits ein spezielles Verhältnis zu Herrn Baumann?«

»Den Heiner könnts mir nackert und mit Nutella eingschmiert auf mein Bett legen, da würde sich nix bei mir rühren. Sagt das alles?«

»Irgendwie schon«, antwortete Mike Lehner.

»Jetzt nach dem tödlichen Unfall Ihres Mannes, Frau Mader, erben Sie doch alles, oder nicht?«, fragte die V-Agentin.

»Erben ... erben? Pfah, das ist eine gute Frage!«, ereiferte sich die Frau. »Wir haben keine Kinder und Werner auch keine Verwandten, mit denen er sich gut verstanden hätte … Ich glaube nicht, dass er so was wie ein Testament aufgesetzt hat. So wie ich ihn kenne … kannte. So was macht man doch erst in einem gewissen Alter, finden Sie nicht auch, Frau … Frau …?«

»Kohn heiße ich«, half ihr die V-Agentin lächelnd und ließ nicht locker: »Es gibt also was zu erben?«

»Unsere finanziellen Angelegenheiten hab immer ich checken müssen, weil er sich einen Dreck darum, na ja … ist jetzt auch wurscht.« Julia Mader verdrehte übertrieben die Augen. »Die Wohnung jedenfalls war seine, die wird wahrscheinlich jetzt mir gehören. Dann seine Rostschüssel, ein alter Golf. Ja, und die Lebensversicherung. Wie viel die bringt, muss ich … Sagen S', Frau Kohn, was soll das? Sie manövrieren mich da in was rein! Das klingt glatt so, als hätte ich gute Gründe für … für … als wenn ich den Werner auf dem Gewissen hätt!«, verteidigte sich Julia Mader plötzlich, heftig errötend.

»Es wurde schon wegen wesentlich weniger guten Gründen jemand ins Jenseits geschickt«, konterte die V-Agentin.

»Ich bin jedenfalls unschuldig!«

Das Zittern in der Stimme der frisch gebackenen Witwe war nicht zu überhören. Steckte doch mehr dahinter als nur ihre glaubwürdig präsentierte reine Unschuld?

Doch ungebremst begehrte sie sogleich auf:

»Sie sagten doch, dass er so besoffen war und allein durch den Sturz zu Tode gekommen ist! Und was das Gift betrifft – ich wüsste ja nicht einmal, wie ich an das Zeug käme.«

»Gift kriegen Sie in jeder Apotheke oder Sie pflücken es – im Wald und auf den Wiesen.«

»Und wann, wie und wo hätte ich es ihm unbemerkt in sein Häferl schütten sollen?«

»Woher wissen Sie, dass in seinem Häferl was drinnen war?«, warf Lehner blitzschnell ein.

»Woher? Haben Sie es nicht erwähnt?«

»Haben wir nicht«, stellte Manuela Kohn kategorisch fest.

»Sie glauben tatsächlich, dass ich das war?«, rief Julia Mader, sprang plötzlich auf und lachte hysterisch.

»Ja, wie denn? Der Trottel hat mich beim Weihnachtputz hängen lassen, so wie jedes Jahr, und hat sich einfach geschlichen! So schaut des aus! Ich darf dann stundenlang warten und hoffen, dass er net besoffen heimkommt ... und ... und ... jetzt verdächtigen Sie mich, ich hätt ihm was ins Häferl gschüttet!«

Sie streckte ihre Hände der V-Agentin entgegen und schrie: »Da bitte, verhaften Sie mich! Ich hab ja bloß meinen Staubsauger als Alibi. Hier, bitte ...«

Die Frau wollte die V-Agentin aus dem Zimmer zerren.

»Kommen Sie! Greifen S' ihn an, vielleicht ist er noch handwarm vom stundenlangen Saugen!«

»Jetzt beruhigen Sie sich wieder, Frau Mader!«, herrschte Mike Lehner sie donnernd an, irritiert von der Heftigkeit ihres Gefühlsausbruchs und etwas leiser setzte er nach: »Man kann auch jemanden beauftragen und selbst in der guten warmen Stube sitzen ... auch ein Alibi!«

»Also ehrlich, was soll der Schwachsinn!«, erwiderte Julia Mader trotzig. Sie hatte sich wieder hingesetzt. »Da wäre ich aber schön blöd. Wegen der paar Kröten den Werner vergiften. Eine Scheidung ist einfacher und macht mir kein Kopfweh. Mit einem geschickten Anwalt ghört nachher auch alles mir.«

»Dass Ihnen das gelingt, dessen bin ich mir hundertprozentig sicher«, war Mike Lehner überzeugt. »Aber das hat sich allem Anschein nach für Sie ja erledigt. Wir melden uns wieder.«

Wie gut es Mike mit seiner Stoppl erwischt hatte!

Gott sei Dank gab es auch liebenswerte weibliche Wesen. Er und Stoppl waren noch immer ein Herz und eine Seele, selbst nach über vierzehn Jahren Ehe, dachte sich der V-Agent und strafte Julia Mader mit einem abweisenden Blick. Diese Frau hatte mehr als bloß einen handwarmen Staubsauger im Schrank, davon war er überzeugt.

»Schöne Feiertage noch, Frau Mader.«

Sie verabschiedeten sich.

Kaum waren sie aus der Wohnung, eilte Julia Mader in den Abstellraum. Hinter dem Staubsauger stand ein alter, verstaubter Koffer mit ihren Schulsachen.

Das beste Versteck vor ihrem Mann.

Sie öffnete ihn und holte ein Handy heraus, das in einen bunten Seidenschal eingewickelt war, setzte sich auf den Boden und lehnte sich an die Tür.

Mit zitternden Fingern begann sie eine Nummer zu wählen.

Tief ausatmend wartete sie …

– – –

Franz Wurstbauer ärgerte sich über alle Maßen.

Warum mussten die zwei vor seiner Hütte zusammenbrechen!

Okay, sie hatten ihm ein gutes Geschäft gebracht. Doch jetzt?

Seit diese Vergiftungsgeschichte bekannt geworden war, gingen die Leute an seinen Stehtischen vorüber, tuschelnd und mit dem Kopf zu ihm deutend. Wie die Pest mieden sie seinen Punsch und Glühwein. Dabei konnte er nichts dafür! Seine Getränke waren einwandfrei, nicht so ein zusammengepanschtes Zeug mit Konzentraten, wie es die anderen verkauften.

Mit Hamlingers Giftmischung hatte das Desaster begonnen. Dafür wurde seine Punschhütte behördlich gesperrt. Eine Hütte weniger auf dem Schrannenplatz – wie leicht hätte es jetzt ein super Weihnachtsgeschäft werden können!

Der Hamlinger und seine Alte – recht geschah ihnen! Warum war der Depp auch so schlampig und ließ giftiges Zeug herumliegen, vor kleinen Kindern! So leichtsinnig konnte nur er sein. Der war doch schon in der Schule ein Saufadl. Wie seine Alten. Da kann nix Gscheites nachkommen. Dass *der* die Lanzendorfer um den Finger wickeln konnte, die hat ja einen Mörderschuss! Was hatte dieses Ungustl von Hamlinger an sich, dass die Lanzendorfer dem auf den Leim gegangen war?

Hilflos grinste Wurstbauer einige Passanten an, die sich offensichtlich über ihn unterhielten. Demonstrativ drehte er den CD-Player lauter. *Süßer die Glocken nie klingen,* schallte es plötzlich über den Platz, so dass die Leute beim benachbarten Punschstand irritiert die Störquelle suchten, sich dann jedoch wieder ihrer illustren Runde zuwandten.

»Diese verdammten Spendenhütten«, murmelte Wurstbauer verbittert vor sich hin. »Eh klar, die sind natürlich wieder die Platzhirschen. Dort stehn s' im Rudel, die Herrn Besseren mit ihren Pelzladys, und machen auf überwichtig.«

Neidvoll sah er hinüber zu den Gästen der größten Hütte. Seit Jahren schon hatte ein elitärer Verein das Vorrecht auf den besten Standplatz und auch eine doppelt so große Punschhütte.

Dass Wurstbauer den Betreibern der Hütte natürlich entsprechend mehr Umsatz zudichtete, erfüllte ihn mit Groll.

Frustriert sah er den weiterziehenden Leuten hinterher. Es ging auf den späteren Nachmittag zu und der Platz füllte sich trotz der kalten Temperaturen mehr und mehr mit Publikum. Ein Pärchen und noch andere kamen zu seiner Hütte, kauften aber lediglich Wunschhaus-Lose, was ihn noch mehr ärgerte.

Diese Lose waren aufgelegt worden, um mehr Leute auf

den Adventmarkt nach Mödling zu locken. Immerhin war der Hauptgewinn ein komplettes Haus. Er selbst hatte hundert Lose gekauft, denn diese Chance wollte er sich nicht entgehen lassen, bei einem Lospreis von nur einem Euro! Ein Teil des Erlöses war für die Armutsbekämpfung in der Region gedacht, die Projekte standen auf der Rückseite des Loses.

»Ein Haus für einen Euro!«, rief Wurstbauer den Leuten zu, in der Hoffnung, so Kundschaft ködern zu können.

»Gewinnen auch Sie ein Haus nach Wunsch!«, setzte er nach.

Eine junge Frau blieb stehen, fütterte ein kleines Mädchen, das im Kinderwagen quängelte, mit einem Stück Punschkrapfen und schob sich den Kuchenrest mit pinkfarbener Glasur selbst in den Mund. Sie leckte sich die Finger ab und drängte sich mit dem Kinderwagen durch die Menge.

Da kam Wurstbauer blitzartig eine geniale Idee. Er wusste jetzt, wie sein Geschäft wieder brummen würde.

Jetzt erst fiel ihm der Typ, der schon das zweite Mal an seiner Hütte vorüberschlenderte, richtig auf.

Auch ein Fremder, keiner von hier. Mödlinger erkannte er gefühlsmäßig, die hatten etwas Grundsouveränes bis mittelleicht Snobistisches an sich.

Wurstbauer kam bei dem Gedanken leicht ins Grinsen. Er, als geborener Mödlinger, kannte die feinen Merkmale, die Mödlinger von *Zuagroasten* unterschieden. Zu definieren waren diese Merkmale nicht direkt, aber ein echter Mödlinger spürte sie, und basta. Während er vor sich hin philosophierte, erstarrte sein Grinser zu einer Grimasse.

Das Gesicht … ja, der stand doch auch … richtig! Der Typ war bei der Runde mit den beiden Besoffenen gestanden. Hatte nicht der die zwei Punsch für die beiden … und war dann plötzlich verschwunden …? Wenn das nun der Täter war?

Die Einsatzbeamten hatten alle Hüttenbetreiber gebeten, Verdächtiges sofort zu melden.

Wurstbauer nahm unauffällig sein Handy, holte aus der Handkassa den Zettel mit der Telefonnummer.

Halb zu den Töpfen hingewendet, meldete er hinter vorgehaltener Hand seine Beobachtung. Ein Beamter gab ihm kurz Anweisungen. Unauffällig beendete Wurstbauer das Gespräch.

Ein Ermittler wäre sofort bei ihm. Er solle ja nichts unternehmen, sondern nur beobachten.

Plötzlich fühlte sich Wurstbauer, einer inneren Eingebung folgend, selbst als Kommissar. Wenn dieser Gangster – dessen war er sich jetzt sicher – schon sein Weihnachtsgeschäft ruiniert hatte, dann wollte er immerhin die Lorbeeren einheimsen und sah sich schon auf den Titelseiten der Zeitungen:

Schlauer Punschwirt schnappt Mödlinger Giftattentäter!

Er winkte dem Mann, der in Rufweite stehen geblieben war, und lud ihn ein:

»Wünscht der Herr was Heißes, bei der Saukälte? Sie schauen so erfroren drein. Kommen Sie, der erste Herrenpunsch geht aufs Haus!«

Der Mann sah sich um. Es schien ihm peinlich zu sein, so direkt angesprochen zu werden.

»Ja, ja … Sie! Sie meine ich!«, rief ihm Wurstbauer mit einer einladenden Geste noch freundlicher zu.

Daraufhin ging der Mann zögerlich auf die Hütte zu. Etwas Heißes in den Magen zu bekommen, noch dazu gratis – das konnte er gebrauchen. Denn er hatte keinen Cent eingesteckt.

Doch misstrauisch, wie er war, fragte er vorsichtshalber:

»Gratis? Wirklich umsonst?«

»Also, hören Sie – wenn ich es sage!«, versicherte ihm Wurstbauer.

»Na, dann hätt ich gern einen Glühwein. Der Punsch ist mir zu süß. Die Meisten haben nur diese Fertigmischungen, die verträgt mein Magen nicht.«

Die haben andere Mägen auch nicht vertragen, dachte der Wirt verbittert, als er an die zwei Vergifteten dachte, deren Sauerei er wegmachen musste.

»Bitte sehr, Ihr Glühwein!« Er stellte dem Mann das Häferl auf das Thekenbrett und füllte sich auch eins voll.

»Na dann, Prost!« Wurstbauer tippte leicht auf das Häferl des Eingeladenen. »Auf Ihr persönliches Wohl und schöne Weihnachten!«

»Ebenfalls … und danke für die Einladung«, antwortete der Mann unsicher und leise, während er das Häferl mit beiden Händen zum Mund führte. Den Wirt beobachtete er aus den Augenwinkeln, überfreundliche Menschen waren ihm suspekt. Er probierte den ersten Schluck und verbrannte sich beinahe die Lippen.

»Pfah … heiß«, lächelte er gequält und stellte das Häferl ab.

Der Wirt versuchte ein Gespräch in Gang zu bringen, denn der Typ durfte ihm nicht entwischen, bevor die von der Sondereinheit auftauchten.

»Das ist notwendig bei der Saukälte. Und wenn's jetzt regnen würde, tät's schneien«, laberte Wurstbauer drauflos. Gescheiteres fiel ihm nicht ein.

Sein Gast nickte nur, sah in die Dämmerung hinaus, versuchte ein weiteres Mal vom heißen Gebräu zu kosten.

»Das werden bestimmt wieder schneelose Weihnachten, wie die letzten Jahre«, setzte der Wirt erneut an. »Ich sag's ja, das Klima ist schuld. Können Sie sich noch an die Schneemassen, die's früher runterghaut hat, erinnern … oder sind Sie nicht von hier?«

Wo bleiben die so lange?, fluchte Wurstbauer innerlich.

»Nein, ich bin erst seit Kurzem hier«, antwortete der andere verhalten und sah bekümmert auf die Glühweinbrühe, in der sich sein Gesicht verzerrt spiegelte.

Der Song, der soeben aus der Punschhütte erklang, fuhr ihm tief in die Seele. Eine modern-rhythmische Version von »Es wird scho glei dumpa«. Eine zarte Frauenstimme hauchte beinahe die Melodie und ihm stiegen vor Wehmutserinnerungen die Tränen in die Augen.

Da drehte er sich dezent weg und sah auf die heitere Runde, die am Punschstand nebenan immer lauter wurde. Innerlich aufgewühlt, bemerkte er nicht, dass sich zwei weitere Kunden zu ihm gesellten.

Der Wirt bekam von dem Älteren einen unauffälligen Blick zugeworfen.

»Genau der«, platzte Wurstbauer plötzlich heraus und deutete mit einem Kopfwink auf seinen Gast.

Da kam Leben in den Mann. Seine traurige Miene wich einem stahlharten Gesichtsausdruck, als sich die beiden anderen links und rechts von ihm stellten.

»Wollen Sie was von mir?«, fragte der Mann sie lauernd und sah sie misstrauisch an.

»Auf was warten Sie noch … das ist der Giftmischer!«, rief Wurstbauer verärgert, weil die beiden Männer nicht so reagierten, wie er es sich vorgestellt hatte – nämlich, dem Typen filmreif die Knarre an die Brust zu setzen, die Arme auf den Rücken zu drehen, dass er vor Schmerz aufschrie und die Handschellen klicken zu lassen.

Doch es war Wurstbauer, der aufbrüllte. Der heiße Glühwein, den ihm sein schüchterner Gast ins Gesicht schüttete, brannte wie Feuer.

Der Mann lief quer über den Schrannenplatz davon und verschwand in der Menschenmenge. Doch der jüngere der beiden V-Agenten, um nichts langsamer, jagte ihm hinterher.

»Dieser Verbrecher!«, brüllte Wurstbauer über den Platz hinweg und betupfte sein Gesicht mit einem nassen Fetzen. Den anderen V-Agenten fuhr er an:

»Was schauen S' denn so deppert – der war's, hab ich ja gsagt!«

Da schnaubte ihn Axel Körner an:

»Jetzt mäßigen Sie sich im Ton, Sie … Sie …!« Er rang nach Luft. »Für diese Beamtenbeleidigung kann ich Sie einlochen! Was mischen Sie sich in eine Amtshandlung, Sie Depp, Sie!«

»Aha, und von Ihnen muss ich mir das gefallen lassen!«, kam es kleinlaut von Wurstbauer.

Per Handy gab Körner den Vorfall durch. Er kochte. Ein Laut noch von Wurstbauer und der Mann saß im Punschtopf.

Einige in der gaffenden Menge grinsten und machten sich über den misslungenen Einsatz lustig.

Körner musste sich gefallen lassen, dass ein rotzfrecher Halbwüchsiger ein: »Kieberer san a nimmer des, was sie einmal waren!«, in seine Richtung sendete. Am besten, er überhörte es und tat, als würde sein Handy klingeln, hielt es ans Ohr und drehte sich weg.

Daher sah er nicht, wie der neue V-Agent den Flüchtigen, dem die Hände mit Handschellen auf den Rücken gefesselt waren, am Kragen durch die staunende Menge zu Wurstbauers Punschhütte brachte. Irene Schneider begleitete die beiden.

»Sodala, da samma wieder, Herr Kollege. Mir isch no koaner auskemmen! So oaner müassat erscht geboren werdn!«, verkündete Andreas Hofer stolz. Er zeigte auf seinen Fang. »Und so a Bürscherl han i glei schnell am Krawattl!«

Der Gefangene hielt den Kopf gesenkt. Als Körner von ihm wissen wollte, warum er abgehauen war, schwieg der Mann verbissen.

»Sagen Sie freiwillig, wer Sie sind, oder muss ich Sie nach einem Ausweis untersuchen?«, setzt er den Mann unter Druck.

»Ohne einen Anwalt sag ich nix, so heißt es doch«, kam es leise von dem in Handschellen.

»Na dann, ab ins Gitterloch mit unserem Mister Mystery! Zum Stille-Nacht-Singen«, entschied Axel Körner und an die neugierige Menge gerichtet, sagte er zynisch:

»Was ist … die Damen und Herren? Noch nie einen Einsatz erlebt? Heut Abend gibt's die Fortsetzung in den Nachrichten! Danke für den Applaus … und jetzt lassen Sie uns durch!«

Dem Festgenommenen unter die Arme greifend, schoben sie sich durch die dicht gedrängte Menge. Hinterdrein Irene Schneider, die Andreas Hofer zum gelungenen Zugriff gratulierte.

»Also ehrlich, so schauen Sie gar nicht aus, Herr Kollege!«

»So, so? Wia sollt ich denn in Ihren Augen ausschaugn, Frau Kollegin?«, erwiderte Andreas Hofer verlegen.

»So halt. Ich hab's nämlich gesehen, wie Sie den Typen auf den Boden geworfen und überwältigt haben. Und das mitten in dem Gedränge … echt phänomenal!«

»Mit oan Tiroler, wenn er wild worden isch, isch nitt zu spaßen. Des miassn S' Ihnen merkn, Frau Kollegin, weil mir Tiroler sein harte Burschn!«

Im S-C-ONE angekommen, wurde der Verdächtige in eine der Zellen im Keller gesteckt. Er hatte keine Papiere bei sich, was seine Identifizierung unmöglich machte. Doch der Mann wollte partout nicht preisgeben, wie er hieß und wo er wohnte.

Körner erklärte ihm augenscheinlich mit Hinweis auf strafrechtliche Konsequenzen, dass dieses störrische Verhalten seine Lage nur verschlimmere.

Das ließ den Verhafteten völlig kalt.

Außer, dass er Wurstbauer mit Glühwein angeschüttet hatte und davongelaufen war, konnte ihm nichts Gröberes nachgewiesen werden. Deswegen gleich eingesperrt zu werden?

Doch grundlos müsse niemand abhauen! Das führte Körner zusätzlich zur Identitätsverweigerung im Verhaftungsprotokoll als erschwerendes Indiz an.

Im S-C-ONE war man wegen der Vergiftungsfälle sehr nervös geworden. War das der Auftakt für weitere Anschläge auf Mödlinger Punsch- und Glühweintrinker? Neben den verübten Handtaschen-, Geldbörsen- und Autodiebstählen, den üblichen Betrügereien, den Einbrüchen in Wohnungen und Häuser, den Überfällen auf Zuckerlgeschäfte, Banken und Tankstellen, wie sie verstärkt in der Adventzeit verübt wurden?

Dagegen musste angekämpft werden, und zwar rigoros!

Begonnen hatte es – wie sollte man den ersten Fall eigentlich bezeichnen – mit einem »ungewollten« Vergiftungsfall, ausgelöst durch einen siebenjährigen Jungen. Das Resultat: Drei gesundheitlich schwer angegriffene Mägen und ein Todesopfer waren zu beklagen.

Nur Tage später war es zu einer weiteren Vergiftung gekommen. Diesmal ein Anschlag auf zwei Männer, aus welchen Motiven auch immer.

Fast sah es aus, als hätte jemand nur auf einen Initialfunken gewartet, um als Trittbrettfahrer nachahmend aktiv zu werden. Eine tödliche Dosis war in den beiden Punschhäferln gelandet. Als präpariertes Zuckerwürfelstück etwa? Was war einfacher, als die ohnehin picksüße heiße Brühe im geeigneten Augenblick unbemerkt zum tödlichen Cocktail zu veredeln?

Zu dieser Erkenntnis waren die Ermittler gekommen.

Leider war das Corpus Delicti – die vergiftete Punschbrühe – inklusive Maders Blutlache von Wurstbauer weggeschwemmt worden. Vorhaltungen durfte man ihm nicht machen, er war für die Sauberkeit vor seiner Hütte verantwortlich. Wer konnte ahnen, dass wichtiges Beweismaterial im Kanal verschwand. Als bekannt wurde, dass Mader und Baumann vergiftet wurden, war es zu spät. Wie hieß eine Ermittlerweisheit: spurlos ist auch weg. Aber doch nie ganz. Winzige Punschreste fanden sich auf den Kleidern, die mussten noch analysiert werden.

Wenn solche Methoden nun Schule machten, dann war es ratsam, Speis und Trank ausschließlich im sicheren Umfeld der Familie zu verzehren. Ganz nach der moralischen Weisheit:

Auswärts Gusto holen, aber gegessen wird daheim.

Wenn aber eine Ehefrau die Beseitigung ihres Göttergatten in Erwägung zog, weil jener zum Scheusal mutiert war? Sie deswegen anderorts ihr Herz an jemanden verloren hatte und eines Tages die Spuren des unerklärlichen Exitus ihres Gatten zu verschleiern suchte?

Glück ist ein höchst schwankender Wert auf der Skala der persönlichen Befindlichkeit. Wünsche schweben wie eine Fata Morgana in den Köpfen und gaukeln Sehnsüchte vor, die das Auf und Ab – von Glück bis Unglück – bestimmen.

Wie viel Unglück muss sich in einer Beziehung ansammeln, bis man glaubt, diese schwere Last nicht mehr ertragen zu können?

Wie leicht kann man durch ein paar Krümel oder Tropfen, in Kaffee, Tee, Suppe oder Bratensaft getan, erneut Glück haben!

Am Anfang war das Glück, später kam großes Unglück, dann wieder großes Glück …

Mike Lehner hatte hinter Mellers Schreibtisch Platz genommen und lieferte sich bewusst dieser destruktiven Gedankenwelt aus, in der allerlei Todbringendes durch sein Hirn spukte.

So gar nicht seine Welt, aber doch diese Welt.

Das gehörte nun mal zum Job eines V-Agenten. Nur wer sich in todbringende Aktionen hineinversetzen konnte, verstand diese Handlungsweisen.

Gift im Punsch – welch teuflische Dimension!

Ob seine Stoppl je zu solch einer infamen Tat fähig wäre und ihn vergiften könnte? Nein – Stoppl nie!

Und wenn doch? Was müsste Mike aufführen oder – schlimmer gedacht – welcher Wahnsinns-Glücks-Bringende müsste ihr über den Weg laufen, dass sogar Stoppl moralisch ausrasten und ihn über den Jordan schicken würde?

Lehner, bedenke: Auswärts Gusto holen, aber daheim essen, könnte zum letzten Abendmahl ausarten!

Mike Lehner weigerte sich, dieses Szenario fertig auszumalen. Er beließ seiner Frau jenen Heiligenschein, den er ihr beim ersten Rendezvous verpasst hatte, und widmete sich wieder den Berichten.

»Punschkiller« wurde der aktuelle Vergiftungsfall betitelt.

Irgendwie sehnte sich Mike Lehner den Kommissar herbei, er wollte nicht Ermittlungsleiter sein, auch nicht ersatzweise!

Mike fühlte sich als absolut guter Zweiter und hatte nie vorgehabt, jemals in die Nachfolgerrolle Mellers zu schlüpfen. Ihm reichte der Job so, wie er war. Nur die derzeitige Überstundenregelung frustrierte ihn außerordentlich.

Außenstehende hatten ja keine Vorstellung, was für einen Rattenschwanz an Arbeit ein einziger Kriminalfall nach sich zog! Besprechungen, Ermittlungsarbeiten, Verhöre, Verhandlungen, dann erst die Protokolle …

Lehner hatte das Gefühl, dass es, seit der Computer seine

Arbeitsweise bestimmte, mehr Papierkram gab als je zuvor. Jedes Mail samt Anhang war zu lesen, auszudrucken und abzulegen.

Heutzutage musste man sich absichern und sendete jeden Furz per Mail weiter, damit alle informativ eingebunden waren, falls etwas schieflief. Was einem kollektiven Schuldeingeständnis gleichkam – jeder hätte ja davon gewusst …

Der V-Agent seufzte sichtlich auf und sah auf die Uhr, knapp vor sechs. Wie gern wäre er heute mit Stoppl und Tobias unterwegs gewesen, um wenigstens ein bisschen vom vorweihnachtlichen Feeling einsaugen zu können!

Den Adventmarkt auf dem Karlsplatz in Wien wollten sie gemeinsam besuchen, der sollte wieder so stimmungsvoll sein, hatte Stoppl ihm vorgeschwärmt. Da Mike aber diesen Punschkiller-Fall zu bearbeiten hatte, daher unmöglich weg konnte, war seine Frau grußlos mit Tobias abgefahren.

Vorher wollten sie noch zu Bella ins AKH. Er hatte gebeten, von ihm liebe Grüße auszurichten und alles erdenklich Gute für die morgige Operation zu wünschen.

Das hatte man davon! Er sprang für einen Kollegen ein, dessen Freundin im Sterben lag, und seine Frau zeigte ihm die kalte Schulter.

Wann sollte er mit Stoppl die gemeinsame Einkaufstour planen, Geschenke für Tobias und die Verwandten besorgen? Das war trotz überfüllter Einkaufspassagen erholsamer, dachte Mike im Stillen, als sich mit diesem Täterkram auseinanderzusetzen.

Immerhin – Andreas Hofer, dieser Tiroler, machte einen guten Job. Er hatte diesen komischen Kauz, der jetzt im Keller hinter Gittern saß, eingefangen.

Auf solchen Nachwuchs baute man im S-C-ONE.

Mike Lehner zauberte es ein Lächeln in sein müdes Gesicht,

als er sich vorstellte, wie Hofer – laut Irene Schneiders Erzählung – dem Typen hinterher gehetzt war, ihn filmreif auf das Pflaster geknallt und ihm mit gezielten Handgriffen die Handschellen angelegt hatte.

Er hingegen konnte mit keinen Erfolgen aufwarten.

Diese Julia Mader war ihm nicht koscher vorgekommen, so viel war klar. Aber noch war ihr nichts nachzuweisen, es fehlten bis dato stichhaltige Beweise. Diese Lebensversicherung war einfach zu dünn als Argument.

Und die andere, Iris Baumann, war noch nicht erreicht worden. Die Handynummer, die ihnen die Nachbarin geben konnte, war nicht aktiv. Jede halbe Stunde wurde sie angerufen – zwecklos.

Ihr Mann, Heiner Baumann, konnte bisher nicht vernommen werden, er lag noch immer im künstlichen Tiefschlaf.

Mike Lehner las die Reaktionen und Anweisungen, die dem Bericht beigelegt worden waren.

Die örtlichen Politiker wurden von der Bevölkerung und den Medien aufgefordert, rigoros durchzugreifen. Diese spielten natürlich den Ball direkt an die örtliche Exekutive und an den S-C-ONE weiter. Im internen Papier zog man einen Vergleich mit dem Spraybomber-Fall des vergangenen Jahres und sah für die Bevölkerung eine gefährliche Bedrohung unerhörten Ausmaßes, falls solche Vergiftungsfälle nicht sofort unterbunden und die Übeltäter gefasst wurden.

Na klar – was sonst!

Politiker brauchten nur zu brillieren und Erfolge vorzuweisen. Die Handarbeit, um nicht zu sagen Drecksarbeit, war den verdeckten Ermittlern vorbehalten, die im Hintergrund zu agieren, zu überwachen, zu sondieren, zu ermitteln … hatten. Das bisschen Rumschnüffeln, was dauerte da so lang?

Man müsste Politiker sein, dachte Mike frustriert und war dennoch froh, keiner zu sein. Lieber erhobenen Hauptes einen Fehler eingestehen zu können, als sich andauernd aus irgendeinem Schlamassel verbal rauswinden zu müssen. Die Zeitungen waren voll mit solch politischen Querelen.

Lehner schlug die *Neue-Süd* auf, die ebenfalls in der Punschkiller-Mappe steckte. Er las den Bericht über den Jungen, der in seiner Verzweiflung und Wut Pflanzenschutzmittel in die fertige Punschmischung geschüttet hatte.

Man stelle sich das einmal vor – und jetzt der zweite Fall!

Axel Körner hatte es sarkastisch formuliert:

»*The gift,* auf Deutsch: das Geschenk. Der Punschkiller verschenkt am Mödlinger Adventmarkt *sein Gift.* Ob gezielt oder ungezielt, das weiß der Teufel. Falls der Eingelochte es nun doch nicht ist, fürchte ich, werden noch viele Punsche durch durstige Kehlen rinnen, das heißt: neue Opfer.«

Für die Ermittler schlechte Karten, denn innerhalb von 48 Stunden mussten sie ihrem Fang etwas nachweisen können, ansonsten war der Vogel wieder freizulassen.

Doch dieses Nachweisen hatte seine Tücken, denn der Sturschädel schwieg nach wie vor verbissen, was Mike Lehner eine mächtige Wut im Bauch und genauso viel Hunger bescherte.

Der letzte Bissen war Stunden her, sein Magen knurrte böse und das Telefon dudelte lästig. Er hob ab.

Meller war dran, er klang erschöpft.

Der Mann hat's derzeit auch nicht leicht, dachte Mike und war froh, nicht in dessen Haut zu stecken. Wenn er sich vorstellte, Stoppl dem Tode geweiht und er säße mit Tobias allein in der Wohnung. Ratenzahlungen, Kind erziehen, Schule, Kochen, Waschen, Bügeln … eine Gänsehaut überzog seinen Rücken.

»Hallo, Mike! Wie läuft's bei euch?«

Der Kommissar holte ihn in die nicht minder harte Realität zurück. Er erzählte, was sich während Mellers Abwesenheit abgespielt hatte.

»... und jetzt sitzt der Typ unten im Keller und stiert blöde vor sich hin«, schloss Lehner seinen Bericht.

»Ich komm zu euch, muss nur vorher ... sag, kann ich Manuel zu Tobias bringen? Ich möchte nicht, dass er jetzt allein ist, du verstehst.«

»Klar! Aber nein, warte. Ich weiß nicht, ob Stoppl und Tobias schon daheim sind. Die sind zuerst zu Bella ins AKH und dann zum Weihnachtsmarkt auf dem Karlsplatz gefahren.«

»Stimmt«, erinnerte sich der Kommissar. »Lass es, Mike. Ich bringe ihn zu Erika in die Südstadt.«

Er unterbrach die Verbindung.

Erika Hauser, die ehemalige Haushälterin der Goldmanns in Rio de Janeiro, wohnte bereits über ein Jahr im Bungalow von Mellers Onkel.

Hofrat Dr. Walter Meller – Marios Ziehvater und Mentor, inzwischen pensioniert – war nach dem Tod seiner Frau Henriette wieder in seine Heimatstadt Innsbruck übersiedelt. Seinen Neffen Mario hatte er gebeten, den Verkauf des Hauses in der Südstadt zu veranlassen.

Erika Hauser wiederum, die sich in Rio nach dem Tod ihres Mannes in der alten, düsteren Villa der Goldmanns recht einsam gefühlt hatte, war Marios Angebot gern nachgekommen, trotz ihres hohen Alters für immer nach Mödling zu ziehen.

Für die ehemalige Haushälterin eine wertvolle Lebensbereicherung, wie sich alsbald herausstellte. Denn hier blühte die rüstige Frau erneut auf. Dank ihrer heiteren, unbeschwerten Lebensansichten hatte sich bald ein Freundeskreis um Erika geschart, der einmal wöchentlich im Restaurant 's Platzerl im Südstadtzentrum zusammentraf.

Die Rio-Runde, wie Erika Hauser diese Treffen nannte. Sie wusste unendlich viel aus ihrer Vergangenheit zu erzählen.

Alle schätzten die heiteren Kuchen-und-Kaffee-Nachmittage, die unter Südstadts Rentnervolk bald Kultstatus bekamen. Auch sehr zur Freude des Wirts, weil die alte Lady und ihre Rio-Runde eine sichere Einnahmequelle bedeuteten.

Besonders aber profitierten Erika Hauser und Mario Meller von dieser Familienzusammenführung über Kontinente.

Als Meller sah, wie problemlos sich Erika Hauser akklimatisiert hatte, kaufte er seinem Onkel den Bungalow ab. Wegen Henriettes Krankheit waren seinerzeit Türstaffeln und Treppen weggenommen worden, damit sie bequem mit dem Rollstuhl fahren konnte. Das war jetzt natürlich auch für die alte Dame eine enorme Erleichterung. Sie war zwar noch gut bei Fuß, aber eben doch schon bald achtzig, wie Erika allen verschmitzt verriet, die sie viel jünger schätzten.

Erika und Helmuth Hauser waren jahrzehntelang die guten Geister im Hause Goldmann gewesen. Sie hatten die Villa im malerisch gelegenen Stadtteil Santa Teresa betreut, in der auch Lilian Goldmann, Mellers große Liebe und spätere Frau, aufgewachsen war. Bei einem Flugzeugabsturz, als sie von ihrem Notar in São Paulo zurückflog, kam sie am 22. Mai 2003 ums Leben. Bloß ein paar Wochen nach ihrer Hochzeit in Rio …

Der Kommissar seufzte auf. Gedanklich hing er in einer Zeitschleife fest – Lilian Goldmann … Rio de Janeiro … Freunde … Todesgefahr.

Meller bog in Altmannsdorf auf die Tangente zur Südautobahn ab, fuhr durch den Tunnel, achtete auf die Radarkontrolle und reihte sich in die Abbiegespur Richtung Mödling ein.

Die Stunden bei Bella an diesem Tag waren für Meller die bisher schlimmsten. Der Arzt hatte die Optionen nach dem schweren Eingriff erklärt. Selbst bei der Annahme, die Operation verliefe erfolgreich – die Reaktion der Metastasen im Hinterkopf war nach wie vor unberechenbar.

Bella hatte sich geweigert, die unausweichliche Tatsache anzuerkennen. Daraufhin hatte Meller vorgeschlagen, mit der Operation doch noch zuzuwarten und in einer Spezialklinik nach erneuter sektionaler Untersuchungen step by step die Operationen durchzuführen. Da zeigte der Arzt anhand vergleichbarer Fälle auf, dass es diese aggressive Streuung nicht zulasse, den Eingriff auch nur einen Tag länger aufzuschieben. Indirekt warf er Bella auch vor, dass sie so spät zur Untersuchung gegangen war. Sie hätte schon wesentlich früher etwas bemerken müssen.

Als wenn das im jetzigen Zustand noch etwas gebracht hätte. Meller war sauer und Bella hatte sich so aufgeregt, dass sie schließlich einen Schwächeanfall bekam und in Ohnmacht fiel.

Wenigstens Manuel hatte von alldem nichts mitbekommen, da er im Aufenthaltsraum vor dem Fernseher saß und ein Packerl Chips in sich hineinstopfte. Sein Kummer war so groß wie sein Hunger. In den letzten Tagen hatte er wenig gegessen und sah daher recht schmal aus der Wäsche.

Bella brachte es nicht übers Herz, ihn mit der unabänderlichen Tatsache zu konfrontieren, sondern ließ ihren Sohn im Glauben, sie würde nach der Operation über den Berg sein …

Meller blickte auf den Jungen neben sich und sagte:

»Wenn es dir recht ist, fahre ich dich zu Erika in die Südstadt. Joe ist auch dort, aber das weißt du ja. Ich denke, du bleibst bei ihr über Nacht. Joe wird sich bestimmt auch freuen.«

Manuel nickte nur stumm und sah betrübt vor sich hin.

»Morgen schaut die Welt wieder ganz anders aus«, tröstete ihn der Kommissar und fuhr dem Jungen mit der Hand kurz über seinen Wuschelkopf.

Zurzeit war Mellers Hund hauptsächlich bei der alten Dame im Bungalow und genoss feinste Leckereien. Dass Joe dabei rasant an Gewicht zugelegt hatte, bemerkte Meller bereits nach einer Woche. Daraufhin war er nackt im Badezimmer, mit Joe auf dem Arm, auf die Waage gestiegen.

Sechsundneunzigeinhalb Kilo – das war zu viel! Meller hatte zurzeit einundachtzigeinhalb Kilo, somit war Joe um volle drei Kilo zu schwer.

»Zwölf Kilo und kein Gramm mehr, wenn du willst, dass Joe lang leben soll«, hatte er Erika Hauser eindringlich ermahnt und demonstrativ die Waage neben Joes Fressnapf gestellt, damit sie sich ebenso mit Joe abwiegen konnte. Ob nackt oder nicht, das würde er der alten Dame überlassen ...

Bei der Vorstellung, Erika mit Joe auf der Waage, musste Meller schmunzeln. Wenn er nur lachen könnte.

Diese alte Dame war für ihn die letzte sichtbare Verbindung nach Rio de Janeiro.

Auch Erika Hauser hatte lernen müssen, ohne ihren Helmuth weiterzuleben, so wie Meller seinerzeit ohne Lilian. Und jetzt würde er sich bald ein Leben ohne Bella vorstellen müssen. Diese Gewissheit zog ihm eiskalt über den Rücken.

Isabella Fischer – wie eine Bombe war sie in sein Leben geplatzt! Wehmütig erinnerte er sich an jenen Tag bei dem jungen Priester in der Spitalskirche.

Der Tod hängt mir im Nacken, kam es Meller.

Denn dieser Priester hatte sich wegen seiner unglücklichen Liebe zu einem Mädchen in den Tod gestürzt.

Für Erika Hauser war es ein kleiner Schock, als sie Isabella

Fischer das erste Mal gegenüberstand, weil sie Mellers verstorbener Frau Lilian frappant ähnlich sah.

Genauso war es ja auch Meller ergangen.

Doch die alte Frau verhielt sich Bella gegenüber stets distanziert. Meller spürte Erikas Eifersucht. Er wusste, dass sie Lilian Goldmann wie ihr eigenes Kind geliebt hatte. Niemand durfte Erikas »Ersatztochter« Lilian ähnlich sein.

Schon gar nicht eine, in die sich Mario verliebt hatte!

Meller hörte deswegen nie eine abfällige Bemerkung von Erika. Aber es hatte dazu geführt, dass Bella und Erika Hauser wie zwei Planeten, die sich nie näher als Sonne und Mond kamen, Mellers Welt umkreisten.

Seit Erika jedoch wusste, wie es um Bella stand, kümmerte sie sich rührend um den Fischer junior. In dem schmalen, hochgeschossenen Manuel sah sie Lilians und Marios Sohn, das spürte Meller.

Jetzt, wo es mit Bella zu Ende ging und Mario sich um den Jungen kümmerte, war Erika ganz auf seiner Seite.

Eigentlich brutal, wenn Zuwendungen rein nach persönlicher Zweckmäßigkeit verteilt werden, dachte Meller, doch wer kam schon gegen seine tiefsten Emotionen an.

Sie waren in der Südstadt angelangt.

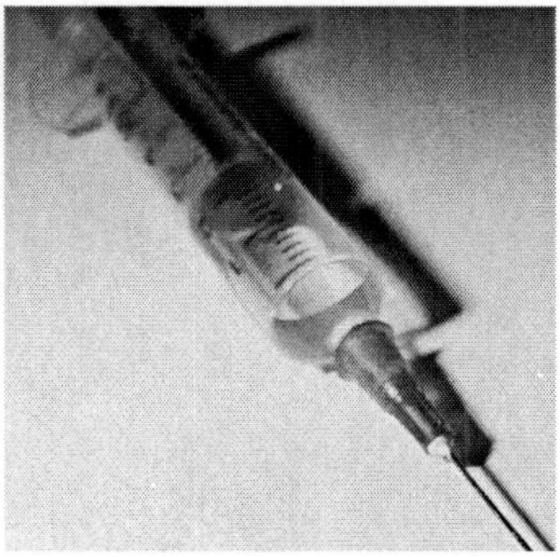

Fünf

Mittwoch, 10. Dezember 2008 …

Am Mittwoch saß er bereits um halb sieben Uhr in seinem Büro und arbeitete sich durch den Papierstapel, der auf seinem Schreibtisch aufgetürmt lag. Das Telefon hatte er ins Sekretariat umgeschaltet, damit er ungestört arbeiten konnte …

Die Operation an sich war problemlos verlaufen.

Wäre nicht … ja, wenn nicht …

Wie durch Watte drang noch am Dienstagabend jene Hiobsbotschaft an Mellers Ohr.

Alles, was nach ihren Kräften möglich war, hatte das Ärzteteam unternommen – wie gesagt –, die Operation war erfolgreich gewesen. Doch dann war Frau Fischer plötzlich in ein Koma gefallen, aus dem sie bis jetzt nicht zurückgeholt werden konnte. Dem Arzt war es unmöglich, eine klare Prognose abzugeben, wie lang sie in diesem Zustand bleiben würde. Er befürchtete jedoch, dass Frau Fischer nicht mehr aufwachen würde. Frühestens in ein, zwei Tagen könne man mehr sagen.

Dieses Risiko war ja allen bekannt gewesen – so war nun mal das Leben. Es bestand zurzeit keine Möglichkeit, Frau Fischer auf der Intensivstation zu besuchen. Man werde ihn benachrichtigen, wenn es so weit sei.

Mellers Hände hatten gezittert, als er das Handy weggelegt hatte. Dumpf und drohend war der *Favela-Ton* gekommen …

Eigentlich wollte er, nachdem er Manuel am Montagabend zu Erika gebracht hatte, noch in den S-C-ONE fahren, die letzten Ergebnisse durchsehen und sich den Verdächtigen vorknöpfen. Geständnisse zu Nachtstunden bekam man schneller als tagsüber. Doch als er in der Wiener Straße bei seinem kleinen Häuschen angekommen war, hatte er es bleiben lassen.

Auch er musste sich erholen und Kräfte sammeln – noch hatte er einen Tag frei, jenen Tag, an dem sich Bellas Schicksal entscheiden sollte.

Den Dienstag im AKH zu verbringen und tatenlos herumzusitzen, hätte nichts gebracht. Die Operation war für den ganzen Tag angesetzt worden. Der Arzt hatte ihm geraten, etwas seelisch Beruhigendes, etwas Aufbauendes zu unternehmen – ein Museum zu besuchen, über die Weihnachtsmärkte zu bummeln oder eine Kirche aufzusuchen und zu beten, wenn er daran glaube, denn das beruhige ungemein.

»Viele finden in solchen Situationen wieder zu Gott«, sagte der Arzt »Bei mir war's früher nicht so. Doch je älter ich werde, desto mehr ertappe ich mich bei dem Gedanken an eine wahrhafte, heilende Spiritualität – wenn Sie wissen, was ich meine.«

Ja und nein. Gewiss, Meller glaubte an einen Gott. Nur an welchen sollte er sich dieses Mal wenden? Er war wütend auf jenen Schöpfer, der ihm wieder einmal das Liebste zu nehmen drohte. Wenn schon er der Leidtragende sein sollte, so müsste dieser Herrgott mit Manuel wenigstens Erbarmen haben und ihm nicht die Mutter wegnehmen. Der Junge hatte alle Rechte auf Bella, wenn er wirklich ehrlich war, der liebe Gott.

Also hatte sich Meller am Dienstag um Erika und Manuel

gekümmert. Erika freute sich, ein paar Weihnachtseinkäufe erledigen zu können. Die Schulleitung hatte Manuel freigegeben, in Anbetracht seiner familiären Situation. So brachte der Tag ein bisschen Ablenkung. Die triste Stimmung wurde beim Bummel über die Weihnachtsmärkte zeitweise vergessen. Manch handwerklich Geschaffenes gefiel der alten Frau aus Rio besonders und sie wusste sofort, wer als Beschenkter dafür infrage kam.

Manuel hingegen war ihnen wie ein Schatten gefolgt. Erst bei einem Stand mit besonders schönen Weihnachtskugeln zeigte er sichtlich Interesse.

»Zwölf davon kaufe ich«, bestimmte er schließlich. »Ich möchte Mama einen kleinen Christbaum ins Zimmer stellen.«

»Aber sie ist doch vor Weihnachten wieder zu Hause, vielleicht in einer Woche schon«, versuchte ihn Meller zu beruhigen.

»Ich weiß, dass Mama sterben wird«, sagte er leise und sah Meller traurig an. »Du hättest es mir sagen sollen.«

Meller seufzte und ging mit Manuel etwas zur Seite, damit andere die Kugeln näher betrachten konnten.

»Du hast Recht, Manuel«, erwiderte Meller schließlich. »Das mit deiner Mutter ist furchtbar traurig. Es tut auch mir entsetzlich weh und ich verstehe dich wie sonst niemand. Aber ich … ich durfte es dir nicht sagen. Bella wollte das nicht.«

»Ich bin dir auch nicht böse, Mario«, sagte er und beinahe unhörbar: »Sag bitte Mama nichts.«

Dann zeigte er zu den Kugeln hin und bat Meller: »Hilfst du mir beim Aussuchen? Sechs Kugeln du und sechs ich.«

»Und ich?«, mischte sich Erika neugierig ein, die so tat, als hätte sie nur halb hingehört.

»Du darfst die Baumspitze aussuchen«, entschied Manuel.

Stumm hingen die drei ihren Gedanken nach, als sie mit

Schachteln, Plastiksäcken und einem kleinen Bäumchen nach Hause fuhren. Daheim angekommen, überraschte sie Erika mit einem Apfelstrudel noch ofenwarm aus dem Backrohr, dazu Kaffee für Meller, Tee für Erika und für Manuel sein liebstes Getränk, eine Cola.

Als die Dämmerung angebrochen war und im wohltemperierten Bungalow bei weihnachtlicher Musik das Schmücken von Bellas Christbäumchen beinahe heitere Gefühle wachrief, erfuhren sie das unabänderliche Ergebnis der Operation.

Was für ein Schock für die drei!

Man kam überein, dass Manuel bei Erika wohnen sollte. So lang, bis seine Mutter wieder zu Hause war. Bestimmt würde Bella bald aus dem Koma aufwachen.

Natürlich konnte er jederzeit in die Wohnung, wenn ihm danach zumute war, oder zu Tobias auf Besuch. Er musste aber versprechen, Erika oder Meller stets zu informieren, wo er sich gerade aufhielt.

Die vergangene Nacht war von Meller ertränkt worden.

Wie in Trance war er dagesessen – vor sich die Flasche und das Glas – und hatte getrunken, nachgedacht und getrunken, nachgedacht und getrunken.

Er hatte wie ein Wolfsrudel geheult und geweint, bis er von Alkohol und Schmerz betäubt auf der Couch eingeschlafen war.

Im Traum sah er Bella liegen, um sie herum viele Ärzte. Wie eine tonlose Filmdokumentation lief die OP vor seinen Augen ab, wobei er zentimeternahe vor der Leinwand sitzen musste. Riesig und schemenhaft spielten sich blutige Szenen ab, die er nur als grobkörnige Details sah. Ihm waren die Hände auf dem Rücken gebunden, während er zusah, wie Bellas Leib aufgeschnitten wurde. Bei jedem Skalpellschnitt riss sie schmerzverzerrt den Mund auf und Meller schrie vor Verzweiflung auf und wehrte sich gegen die Filmleinwand, die ihn mehr und mehr einhüllte und zu ersticken drohte.

Als es ihn aus dem Schlaf riss, zeigte die Uhr knapp vor fünf. Sein Hemd war zerrissen. Er hatte es im Traum zerfetzt.

Eine ausgiebige Dusche und ein heißer Kaffee brachten ihn halbwegs auf die Beine und zu früher Stunde ins Büro. Unter der Brause kam er zum Entschluss, dass Arbeit den Kummer zwar nicht kleiner, jedoch unerträgliche Tatsachen erträglicher macht und die Zeit schneller vergehen lässt ...

Der Beamte an der Rezeption war etwas erstaunt, den Kommissar zu so früher Stunde und so erschöpft und müde zu sehen.

Mellers Gesicht zeigte nicht, wie es in seiner Seele aussah, als er die interne Post für seine Abteilung übernahm. Die dicke Mappe unterm Arm, fuhr Meller in den vierten Stock. Nach seiner verheerenden Nacht war ein Lift-Tag angesagt.

Zuerst holte sich der Kommissar einen Kaffee und stolperte beinahe über den Wischmopp, der wie ein hinterlistiger Bettler um die Ecke an der Wand lehnte. Als er zum Automaten gegangen war, gab's den Mopp dort noch nicht.

Aus den Augenwinkeln sah er Sylvana Hamurcu – den Putzengel des S-C-ONE – freudig auf ihn zueilen und vernahm ihr schallendes »Commissaaario!«.

«Keine Zeit heute!«, rief Meller ihr zu und verschwand flugs in seinem Büro – die Tür zu –, um keine Konversation mit ihr beginnen zu müssen. Diese Frau fehlte ihm noch an diesem Morgen. Für Meller war Sylvana Hamurcu die beste, die gütigste Seele sämtlicher Putzkolonnen der Welt. Doch manchmal nervten ihn ihr »Commissaaario!« und dieses »Commissario schaut aus wie Tschortsche Kloonie, was ist scheene Schauspieler«, wenn sich ihre Wege in den Gängen des S-C-ONE kreuzten.

Mellers Stimmung war an diesem Morgen wie das böse Schneetreiben, das schwere Flocken auf die Scheiben klatschte. Feuchtweiße Niedertracht, die ihm schon den Kragen hinuntergeschmolzen war, als er in das Gebäude geeilt war.

Es schüttelte ihn nachträglich, wobei er nicht nachdenken wollte, ob wegen des Schneegestöbers oder wegen Sylvanas lautem türkisch-deutschem Gebrabbel.

Den heißen Kaffeebecher in der Hand, ab und zu daran schlürfend, sah Meller erst die Post durch. Fein – nichts, was er sofort zu erledigen hatte –, alles ins Körbchen für Claudia Rotter.

Als er die Zeitungen durchblätterte, kam Ärger auf.

Weitere Opfer des Punschkillers! Wer sind die Nächsten?

Immer diese Horrormeldungen zum Quadrat. Er las, was er bereits von Lehner wusste. Ein Verdächtiger, der sich jedoch weigerte, seine Identität preiszugeben, war verhaftet worden.

Solche Wortspenden konnten nur aus Bachers Feder von der *Neue-Süd* stammen.

Nach einer gröberen Auseinandersetzung vor Jahren hatten sich Meller und Bacher auf einen für beide fruchtbringenden Konsens geeinigt. Schließlich konnte die Presse bei Ermittlungsarbeiten von großem Nutzen sein – mit anderen Worten: saubere Handwäsche ohne Schmierseife.

Die dünne Mappe, die der Kommissar jetzt aufschlug, zierte Rotters unverkennbare Handschrift mit dem fetzigen Titel »Punschkiller 12/08«.

Meller las sich in die Materie ein. Alles in allem waren die Ergebnisse dürftig, auch wenn schon ein Verdächtiger einsaß, der sich bis dato hartnäckig weigerte, das Geheimnis um seine Identität zu lüften – laut Lehners letztem Bericht.

Vom Verdächtigen die Fingerabdrücke zu bekommen, scheiterte ebenso und mit Gewalt durften keine gemacht werden. Ärgerlich – da hat jemand wohl ziemlich was auf dem Kerbholz, das er zu verschleiern versucht, dennoch muss man ihn mit Samthandschuhen anfassen! Unglaublich, fand der Kommissar, aber so waren die U-Haft-Bedingungen. Man hatte ihm zwar für die DNA-Probe Schweiß von der Stirn abgenommen, aber bis die Auswertung im Haus war – jetzt vor Weihnachten –, das konnte dauern. Und wenn der Mann nirgends registriert war?

»Dem setze ich Daumenschrauben an«, war sich Meller halblaut sicher. Wenn er schon in aller Früh zu arbeiten hatte, sollte der im Keller seine Arbeitswut zu spüren bekommen.

Meller bat den Beamten an der Rezeption, zu veranlassen, dass der Mann in das Verhörzimmer gebracht wurde.

Bis es so weit war, beschäftigte er sich mit den matten Ergebnissen. Vier Fragen drängten sich dem Kommissar sofort auf.

Frage eins: Kannte Mister Mystery Werner Mader und Heiner Baumann? Der Verdacht besagte, dass er sie vergiftet haben könnte, was noch zu beweisen war.

Frage zwei: Wie tief war Frau Mader in diesen Fall verstrickt?

Frage drei: Warum und wohin verschwand Iris Baumann? Seit dem Vergiftungsfall war sie unauffindbar, höchst seltsam.

Frage vier: Hatte Mister Mystery mit dem mysteriösen Verschwinden von Frau Baumann etwas am Hut?

Das wollte der Kommissar sofort wissen, schnappte die Mappe und machte sich auf den Weg in den Keller.

Der blasse Typ war verschreckt und konnte einem fast leidtun. Kaltes Neonlicht ließ ihn noch bleicher erscheinen.

Mit gekrümmtem Rücken saß Mister Mystery, die Unterarme auf der Tischplatte abgestützt, rieb die Handflächen nervös aneinander und starrte auf einen fixen Punkt auf der matten Tischplatte. Er war mit einem schwarzen Rollkragenpullover bekleidet. Die Hose sah Meller nicht, er vermutete eine Jeans.

Schwarzhaarig, blass, dunkler Oberlippenbart – dem Mann fehlte das Sonnenlicht wie Süchtigen der Stoff, kam es Meller, während er im Nebenraum stand und durch die große Spiegelwand den Namensverweigerer beobachtete.

Die Tür öffnete sich.

Ein Beamter brachte einen Becher dampfenden Kaffee und stellte ihn, den Sitzenden ignorierend, vor ihm auf den Tisch.

Da sah der Mann auf. Er schien den Beamten was zu fragen, während er mit dem Kopf zur Tür hindeutete.

Meller orientierte sich kurz im Abhörzimmer und drehte am kleinen Mischpult den Regler fürs Mikro auf halbe Lautstärke.

»... wie lang Sie einsitzen, liegt an Ihnen«, hörte er jetzt den Beamten sagen, bevor dieser aus den Raum ging.

Meller kontrollierte, ob die Videoanlage aufnahmebereit war, und drückte den roten Knopf.

Er wusste, eine weitere Person wäre der Aufzeichnung hinzuzuziehen. Auch den zu Verhörenden müsste er informieren, dass seine Antworten für das Protokoll aufgezeichnet werden.

Doch Meller wollte Mister Mystery bloß ausfratscheln, ihm ein bisschen auf den Zahn fühlen. Vielleicht verriet er sich ungewollt. Dass dabei zufällig das Band mitlief – konnte schon mal sein. Er kannte einen Trick, der manches Früchtchen aus seiner Verschwiegenheit gerissen hatte. Es kam nur auf den rechten Moment an.

Unbemerkt schlich er in das Verhörzimmer und wartete, bis der Verdächtige vom Kaffee nippen wollte.

»Vorsicht, heiß!«

Den Mann riss es herum. Wie von einer Tarantel gestochen

fuhr er hoch. Dabei schüttete er den Inhalt des Bechers über Pullover und Hose.

»Guten Morgen, Herr …«, grüßte er, »wie darf ich Sie nennen?«

»Na, super!«, stieß der Schwarzblasse hervor. »Soll das jetzt lustig gewesen sein?«

Na ja, nicht so direkt. Aber manchmal klappt es, ärgerte sich Meller und fixierte Mister Mysterys Augen, die sich ihm unstet flackernd ergaben.

»Super, bitte. Dann nenne ich Sie inzwischen Superman, bis Sie gewillt sind, mir Ihren Namen zu sagen.«

»Nennen S' mich, wie Sie wollen«, fuhr ihn der Mann an, der angewidert auf die versaute Kleidung und auf die Pfütze blickte, in der er stand. Den leeren Becher hielt er in der Hand. Seinen Schuhen fehlten die Schuhbänder.

Meller streckte ihm die Hand hin. »Kommissar Meller!«

Erst wusste der andere nicht, was er davon halten sollte, diese Höflichkeit irritierte ihn. Oder war es pure Verarschung? Doch dann drückte er stumm die Hand des Kommissars.

»Aber bitte, setzen Sie sich«, fuhr Meller fort. Auf die Sauerei auf dem Boden deutend, meinte er: »Wir haben erstklassiges Reinigungspersonal.«

Ein Fall für den Putzengel, dachte Meller, während er, der Kaffeepfütze ausweichend, um den Tisch ging, dabei das Mienenspiel seines Gegenübers fest im Blick habend.

Diese Angst – Mister Superman hatte ein echtes Problem, registrierte er und deutete ihm mit einem Wink, doch endlich Platz zu nehmen.

»Spielen wir mit offenen Karten«, offerierte ihm der Kommissar, während er die Mappe aufschlug. »Es ist ganz einfach. Sie beweisen uns, dass Sie nichts mit dem Giftattentat zu tun haben, und Sie können sofort nach Hause.«

»Ha – nach Hause! Ich bin unschuldig«, erwiderte Superman wütend. »Bin gegen meinen Willen verschleppt und eingesperrt worden.«

»Hätten Sie sich normal verhalten, statt davonzulaufen, und würde Mister Superman seinen bürgerlichen Namen und eine irdische Adresse verraten – dann könnten wir uns diesen verdammten Zirkus hier ersparen.«

Der Mann schwieg. Erste winzige Schweißtropfen bildeten sich auf seiner hohen Stirn. Er starrte den Kommissar an. Der Oberlippenbart zuckte leicht, während seine Kiefermuskeln heftig arbeiteten.

»Also, Schluss mit dem Zirkus!« Meller hielt kurz inne, sah auf den Bericht vor sich und suchte nach den rechten Worten.

»Weihnachten steht vor der Tür, und es gibt bestimmt Menschen, die auf Sie warten, die Sie lieben. Eine Frau … Kinder.«

»Auf mich wartet niemand«, erwiderte der Dunkelhaarige verbittert, während seine Hand über die Stirn fuhr.

»Dann haben wir was gemeinsam«, sagte der Kommissar, mehr für sich. Er musste an Bella denken, während er sich über diesen Sturschädel ihm gegenüber ärgerte.

Verdammt noch mal, warum tu ich mir das an?

»Ich erzähle Ihnen jetzt was.« Mellers Stimme klang brüchig. »Ein mir sehr lieb gewordener Mensch wird vermutlich noch vor Weihnachten sterben … Krebs. Sie liegt bereits im Koma. Glauben Sie mir, ich säße tausend Mal lieber an ihrem Bett, als hier Ihr dämliches Versteckspiel mitzumachen.«

»Da kann ich nichts dafür«, erwiderte Superman bockig.

»Mir war so, als hätte ich an Ihnen menschliche Züge wahrgenommen. Man kann sich täuschen«, resignierte Meller und machte sich kurze Notizen.

»Nun denn«, seufzte Meller, »ich hätte Sie klüger eingeschätzt,

Mister Superman. Seit gestern kann man Sie in den Zeitungen bewundern. Wir warten nur auf den ersten Anrufer, der uns Ihre Identität bekannt gibt.«

»Bitte, aber ich bin unschuldig. Der Wirt von der Punschhütte ist ein Volltrottel. Bloß, weil er meint, gesehen zu haben, dass ich die beiden auf einen Punsch eingeladen habe, glaubt der, ich hätte sie vergiftet. So ein Schwachsinn! Was hätte ich denn davon? Ich kannte die beiden doch nicht einmal!«

»Warum sind Sie dann vor den Beamten geflohen?«

»Ich hab meine Gründe.«

»Die Sie mir nicht sagen wollen.«

Superman schwieg.

»Obwohl wir auch die in Kürze herausfinden werden.«

»Kann sein.«

»Warum machen Sie es sich so schwer? Gibt es ein anderes Vergehen, weswegen man Sie sucht?« Meller schüttelte verärgert seinen Kopf. »Auch das lässt sich schnellstens eruieren.«

»Nein, gibt es nicht. Ich sagte bereits, ich bin unschuldig festgenommen worden.«

»Sind Sie etwa krank?«, versuchte es Meller jetzt. »Haben Sie Ihre Therapie unterbrochen, sich aus einer Anstalt entfernt?«

Da lachte der Mann verlegen auf: »Der Witz ist gut, den werd ich mir merken.«

Meller überhörte das und sagte, eine Idee verfolgend:

»Wir müssen sämtliche Krankenhäuser und Anstalten informieren. Es könnte Gefahr bestehen, dass Sie suizidgefährdet sind. Gerade vor Weihnachten gibt es vermehrte Fälle … Ich werde veranlassen, dass Sie einem Facharzt zur Untersuchung vorgeführt werden. Wir wollen nicht riskieren, dass Sie womöglich eine lebenswichtige Therapie unterbrochen haben und sich etwas antun.«

»Ich – bin – nicht – ver – rückt!«, bekam der Kommissar zornig zischend entgegengeschleudert.

»Normal ist es jedenfalls nicht, wie Sie sich aufführen!«, fuhr ihn Meller an. »Oder suchen Sie ein Quartier auf Staatskosten zum Überwintern? Dazu brauchen Sie niemanden zu vergiften, weil dafür sitzt man nämlich lebenslänglich. So lange Winter gibt's in unseren Breitengraden nicht. Für drei Monate Einsitzen reicht das Ausrauben eines Zuckerlgeschäfts.«

Wütend verließ er den Verhörraum. Er hatte gehofft, mit dem Mann ein klares Agreement treffen zu können:

Name und wasserdichtes Alibi für ein Leben in Freiheit.

Meller war sich sicher, Mister Superman war entweder krank, ein Spinner oder er hatte wirklich Dreck am Stecken. Mehr, als Mödlings Kanalnetz fassen konnte.

– – –

Das Gift hatte gehörigen Wirbel verursacht.

Die Medien waren leicht zu instrumentieren, je krasser ein Fall, desto mehr Zeilen, Spalten, Seiten und natürlich Bilder füllten die Zeitungen. *Punschkiller – wie originell!*

Doch das war erst der Auftakt.

Wie werden sich die Meldungen erst überschlagen, wenn weitere Opfer aus ihren Schuhen kippen!

Jetzt galt es, die Botschaft in die richtigen Kanäle zu leiten.

Auf dem Bett liegen, die Augen schließen und in die Unendlichkeit der Gedankenwelt abtauchen. Nachdenken über alles, was war, was ist, was kommen wird. Vergangenes analysieren und zukünftigen Optionen gegenüberstellen.

So viele verlorene Jahre und ich kann sie nicht nachleben …

Mein Heute beherrscht diese einzigartige Polarität:

Liebe und Hass. Himmel und Hölle. Leben und Tod.

Stirbt die Liebe, wirft sie ein winziges Korn in das Feld des Lebens. Ein Zwitterkorn – Hassliebe.

Keine Liebe ohne Hass, kein Hass ohne Liebe.

Die Liebe vibriert vor Freude, der Hass schreit nach Rache und beide suchen nach Erfüllung, lechzen nach Vereinigung.

Mein Vorspiel heißt Hass ...

Rache mein Orgasmus ...

Genugtuung mein Nachspiel ...

Mache ich die Augen auf, sehe ich nur Enge, dumpfe Enge.

Schließe ich die Augen, ist diese Enge verschwunden.

Ich sehe nicht mehr mein gelebtes Leben, meinen Schmerz. Sehe nicht, was ich anhabe, sehe nicht meine Schuhe.

Ich blinzle, das künstliche Licht öffnet mir ein Auge.

Ich sehe die Schuhe neben dem Bett.

Und dann sehe ich noch etwas – grinsend, winkend:

Meine einzige Liebe, meine Rache!

Süß wie ein Weihnachtspunsch, so süß.

– – –

Hinter dem Museum war um diese Zeit schon einiges los.

Der Wind fegte eisig und dennoch herrschte reges Treiben.

Auf der freien Grünfläche war ein komplettes Haus aufgestellt worden. Ein moderner Baukörper, wie zwei übereinandergestapelte Schuhkartons, kreuzweise versetzt.

Das Auffallende dabei, die Wände knatterten und flatterten im Wind. Denn sie waren nicht massiv gemauert, auch die Fenster bestanden nicht aus Rahmen und Glas. Es war lediglich eine dreidimensionale Hauskulisse in Originalgröße.

An ein Stahlgerüst festgezurrt, hingen Kunststoffplanen, die eine moderne Villa darstellten. Die Planen waren derart naturgetreu mit Fenstern, Türen, Mauervorsprüngen bedruckt, dass man – von der Ferne gesehen – annehmen musste, eine Nobelvilla stehe inmitten des Museumsparks!

Menschen standen lachend auf dem Flachdach der Villa, das von einer Reling eingefasst wurde, und winkten anderen zu, die vor der Hausattrappe verweilten und den Winkenden mit den Punschbechern in ihren Händen zuprosteten.

Auf der weißen Fassadenplane, die von bunten Spots angestrahlt wurde, stand in großen Lettern:

Mit einem Euro wunschlos glücklich!
Sie spenden und gewinnen ein Wunschhaus!

Eine Idee aus dem Atelier »Bianco Art & Works«. Eine, die sich für Lo Bianco zum Bumerang entwickelt hatte. Denn er hasste nichts mehr, als zu Aktionen überredet zu werden, die zuletzt an ihm hängen blieben. Da stand er nun mittendrin – in seinem persönlichen Weihnachtsstress. Was ihn noch mehr ärgerte, weil dieser bedrohliche Formen annahm. Einerseits war sein Atelier zu betreuen, auch wenn er seinen Kundenstamm bereits stark reduziert hatte. Er wollte schließlich auch noch leben. Andererseits, da Bella als Grafikerin ausgefallen war, musste er schnellstens Ersatz finden.

Sein »Barometer« in der Sprongl-Gasse lief trotz Wirtschaftskrise oder vielleicht gerade deswegen wie von selbst, Gott sei Dank. Zwei verlässliche Kellnerinnen und ein fantastischer thailändischer Koch sorgten für die Gäste.

Da Lo seiner wahren Leidenschaft – Häuser bauen – nicht widerstehen konnte, hatte er noch das gemeinsame Bauvorhaben mit Meller an der Backe. Die Villa im Auholz war bereits winterfest und die Innenarbeiten gingen flott voran.

Zu all dem Stress kam jetzt auch noch »Biancos PunschBar«

dazu, in der er soeben stand und heiße Getränke gegen Spenden austeilte – das war hart an der Grenze.

Die PunschBar war in keiner der üblichen Holzhütten untergebracht, sondern in dem halb verfallenen Verkaufsraum, der seitlich des Museums vor sich hingammelte und schon schönere Tage erlebt hatte. Die jetzigen Besitzer hatten ihn Lo Bianco gegen eine angemessene Miete für den Aktionszeitraum überlassen. Angeblich war dieses Häuschen einmal der Schauraum einer Tischlerei gewesen, später konnte man Kinderwagen und Spielzeug durch die Scheiben bestaunen. Jetzt war es kurzzeitig zum Leben erweckt worden, und Lo sah sogleich eine spätere Verwendung – als Eisladen oder Museumscafé. Wär doch urgemütlich, hier im schön angelegten Park zu sitzen und Natur wie Tierwelt zu genießen. Doch zurzeit waren Umsätze gefragt, ganz im Sinne von Biancos Spendenaktion.

Gib dem Trinken einen Sinn. Deine Spende hilft!, konnte man auf dem Vordach der PunschBar lesen. Eine seichte Ansage mit sozialem Tiefgang, aber verständlich für jedermann und -frau.

Sprayer hatten auf der Mauer daneben das Spendenthema drastischer formuliert:

ALKOHOLIKER SIND BIG SPENDER!

Aber der Erfolg der PunschBar zeigte Lo, dass der Mensch ein Edler ist, wenn Herz und Gewissen aufgewühlt werden. Und Bianco war ein Aufwühler. Das sah man an dem durchsichtigen Spendenhäuschen neben der Theke. Es war zu drei Viertel voll, mit Raschelscheinen, versteht sich.

»Nix Klimperndes, bitte! Schauen Sie, Gnädigste – lauter Fünfer- und Zehnerscheine!«, ermahnte Lo spitzbübisch lächelnd, wenn eine Kundin etwa zu Münzen greifen wollte. Schließlich war der Erlös von Biancos PunschBar für das Mödlinger Frauenhaus gedacht.

Die dort untergebrachten Frauen waren die Schwachen, die Leidgeprüften, die vom Schicksal Geschlagenen. Ihre Männer waren jene Schicksalsschläger, die sie so lang drangsalierten und verprügelten, bis sie es daheim nicht mehr aushielten und mit ihren Kindern als letzte Zuflucht das Frauenhaus wählten.

Frauenhäuser waren – zur Schande der Männer – eine sehr notwendige Einrichtung geworden, wie Statistiken bewiesen. Besonders um die Jahreswende waren solche Häuser überfüllt. Wenn man den Zahlen glaubte, müsste man das unberechenbare Wesen Mann als das *berechenbare Unwesen* bezeichnen.

»So bekommt Handschlagqualität einen perversen Beigeschmack«, hatte es Lo Bianco erschüttert formuliert, als er und Bella das Mödlinger Frauenhaus besucht hatten und sehen mussten, was Männer an ihren Frauen und Kindern verbrochen hatten – seelisch wie körperlich.

Wieder einmal war ein Themenwettbewerb für den »Adventmarkt Mödling« ausgeschrieben worden. Durch die Nähe zur Shopping-City-Süd waren die Voraussetzungen für Mödlinger Handelsbetriebe ohnehin ungünstig. Die Verantwortlichen sahen sich daher gefordert, in Mödling etwas Knalliges als Highlight zu inszenieren, das Besucherscharen herbeilockte.

»Dass die SCS seit ihrem Bestehen ein Problem ist, weiß jeder. Doch sie zu eliminieren, ist nicht möglich. Wenn die SCS jedoch ein Stadtteil von Mödling wäre, wäre das Problem gelöst und es gäbe endlich genügend Parkplätze. Das wär doch ein wirtschaftlicher Denkanstoß«, hatte Lo Bianco, der den schwachen Branchenmix in Mödling bekrittelte, ätzend einem der Politiker geraten.

Es stimmte, die Auswahl im Vergleich zur SCS war kümmerlich. Doch die Mödlinger Geschäftsleute waren gegen Windmühlen ankämpfende Jammerhelden. Die Windigen waren die Bürger, die in die SCS fuhren und auf Teufel komm raus einkauften, anstatt den Mödlinger Händlern eine Chance zu geben Aber man konnte ja niemanden dazu zwingen, in der ehrwürdigen Babenbergerstadt einzukaufen. Schön wär's, nur spielt's das nicht in tausend Jahren.

Die Handelsleute drängten schon seit Jahren auf griffige Konzepte, weil die Mödlinger Geschäftsstraßen bald einer verlassenen Westernstadt gleichen würden. Okay, die Fußgängerzone hatte noch zeitweise Zulauf. Die Hauptstraße jedoch glich zur Rushhour einem Autokorso. Sonst war tote Hose – alles andere als florierende Umsätze. Von den übrigen Straßen, Gassen und Plätzen, wo sich hartnäckig noch vereinzelt Geschäfte hielten, ganz zu schweigen.

So weit, so nicht gut – und das zu einem Zeitpunkt, wo eine weltweite Krise grausam und unvorbereitet um sich griff.

Die USA, ein fragwürdiger Präsident und eine Sorte übler Spekulanten hatten neben der gesamten Wirtschaftswelt auch die winzige, noch halbwegs heile Mödlinger Geschäftswelt in eine Sinn- und Finanzkrise gestürzt, was ein kräftig mulmiges Gefühl im Magen und noch weniger Kassenklingeln bescherte.

Weltweit suchten die Verantwortlichen das verschwundene Geld und zauberten plötzlich Milliarden, ja, Billionen zur Verteilung herbei. Auch das kleine Österreich warf mit Milliarden generös um sich und stopfte es denen in den Rachen, die an dem globalen Flop nicht unbeteiligt waren.

In die Bresche springen und den Karren aus dem Dreck ziehen, sollte mal wieder der kleine Bürger. Als Konsument sollte er Dinge kaufen, die er bereits zwei- bis mehrfach daheim herumliegen hatte, sonst kam die Wirtschaft nicht ins Brummen. Viele besaßen ja nicht einmal Geld für das Allernotwendigste …

Eine Tatsache, die das wohlhabende Bürgertum in Mödling genauso traf wie den Rest der Welt.

»Wir miassn was unternehmen!«, riefen die Handelstreibenden einstimmig. Doch wie heißt das älteste Sprichwort aller wirtschaftlichen Absichten: Ohne Göd ka Musi!

Also war guter Rat teuer und nur eine Kampagne, die sich selbst finanzierte, hatte für Mödling eine Chance. Werbe- und Eventagenturen sollten ihre Vorschläge präsentieren. Die Stadtgemeinde und der Marketingverein entschieden, wer den Zuschlag zur Durchführung bekommen sollte.

Das geschah bereits im Sommer – also noch genügend Zeit für die Vorbereitungen.

Bella hatte damals Lo Bianco den Floh ins Ohr gesetzt, am Wettbewerb teilzunehmen, sie hätte gute Ideen.

Erst wollte er nicht und hatte abgewehrt:

»Nicht schon wieder eine Gratispräsentation – sind doch nur gschobene Gschichtln. Man weiß ja, wie das läuft. Der kennt den und der wieder den und so weiter ...«

In der kurzen Zeit, seit Bella bei »Bianco Art & Works« in der Schiller-Straße halbtags beschäftigt war, hatte sie Biancos raue Schale schnell durchschaut und ihn als einen Sensiblen entlarvt. Genauso empfindlich wie Mario Meller. Sonst wären sie nicht die besten Freunde, irgendwie logisch.

Bianco also zu überreden, war das eine, die Kampagne auszuarbeiten, das andere. Wenn schon, denn schon – Bella hatte versprechen müssen, falls die Kampagne gewinnen würde, müsste sie sich auch um die Durchführung kümmern.

Da saßen sie nun, brüteten über ihrem Konzept »Advent im Museumspark«, das von Sponsoren getragen und von der Bevölkerung mit nur einem Euro finanziert werden sollte.

Allerdings mit einem Euro pro gekauftem Los. Den Verkauf

der Lose sollte jeder Hüttenbetreiber in Mödling durchführen, das brachte auch zusätzlich Kundschaft.

Für das 24-Tage-Gewinnspiel brauchten sie 24 schöne Preise von Sponsoren, die bald aufgetrieben werden konnten. Bella hatte ein sagenhaftes Überzeugungstalent. Viele Mödlinger Händler machten mit. Aber ein Sponsor für den Haupttreffer, etwas sensationell Bombastisches, fehlte noch.

Bella war daraufhin in den Musterhauspark »Blaue Lagune« gefahren, um einen Sponsor aufzutreiben.

»Ich komme erst wieder, wenn ich ein Haus habe«, hatte sie noch schnippisch zu Lo Bianco gesagt. Worauf er der Meinung war, sich um eine neue Grafikerin umschauen zu müssen.

Nach Stunden kam sie – unterm Arm ein Wunschhaus. Genauer gesagt, einen Vertrag für ein komplett eingerichtetes Haus. Da blieb selbst Lo Bianco die Spucke weg und seine Achtung vor Isabella Fischer stieg mächtig. Besser konnte es nicht laufen. Wenn's um Häuser ging, war Lo Bianco ohnehin Feuer und Flamme.

Wie's der Teufel und die in der Stadtgemeinde wollten, das Konzept von »Bianco Art & Works« gewann ...

Und jetzt lag Bella im Koma und würde bald sterben.

Wie schnell sich das Leben drehen konnte!

Leben und Tod – zwei Kugelhälften, nahtlos zusammengeschweißt. Eine Hälfte schwarz, die andere weiß. Wo die Kugel hinrollte, so lief das Leben. Und wenn sie liegen blieb, bestimmte allein die Farbe: Weiß für das Leben – Schwarz für den Tod.

Lo Bianco schob seine Kugelgedanken beiseite. Er fühlte sich in seiner Punschhütte so gar nicht glücklich. Ihm fehlte Bella genauso, wie sie Mario fehlte. Seinem Freund bestimmt noch mehr, das war klar.

Aber auch Lo Bianco hatte Bellas Art lieb gewonnen. Was für ein Unterschied zu der aufgedrehten Heike aus Berlin, die vorher seine grafischen Arbeiten erledigt hatte. Heike Schroeder war jedoch genau seine Kragenweite, daher auch seine Geliebte gewesen – bis sie sich einem Musiker aus Berlin an den Hals geworfen hatte ... Ach was, das Thema war längst gegessen. Seit damals war Mellers Sekretärin, Claudia Rotter, seine Freundin. Sie verstand es, mit seinen Launen umzugehen, bei ihr fühlte er sich ausgeglichen.

Mario tat ihm irrsinnig leid. Sie hatten aber nicht einmal die Zeit, sich darüber auszusprechen. Vielmehr vermieden sie es, und jeder ging seinen Verpflichtungen nach, um nur ja nicht über die grausame, unabänderliche Tatsache reden zu müssen.

Gerade heute hatte Lo Bianco aber auch alle Hände voll zu tun. Er rührte in den Töpfen um, schmeckte Punsch- und Glühwein ab, füllte Becher für Becher und ließ sich die Scheine dafür in das Spendenhäuschen reinschieben.

Biancos Punsch und Glühwein waren die besten. Keine Konzentrate, sondern nach einem uraltem Rezept täglich frisch im Barometer zubereitet.

»Weihnachtliches Handwerk aus Österreich« stand auf dem Sternenbogen, der vor dem Museum die Menschen in den Park lockte – alles nach Bellas Ideen gestaltet.

Das Wunschhaus flankierten neun Holzhütten im Museumspark. Jedes Bundesland war mit einer Hütte vertreten – Handwerk, Brauchtum oder Schmankerln. Überall gab es Handwerkliches zu bestaunen und natürlich zu kaufen.

Ein Schmied aus dem Burgenland werkelte bei offenem Feuer und formte Herzen, Sterne und Tiere aus Metall. Eine Künstlerin aus Wien erzeugte traumhafte Glaskunst. Ein Pärchen aus der Steiermark stellte ausgefallene Keramikware zur Schau. Ein Osttiroler Krippenbauer saß in seiner Hütte und schnitzte urig-schrullige Krippenfiguren. In der niederösterreichischen Hütte gab es handbemalte Weihnachtskugeln. Eine resche Vorarlbergerin präsentierte Gesticktes und Gestricktes. In den restlichen Bundesländerhütten wurden regionale Schmankerln angeboten.

Innerhalb der Wunschhaus-Kulisse war eine Bühne aufgebaut worden. Jeden Abend gab es ein Konzert, teils volkstümlich, aber auch Modernes wurde geboten.

Soeben begannen Musiker der »Waldviertler Hausmusi« mit Zither, Ziehharmonika, Gitarre und Geige ihr Programm vorzutragen. Die Tische und Bänke waren etwa zur Hälfte besetzt, doch schon drängten sich immer mehr Leute ins Planenhaus, um dem Dargebotenen zu lauschen.

Der »Advent im Museumspark« wurde vom ersten Tag an positiv aufgenommen – endlich wieder ein Markt mit weihnachtlicher Handwerkskunst, während sich immer mehr über den Punschmarkt in der Fußgängerzone mokierten. Da nützte auch die traumhafte Altstadt-Kulisse nichts mehr. Das weihnachtliche Gefühl war völlig abhanden gekommen, da Jugendliche vermehrt zu fortgeschrittener Stunde betrunken waren, randalierten und in ihrem Dusel die Passanten anpöbelten, ganz zu schweigen von den Abfällen und Scherben, die jeden Morgen von der Putzbrigade entsorgt werden mussten. Manch hingekotzter Pizzarest ließ noch anderes hochkommen – unverhohlene Wut über die sogenannte Spaßgeneration.

Ganz anders im Museumspark.

Da es nur die PunschBar als Ausschank gab, war die Szene überschaubar. Lo Bianco, der ausgefuchste Kerl, hatte sich zusätzlich ein lukratives Angebot einfallen lassen:

Wer zehn Euro in das Klarsicht-Spendenhaus stopfte, erhielt zu Punsch oder Glühwein fünf Lose gratis dazu.

Allerdings, wenn jemand angedüselt an seiner Bar nach einem kräftigen Spendenpunsch verlangte, dann gab es maximal einen Kinderpunsch, und basta …

Einer dieser Stammtrinker war ihn heute bereits angegangen:

»Oida, die Lose kannst da auf'n Huat picken, weil ich hab no nie was gwonnen. Aber, wenn ich dir zehn Euro in den Plastikhäuslschlitz steck, krieg ich drei Herrenpunsche, okay?«

Nix okay, auf solche Spendentrinker konnte er verzichten.

»Da – der geht aufs Haus«, erwiderte er, füllte einen Becher mit Kinderpunsch und stellte ihn dem Mann hin.

Dieser nahm den Becher, roch daran und wollte aufbegehren, aber Bianco bediente bereits andere Leute.

Nur keine Diskussionen, dachte er und sah noch, wie sich der Mann zu fünf anderen gesellte, die an einem der sechs Stehtische standen. Wenigstens war der Schnösel beschäftigt.

Bianco war verärgert. Typen, die einem gleich mit *Oida* und *du* ansprachen, solche hatte er schon gefressen!

Doch jetzt kam eine größere Gruppe und er hatte alle Hände voll zu tun, um den Ansturm zu bewältigen.

Kein Wunder, dass so viele den Museumspark frequentierten, denn es ging langsam auf die tägliche Verlosung zu.

23 Warenpreise gab es von den Mödlinger Geschäftsleuten. Urlaubsreisen, Waschmaschinen, Heimwerkermaschinen, Haushaltswaren, Gutscheine von Modegeschäften, Möbelgutscheine – alles wertvolle Preise in der Höhe von mindestens tausend Euro.

Bei allen Weihnachtsständen und in jedem Geschäft in Mödling gab es Lose für das Gewinnspiel zu kaufen.

Das Los kostete einen Euro. Mein Gott, ein Euro! Da ließ sich keiner lange lumpen. Wie oft hatte man schon einen Euro sinnlos in den Wind geschossen!

Im Einkauf-Posthof, einem Innenhof beim Schrannenplatz mit ein paar Geschäften, war die Kulisse eines übergroßen Adventkalenders aufgestellt. Im jeweiligen Fenster wurde der Gewinn des Tages präsentiert, der täglich um 19 Uhr im Wunschhaus verlost wurde.

Ein bekannter Notar hatte sich bereit erklärt, die Verlosung vorzunehmen. Aus der Wunschhaus-Box durfte ein Junge oder ein Mädchen aus dem anwesenden Publikum unter Aufsicht des Notars eine Losnummer ziehen. Die Gewinnernummer wurde seitlich der Bühne an einer Anschlagtafel bekannt gegeben, damit sie jeder mit seinen Losen vergleichen konnte.

Am 24. Dezember sollte im Beisein der Mödlinger Politiker, lokaler Prominenz und natürlich vieler Bürger unter gehörigem Spektakel der glückliche Gewinner des Wunschhauses gezogen werden.

Ewald Bacher, Chefredakteur der *Neue-Süd,* war von Lo Bianco überzeugt worden, die gesamte Adventaktion redaktionell zu betreuen, wobei man das Wort überzeugt eher mit genötigt gleichsetzen konnte. Gab es doch in der Vergangenheit heftige Querelen, die die geschäftlichen Beziehungen zwischen Bacher und Bianco beeinträchtigt hatten. Da Bacher wusste, dass Kommissar Meller Lo Biancos bester Freund war – na ja, was blieb da dem Chefredakteur wohl noch übrig.

»Sie haben die einmalige Chance, die fragile Diffizilität unserer Geschäftsbeziehung zu stabilisieren«, hatte Bianco dem Chefredakteur im Herbst bei seiner Suche nach Sponsoren versprochen. »Sie bringen über jeden Sponsor eine Seite in Ihrem Blatt – und aller Frust von früher ist gegessen. Plus lobende Erwähnung Ihres guten Willens bei Herrn Meller, Sie verstehen?«

Bacher hatte verstanden und brachte brav die Reportagen. Er war sogar bei jeder Verlosung mit seinem Fotografen anwesend.

Nur so war es Bianco und Bella gelungen, 24 Firmen als Sponsoren zu gewinnen, mit einem gewaltigen Hauptpreis – einem kompletten Haus.

Die Sache mit dem Hauptpreis hatte jedoch einen kleinen Haken. 70.000 Euro musste Bianco selbst auf die Beine stellen, so viel kostete ihn das Haus – im Gesamtwert von immerhin knapp zweihunderttausend Euro. Seine Rechnung lautete also: 70.000 Lose verkaufen und er wäre aus dem Schneider.

Aber ob er so viele Lose auch anbrachte?

Die Nachfrage jedoch war gigantisch. Natürlich wollte jeder das Wunschhaus gewinnen – denn je mehr Lose jemand kaufte, desto höher waren seine Chancen, Hausbesitzer – was heißt Hausbesitzer – Villenbesitzer zu werden! In Massen kamen die Leute, aus dem Mödlinger Umfeld, aus Wien, sogar aus dem Burgenland. Als das Fernsehen auch noch über den Mödlinger Advent samt Hauptpreis berichtete, war der Teufel los. Bereits nach zehn Tagen war die Summe für den Hauskauf in der Kasse und Lo Bianco hätte aufatmen können.

Konnte er aber nicht, wegen Bella. Wie gern hätte er ihr diesen Triumph mitgeteilt. Von Claudia wusste er, wie schlimm es seit der Operation um Bella stand.

Dass sie ausgefallen war, setzte Bianco ziemlich unter Druck. Mit ihr hätte er die PunschBar betreiben wollen. Eine der Kellnerinnen aus dem Barometer war nun eingesprungen. Von siebzehn bis zwanzig Uhr hatten sie wochentags abwechselnd Dienst. An den Wochenenden mussten beide ab zehn Uhr hinter der Budel stehen, der Andrang war einfach zu groß geworden …

An diesem Tag hatte der Chef Dienst in Biancos PunschBar.

Die Luft wehte eisig und ließ seine Wangen vor Kälte hart werden. Mit den Füßen wippend und sich abwechselnd auf die

Zehenspitzen stellend, versuchte er, der unangenehmen Bodenkälte entgegenzuwirken. Das alte Mauerwerk war feucht. Der Heizlüfter wärmte zwar ein wenig, gegen die beginnende Nachtkälte hatte jedoch auch dieser keine Chance.

Wenn's wenigstens einen halben Meter Schnee hätte wie in meiner Kinderzeit, dachte er und wärmte beide Handflächen am Punschtopf. Nur nicht krank werden, schoss es Bianco durch den Kopf und er bereute es, keine zweite lange Unterhose angezogen zu haben. Auch die gefütterten Winterstiefel behielten schlecht die Wärme.

Die lockeren Sprüche, die er sonst vom Stapel ließ, waren noch etwas dünn gesät. Und wenn bereits die Nase tropfte – kein gutes Zeichen. Nur nicht krank werden!

Mit einer Handglocke bimmelte er, um die Aufmerksamkeit auf sich zu lenken. Sein Atemhauch schien kurz in der Luft zu erstarren, bevor ihn ein Windstoß wirbelnd auflöste.

»Drei Dinge braucht der Mensch, um wunschlos glücklich zu sein! Liebe, Punsch und ein Haus!«, rief er der Menge zu. »Bei mir bekommen Sie für zehn Euro fünffaches Glück!«

»Und wie viel Liebe gibt's um zehn Euro?«, wollte einer wissen.

»Also, wenn ich Sie so anschau«, lachte ihn Bianco an, »trinken S' vorher einen Punsch, sonst stehen Sie das net durch!«, und schob ihm einen Becher zu.

Volles Haus, freute er sich und kam langsam in Schwung. Die sechs Stehtische um Biancos PunschBar waren belegt, die Leute trotz Kälte guter Laune. Andere warteten geduldig, bis er die heißen Getränke in Becher goss und an sie verteilte.

Die Becher, kam es Bianco in den Sinn und seine Stirn runzelte sich, da hatte er sich's mit den Grünen verscherzt, weil in seiner Hütte keine Keramikhäferln verwendet wurden. Mitten im Museumspark eine Waschstraße zu installieren, wäre aufwändig und sehr teuer gewesen. Er hatte also um Bewilligung für Pappbecher angesucht, die er auch bekam. Allerdings mit der Auflage, für die Sauberhaltung des Museumsparks verantwortlich zu sein. Wenn er dran dachte, wie viel Spülmittel und Energie er benötigt hätte, dazu die umständliche Abwicklung mit dem Häferleinsatz ... Schwamm drüber. Außerdem stellte einer seiner Kunden die Trinkbecher gratis zur Verfügung, als er vom Spendenzweck erfuhr. So einfach konnte es gehen.

Wenn ein Mensch Gutes tun will, soll man ihm niemals Steine in den Weg legen, so einer von Biancos Zwecksprüchen.

Schließlich brachte alles, was nichts kostete, mehr Erlös für das Frauenhaus und jedes verkaufte Los sicherte – nach Abrechnen aller Fremdkosten – der Stadtgemeinde zusätzliche Mittel für soziale Zwecke zu.

Der Typ, dem Bianco zuvor einen Kinderpunsch ausgeschenkt hatte, stand noch immer bei den fünf Leuten am Stehtisch und quasselte munter drauflos. Einer der Männer kam jetzt zur Hütte und holte Nachschub.

»Sechs Herrenpunsch, bitte!«

Also hatte sich der Kerl doch glatt einen Punsch erschlichen. Der Mann zeigte sich besonders spendabel und steckte sechzig Euro in das Plastikhäuschen – super, wieder dreißig Lose unter die Leute gebracht!

Gib dem Trinken einen Sinn – Schluck für Schluck, wenn's nur hilft. Bianco musste innerlich lachen, weil sich die feige Lusche nicht mehr zu ihm getraut hatte.

Ja, das Geschäft lief prächtig und noch bombastischer diese Zehn-Euro-Spenden-Idee. So, als hätten die Menschen noch nie was von der Finanzkrise gehört. Die gab natürlich genügend Gesprächsstoff ab. Gerade hier im Museumspark, wo man dem

Glück so nahe stand – dem Gewinnerhaus, das noch als Plane über ein Metallgerüst gestülpt war.

Wer weiß, vielleicht war man bald der wunschlos Glückliche!

Doch neben Börsenkrachs, Gewinnspekulationen und Jobängsten war auch der Giftanschlag in der Fußgängerzone eins der Themen, das die Leute aufwühlte.

Die Berichte über den unbekannten Verdächtigen brachten die Gerüchteküche so richtig zum Kochen. Vom üblichen Eifersuchtsdrama über Geldgiermotive bis zum Spionagefall reichten die Vermutungen und wurden auch breit ausdiskutiert.

Nur – die Vergifteten waren gewöhnliche Mödlinger Bürger, einfache Leute, denen eine Agentengeschichte anzudichten, wohl zu hoch gegriffen war.

Noch war auch das Rätsel um jenen schwarzhaarigen, zierlichen Mysteriösen mit Schnurrbart ungelöst. Laut Aussage der Polizei waren bis dato noch keine Hinweise eingegangen, aber man sei fieberhaft daran, Gewissheit über seine Identität zu erhalten. Wenn man ihn gar als den Punschkiller entlarven würde, so wäre es das schönste Weihnachtsgeschenk für alle.

Auch Bianco mischte bei solchen Diskussionen lebhaft mit. Eine klare Meinung zu vertreten, konnte in seiner Position hinter der Theke von großem Nutzen sein. Und er wusste auch, wie man die Stimmung anheizte, um Konsum und Spendenbereitschaft zu heben.

Bianco war froh, dass ihm ein solches Dilemma wie dem Hamlinger und dem Wurstbauer in der Fuzo bis jetzt erspart geblieben war. Nur kurz verweilten seine Gedanken beim mysteriösen Punschkiller-Thema, und er hörte nur mit halbem Ohr hin, wie sich die Gemüter über aktuelle und kommende Krisen erhitzten.

Da geschah es – beinahe unbemerkt …

Ein kurzer spitzer Schrei – oder war es ein schriller atonaler Geigenfurz der Waldviertler Hausmusi, der sich hinterhältig in ihre Adventmelodien eingeschlichen hatte?

Doch schon stürmten mehrere Leute aus dem Kulissenhaus heraus und drängten sich durch die Menge zur Punschhütte hin. Bianco, der soeben Becher für Becher füllte, bemerkte aus den Augenwinkeln den Tumult.

Instinktiv spürte er, dass etwas nicht zum Programm Passendes vorgefallen war.

»Da is wem schlecht wordn, der is umgfallen!«, rief ihm einer aufgeregt über die Köpfe hinweg zu. »So wie der auszuckt, muss der einen epileptischen Anfall haben. Schnell – rufts wer die Rettung!«

Wie immer – jeder hatte ein Handy zur Hand. Wenn's aber darauf ankam zu retten, dann sollte das ein anderer tun. Es konnte ja sein, dass man via Handy Soforthilfe leisten musste und lebensrettende Griffe nicht kapierte. Machte man dann in der Hektik was falsch … lieber nicht, bei den rechtlichen Folgen.

Bianco verständigte die Rettung. Gleichzeitig überkam ihn eine dumpfe Ahnung. Er sah zum Sechser-Stehtisch rüber – der Typ war verschwunden.

Da wurde auch er hektisch und wählte die Nummer seines Freundes. Sollte das, was ihm zuerst augenscheinlich durch den Kopf gegangen war, tatsächlich … Himmel, Arsch und Zwirn!

Ein »Meller, ja …?« aus dem Handy tönend, schürte seinen Gedankenflug. Lo Bianco stotterte vor Aufregung atemlos:

»Ko-Ko-Kommissar! Du, Mario, hier geht's mörderisch zu und einer liegt so komisch zuckend herum. Schaut ganz nach Vergiftung aus, ist aber rein meine Vermutung!«

»Und wo ist das Hier?«

»Mario! Na, wo wohl, hörst nicht den Krawall? Im Museumspark bin ich!«

»Lo, bleib, wo du bist und präg dir die Leute ein, bevor sie verschwinden. Ich verständige die Kollegen und komm sofort!«

Der hat leicht reden, dachte Bianco, mit Blick auf die etwa hundertfünfzig Gesichter vor sich. Wie soll ich mir denn die alle merken?

Da kam ihm ein genialer Einfall zu Hilfe.

Irgendwo musste er doch liegen … richtig, da zwischen den Papierbecherstapeln lag er, der Camcorder.

Jeden Tag filmte er ein paar Momente. Die Leute, die Musikgruppen im Haus, die Losziehung, das Gewusel um die Punsch-Bar – alles für eine spätere Dokumentation.

Unauffällig nahm er die Digicam, aktivierte sie und schwenkte damit langsam über die Menge.

»Was is jetzt …?«, maulte ein pickeliger Langhaarblonder, neben ihm eine schwarzbleiche Lippengepiercte. »Krieg ich endlich zwei Punsch?«, während er demonstrativ mit einem Fünfeuroschein winkte.

»Wie bitte?«, erwiderte Bianco und hielt die Kamera auf den Jüngling gerichtet.

»Zwei Punsch – hören Sie schlecht?«, kam es genervt rotzig.

»Wiiie bitteee?«

Bianco war als Betreiber einer Bar einiges gewohnt.

Diesem Pickelspund wird auch noch ein Bitte rausrutschen und wenn's das erste Bitte in seinem Leben ist, dachte er sich, während er die Lippen des Burschen heranzoomte.

Kein Bitte – kein Punsch, so schaut's aus!, zeigte ihm Bianco durch sein sattes Grinsen.

»Was regst dich auf, Herbie, der veroascht uns nur!«, reagierte jetzt die Gepiercte. »Scheiß drauf! Gemma in die Fuzo, dort san s' net so deppert.« Sie zog ihren Herbie von der PunschBar weg und verschwand mit ihm im Gewurl.

Die Stimmung der Leute hatte blitzschnell umgeschlagen. Dass jemand so zuckend herumlag, ließ böse Vorahnungen aufkommen und war spannend zugleich. Schon fiel vereinzelt das gefürchtete Wort aller Mödlinger Punschwirte: Punschkiller.

»Leute, bitte! Ich garantiere, dass jeder Punsch und Glühwein, der hier über meine Theke geht, absolut giftfrei ist, abgesehen von dem bisschen Alkohol. Doch der hat, in Maßen getrunken, noch niemandem geschadet!«, verkündete Lo.

»Dann reden S' net lang herum, sondern schenken S' ein, weil uns is kalt!«, unterbrach ihn freundlich ein Mittfünfziger im schweren Pelzmantel, zwei attraktive Damen im Schlepptau, ebenfalls in Pelz gehüllt.

»Drei Herrenpunsche und fünfzehn Lose, bitte!« Der Mann kramte in seiner Geldbörse und stopfte umständlich drei Zehnerscheine in das Spendenhäuschen.

»Stimmt schon«, lächelte er Bianco zu und zu seinen Begleiterinnen gewendet, meinte er:

»Das war wirklich eine gute Idee von euch. Vielleicht gewinnen wir sogar das Haus!« Dabei lächelte er die beiden, die sich an ihn schmiegten, süß an.

In seiner Haut sollte man jetzt stecken, beneidete ihn Bianco.

»Richtig, je mehr Lose, umso mehr Chancen. Aber Sie, bei Ihrem Glück ...« Er schob ihnen die Becher zu und sah auf die beiden Hübschen.

»Meine Töchter«, kam es stolz vom Mittfünfziger-Pelzmantel. »Kommt, Mädels, schauen wir uns das Wunschhaus an.«

Sie entfernten sich.

Die Welt hat noch Zukunft, solang es solchen weiblichen Nachwuchs gibt, kam es Bianco herzerwärmend in den Sinn.

Er hängte den Camcorder wie schon die letzten Abende neben sich an einen Haken und ließ ihn weiterlaufen. Im Nachtwind bewegte sich das Gerät leicht hin und her. Solche Aufnahmen der Atmosphäre des Adventevents ließen sich eindrucksvoll in seine geplante Doku einarbeiten. Aber dass sie jetzt kriminalistischen Ermittlungen dienen sollten, daran hätte auch er nicht gedacht.

Plötzlich tauchten mehrere Polizisten vom nahe liegenden Posten auf, umkreisten das Gelände rund um die Hauskulisse und versuchten, die Menschen zusammenzutreiben – wie eine Herde aufgescheuchter Schafe, von Wölfen umzingelt. Doch die Meisten hatten das Bedürfnis, in der Dunkelheit zu verschwinden. So schnell konnte man gar nicht schauen, leerte sich der Museumspark.

Binnen Minuten waren es nur noch an die dreißig Menschen, die von der Polizei angehalten werden konnten und angewiesen wurden, den Platz bis auf Weiteres nicht zu verlassen.

Die Beamten ließen sich von den Anwesenden die Ausweise zeigen, befragten sie und schrieben die Personaldaten auf.

Von Adventstimmung war natürlich keine Rede mehr.

Die Musiker der Waldviertler Hausmusi saßen betroffen auf der Bühne, hielten ihre Instrumente in der Hand und verfolgten das Geschehen im Planenhaus. Ein Beamter hatte ihnen befohlen, auf ihren Plätzen sitzen zu bleiben.

Ein kräftiger Mann mit schütterem Haar lag auf dem Boden, aschfahl im Gesicht. Er röchelte, verdrehte die Augen, zuckte, zitterte und wollte sich immer wieder aufbäumen. Doch vier Männer hielten ihn eisern fest. Neugierig umringt von anderen, die sich mit Ratschlägen überboten, was in einem solchen Moment wohl am besten zu tun wäre, damit sich der Ärmste durch sein Herumschlagen nicht auch noch verletzte.

Die Zeit kroch elend langsam, so kam es zumindest den Gaffern vor. Auf etwas zu warten, hat stets mit Geduld zu tun, doch diese Tugend ist den Menschen völlig abhanden gekommen.

»Wann kommt denn endlich die Rettung?«, beschwerte sich der Mann, der eine Hand des Liegenden hielt und die immer schwächer werdenden Zuckungen beobachtete. Seine Alkofahne rülpste er dem Wehrlosen entgegen.

Doch der Liegende nahm diese Fahne nicht mehr wahr. Sein körperloses Übersetzen von Hier nach Drüben geschah schmerzlos fließend und von allen Augen unbemerkt …

Die Rettung kam mit Blaulicht und Tatüü-Getöse, gleichzeitig traf auch Meller mit den V-Agenten Körner und Kohn ein.

Das Zittern und Zucken des Mannes hatte aufgehört, und der Notarzt konnte nach genauer Untersuchung eine erste Diagnose abgeben, eine fatale allerdings. Der Mann war tot, vermutlich durch Gifteinwirkung. So einen Fall hatte es doch gerade ein paar Tage zuvor in Mödling gegeben!

Da war es dann plötzlich mucksmäuschenstill, lediglich der Wind zerrte an den Planen und ließ das Metallgestänge ächzen.

Drei Worte kamen einem halblaut über die Lippen:

»Der Punschkiller war's!«

Noch während die Rettungsleute den Leblosen zum Abtransport fertig machten, tauchten die Spurenermittler auf. Sie gaben den Leuten die Anweisung, sich von dem Tisch, wo das Opfer zuerst gesessen und zuletzt gelegen hatte, fernzuhalten.

»Als wenn das noch was bringen soll!«, ätzte einer der Männer, die den Sterbenden gehalten hatten.

Bringen würde das Herumschnüffeln im besten Fall eine Mülltonne voller Spuren. Vielleicht auch den Becher, aus dem das Opfer getrunken hatte, und darauf hofften die Spurenermittler.

Man forderte alle Anwesenden auf, sich im Kulissenhaus auf die Bühne zu begeben. Die Musiker durften, nachdem ihre Personalien aufgenommen worden waren, die Instrumente zusammenpacken und verschwinden. Sie hätten ohnehin nichts gesehen, was sie unisono beteuerten.

Alle anderen mussten warten, bis man ihre Personalien aufgenommen und sie befragt hatte.

Das löste natürlich den Unmut aller aus und mancher ärgerte sich im Stillen, nicht rechtzeitig abgehauen zu sein. Stimmen wurden laut, dass man nach Hause müsse.

»Wir bemühen uns, so schnell wie möglich durch zu sein! Wen jemandem etwas Verdächtiges aufgefallen ist, kann er sich jetzt an mich oder meine Kollegin wenden«, erklärte V-Agent Körner.

Erwartungsgemäß war niemandem etwas aufgefallen. Nach der Erfassung ihrer Daten durften die Leute nach Hause gehen.

Diejenigen, die unmittelbar bei dem Opfer am Tisch gesessen hatten, wurden gesondert befragt. Es waren vier Frauen und vier Männer …

Ein tolles Haus. Auf einer Schautafel waren die Vorzüge des Hauptgewinns dargestellt.

Der Kommissar stand neben Lo Bianco. Beide starrten stumm auf die Abbildungen – Grundrisse von Erdgeschoss und erstem Stock, ein technischer Schnitt durch das Gebäude sowie eine Ansicht aus der Vogelperspektive. Eine gelungene Architektur.

Mit einem Wunschhaus wunschlos glücklich!

Wer wohl der glückliche Gewinner sein würde? Der oder die könnte sich wahrlich als Glückspilz bezeichnen.

Die beiden hingen sichtlich ihren Gedanken nach. Wie schön, ach, wie schön könnte alles sein, käme alles anders, als es kommt. Ihre bekümmerten Mienen sprachen Bände.

Die Planenkulisse selbst stellte das großzügige Raumvolumen dieses Wunschhaus-Modells dar. Auf einer erhöhten, solide ausgeführten Holzunterkonstruktion war das Metallgerüst verankert. Eine Bühne, ein paar Heurigentische und Bänke dienten für die abendlichen Musikdarbietungen und für die Verlosung. Über eine Treppe gelangte man in den ersten Stock und von dort auf das Flachdach.

»Warte hier, Lo«, riss sich Meller aus seinem Gedankenfluss und ging auf die Spurenermittler zu.

Ob es noch möglich war, in diesem Umfeld mit massenhaft fremden Spuren diejenige herauszufinden, auf die es ankam? Jetzt, wo der Notarzt eine vorsichtige Diagnose, vermutlich Tod durch Vergiftung, gestellt hatte?

Man brauchte nur jenen Becher finden, aus dem das Opfer getrunken hatte und vielleicht mit dem Glück eines Vierfach-Jackpot-Gewinners eine einzig heiße Spur, die direkt zum Punschkiller führte. Doch diesen Wunschtraum konnten sie sich abschminken, einen solchen »Glückstreffer« gab's nur im Fernsehkrimi. Also mussten sie den unabänderlichen Weg gehen – wie alle Kriminalisten dieser Welt.

Die einzige Gewissheit: Weltweit waren böse Menschen böse Menschen. Ihr Verhalten und ihre Straftaten liefen nach bestimmten Mustern ab. Man brauchte nur den Code zu knacken, sozusagen den Schlüssel zu finden.

Meller verfolgte die Arbeit der Spurenermittler und im Geiste eine unsichtbare Spur – den minutiösen Ablauf bis zu dem Augenblick, als der Mann zusammenbrach. Das warf einen Sack voll Fragen auf, die ihn beschäftigten.

Wer der Mann war, das wusste man bereits. Sein Führerschein verriet einen gewissen Ing. Walter Höglinger, geboren am 24. Dezember 1958, Inhaber einer Fahrschule in Wien. Der Mann wäre am Heiligen Abend fünfzig Jahre alt geworden.

Doch weiter – wo genau saß der Mann an jenem Tisch?

Wer saß links, wer rechts neben ihm, wer vis-à-vis?

War jemand von den Anwesenden mit ihm befreundet?

Wenn nicht, kannte jemand diesen Mann?

Wann hatte dieser sein letztes Getränk geholt?

Wenn jemand in einem unbeobachteten Moment etwas in den Becher getan hatte – hatte es jemand gesehen?

Kamen noch andere Personen an den Tisch und setzten sich hinzu? Wie viele, wer und für wie lange?

Hatte jemand der am Tisch Anwesenden den Mann zu einem Getränk eingeladen und dieses von der PunschBar mitgebracht?

Traf der Mann Freunde, Bekannte – hatte er sich zu einem der Stehtische begeben und dort seinen Punsch oder Glühwein kurzzeitig unbeaufsichtigt stehen lassen?

Fragen über Fragen, die nun mit den acht Leuten durchzukauen waren. Ob Punsch oder Glühwein im Becher war, das würde der Arzt im Krankenhaus bald herausfinden.

Die vorerst wichtigste Frage:

Das Corpus Delicti, der Becher – wo war er?

Die berühmte Nadel im Heuhaufen, denn es gab eine Fülle von Bechern, die auf den Tischen herumstanden, teilweise noch mit Punsch- oder Glühweinresten, manche mit schwimmenden Zigarettenstummeln drin. Noch mehr Becher aber lagen verstreut unter den Tischen, waren teilweise zertrampelt.

Das würde eine Heidenarbeit werden, davon war der Kommissar überzeugt. Aber um den Becher des Opfers zu finden, musste man auch dieses Opfer in der Kälte aufbringen.

Meller winkte seinem Freund und sie gingen die Metalltreppe hoch.

»Lo, was ich jetzt tun muss, na ja – ich muss dich vernehmen. Als Wirt bist du der erste Verdächtige, der das Getränk präpariert haben könnte.«

»Jetzt spinnst aber schon komplett«, zischte Bianco sich aufpudelnd, »wie kannst du denn auf diese hirnverbrannte Idee kommen?«

»Bitte, Lo …! Brems dich ein!«, raunte Meller, damit die anderen ihrer Diskussion nicht folgen konnten. Oben angekommen, traten sie auf die Terrasse hinaus. Er fuhr fort: »Natürlich bist du unschuldig, das steht doch außer Zweifel. Aber das Ermittlungsprozedere muss eingehalten werden, und mit der Punschbude bist du ein indirekter …«

»PunschBar, wenn schon, keine Bude«, wurde Meller von einem beleidigten Bianco unterbrochen.

»Jetzt sei nicht kindisch, Lo!« Meller war genervt.

»Na ja, wenn ich schon verdächtigt werde, bleiben wir bei den Tatsachen.«

»Bitte, Lo! Ich hab derzeit wirklich andere Sorgen … Komm, hilf mir und denk nach. Du sagtest was von dem einen seltsamen Typen. Hast du den noch einmal gesehen?«

»Hab ich«, antwortete Lo Bianco, »der sitzt bei den andern unten.« Er deutete in Richtung Treppenabgang. »Aber ich glaube, der ist harmlos.«

»Das lass bitte uns entscheiden … Jetzt was anderes, Lo – den Schlüssel von deiner PunschBar, bitte.«

Meller hielt die Hand auf.

»Wieso?«, entrüstete sich Bianco, gab ihm aber den Schlüssel.

»Für die Spurenermittler. Tut mir leid für dich, aber wir müssen jeder noch so scheinbar unwichtigen Spur nachgehen. Du aber bist heute nachweislich eine der heißen Spuren, als Produzent und Ausschenker von Punsch und Glühwein.«

Meller steckte den Schlüssel ein.

»Das klingt ja grad, als wär ich ein Subtäter.«

»Irgendwie bist du es ja, wenn auch unwissentlich ... na komm, reg dich wieder ab.« Meller hielt ihn am Arm, weil sich Bianco erneut aufblies. »Ich stelle dich unter meinen Schutz falls die Reportermeute über dich herfallen will.«

»So was brauch ich grad noch.«

Indirekt in einen Kriminalfall verwickelt zu sein und von den Medien aufgeblattelt zu werden, dazu noch völlig unschuldig. Lo Bianco war am Boden zerstört.

Nie und nimmer hätte er sich von Bella zu diesem blöden Wettbewerb überreden lassen sollen! Doch sie konnte am allerwenigsten dafür.

»Da müssen wir beide durch. Jeder auf seine Weise. Du weißt, wie ich das meine.«

Meller lächelte seinem Freund müde zu, die Achseln hilflos zuckend, und sprach weiter:

»So, wie der Fall sich plötzlich entwickelt, denke ich an einen Wahnsinnigen, allerdings mit höchst kriminellem Potenzial. Dem muss es unheimlichen Spaß bereiten, von den Medien zum Punschkiller stilisiert, sein Teufelswerk auszuführen. Punschkiller – wenn ich das schon höre, wird mir schlecht. Zeitungen können manchmal ganz schön was anrichten. Ich tippe, dass der Irre auch noch stolz darauf ist ... Komm, gehen wir runter und klopfen dein Unschuldslamm auf Ungereimtheiten ab. Unschuldig ist für mich erst einer, wenn es ich feststelle. Bedenke, Lo, auch Verbrecher haben eine freundliche Visage, wenn sie lachen.«

»Du sagst es«, erwiderte Bianco und vermied es, zu lächeln.

Wieder unten angekommen, hörten sie, wie Axel Körner einen der Anwesenden anschnarrte:

»Kennen wir uns nicht von irgendwoher?«

Gereizt kam von dem Mann:

»Wenn Sie es sagen, dann wird's wohl so sein!«

»Richtig, jetzt weiß ich's. Sie sind uns doch damals in der Fuzo bei dem Vorfall mit dem … dem Hamlinger negativ aufgefallen?«

Lo Bianco deutete dem Kommissar, dass es jener Typ sei, den er in Verdacht gehabt hatte. Meller runzelte die Stirn. Das war doch der Betrunkene, der vor ein paar Tagen in die Giannoni-Gasse wollte.

»Wie ist Ihr Name?«, mischte sich Meller ein.

»Ich weiß schon«, beeilte sich Körner, »Cvitkovits, stimmt's? Der in der Giannoni-Gasse übernachtet hat!«

»Wie Sie das noch wissen, Herr Inspektor!«, grinste der Mann frech.

»Lass gut sein, Axel«, lenkte Meller ein, weil er Körners Zynismus zurzeit satt hatte, und forderte Cvitkovits auf:

»Kommen Sie bitte, wir setzen uns dort rüber.« Er deutete auf das andere Ende des luftigen Raums.

»Wir telefonieren«, sagte er zu Bianco. »Geh nach Hause, Lo, und sag Claudia liebe Grüße. Für heute muss es reichen. Kein schöner Tag – auch keine schöne Zeit.«

»Ach, Mario«, erwiderte Bianco, legte ihm kurz die Hand auf die Schulter, »bis bald«, seufzte er und ging …

Cvitkovits Daten hatten sie bereits.

Der Oberwarter besaß eine Art, die Meller auf die Palme bringen konnte. Auf seine Fragen folgten Gegenfragen, ätzend, am Rande der Beleidigung. Dazwischen sein meckerndes Gegluckse, mit dem der Kerl andeutete, was er von der Exekutive und ihrer Arbeitsweise hielt.

Während der Kommissar sich über Cvitkovits ärgerte, dudelte sein Handy. Der Beamte von der S-C-ONE Rezeption war dran und verkündete, dass eine Frau angerufen habe und auf dem Weg zum S-C-ONE sei. Den Namen habe er nicht ganz verstanden, die Frau sei sehr aufgeregt gewesen und habe etwas wie Högl-irgendwie gefaselt. Sie wisse, wer der unbekannte Mann in der Zeitung sei, der als Punschkiller verdächtigt werde.

Högl-irgendwie ... etwa Höglinger?

Bei Meller schrillten die Alarmglocken.

Der Mann, der vor etwa einer Stunde von hier ins Mödlinger Krankenhaus transportiert worden war, hieß doch Höglinger!

Glücksfall oder Unglücksfall – jedenfalls ein höchst bemerkenswerter Zufall.

Meller winkte Manuela Kohn zu sich, wies sie kurz ein und überließ ihr den aufsässigen Cvitkovits.

Als sich der Kommissar auf den Weg in den S-C-ONE machen wollte, eilte einer der Spurenermittler auf ihn zu.

»Herr Meller, wir haben da etwas gefunden – etwas Verdächtiges, weil das hier zu finden, doch sehr seltsam ist.«

»Und das ist?«, fragte er ungeduldig. Warum haben Spurenermittler stets das Bedürfnis, Gefundenes besonders theatralisch anzukündigen?

Der Overallmann zeigte ihm das Objekt mit zwei Fingern vorsichtig haltend und erwiderte:

»Eine Gebrauchte. Sehen Sie – hier!«

Er hielt die Spritze gegen das Licht und schwenkte sie leicht, bis Reste einer Flüssigkeit zu sehen waren.

»Und wenn die von einem Süchtigen stammt, der sich hier eine schöne Zeit gemacht hat?«, stellte Meller die Meinung des Spurenermittlers, ein Beweisstück gefunden zu haben, infrage.

»Das wird sich bald weisen. Ich kann mir jedenfalls gut vorstellen, mit so einem Ding unauffällig Gift in einen Punschbecher zu spritzen. Etwa so – aus der Hand geschossen«, erwiderte der Mann und zeigte mit der Spritze andeutungsweise, wie leicht das möglich war.

»Da ist was dran. Aber warten wir das Ergebnis der Untersuchung dieses Inhalts ab. Mich wundert nur, dass der Täter, wenn er schon so perfide vorgeht, das Ding einfach an Ort und Stelle wegwirft«, erwiderte Meller. »Wo haben Sie denn die Spritze gefunden?«, wollte er wissen.

Der Spurenermittler steckte die Spritze in ein spezielles Sackerl und ging zur Fundstelle. »Genau hier«, sagte er, bückte sich und hob die PVC-Plane, die Falten zog, leicht hoch. »Sie muss hier hineingerollt sein.«

»Nun gut – nehmen wir an, die Spritze ist nicht von einem Drogensüchtigen, sondern das gesuchte Corpus Delicti, dann gibt es in diesem Fall nur zwei Möglichkeiten«, Meller sah auf den Holzboden und auf die Spritze in der Hand des Spurenermittlers. »Der Täter bemerkte, dass er beim Punschvergiften beobachtete wurde, warf in Panik die Spritze weg und flüchtete. Oder, anders vermutet, er hatte sie nach der Tat absichtlich – sagen wir, bewusst liegen lassen, damit sie gefunden wird.«

»Ja, ja – genauso könnt's gewesen sein«, meinte der Mann seinen Kopf bedächtig wiegend, ohne sich auf eine Version festzulegen. Er ließ den Kommissar stehen und widmete sich wieder seiner Arbeit.

Kaum war Meller durch die Tür getreten, eilte ihm eine blonde Frau entgegen. Sie steckte in einem dunkelgrauen Rauhlederparka mit flauschigem Pelzkragen und in gleichfarbigen Rauhlederstiefeln.

»Sind Sie der Herr Kommissar?«, bestürmte sie Meller.

Was er nickend bejahte, sich mit »Kommissar Meller. Was führt Sie zu mir?«, vorstellte und ihr die Hand drückte.

Das Gesicht der zierlichen Frau war blass, zeigte aber leicht gerötete Flecken. Ihre Augen wanderten unruhig zwischen ihm und dem Beamten hinter der Glaswand hin und her. Bestimmt die Aufregung, dachte Meller.

»Kommen Sie, Frau …?«

»Entschuldigen Sie – Anna Höglinger. Ich bin ganz aus dem Häuschen und wollte deshalb persönlich kommen«, antwortete sie mit einem Lächeln und errötete dabei.

»Setzen wir uns in mein Büro, Frau Höglinger. Ich darf vorgehen.« Mit einer einladenden Handbewegung wies Meller zum Lift und ging voraus.

In der Kabine standen sie sich gezwungenermaßen näher.

Diese beengende Situation gefiel selten jemandem. Unbekannten hautnah gegenüberzustehen, Atem und Körper zu riechen, Hautunreinheiten festzustellen, gar Stoff an Stoff berührend, sich in den Augen des anderen widerspiegelnd zu sehen – das lässt die Meisten zu Boden blicken.

Wenn die Aura von Fremden tangiert oder gar aufgebrochen wird, ist das beinahe so schlimm wie ein Einbruch in die Seele, zumindest, solang man sich im Lift befindet.

Hier war wenigstens genügend Platz für zwei. Dennoch sah die Frau konzentriert auf ihre Stiefelspitzen.

Eine liebliche Person. Meller verglich sie mit einem Reh, das im Wald aufgeschreckt worden war und starr vor Angst den Sprung zur Flucht verpasst hatte. Ihr scheuer Augenaufschlag, das verlegene Lächeln – ein zarter Hauch mystischer Anziehungskraft. Diese Frau ließ einen bestimmt vieles verzeihen.

Trotzdem konnte der warmherzige Ausdruck in ihren Augen nicht über eine gewisse Melancholie hinwegtäuschen.

Höglinger – eine böse Ahnung befiel den Kommissar.

Die Frau war gekommen, um den inhaftierten Unbekannten zu identifizieren. War sie eine Verwandte, etwa gar die Frau jenes Opfers aus dem Museumspark?

Was für ein schicksalshafter Zufall das wohl wäre. Doch Zufälle sind oft die Bitterstoffe des Lebens, an denen man schwer zu schlucken hatte.

Namensgleichheiten gibt es allemal, dachte sich Meller. Er weigerte sich, in Gegenwart dieser von Herzenswärme strahlenden Frau an eine solche Tragödie zu denken.

Als sie in Mellers Büro angelangt waren, hatte sich die Frau beruhigt. Nach Ablegen der Garderobe besorgte Meller Mineralwasser und sie nahmen in der wuchtig anmutenden Sitzlandschaft Platz.

Es tat ihm nach dem heutigen Tag richtig gut, in offene, ehrliche Augen zu sehen, die seinem Blick standhielten.

»Aaahh – das hab ich jetzt gebraucht!«, seufzte die Frau, nachdem sie ihr Glas halb ausgetrunken hatte. Sie sah zur Fensterfront hin, nahm erneut einen Schluck Wasser, stellte das Glas hin, zupfte lüftend an ihren dunkelgrünen Pullover und bemerkte:

»Heiß ist es hier.«

»Ich lass frische Luft herein«, sagte er, stand auf und öffnete zwei Fensterflügel sperrangelweit. Sofort strömte eiskalte Winterluft in den Raum. Sie roch nach Schnee.

In einer der Fensterscheiben spiegelte sich die Frau. Er beobachtete sie. In sich zusammengesunken, sah sie tatsächlich wie ein verfolgtes Reh aus.

»Vielleicht werden's doch noch weiße Weihnachten. Bald gibt es Schnee«, stellte Meller fest.

»Hoffentlich«, erwiderte sie seufzend und setzte leise nach:

»Es ist mein Bruder.«

»Wer?«

»Der Mann, der angeblich … die Sache mit dem vergifteten Punsch und so … dessen Identität niemand weiß.«

»Ihr Bruder?«

»Ja, Martin Weinlich. Aber der war's nicht. Bestimmt nicht. Martin hat genug Schlimmes hinter sich, aber solche furchtbare Sachen macht er nicht!«

Sie hielt kurz inne und flehte beinahe: »Jetzt nicht mehr, ich schwör's Ihnen, Herr Kommissar! Die Menschen sind ungerecht und … und voller Vorurteile!«

Tränen traten in ihre Augen.

»Jetzt beruhigen Sie sich erst einmal und dann erzählen Sie, was das für schlimme Sachen waren.«

Die Frau kramte ein Taschentuch hervor, schnäuzte sich dezent und atmete tief durch.

»Was ich Ihnen jetzt erzähle, ist von Martin schon längst gesühnt worden. Er hat bitter dafür bezahlen müssen.«

»Wie soll ich das deuten?«

»Ich verstehe meinen Bruder, wenn er sich bis jetzt geweigert hat, seine Identität preiszugeben. Nach allem, was ihm angetan wurde. Da ich mir gut vorstellen kann, wie die Polizei darauf reagieren wird und erst die Medien.«

»Wenn er was verbrochen hat, ist er ohnehin in der Datei und die wird auch abgesucht, es dauert halt nur länger. Jedenfalls verbessert diese sture Art seine Lage keineswegs. So viel kann ich Ihnen aber jetzt schon sagen: Ich vermute ohnehin, dass er unschuldig ist, denn heute ist wieder ein Fall … aber davon später, erzählen Sie jetzt bitte.«

»Martin hat ein Menschenleben auf dem Gewissen und er leidet unter dieser Tatsache entsetzlich. Vor zehn Jahren war er am Tod eines Menschen mitschuldig. Aber der Staatsanwalt, das Gericht, die Geschworenen waren der Überzeugung, dass Martin seinen Kontrahenten im Affekt getötet hat.«

Anna Höglinger schwieg lang, dann sagte sie beinahe tonlos: »Ich war dabei und … und …«

»Wie?«, unterbrach sie der Kommissar. »Sie haben mitangesehen, wie Ihr Bruder einen anderen Menschen getötet hat?«

»Nein, nicht so direkt. Martin erwischte seine Freundin mit seinem besten Freund im Bett. Und sein bester Freund… das war mein Mann … Ich sehe diese Szene immer wieder. Sie verfolgt mich seit damals. Sie ist der letzte Gedanke, bevor ich einschlafe, und der erste, wenn ich aufwache.«

Sie schwieg und sah zur Decke. Tränen rollten über ihre blassen Wangen, sie tupfte sie ab.

»Mein Bruder und ich hatten keine schöne Kindheit. Aber das tut jetzt nichts zur Sache. Ich bin zweieinhalb Jahre älter als Martin und war daher immer darauf bedacht, dass er die Scheidung unserer Eltern verkraftet. Martin ist so sensibel, das hat ihn in jungen Jahren auch etwas aus der Bahn geworfen. Es war eine unruhige Zeit – auch für mich –, in der wir uns beide nicht viel zu sagen hatten, uns selten sahen. Erst als Martin im Geschäft seines Freundes mithalf, ging es mit ihm langsam aufwärts. Bei der Eröffnung des Geschäfts habe ich Manfred Geier kennengelernt und mich in ihn verliebt …«

Anna Höglinger schwieg und trank das Glas leer.

»Ja, und dann«, seufzte sie, »dann ging die Geschichte weiter. Da gab es noch meine Freundin Lydia … Lydia Wimmer. Am Tag meiner Hochzeit hatte mein Bruder sie kennengelernt und sich Hals über Kopf in sie verliebt.

Passender konnte es nicht sein – ich war mit meinem Manfred verheiratet und Martins Herz pochte seither nur noch für Lydia.

Was waren wir in dieser Zeit doch glücklich! Hätte ich nur damals geahnt, was auf uns zukommen würde!«

Anna Höglinger schwieg lang und starrte vor sich hin.

»Und weiter? Was geschah weiter?«, unterbrach Meller ihre Reise in die Vergangenheit.

»Um die Geschichte abzukürzen«, die Frau sah Meller an, »Lydia hatte ein Verhältnis mit meinem Mann begonnen. Wie lang das schon ging, mein Gott, das zählt heute nicht mehr. Mein Bruder und ich haben sie jedenfalls zufällig erwischt. Ja, und dann …«

Sie unterbrach sich und kämpfte mit den Tränen, fasste sich wieder und fuhr fort:

»Laut Lydias Aussage vor Gericht hatte mein Bruder in tödlicher Absicht Manfreds Kopf auf den Heizkörper geknallt. Ich konnte das nicht sehen, da mich Lydia aus dem Zimmer gedrängt hatte. Ich hörte durch die Tür nur, wie sie kämpften und dann einen entsetzlichen Schrei … na ja, Martin kam für neuneinhalb Jahre ins Gefängnis, nur weil Lydia geglaubt wurde. Ich kenne meinen Bruder und weiß, dass es ein furchtbarer Unglücksfall war. Und ich kenne – kannte Lydia.«

»Wie, sagten Sie, heißt Ihr Bruder und wo saß er ein?«

»Martin Weinlich … Er saß zuletzt in Krems-Stein und ist Ende November entlassen worden. Kein Wunder, dass er panisch reagiert hat, als man ihn festnehmen wollte. Bei seiner Angst vor Polizisten, vor allem, was nach Verhören, Gerichten und Prozessen riecht – mein Gott, ist das nicht logisch! Martin ist so sensibel und ich bin der einzige Mensch, der ihm Halt geben kann, der ihn liebt. Wie eine Schwester einen Bruder eben liebt. Nicht einmal die eigene Mutter … Ach, lassen wir dieses Thema.«

Anna Höglinger schwieg und atmete schwer auf.

»Seit Martin in Freiheit ist, habe ich alles unternommen, damit er wieder unter Leute geht, sich aufrafft und einen Job sucht. Und das bei der Wirtschaftskrise! Wissen Sie, was das heißt, einem Arbeitgeber sagen zu müssen, was man die letzten Jahre gemacht hat? Bei über neun Jahren unschuldig im Gefängnis?«

»Na, na, na, Frau Höglinger – ob Ihr Bruder tatsächlich unschuldig gesessen hat, kann ich nicht beurteilen. Er kann das Verfahren erneut aufrollen lassen und vom Staat Schadenersatz fordern, falls sich herausstellt, dass …«

»Haha – dass ich nicht lache!«, unterbrach sie den Kommissar. »Haben Sie die finanziellen Mittel und zufällig einen Staranwalt an der Hand, um so einen Prozess, der sich bekanntlich über Jahre hinzieht, durchzustehen? Ich nicht und mein Bruder schon gar nicht. Obendrein muss Martin erst einmal lernen, mit der heutigen Zeit auf Gleich zu kommen. Versetzen Sie sich in die Lage – nach so langer Zeit das erste Mal wieder in Freiheit! An wen würden Sie sich wenden, wenn Sie niemanden haben?«

Verbittert blitzte sie den Kommissar an.

»Solche Spekulationen dienen jetzt nicht der Sache, Frau Höglinger«, wehrte sich Meller gegen ihre Vorhaltungen. Was gingen ihn Fehlurteile an, sofern es überhaupt eins war!

»Wie Sie wissen, ist für die Betreuung Strafentlassener ein Bewährungshelfer zuständig. Mich wundert, dass sich der Ihres Bruders bei uns nicht gemeldet hat. Das Foto erschien doch in den meisten Zeitungen.«

»Mich dürfen Sie das nicht fragen. Scheint ja wiederum ein Grund mehr zu sein, der beweist, dass die Justiz ihre Handlanger nicht so recht im Griff hat.«

»Jetzt reicht's aber, Frau Höglinger! Bis zu einem gewissen Punkt kann ich Ihre Enttäuschung nachvollziehen, aber ich bin für die Beschwerden und Forderungen Ihres Bruders nicht zuständig. Wir suchen einen Täter, der einen Menschen auf dem

Gewissen hat. Das ist kein Honiglecken, das können Sie mir glauben! Es dreht sich nicht alles *nur* um ihren Bruder!«

»Ich dachte, *doch* – so, wie es in den Zeitungen zu lesen war«, unkte die Frau sarkastisch.

»Sie wissen, wie ich das meine. Doch kommen wir zum Thema zurück. Wohnt Ihr Bruder zurzeit bei Ihnen?«

»Nein, nicht mehr. Seit seiner Entlassung habe ich alles für ihn gemacht, dabei sogar meine Ehe aufs Spiel gesetzt. Martin wohnt vorübergehend bei unserer Mutter in Mödling, bis er eine eigene Wohnung findet. Bitte, schonen Sie unsere Mutter, sie ist nicht in der besten Verfassung …«

»Moment, einen Augenblick«, unterbrach Meller sie und ging zum Telefon. »Wo in Mödling genau?«

»In der Herzoggasse, im alten Haus mit dem Durchgang«, erwiderte sie und gab die genaue Adresse bekannt.

Er wählte eine Nummer, teilte das soeben Erfahrene dem Beamten an der Rezeption mit und gab ihm den Auftrag, die Informationen an die nötigen Stellen weiterzuleiten. Meller wollte schon auflegen, da sagte ihm der Mann, dass der Arzt vom Krankenhaus das neueste Ergebnis durchgegeben hatte.

Meller hörte aufmerksam zu, legte schließlich den Hörer auf. Versunken in düsteren Gedanken starrte er auf Anna Höglinger.

»Und jetzt?«, fragte sie, irritiert und unsicher geworden.

Meller riss sich innerlich los und sagte leise:

»Kommen Sie bitte, wir gehen jetzt zu Herrn Weinlich.«

»Sie sagten vorhin, mein Bruder sei ohnehin unschuldig. Wie darf ich denn das verstehen?«

Sie war auf den Kommissar zugegangen.

Er roch ihr Parfum. Eine angenehme Duftnote, die er nicht einordnen konnte. Meller kannte sich mit Markendüften nicht so recht aus. Seine Nase steckte er hauptsächlich in Strafakten, auf der Suche nach der heißen Spur. Die duftete manchmal drei Meilen gegen den Wind. Beileibe kein lieblicher Geruch, dafür aber ein Gemisch aus Verbrechen, Mord und Totschlag.

Meller sah sie ernst an. Ich muss ihr das sagen, dachte er und fragte so nebenbei:

»Ihr Mann – heißt er Walter und ist Inhaber einer Fahrschule in Wien?«

»Ja? Warum?«

»Später …«, seufzte er, »befreien wir jetzt erst einmal Ihren Bruder.«

Der Kommissar lächelte müde und überlegte, wie er Anna Höglinger die Hiobsbotschaft übermitteln sollte.

Verdammt, warum immer ich, ärgerte er sich.

Die beiden fielen einander stumm in die Arme.

Wie ein jahrelang getrenntes Liebespaar berührten und streichelten sie sich in der engen Zelle.

Irritiert von der herzzerreißenden Szene, stand der Kommissar daneben.

Martin Weinlich bekam plötzlich einen Weinkrampf und begann heftig zu schluchzen, während Anna Höglinger unentwegt sein Gesicht streichelte, ihn küsste und tröstete:

»Es wird alles gut … alles wieder gut … ach, du mein kleiner, lieber Bruder … komm, komm … alles wird wieder gut!«

Der Kommissar wartete geduldig, bis sich die beiden halbwegs beruhigt hatten.

»Wären Sie kooperativer gewesen, Herr Weinlich, dann hätten wir uns dieses Theater ersparen können«, rügte ihn Meller.

Da fuhr ihn Weinlich aufgebracht an:

»Sie und Ihre Verhörmethoden – danke, mir reicht's! Die können Sie sich sonst wo hinpicken!« Wütend blickte er Meller an. »Jetzt haben Sie ja alles von meiner Schwester erfahren! Richtig, ich bin jahrelang im Häfen gesessen! Unschuldig bitte, das möchte ich festhalten! Aber ihr von der Polizei wartet ja nur auf einen dahergelaufenen Häfenbruder, damit sofort ein Täter präsentiert werden kann, und ich lande wieder im Kittchen! Nur – ich bin unschuldig, ich war's nicht und ich ...!«

»Jetzt halten Sie Ihren Mund, sonst vergess ich mich!«, unterbrach ihn Meller. Er war wütend.

Da saß der mimosige Schnösel zwei Tage in dieser tristen Zelle und hielt alle zum Narren. Was glaubte der eigentlich?

Er fuhr ihn barsch an:

»Noch sind Sie nicht frei von allen Verdächtigungen! Ich hätte gut und gern Lust, Sie noch hierzubehalten. Aber das kostet mich meine Nerven, meine wertvolle Zeit und alle Staatsbürger die Mahlzeiten, die Sie täglich bekommen müssen!«

»Hah – ich scheiß auf einen Staat, in dem man das Recht mit Füßen tritt. Aber mit mir kann man ja so umspringen. Ich wandere sowieso aus. Irgendwo wird sich ein Ort finden, an dem auch mir Gerechtigkeit widerfährt! Hätte ich nur das Geld, ich würde beim Europäischen Gerichtshof in Straßburg sofort eine Klage gegen diesen Staat einreichen.«

»Martin, bitte! Der Kommissar will dir doch...!«, wagte seine Schwester einzuwerfen, erschrocken über den plötzlichen emotionellen Ausbruch ihres Bruders.

»Ihrer Auswanderabsicht steht nichts im Wege, Herr Weinlich«, fiel Meller der Frau ins Wort. Er hatte sich wieder beruhigt.

»Sofern Sie im derzeitigen Fall unschuldig sind. Auch Ihr Gang nach Straßburg steht Ihnen jederzeit offen. Dazu brauchen Sie keine Millionen. Dafür gibt es eine Gerichtsbarkeit, damit auch Sie zu Ihrem Recht kommen. Wenn es denn stimmt, was mir Ihre Schwester über Sie erzählt hat.«

»Ich wurde damals unschuldig verurteilt und ich werde heute unschuldig verdächtigt, mehr gibt es nicht zu sagen. Und wie ich die Spielchen der Gerichte kenne … Ach, was soll der ganze Scheiß – machen Sie mit mir, was Sie wollen!«

Erschöpft ließ sich Weinlich auf das Bett fallen und starrte ein Loch in die Decke. Er schloss die Augen. Tränen rannen ihm seitlich über die Wangen. Stockend, mit bebender Stimme begann er zu erzählen:

»Wissen Sie, was es heißt, über neun Jahre weggesperrt zu sein? In einem Raum, das Fenster vergittert und mit dem einzigen Ausblick auf eine Hauswand mit Fenstern, ebenfalls vergittert. Täglich eine Stunde Rundgang, immer im Kreis, wie ein Volltrottel … In der ersten Zeit versuchten Zimmerkollegen, mich zu vergewaltigen. Dann geschah es, vier Mal … brutal. Während mich andere festhielten, hat sich der Zimmerkapo an mir vergriffen. Ich habe geglaubt, mir zerreißt es den Unterleib. Ich wagte nicht, es zu melden, das wäre mein Tod gewesen.«

Er legte eine Pause ein und sprach weiter:

»Dann endlich wurde ich in ein anderes Gefängnis verlegt. Doch die dumpfe, öde Zeit klebte wie vertrocknete Scheiße an mir und war nicht mehr abzukriegen. Mein Körper, mein Geist, meine Seele – sie wurden abgetötet … Wie ein gefällter Baum, der schützenden Rinde beraubt, so kam ich mir im Gefängnis vor. Meine Jahresringe begannen im Gefängnisdunst zu faulen, nahmen mir die Luft, erstickten mich … Irgendwo ganz tief in mir begann sich etwas aufzulehnen, sich dagegen zu wehren – meine Unschuld. Sie begann, die Jahre, Monate, Wochen, Tage, Stunden, Minuten und Sekunden neu einzuteilen. Ein Wort mit drei Silben war mein Herzschlag: un-schul-dig … un-schul-dig … un-schul-dig … das Einzige, was mich bis heute am Leben hielt.«

Martin Weinlich schwieg.

Meller sah zu Anna Höglinger hin, die geschockt dastand und nicht wusste, wie sie sich verhalten sollte.

»Bleiben Sie noch liegen, Herr Weinlich«, antwortete Meller. »Ich komm gleich wieder. Die Tür lass ich offen. Ich hab noch etwas mit Ihrer Schwester zu besprechen.«

Der Kommissar deutete der Frau und sie gingen aus der Zelle.

»Ich hau schon nicht ab«, murmelte Weinlich, »wohin auch.«

Aber das hörten die beiden nicht mehr.

Der Kommissar schloss die Tür des Verhörraums und wartete, bis die Frau Platz genommen hatte.

»Ich muss Ihnen jetzt eine sehr traurige Nachricht übermitteln, Frau Höglinger«, begann er. »Ihr Mann ist gestorben … Um es klar auszudrücken, er ist heute vergiftet worden … Es tut mir sehr leid.«

Die Frau starrte ihn an, ihre Finger begannen zu zittern.

»Warum er?«, flüsterte sie.

»Ich weiß es nicht«, gab Meller ehrlich zu.

»Warum er nur?«, wiederholte sie.

»Was meinen Sie damit?«

Doch Anna Höglinger schwieg. Wie von einem Krampf befallen, schüttelte sie sich plötzlich und bekam keine Luft.

Erschrocken sprang der Kommissar auf, um ihr zu helfen.

Aber sie hatte sich wieder gefasst und bat flüsternd:

»Bitte … nicht … anfassen …!«

Im selben Augenblick wurde die Tür aufgerissen und der neue V-Agent stürmte herein.

»Herr Meller, da Punschkiller isch ausbrochn!«

»Herr Hofer … bitte … nicht … jetzt!«

»Ja – aber sei Tür isch offen! Der isch wirklich abghaut!«

»Herr Hofer, der Weinlich ist nicht…«

»Aha, jetzt kimmt's ma«, unterbrach der V-Agent seinen Chef und kombinierte, »wir wissen schon, wer der Punschkiller isch?«

»Bitte, Herr Hofer, bitte … ein bisschen leiser. Sehen Sie nicht?«, ermahnte er den Neuling, deutete auf die Frau, die wie abwesend vor sich hinstarrte.

Er ging auf den jungen V-Agenten zu und klärte ihn mit gedämpfter Stimme auf:

»Herr Weinlich ist allem Anschein nach nicht der Täter. Dort sitzt Frau Höglinger, seine Schwester. Allerdings gibt's seit heute Abend ein neues Opfer … leider.«

»Des isch jetzt aber echt blöd«, sinnierte Andreas Hofer flüsternd, wollte aber sofort wissen:

»Und wen hat's jetzt derwischt?«

»Ihren Mann«, erwiderte der Kommissar leise, mit dem Kopf auf Anna Höglinger deutend.

Sechs

Freitag, 12. Dezember 2008 …

Lautlos fiel der Schnee aus der Dunkelheit.

Seit Stunden und in ungewohnt großen Flocken deckte er alles Unbewegliche zu. Hin und wieder wirbelten übermütige Windstöße diese weiße Pracht über die Häuserdächer hinweg, um sie erneut sanft auf die Erde sinken zu lassen – die Winterspiele der vierten Jahreszeit waren inoffiziell eröffnet.

Mystisch anmutende Stille umhüllte den schneebedeckten Schrannenplatz, obwohl sich viele Leute um die paar geöffneten Punschhütten drängten.

Das reinste Weihnachtsfeeling wie schon seit Jahren nicht mehr. Zartes Schneegestöber, angenehme Temperaturen knapp über dem Nullpunkt, sich mit Freunden bei ein paar Punsch vom Arbeitsstress erholen und – aahh! – Mensch, dieser Schneeduft! Einfach nur ein-, aus- und durchatmen!

Für manche lag das Wochenende wie blank gelegte Nervenenden vor ihnen. Aber eine bereits 20 Zentimeter dicke Schneehülle verdeckte vieles gnädig.

Darauf zu gehen, knirschte so schön unterm Schuhwerk.

Nervlich Ausgebeutete allerdings fühlten sich wie der plattgedrückte Schnee, dem die Schuhsohlen ein neues Profil verpassten, ein angepasstes Profil.

Solcherart »Profilierte« litten darunter oder sie zeigten stolz ihr Profil, was in Krisenzeiten wie zurzeit die Weicheier von den Härtlingen unterschied. Und Weicheier waren Loser.

Doch Loser waren auch nur Menschen, meistens die liebenswerteren, im Vergleich zu den taffen Ellbogentypen, die keinerlei Herz und Mitgefühl für andere übrig hatten.

Dennoch war an einem solchen Adventwochenende für alle – Weicheier wie Härtlinge – nur eins angesagt und das in vielartiger Weise: Nixtun, Ausspannen, Glotzegucken und rundum alles links liegen lassen!

Vergessen, was die letzen Tage nicht so gelaufen war, der ganze Ärger, den man runterzuschlucken hatte.

Und war die Woche okay, umso besser. Gestärkt würde man dem Jahresende zugehen und dann die fette Jahresprämie einstreifen, die einem zustand. Hatte man nicht Monate gebuckelt, gerackert, geschwitzt und gezittert dafür? Auf Urlaube verzichtet, Überstunden unter den Tisch fallen gelassen und war dem Chef hinten reingekrochen …

Aber hier und heute Abend sollte darüber nicht lang gejammert und lamentiert werden, man käme sonst auf blöde Gedanken. Irgendwie kam dabei das Thema Punschkiller ins Gerede.

Der allabendliche Krawallpegel mit Ringelspielgedudel und Bummelzuggetöse war endlich verstummt, die Kinder lagen längst in ihren Betten und schliefen dem Christkindl erwartungsvoll entgegen. Dumpfe Nachtstille hatte die Babenbergerstadt erobert. Nur heute war die Stille besonders spürbar.

Das erste sichtbare Zeichen, dass Weihnachten vor der Tür stand, war dieses heftige Schneetreiben, das in seiner lärmschluckenden Eigenschaft jenen Stille-Nacht-Vorgeschmack vermittelte.

Was für eine Pracht – diese überhängenden Schneegupfe, auf

Laternen und jedem freistehenden Mauersockel pummelig draufgesetzt. Auf der frisch renovierten Pestsäule am Freiheitsplatz balancierten die Heiligenfiguren gekonnt ihre Schneehäubchen auf Fingerspitzen, als würden sie sich freuen, endlich einer sinnvollen Beschäftigung in ihrer ewigen Starre verharrend nachgehen zu dürfen. Zumindest lachten die steinernen Gesichter in dieser Nacht späten Zechern fröhlich zu. Oder sie wurden von ihnen ausgelacht – je nach Punschkonsum.

Weißes Zauberwerk der Natur, flauschig wie Watte – in bunte, herzerwärmende Lichtquellen getaucht, wohin das Auge sah. Auf Bäumen, an Häuserfronten und in den Auslagen blinkte, funkelte oder glitzerte es. Weihnachtskitsch – Mensch und Wettergott hatten es himmlisch arrangiert, so stellte man sich das Fest aller Feste vor.

Kein Wunder, dass sich bei solch prächtigem Nachtwetter die Gefühle von innen nach außen stülpten. Wobei das eine oder andere Häferl Punsch und Glühwein nicht nur die Wangen zum Glühen brachte, sondern auch Herzen aufheizte, beim Anblick der Schönen, die sich lächelnd zum Stehtisch hinzugesellte, und sich Zungen schwer taten, beim Sich-ins-rechte-Licht-Rücken.

Redselig beflügelt standen sie, die fröhlichen Zecher, dicht gedrängt in trauter Runde, vor den Holzhütten und pflegten eine beinahe innige Verbundenheit.

Der Schrannenplatz, zur Adventzeit *die* reale Kontaktbörse. Und von wegen Advent, die stillste Zeit im Jahr – hier brodelte es ober-, unter- und hintergründig. Der Schmäh rannte, Zoten wurden gerissen und Komplimente flogen quer über die Köpfe den begehrten Zielobjekten zu.

Da wurden selbst die Spekulationen um den Punschkiller in selten übereinstimmender Eintracht auf einen Nenner gebracht:

Dieser Verbrecher muss schleunigst geschnappt werden!

Was war denn los mit der speziellen Sondereinheit?

Wozu hat Mödling sie bekommen, wenn der Mörder noch immer frei herumläuft?

Was machen denn die V-Agenten den ganzen Tag in ihrem Bunker unterhalb der HTL?

Daumendrehen? Akten hin- und herschlichten?

Was das alles kostet – jetzt, in der Wirtschaftskrise!

Und wer bezahlt die V-Agenten?

Der Staat … gut, und wer ist der Staat?

Der Steuerzahler natürlich … ich, du … jeder!

Er stand, den Kragen hochgeschlagen, die Haube tief ins Gesicht gezogen, bei der größten Punschhütte und hörte sich die Vorhaltungen an. Gut, dass ihn niemand kannte.

Bei dieser Hütte war das Publikum feiner, nobler, spendabler, jedoch genauso ungehalten in der Formulierung ihrer Anschuldigungen auf die besagte Sondereinheit, den S-C-ONE.

Ob sie berechtigt waren, das stand auf einem anderen Blatt und könnte – wenn schon – in dieser Runde nur er beantworten. Doch als einer der Sondereinheit, sozusagen als Sich-im-Einsatz-Befindlicher, hatte er in erster Linie zu observieren.

Eine Schneeschicht hatte sich bereits auf der Mütze und auf seinen Schultern gebildet, wie auch bei den anderen, die vor der Hütte standen und keinen Platz mehr an den Stehtischen unter dem Vordach bekommen hatten.

Der V-Agent war aus vielerlei Gründen höchst frustriert.

Erstens, weil sie den Mann hatten laufen lassen müssen. Jenen Schnösel, der sie am Faden gehalten hatte. Und als sie endlich wussten, wer er war, stellte sich heraus, dass Martin Weinlich unschuldig war. Bei der Pressekonferenz musste sein Chef den Irrtum eingestehen.

Pech für alle – für den S-C-ONE und die Punschtrinker.

Zweitens, weil es ein weiteres Opfer gab, daher der Wahnsinnige, der sich als Punschkiller aufspielte noch immer frei umherlief, womöglich das nächste Opfer anpeilte.

Drittens stand er deswegen hier, in dieser winterlichen Babenberger Kulisse. V-Agent Axel Körner verspürte jedoch keinerlei Lust, auch nur irgendein Statement über den Giftattentäter und die unfähige Sondereinheit abzugeben. Er hätte sich erstens als einer jener Beamten verraten, sich zweitens wer weiß was alles anhören müssen und drittens … besser nichts mehr aufzählen und an anderes denken.

»… die Krise ist jetzt auch in den Köpfen der Arbeitnehmer angekommen«, äffte einer der Männer eine Politikerin nach. In einen edlen Kaschmirmantel gehüllt, stand er neben Körner.

»So hörte ich sie gestern im Fernsehen. Klingt wie nach einem zu früh angekommenen Zug. Nur niemand will aussteigen und keiner darf zusteigen. Was also machen die Konzerne?«

»Den Zug räumen lassen, sprich: Leute raushauen … kein schöner Zug, was sonst«, erwiderte ein anderer wütend. »Ich übrigens bin ab Jänner ohne Job … wisst ihr was für mich?«

Körner hörte nur mit halbem Ohr hin, düstere Gedanken beschäftigten seine Gehirnwindungen …

Na dann mal herzlich nicht willkommen, grausliche Krise!

Gelobt sei der Zyniker und sein Sarkasmus lebe hoch. Körners Job war krisensicher. Verbrecher wird's geben, solang es Menschen gibt.

Selten, dass Böses auch was Gutes bewirkt. Denn Gangster müssen gefasst werden. Diese Drecksarbeit aber ausführen, das sollen mal lieber andere machen. Genauso wie bei der Müllabfuhr. Mist machen, jawohl, aber wegräumen sollen ihn andere.

In Körners Branche jedoch waren Verbrecher gefährlicher

Sondermüll, den es einzusammeln und wegzusperren galt. Und anstatt sich eine goldene Nase zu verdienen wie die drei Typen an seinem Tisch – so sahen sie jedenfalls aus –, war die Chance, sich eine blutige zu holen, um hundert Prozent höher, als eine Gehaltserhöhung zu bekommen.

Immerhin – sein Job war sicher bis zur Pension …

Die drei Noblen, die bisher bei ihm am Tisch gestanden waren, verabschiedeten sich höflich. Körner war jetzt allein und widmete sich wieder den Umstehenden. Ein Blick auf die Rathausuhr zeigte: In drei Minuten war es zweiundzwanzig Uhr.

Fein – Sperrstunde! Die Hütten mussten ihre Klappen runterlassen. Schluss für heute und frei bis morgen, acht Uhr früh.

Noch sein Häferl austrinken – er stand bereits eine halbe Stunde bei seinem Kinderpunsch –, der letzte Schluck kostete ihn Überwindung.

Schon wollte er den Einsatz für sein Häferl holen und sich vom Acker machen, als diese Frau sich zu ihm an den Tisch gesellte. Sie war ihm positiv aufgefallen, doch da sie unter dem Vordach teilweise mit dem Rücken zu ihm gestanden hatte, sah der V-Agent nur hin und wieder ihr Gesicht.

Brillenblicke … Lächeln … ein freundliches Zuprosten …

Auch blinde Hühner finden Körner!

Das war nicht nett und höchstgradig daneben gedacht. Doch Körner war zurzeit überhaupt nicht nett. Aber dadurch animiert, wurde sein Jagdtrieb geweckt. Ab jetzt war er privat – also blieb er noch stehen.

Prinzipiell war es ja Körners Job, Jagd zu machen. Auf alles, was sich verbrecherisch verdächtig machte. Er hatte es auf die unschuldig anmutenden Hände aller Leute abgesehen, auf ihre klammen Finger, die sich an heißen Keramikhäferln aufwärmten – denen galt seine augenscheinliche Aufmerksamkeit!

Wehe, die teuflischen Finger des Punschkillers waren dabei! Sekundenschnell wären Körners Handschellen ausgefahren und um die Handgelenke des Killers eingerastet.

Klick-klick – und ab mit dem Mörder in den S-C-ONE.

Aber hier vor den Punschhütten stundenlang herumzustehen, gegen die Kälte von unten mit den Beinen abwechselnd aufzustampfen, die Schuhe alle Augenblicke gegeneinanderzuklopfen, um die Blutzirkulation bis in die Zehenspitzen voranzutreiben, und dabei so zu tun, als würde man diese tolle Winternacht genießen – das war anstrengend. Sich dabei von Unbekannten auch noch volllabern zu lassen, immer Ausschau haltend, ob nicht irgendeiner jemandem was ins Häferl schüttete, das zehrte an der Gesamtbefindlichkeit des V-Agenten.

Die Rathausuhr schlug zehn Mal …

»… und jetzt schön brav nach Hause?«

Sie lächelte den halb erfrorenen Körner an.

»Nun ja … eigentlich nicht so direkt, aber irgendwohin, wo's wärmer ist«, gestand Körner ehrlich und zeigte sein gewohntes Jagdgrinsen. Wie schnell man doch auf Touren kommt, spricht einen die Richtige an, dachte er sich und checkte sein unverhofftes Glück blitzschnell ab.

Blond, um die vierzig, teurer Pelzmantel und gediegenes Klunkergestein um den Hals. Das sah er, als der Kragen den Blick darauf freigab. Bestimmt sehr, sehr wohlhabend … und leicht beschwipst, wie der V-Agent bemerkte.

Diese noble Weiblichkeit war höchst attraktiv, samt Brille.

Ebenmäßiges Gesicht, perfekt geschminkt und, wie Körner vernahm, eine Stimme … mitteltiefes Timbre – Erotik pur.

Sich an ihrer formvollendeten Figur zu ergötzen, war nicht möglich, da der Pelz alles verdeckte, was Aufschluss geben könnte. Doch Körners Kennerblick auf ihre Beine und seine

Fantasie ließen eine atemberaubende Figur vermuten. Nur eindeutig zu dünn beschuht für dieses Wetter, bemäkelte der V-Agent ihre zarten Lederstiefelchen mit hohen Absätzen. Manche Frauen kennen kein Selbstmitleid, wenn sie sich rausputzen. Nicht jede war zu sich selbst so gewalttätig – dieses holde Wesen schon.

Aller Frust war vergessen und seine Laune in positiver Lauerstellung.

Axel Körner – derzeit ein sehr einsamer Mann auf Brautschau.

Im Blickwinkel sah er Andreas Hofer, der ebenfalls Dienst in der Fuzo schob, auf sich zukommen. Den Jungspitz konnte er jetzt überhaupt nicht gebrauchen.

»Sodala, endlich hammas packt für heute. I bin ganz durchgfrorn!«, jammerte er Körner an.

»Dann ab mit Ihnen unter die warme Tuchent, Herr Sodala!«

Der Tiroler ging ihm mit seinem *sodala* gehörig auf den Nerv. Er musste ihn abwimmeln, bevor die Wunderlady entschwand.

»Was haben Sie denn für einen Beruf, dass Sie jetzt noch im Freien arbeiten müssen?«, wollte die Lady wissen.

»Ach, nix Aufregendes! Mein Kollege ist neu im Business, eine Art Kontrolltätigkeit … sein erster Tag«, schwindelte Körner und gab Hofer augenscheinliche Zeichen, sich zu verdünnisieren.

Andres Hofer, ein Blitzgneißer, verstand und erwiderte:

»Also, dann bis morgen, Herr Kollege … und schönen Abend noch!« Dabei warf er einen prüfenden Blick auf die Schöne, die sich leicht schwankend an der Stehtischkante festhielt.

Profis haben einen Blick für eindeutige Situationen.

»Sie sollten auch gschleinigst nach Hause«, meinte Hofer freundlich zu ihr.

»Herr Kollege! Lassen Sie das meine Sorge sein. Ich bring sie sicher dorthin, wo sie hingehört.«

Doch der Jungspitz Hofer wollte es nicht Körners Sorge allein sein lassen. Lehnte er sich gegen einen erfahrenen V-Agenten auf? Hatte der sie nicht mehr alle?

»Wo seins denn zu Hause, wenn ich fragen darf?«, wollte er unbeirrt in seinem unverkennbaren Dialekt wissen und lächelte die Dame höflich an.

»Wenn ich das noch so genau wüsste … in Gaaden … ein Katzensprung nur … aber mein Ferri …« Sie grinste schelmisch.

»Und da bringe ich Sie auch persönlich hin. Ich fürchte, Sie sind nicht mehr in der Lage, ein Auto zu lenken. Wäre doch schade um Ihren Führerschein«, lächelte Körner die Frau so honigsüß an, dass selbst Hofer die Augen verdrehte und sich schließlich mit einem sehr zweideutigen »Na dann, gute Nacht« von dannen trollte.

»Ein sehr netter Tiroler, Ihr Kollege«, meinte sie süffisant.

Was Körner ein grimmiges »Aber ein Tiroler« entlockte.

»Haben Sie was gegen Tiroler?«, wollte sie wissen. »Die sind doch eh alle so nett … und soo fesch!«

»Nicht alle – der zum Beispiel. Ich weiß, wovon ich spreche«, konterte Körner trocken.

»Ah geh! Sie sind doch nur eifersüchtig!«, lachte sie. »Weil er noch jünger ist, geben Sie's zu, Herr …«

»Axel, wenn's genehm ist«, Körner reichte ihr die Hand.

»Auch recht … Natalie Kaiser.« Sie ließ ihre rechte Hand ein bisschen zu lang in der Körners. Er spürte durch den Handschuh ihre feingliedrigen Finger.

Mörderfinger, schoss es Körner durch das Hirn, und er musste lachen.

»Was erheitert Sie … dich denn so?«, wollte Natalie wissen.

»Ach, war nur so Dahingedachtes. Musste an meinen Job denken – ein wahrer Mörderjob, um diese Zeit.«

Körner schwenkte auf ein anderes Thema um. »Es gab schon besseres Wetter … wärmer, meine ich, findest du nicht?«

»Ja – es gab auch schon bessere Zeiten«, kam es plötzlich ernst über ihre Lippen. Sie seufzte, hob ihr Sektglas und fragte andeutend: »Trinkst du noch eins mit mir?«

»An deiner Stelle würde ich es lassen. Planquadrat ist angesagt«, entgegnete Körner. Auch als Privatmann war er gewissenhaft und um die Sicherheit der Mitbürger bemüht. Vor allem, wenn es sich um eine so attraktive Bürgerin handelte.

Es wurde ihm kurz heiß, weil er an die nächsten Stunden dachte. Ihr tiefer, vielsagender Blick, dieser gutturale Ton in der Stimme – wenn sie nur nicht zu viel von dem Gesöff schluckte.

»Eins noch … bitte!«, flehte sie gespielt lächelnd.

»Ich fürchte, du hast heute genug getankt und solltest nicht mehr allein nach Hause … fahren, meine ich«, sagte Körner ernst und deutete demonstrativ ein Lenkrad haltend.

»Dann werd ich mir jemanden suchen müssen, der meinen Ferri und mich nach Hause bringt.«

Sie verstummte vielsagend und lächelte Körner an.

Typisch Tussi, fährt mit so einem Protzschlitten herum, dachte er neidisch.

»Und wo soll das sein?«, kam es von ihm unerwartet bockig.

»Ich zeig's dir. Dafür darf ich mich mit einem Baileys-Cocktail revanchieren. Vorausgesetzt, du stehst auf so was«, erwiderte sie und ihr Blick verhakte sich in Körners Augen.

Auf was ich stehe, werden wir gemeinsam herausfinden, hoffte er insgeheim und sagte grinsend:

»Lass deinen Ferri stehen, ich bring dich nach Hause.«

Er lag auf ihrem Bett, völlig nackt …

Der V-Agent hielt die Augen geschlossen und hörte den sphärischen Klängen zu, die den Raum ausfüllten. Indische Weisen, Sitarklänge, untermalt von glockenhell klingenden Rhythmen. Eigentlich nicht sein Geschmack, stimmig jedoch zum Interieur dieses Zimmers. Räucherstäbchenduft kitzelte seine Nasenflügel. Auch mit Luft durch die Nase blasen war dem Jucken nicht beizukommen.

An der Nase reiben konnte er sich nicht, denn er war an Händen und Füßen an die Bettpfosten gefesselt. Doch das, was jetzt folgen würde, ließ ihn diese kleine Unpässlichkeit vergessen.

Tief durchatmen und die Augen öffnen!

Über ihm war ein Spiegelkunstwerk installiert, wie er es noch nirgends gesehen hatte. Kein Wunder, er bekam selten Gelegenheit, gefesselt in einem Bett zu liegen, mit Spiegelsplitter an der Decke, die ihn hundertfach darstellten.

Der Mensch ist an und für sich bruchstückhaft und innerlich zerrissen. Gedanken dieser Art beschäftigten ihn, während er ungeduldig auf das Kommende wartete.

Sie war im Bad verschwunden, wollte sich frischmachen und ihn dann verwöhnen, wie er es noch nie bekommen habe. Das Streicheln mit ihrer linken Hand hatte seine Männlichkeit hurtig strammstehen lassen und ihn gleichzeitig irritiert. Natalie fehlte der Mittelfinger. Ein Reitunfall aus Kindheitstagen, wie sie erzählt hatte. Zwischen Ring- und Zeigefinger drückte und massierte sie sein bestes Stück. Ungewohnt ...

Seltsam, wie anders es sich anfühlt, wenn ein Finger fehlt.

Das Kunstwerk an der Decke ließ sein Geschlecht in mannigfacher Vielfalt widerspiegeln. Irgendwie hatte das schon was und erregte ihn sichtbar.

Lauter Axel Körners – und alle spitz wie Nachbars Lumpi.

Gleichzeitig wunderte er sich über seinen Leichtsinn. Was auch immer auf ihn zukam, er war ihr völlig ausgeliefert!

Darüber hätte er sich vorher Gedanken machen sollen …

»Kommst du bald?«, rief er nach Natalie, jedoch mehr, um sich selbst zu beruhigen.

»Kannst es wohl nicht mehr erwarten, du kleiner Gauner!«, klang es aus dem anliegenden Badezimmer.

Kleiner Gauner, welch Kosename für einen V-Agenten!

Ich bin privat, rief er sich in Erinnerung, *und kann machen, was ich will. Selbst wenn ich mich an ein Bett fesseln lasse!*

Doch wie konnte es wirklich so weit kommen? Er verfiel in eine mittelschwere Panik.

Was ist, wenn sie mich anschließend foltert, quält oder gar abmurkst? Die Welt war voll von solchen Wahnsinnigen. Das Wort »Mord« wollte er nicht einmal andenken. Nicht Natalie, niemals die! Er versuchte sich zu beruhigen.

Was aber, wenn sie nun doch – er wagte es nicht, sich seine Ängste weiter auszumalen und ging die letzten Stunden noch einmal minutiös durch …

Bei der Fahrt zu ihr nach Hause hatte Natalie Kaiser angedeutet, warum ihr an diesem Tag so ganz nach Alkoholischem und seelischen Streicheleinheiten war.

Trinken, um zu vergessen? Eine sehr bittere Erkenntnis, empfand Körner. Natalies Deckel – der Führerschein – wäre wahrscheinlich weg gewesen, ließ Körner sich in seiner rüden Ausdrucksweise durch den Kopf gehen.

Natalies Exmann, die lebend gewordene Geschmacklosigkeit, so ihre Definition, hatte an diesem Abend bei der Weihnachtsfeier offiziell ihre Nachfolgerin präsentiert.

Wie vor den Kopf gestoßen habe sie sich gefühlt – vor allen Angestellten so behandelt zu werden! Mit keinem Wort wurde sie von ihm über seine Absichten informiert. Gewiss, sie wusste, dass die Leute hinter ihrem Rücken tuschelten. Eine Unart, die sie moralisch unhaltbar fand, so was tut man nicht.

Nicht in ihren Kreisen! Sie war ja nicht jeden Tag im Büro. Es gab Wichtigeres zu erledigen in ihrer Position als Teilhaberin, andere Verpflichtungen zu erfüllen, auch wenn sie nur gesellschaftlicher Art waren, aber in ihren Kreisen unumstößlich. Kontakte wurden hauptsächlich im Golfclub geknüpft …

In ihren Kreisen, immer wieder, *in ihren Kreisen!* Dazu ein Schneetreiben, das Körner beinahe völlig die Sicht nahm, während er über die ungeräumte Straße schlitterte. Der Schnee war von anderen Fahrzeugen zu Fahrrinnen gepresst worden, aus denen man schwer herauskam und deswegen manchmal gefährlich ins Schleudern geriet. In dieser Einschicht war noch kein Schneepflug seiner Pflicht nachgekommen.

An einer Straßenkreuzung musste er so abrupt anhalten, dass Natalie an die Windschutzscheibe knallte. Natürlich war sie nicht angeschnallt. Ihre Brille ging zu Bruch und sie bekam eine blutende Wunde ab. Darüber erschrocken und über ihren Leichtsinn verärgert, untersuchte er das Cut. Gott sei Dank nur eine kleine Platzwunde. Er bemerkte dabei, dass diese Frau merklich mehr angesäuselt war als in Mödling vermutet. Er wusste ja nicht, was Natalie insgesamt intus hatte.

Er hatte sie gerügt:

»Wärst du angeschnallt gewesen, wäre dir nichts geschehen.« Doch sie erwiderte, dass eine Freundin von ihr deswegen umgekommen war, weil sie angeschnallt die Côte d'Azur entlanggefahren und dabei über die Klippen gestürzt war.

»Wäre Janine nicht angeschnallt gewesen, hätte sie überlebt, das besagten die polizeilichen Ermittlungen. Seither schnalle ich mich nicht mehr an.«

»Vielleicht war sie einfach ein bisschen zu schnell unterwegs oder sie wollte bewusst aus dem Leben scheiden?«, war seine Antwort. *Vielleicht war das in ihren Kreisen eine angemessene Art, über den Jordan zu springen,* das hatte er sich gedacht.

Zurück zum eigentlichen Thema kam es erst in Natalies Haus.

Doch bis dahin war es Körner, als würden sie nie ankommen.

Es schneite noch immer heftig, so dass die Sicht nur auf ein paar Meter beschränkt war. Wie ein U-Boot, so schwammig war der Wagen zu lenken, und Natalies diffuse Zielangaben, die natürlich jedes Mal zu spät kamen, machten ihm gehörig zu schaffen.

»... halt, nicht hier ... dort erst abbiegen ... noch ein bissi weiter und dann scharf rechts ... Haalt! Nicht sooo scharf!«

Doch schon waren sie im Graben gelandet. Das Auto von dort rauszuholen, war unmöglich.

»Gehen wir zu Fuß, es ist nicht mehr weit«, hatte sie verschmitzt gelacht und war aus dem Auto gesprungen. In diesem Moment begann er die Frau zu lieben. Trotz ihrer blasierten Art hatte sie jene Herzensfrische, nach der er sich schon so lang gesehnt hatte. Ohne Brille sah sie überhaupt umwerfend aus, wie sie halb blind durch Nacht und Schnee tapste. Oder war es der dichte Schnee, der mit satten Flocken diese Romantik untermalte?

Hilfesuchend die Hände gereicht bekommen, darauf stand er!

Rutschend, kichernd und sich gegenseitig festhaltend waren sie einen Weg durch dichten Wald gestolpert und auf einer Anhöhe endlich bei Natalies Behausung angelangt.

»Eine echte Kaiser-Villa«, hatte Axel Körner mehr für sich gespöttelt, als sie die Einfahrt – ein großes Gittertor, das sich automatisch geöffnet hatte – durchschritten. Sogleich hatte sich der metallene Vorhang wieder geschlossen.

Gefangen im goldenen Käfig, so war er sich vorgekommen.

Die Villa stand frei auf der Anhöhe, umrandet von Nebengebäuden, dahinter dichter Wald, so weit man das, durch den Schnee aufgehellt, in der Dunkelheit erkennen konnte.

Das Gebäude war beim Näherkommen wie von Geisterhand hell erleuchtet worden. Natalie war schon beim Hauseingang und sperrte auf.

Er selbst stand knietief mitten im Schnee und ließ die eigenartige Stimmung auf sich wirken. *Das Tausend-und-eine-Nacht-Märchen ist ein Dreck dagegen,* so sein erster Eindruck, und er rechnete damit, dass eine Schar Diener durch das geöffnete Tor herauswuseln würde.

»So komm doch endlich! Da draußen gibt es nichts, was uns erwärmen könnte!«, hatte ihm Natalie zugerufen und ihn aus seinen Gedanken gerissen.

Kaum waren sie im Haus und die Tür hinter ihnen zu, sank ihr Pelz wie Herbstlaub lautlos zu Boden. Sie umarmte ihn plötzlich und küsste ihn zart. *Wow, wow, wow ...*

»Willkommen daheim.«

Wie heimelig und zugleich pompös-gemein das klang.

Willkommen daheim! Körners kümmerliche Zweizimmerwohnung hatte die Größe der Garderobe in diesem Protzbau.

Als könnte sie seine Gedanken lesen, verriet sie ihm:

»Ich bin nicht so eine Verwöhnte, wie du glaubst. Dienstboten habe ich keine. Ich muss für mich selbst sorgen. So, und jetzt komm endlich in die warme Stube, Axel!«

Warme Stube – die Dame hatte leicht reden, wenn er an seine Wohnung dachte, die er zurzeit sein Drittel-Eigentum nennen durfte, denn der Rest gehörte der Bank.

Das hieß, etwa zwanzig Quadratmeter waren sein ureigenes Wohnkapital. Im Vergleich zu diesem Palast bekam er einen mörderischen Minderwertigkeitskomplex und war sich nicht im

Klaren darüber, was eine solch wohlbetuchte Dame von ihm wohl erwartete.

Dennoch erfüllte es ihn mit Stolz, der ihm jetzt ein Grinsen hundertfach von der Decke herab entgegenspiegelte, dass sie auf ihn total abfuhr.

Geld ist eben nicht alles, kam es ihm triumphierend …

Das war auch sein erster Gedanke, als sie allein im Foyer standen. Vielleicht war sie doch nicht so reich, wie es den Anschein hatte, und Natalie musste gar selbst kochen, waschen bügeln? *Wenn gehässig denken, dann richtig.*

»Sag, Natalie, wohnst du etwa völlig allein hier?«, hatte er von ihr wissen wollen, während sie die Alarmanlage ausschaltete und sich anschickte, das Hausinnere in angenehmes Licht zu tauchen. Dafür hatte sie mehrere Tasten auf einer zentralen Einheit gedrückt, die hinter einem Gemälde, das sich vorklappen ließ, versteckt war.

»Es ist mein Elternhaus. Beide sind nicht mehr, leider. Später zog mein Mann zu mir – und jetzt wohne ich allein.«

Dabei hatte sie wehmütig gelächelt und gestanden:

»Allein zu leben, daran muss man sich gewöhnen. Es ist im Prinzip auszuhalten. Nur manchmal fällt mir die Decke auf den Kopf, dann überkommt es mich – heute war so ein Tag.«

Bei einer Deckenhöhe von geschätzten sechs Metern in der Empfangshalle nicht gerade ungefährlich.

Natürlich, gestand Natalie, gab es eine Putzfrau und einen Hauswart. Ein junges Ehepaar aus dem Kosovo. Richtig liebe Leute. Ehrlich, bescheiden, tüchtig und mit einer süßen Tochter, der kleinen Lamila. Sie wohnten über dem Pferdestall in der Gesindewohnung und kümmerten sich um alles im Haus, im Stall und überhaupt. Zurzeit aber waren sie bei ihren Eltern daheim und würden erst wieder nach Silvester zurückkommen.

Natalies Pferde – Blitzi, Sigurd und Tornado – waren vorübergehend in einem Gestüt bei Freunden sehr gut aufgehoben. Einen Gärtner gab es auch, der hatte aber zur Winterszeit nichts zu tun und würde erst im Frühjahr wieder kommen. Bis die Kusturicas ihren Heimaturlaub beendet hatten, war Natalie allein in der Villa.

Ach, wie arm!

Warum kämpfe ich eigentlich gegen diese Frau an?, fragte Körner sich, während sein Blick die Seile kontrollierte, mit denen er gefesselt war.

Sie will mir doch nur ein wenig Freude bereiten!

Ob sie denn keine Angst habe, so allein in der Einschicht, hatte er sie gefragt.

»Ich doch nicht, da soll mir nur einer kommen. Die Villa ist einbruchsicher und mit einer Alarmanlage ausgestattet. Außerdem habe ich stets eine Waffe unterm Kopfkissen.«

Als er den versprochenen Baileys bekommen hatte, war er innerlich zappelig vor Vorfreude gewesen, wenn auch der blassbraune Begrüßungsdrink nicht nach seinem Geschmack war. Süßes hatte er für diesen Tag ausreichend im Magen.

In einem roten Samtumhang saß sie ihm gegenüber. Statt mit Brille jetzt mit Kontaktlinsen, die ihren Augen einen mystischen Glanz bescherten. Tolle Linsen.

Coolness vortäuschend, hatte er den letzten Bodensatz hinuntergewürgt. Den Eiswürfel zwischen Zähnen und Zunge hin und her jonglierend, das schwere Glas drehend, waren seine Gedanken bei einem eiskalten Bier. Auch ein Schnapserl hätte es getan, um den verklebten Gaumen freizubekommen.

Auf ihre Frage, wo er denn gedanklich sei, musste er gestehen, bei Schärferem – Trinkbarem, wohlgemerkt. So viel Anstand besaß er, nicht um eine Dose Bier zu bitten, aber auch, um nicht zweideutig aus der Rolle zu fallen. Nicht im Moment der Annäherung, nicht in dieser elitären Villa.

»Verrätst du mir, was du unter Schärferem verstehst?«, fragte Natalie mit entsprechendem Augenaufschlag.

Was sollte man darauf anderes antworten als ein lässig gegrinstes:

»Ich lass mich gern überraschen.«

Im Nu war eine knisternde Atmosphäre geschaffen. Wobei die Flammen im offenen Kamin diese zusätzlich untermalten.

Bei gedämpftem Licht, eingelullt von sphärischen Klängen, lümmelten sie watteweich versunken in einer rauhledernen, ozeanblauen Wohnlandschaft.

Dass Frauen stets eine Lebensbeichte hinlegten, bevor sie sich ihm hingaben, schob Körner seinem Charisma in die Schuhe.

Erst alte Taten gestehen, bevor man die nächste beging.

Bei trockenem Champagner waren Natalies Augen bald feucht geworden, bei dem, was sie loswerden wollte.

Alle hatten sich in der Firma gegen sie verschworen. Doch damit konnte sie umgehen. Arbeitnehmer sollte man sich immer etwas vom Leib halten, zu viel Nähe konnte falsch verstanden, vor allem ausgenutzt werden. Das hatte ihr Mami frühzeitig vorgelebt und eingetrichtert.

Dass es ihrem Mann gelungen war, sie aus der Firma rauszudrängen, das war ein starkes Stück. Gewiss, sie waren geschieden. Warum, das möge Axel jetzt bitte nicht fragen – ein zartes Berühren seiner Hand –, und weiter im Geständnis ... Die Firmenanteile aber waren gesondert geregelt und angeblich nicht von der Trennung betroffen.

»Die Scheidung hatte mich seelisch sehr in Anspruch genommen, deshalb habe ich Robert gebeten, die rechtlichen Dinge für mich zu erledigen. Ich musste Abstand gewinnen, mich erholen und bin zu Janine an die Côte d'Azur geflogen. Damals ist auch das Unglück mit Janine passiert … Was war ich froh, dass ich nicht bei ihr im Auto gesessen bin. Furchtbar – meine beste Freundin, so jung und so schön …!«

Körner hatte ihr Gesicht in die Hand genommen und die Tränen von den Augen weggeküsst.

»Du bist so einfühlsam, danke … Ja, und dann … dann das Begräbnis. Als ich vor dem Grab stand, so entsetzlich einsam, da wollte ich auch nicht mehr leben. Aber da haben mir gemeinsame Freunde geholfen. Damals habe ich Robert seine Affären verziehen und ihm alles unterschrieben, was er mir geschickt hatte. Ich wollte ihn jedoch nicht mehr sehen. Aber da war die Firma und ich wollte beweisen, dass ich mehr kann, als nur Geld zu besitzen.«

Schließlich war sie am Erfolg und der Firma ihres ehemaligen Gatten genauso beteiligt. Hatte doch ihr Kapital – ein Teil ihres Erbes vom Bankhaus Hofinger – dazu beigetragen, dass Roberts Immobilienvermittlung nicht den Bach runtergegangen war. Mit Bitternis musste sie nach Jahren erkennen, dass allein ihr Vermögen Roberts Liebesflammen zum Lodern gebracht hatten.

»… und heute habe ich erfahren müssen, dass mich mein Exmann endgültig ausgebootet hat. Ich bin raus aus der Firma. Mir gehört nur noch das da«, dabei hatte Natalie um sich geblickt, Körners Hand gehalten und verbittert festgestellt: »Robert war der erste Mann, der meine Leidenschaft lichterloh entflammte. Er war es aber auch, der jegliche Liebe in mir erstickte.»

Erneut wurde trockener Schampus nachgefüllt und das Glas ausgetrunken, um das Erzählte zu verkraften.

Körners tröstende Umarmungen, seine heftigen Küsse wurden unmittelbar erwidert. Natalie entwickelte eine plötzliche Impulsivität, die er ihr nie zugetraut hätte. Emotionell aufgewühlt, waren sie beschäftigt, sich gegenseitig die Kleider vom Leib zu reißen.

Der Startschuss zum gemeinsam Jetzt-und-zwar-Sofort war abgefeuert worden. Nun wollte ihm Natalie ein unvergessliches Erlebnis bescheren, wie er es garantiert noch nie erlebt hatte.

Wenn ein Mann gefesselt vor ihr liege, das errege sie besonders und sie käme gleich mehrmals hintereinander.

Wow, wow, wow …

Nackt, einzig die Gläser und die Schampusflasche in der Hand, waren sie den ersten Stock hoch ins Schlafzimmer übersiedelt.

Einmal nur so was erleben, hatte Körner sich gedacht, als er gehorsam die breite, gewundene Treppe hinauf der nackten Natalie hinterher stieg – den Anblick ihres grandiosen Körpers in sich aufsaugend, jede Muskelbewegung genießend.

Wow, wow, wow …

So schnell hatte der V-Agent nicht schauen können, schon war er aufs Bett geworfen und an die Bettpfosten gefesselt worden.

»Eigentlich ist das ein Job, der mir zusteht«, hatte er noch grinsend von sich gegeben, während sie auf ihm kniete, ihre vollen Brüste vor seiner Nase baumeln ließ und die Seile verknotete.

Wow … dieses sinnliche Parfum … diese pralle Freude!

»Das kannst du nachher, wenn du dann noch kannst«, hatte ihm Natalie keck geantwortet. Das einem Macho wie Körner!

In Vorfreude auf das Kommende bekam er eine gehörige Schwellung zwischen den Beinen.

Bloß ein Hauch von Lippen … ein beinahe unberührtes Über-die-Haut-Streicheln … Lava im Rückenmark … Körner hatte wahrlich noch nie eine ähnliche Erregung verspürt.

»Ich glaube, du kannst ... gut gebauter Mann.«

Was für eine fantastische Frau! Das Leben ist gerecht und der Tag gut gelaufen, hatte er sich im Stillen gedacht ...

»Nataliiie ...«, säuselte Körner, »wann koommst duu ...?«

Was kam, war ein kurzes Poltern aus dem nahen Badezimmer, Glas splitterte, Scherben fielen.

Dann ein hartes, dumpfes Aufschlagen eines Körpers.

Körners Schrei war ein einziger:

»NATALIIIIE ...!«

Sein offener Mund hingegen brach sich hundertfach im Deckenspiegel.

Irgendwo dudelte es atonal und mischte sich störend in meditative Sitarklänge – Körners Handy.

»Scheiße, scheiße, scheiße«, trommelten zwei gefesselte Fäuste und ein Kopf auf ein sündigrotes, satinweiches Bettlaken ...

Sieben

Samstag, 13. Dezember 2008 …

Kurz vor sechs Uhr morgens. Er hatte gerade die Zahnbürste im Mund, als der Anruf kam.

Eine Krankenschwester vom AKH war dran und teilte dem Kommissar mit, dass Frau Fischer es leider nicht geschafft habe. Sie sei auch nicht mehr zu sich gekommen.

Es täte ihr auch sehr leid … ein so lieber Mensch … warum es denn auch immer die Falschen erwische.

Meller stand im Badezimmer, die elektrische Zahnbürste auf dem Waschbeckenrand abgestellt. Um seinen Mund noch Reste von Zahnpasta. Er sah sich im Spiegel mit dem Handy am Ohr und spürte den Stich, dort, wo sein Herz schlug.

Er begann, diesen Morgen erst zu hassen, dann zu fürchten.

Diffuse Düsternis – nicht mehr Nacht, auch noch nicht Tag – krallte sich brutal seine Seele, zerknüllte sie und warf sie in ein schwarzes Loch, das sich plötzlich vor ihm auftat.

Meller trudelte im freien Fall …

Ein fremde Stimme – nein, es war seine – wollte wissen, ob es eine Möglichkeit gäbe, Frau Fischer noch einmal zu sehen, bevor sie …

Bevor sie was, Meller? Bella ist tot, kapier das! Gekillt von einem der schlimmsten Mörder, dem Krebs!

Seine Gedanken kreisten und hallten böse dröhnend in seinem Kopf.

Die Möglichkeit bestehe, hatte die Krankenschwester versichert und ihm eine Durchwahlnummer bekannt gegeben. Es müssten ja auch ihre Sachen abgeholt werden. Nochmals drückte sie ihr aufrichtiges Beileid aus und meinte tröstend, dass es für Frau Fischer in jedem Fall so besser gewesen sei, ohne Schmerzen einfach im Schlaf hinüberzuwandern.

Meller hielt das Handy noch in der Hand, obwohl die Krankenschwester längst aufgelegt hatte. Was helfen mir Tränen, dachte er verbittert und ließ das salzige Wasser hervorquellen, die Wangen hinunterlaufen und ins Waschbecken tropfen.

Der Junge – kam es ihm in den Sinn. Er musste es Manuel beibringen … irgendwie beibringen.

»Herrgott noch einmal!«, brüllte er plötzlich, »Sag du mir, wie ich einem 13-Jährigen erklären soll, dass seine Mutter gestorben ist … und dass er jetzt völlig auf sich allein gestellt ist!«

Es ist wirklich zum Heulen!

Der Kommissar schluchzte plötzlich auf wie ein kleiner Junge, zog den Rotz in der Nase hoch und wischte sich wütend mit dem Handrücken über das tränennasse Gesicht.

So sieht der Meller wirklich aus, kam es ihm wie blöde in den Sinn und er schämte sich beinahe, als er sein verheultes Gesicht im Spiegel sah.

Nein, der Junge wird nicht auf sich allein gestellt sein, so wahr ich hier mit meinem Spiegelbild um die Wette heule, ein kleines Lächeln blitzte ihm kurz entgegen. *Manuel wird unser Sohn werden – Bellas, Lilians und meiner …*

Im S-C-ONE war man über Bellas Schicksal bereits informiert.

Für drei Tage – er hatte die Tuareg darum gebeten – wollte

sich der Kommissar eine Auszeit genehmigen. Er musste sich jetzt um Manuel kümmern und den behördlichen Kram organisieren. Mike Lehner würde ihn so lange vertreten.

Die S-C-ONE Chefin war über diesen Aufschub zwar nicht gerade erbaut, musste sich jedoch Mellers Wunsch beugen.

»Ich kann das nachfühlen und möchte Ihnen mein aufrichtiges Beileid ausdrücken, auch im Namen aller Kollegen. Aber seien Sie dann bitte wieder voll einsatzbereit. Wegen dieser Punschgeschichte bekommen wir noch richtige Schwierigkeiten, wenn wir nicht in der Lage sind, den Fall schleunigst zu klären.«

»Ich tu, was ich kann.« Damit hatte er sich kühl verabschiedet. Was weiß ein Außenstehender schon, wie sehr der Verlust eines geliebten Menschen schmerzt.

Zahnweh schmerzt, Kopfweh auch. Aber hat die S-C-ONE Chefin jemals den Verlust eines geliebten Menschen erlebt?, fragte er sich erregt. Allerdings musste er zugeben, so gut kannte er die Tuareg auch wieder nicht.

Meller war gerade auf dem Weg in die Südstadt zu Erika und Manuel – auch um Joe sollte er sich mehr kümmern, fiel ihm dabei ein –, als ihn Hofer am Handy erreichte. Eigentlich hatte er vorgehabt, nur bei Lehners Anrufen abzuheben.

»Herr Chef – i hab scho ghört … des tuat ma echt aufrichtig load, herzliches Beileid … aber i hätt noch a Frage: Hat sich der Kollege Körner bei Ihnen schon gemeldet?«

»Hat er nicht«, erwiderte Meller kurz angebunden, »wenden Sie sich an den Kollegen Lehner, der vertritt mich.«

»Aber der Körner isch nirgends und sein Handy isch …«

»Schauen S' zu seiner Wohnung«, unterbrach ihn Meller, »vielleicht schläft er noch. Ansonsten, wie gesagt, Kollege Lehner ist zuständig. Viel Erfolg noch für den heutigen Tag.«

Über Nacht hatte sich eine dicke, weiße Schneedecke über die Landschaft gelegt, die jetzt voll strahlender Reinheit blitzte und blendete. Nicht nur Verbrecher verstanden es, auch die Natur versteckte alles Gemeine, Hässliche. Sehr zum Leidwesen aller Kriminalbeamten, ging es Meller durch den Kopf, während er von der schneeglatten Wiener Straße beim Kreisverkehr in die Grenzgasse einbog und vorsichtig zur Ottensteinstraße weiterfuhr.

Wie sehr hatte ihn dieser Beruf verändert? Wenn nicht Kriminalbeamter, was wäre er sonst geworden?

Erinnerungsstücke aus früheren Jahrzehnten fetzten an seinem geistigen Auge vorüber, während er im Handschuhfach nach der Sonnenbrille suchte und dabei etwas über die Fahrbahnmitte kam, was ihm ein Entgegenkommender blinkend, hupend und vogelzeigend quittierte. Erschrocken lenkte er auf seine Fahrbahnhälfte – einen Unfall bauen, das fehlte noch!

Joe lag unter dem Küchentisch und verhielt sich ungewohnt still. Als ahnte er, was geschehen war.

Erika Hauser musste sich erst hinsetzen, um die traurige Botschaft zu verkraften. Sie war sehr betroffen, auch wenn sie in Bella im Geheimen stets eine Konkurrentin für Lilian gesehen hatte.

Alte Leute hatten so ihre Macken. Erika Hauser standen die Jahre in Rio de Janeiro ins Gesicht geschrieben, auch wenn sie gern in Mödling lebte. In Mellers Nähe bekam sie gern »Fernheimweh nach Rio« und hielt damit ihre Erinnerungen an Lilian und ihre alte Heimat aufrecht.

Damit umschrieb Erika ihre Befindlichkeit und Gefühlsschwankungen. Besonders an Tagen, wenn Kälte und feuchtes Wetter ihr zu schaffen machten.

»Das sind meine alten Knochen nicht mehr gewöhnt.«

Wenn ihr Meller vorschlug, sie könne ja die kalte Jahreszeit in Rio verbringen, wehrte sie sich stets dagegen:

»Und was mache ich dort? Allein in dem düsteren Haus? Und erst die lange Fliegerei! Da stehe ich lieber das bisschen Kälte durch. Wird mich schon nicht umbringen!«

Meller und Joe waren ihre neue Familie geworden.

Wenn es aber so richtig Schnee gab, das gefiel ihr wiederum, weil es sie an ihre Kindheit in Deutschland erinnerte, von wo sie ursprünglich herkam.

»Dort stand mir der Schnee bis zum Bauch, so viel hatte es damals noch geschneit. Heute ist ja alles nur ein bisschen angezuckert!«

Erika Hauser war eine der wenigen alten Damen, die fröhlich und tapfer durch die Schneelandschaft stapften, dick eingepackt, mit einem übermütigen Joe an der Leine.

Nun saß ihm diese alte, vom Schicksal nicht gerade verwöhnte Frau gegenüber und sah ihn traurig an.

Die Zeiten verschwammen vor Mellers Augen. Er sah sich mit ihr in der Küche der Villa in Santa Teresa sitzen und gleichzeitig hier in der Südstadt. Vergangenheit und Gegenwart, mit einen Klick umschaltbar – und wieder in Rio.

Zeiten spielen keine Rolle, nur die Menschen …

In den dreißiger Jahren gelang den Eltern mit der kleinen Erika noch rechtzeitig die Flucht aus dem Nazideutschland nach Brasilien. Alles hatten sie zurücklassen müssen, aber was war das schon gegen das Überlebendürfen.

Auch Helmuth Hauser ereilte mit seinen Eltern ein ähnliches Schicksal. Anfangs bittere Jahre für Flüchtlinge und ihre Kinder. Ein schönes, ruhiges Leben durfte Erika endlich an der Seite von Helmuth führen, wenn auch von den Goldmanns jahrzehntelang bestimmt. Aber Helmuth und Erika Hauser waren gern das Hauswarteehepaar, mit Lilian als ihrer »Ersatztochter«.

Jetzt lag Helmuth in Rio begraben. Doch nicht für Erika. Ihr Helmuth lag an einem besonderen Platz in ihrem Herzen.

»Heimaterde, was bedeutet das schon! Flüchtlinge haben nur einen Koffer als Heimat. Da hat wenig Platz und das ist schnell zusammengerafft, wenn man über Nacht fliehen muss.«

Erikas Kindheit war zeitlebens ihr Trauma. Manchmal sprach sie davon. Auch von Nürnberg, weniger von der Stadt, sondern von einem großen Haus, wo sie mit Papa und Mama gewohnt hatte. Einzig ein vergilbtes, abgegriffenes Foto besaß sie aus dieser Zeit. Mit fremden Menschen standen sie vor dem Haustor, viele Kinder, ein Hund – längst verblasste Vergangenheit. Auf der Rückseite stand *Friedenstraße*. Sie erinnerte sich noch, ein großer Friedhof war in der Nähe. Dort wollte sie noch einmal hin und das Haus suchen.

Fernweh, Heimweh – Fernheimweh. Bin ich in der Fremde, habe ich Heimweh – bin ich daheim, habe ich Fernweh.

Meller beschäftigte an diesem Morgen verdammt großes Fernweh. Immer diese Fluchtgedanken!

Zwei von ihm innig geliebte Menschen wurden aus dem Leben gerissen, vor fünf Jahren Lilian und jetzt Bella. Dazu noch diese Ähnlichkeit der beiden. Das war es auch, warum Meller sich Hals über Kopf in Bella verliebt hatte, und der Grund, warum Erika auf Bella so eifersüchtig war.

Er sprach sie heute das erste Mal direkt darauf an, wogegen sie sich sofort wehrte:

»Das stimmt doch nicht, Mario. Ich habe Bella lieb gehabt, anders halt.«

»Ich verstehe das, Erika. Lilian war für dich wie ein eigenes Kind. Für mich war sie eine Frau, die ich sehr geliebt habe. Wie jetzt auch Bella. Zwei Menschen, die sich ähnlicher nicht hätten sein können.« Meller seufzte: »Aber wer akzeptiert schon Schicksalsschläge. Sie werfen uns völlig aus der Bahn. Doch irgendwann muss man sich mit den Tatsachen abfinden und mit dem Schicksal Frieden schließen können.«

Erika legte stumm ihre faltigen, sonnengebräunten Hände auf Mellers Hände und sah ihn traurig an. Stockend fuhr er fort:

»Es ist, wie es ist … es zerreißt mir das Herz. Auch wenn ich wusste, dass dieser Tag sehr bald kommt. Jetzt ist es so weit …«

Er stand auf, ging zum Küchenfenster hin und blickte in den kleinen Garten. Schneehauben drückten die Äste der hohen Kiefer nach unten. Die Sträucher an der Mauerseite sahen wie putzige Wichtelmänner aus. Mit ihren dicken Mützen ragten sie aus dem Schnee hervor.

Eine Krähe suchte einen Landeplatz und ließ sich auf dem größten Ast der Kiefer nieder. Flatterte krächzend wieder hoch, weil sich der Schnee löste. Krallte sich erneut fest und wartete, bis sich der Ast nicht mehr bewegte. Keck sah das Tier zu Meller hin, als wollte es ihn etwas fragen oder ihm etwas sagen. Ein schöner Vogel, kräftig und geschmeidig zugleich.

Da hob die Krähe ab und segelte in einem Bogen dicht am Fenster vorbei, so dass Meller erschrocken zurückwich.

Kraaahkraaah … kam es gedämpft durch das Fenster.

Eine Botschaft … von wem?

Joe bellte unterm Tisch und beruhigte sich wieder.

Meller würgte den aufkommenden Tränenkloß hinunter und sprach zum Fenster hin:

»Bella war auf Lilian auch eifersüchtig, das hat sie mir gestanden. Obwohl Lilian in Rio … schon lang tot … und ich nie Vergleiche gezogen habe. Eigenartig, findest du nicht? «

»Mario … ich habe Bella wirklich sehr gern gehabt.«

Erika stand auf und ging zu Meller hin.

»Es tut mir aufrichtig leid, Mario … und seit ihr Junge bei mir wohnt – ach, der arme Manuel … es ist so furchtbar traurig.«

»Das ist es, entsetzlich traurig«, erwiderte Meller leise. Er legte den Arm um Erika. Stumm standen sie da und blickten hinaus.

Als Kind war für ihn der Garten eine kleine Welt gewesen, aber schon als Jugendlicher war ihm der Bungalow wie ein Gefängnis vorgekommen. Onkel Walter und Tante Henriette, seine Zieheltern, gaben sich alle erdenkliche Mühe, ihm über den Verlust von Papa und Mama hinwegzuhelfen.

Dass Meller damit nicht zurande gekommen war, hatte er vor allem Tante Henriette spüren lassen. Reibungspunkte gab es immer. Erwachsene verstehen Heranwachsende ja doch nie. Daran hatte sich bis heute nichts geändert.

Jetzt sollte er für Manuel die Vaterrolle übernehmen – welch Ironie des Schicksals! Doch solche Konfrontationen, wie er sie als Halbwüchsiger aushalten musste, wollte er dem Jungen ersparen.

»Ich mach uns einen Kaffee«, sagte Erika leise und riss ihn aus seinen Gedanken. Sie löste sich aus Mellers Umarmung.

»Oh ja, bitte … Sag, ist eigentlich Manuel schon auf?«

»Weiß nicht. Er meinte, dass er an den Wochenenden gern bis mittags schläft, und ich bin ehrlich gesagt froh, wenn er mich nicht gleich in aller Früh aus dem Bett holt.«

»Ich wecke ihn. Irgendwann muss er es ja erfahren.«

Meller ging zu Manuels Zimmer und klopfte an.

Joe war ihm gefolgt und wartete schwanzwedelnd.

»Manuel? … Bist du wach?«, rief er halblaut.

Nichts rührte sich. Meller öffnete leise die Tür.

Die Jalousie war heruntergelassen. Im Dunklen sah er die aufgebauschte Tuchent, in die sich Manuel fest eingewickelt hatte.

Joe schnüffelte kurz im Zimmer umher, setzte sich dann vors Bett und hechelte seinem Herrchen zu.

»Manuel«, flüsterte Meller und hob behutsam die Tuchent.

Darunter war jedoch kein Manuel, sondern nur sein Pyjama und ein paar zusammengeknüllte Handtücher.

»Wuff, wuff«, bellte Joe.

Verdammt, wo war der Junge?

Meller zog die Jalousie hoch.

Manuels Trick war gelungen. Erika hätte ihn bestimmt noch länger schlafen lassen.

Schon geht's los mit den Vatersorgen, ärgerte sich Meller.

Er setzte sich auf das Bett und sah sich um. Auf dem Nachtkästchen fand er einen Zettel.

Bin zu Mama gefahren
Manuel

Meller ging aus dem Zimmer wieder zu Erika in die Küche.

»Der Junge ist weg«, sagte er und setzte sich an den Tisch.

»Was? Weg? Wohin?«

»Zu seiner Mutter ins AKH. Als hätte er etwas geahnt.«

Er legte den Zettel auf den Tisch.

»Der arme Junge! Warum hat er mich nicht aufgeweckt, ich hätte ihm ein Frühstück gemacht und was mitgegeben!«

Erika machte sich Vorwürfe, weil sich Manuel heimlich aus dem Haus geschlichen hatte.

»Mach dir keine Sorgen. Der Junge ist alt genug und weiß, was er tut. Vielleicht ist es besser so, wenn ihn die Krankenschwestern darauf vorbereiten. Ich fahre jetzt ins AKH, dann nehme ich ihn wieder mit nach Hause.«

– – –

V-Agent Mike Lehner stand vorn beim Präsentationstisch, das erste Mal mit Brille, blätterte in seinen Unterlagen und war wütend wie noch nie.

Die S-C-ONE Chefin ging unruhig hin und her und lieferte sich übers Handy eine hitzige Debatte, vermutlich mit jemandem aus dem Ministerium, was man den Gesprächsfetzen entnehmen konnte.

Der Punschkiller-Fall brachte im Ministerium die zuständigen Kompetenzen in Aufruhr, was sich *bis ins unterste Glied* – ein typischer Körner-Sager – bemerkbar machte.

»Schon wieder die Mödlinger! Schaffen die solche Fälle nicht schneller? Was ist los in der Provinz?«, hatte sich ein dank der vorgezogenen Neuwahlen frisch ins Amt berufener Politiker mokiert, der in Mödling wohnte und deswegen besonders intensiv den Verlauf der Ermittlungen verfolgte.

Sie saßen im Festsaal und warteten, bis der letzte Mann auftauchte, damit man endlich mit der Lagebesprechung beginnen konnte. Es war lästig, für zu spät Gekommene alles wiederholen zu müssen.

Wer fehlte denn noch? Eh klar, der Körner, wer sonst!

Hofer war schon bei der Wohnung des V-Agenten gewesen und hatte versucht, ihn herauszuläuten. Vergeblich.

Eine Nachbarin meinte, der sei schon zeitig außer Haus. Sie hätte ihn angeblich beim Freischaufeln seines Autos gesehen.

»Sei Auto schteht jedenfalls nimma vorm Haus!«, bestätigte Hofer. Er schilderte auch den Vorfall vom gestrigen Einsatz in der Fußgängerzone, als er Körner zuletzt mit einer Frau bei dem großen Punschstand gesehen hatte. Das war genau um zweiundzwanzig Uhr gewesen.

Körner hätte gesagt, er würde dafür sorgen, dass die Dame unbeschadet nach Hause komme, da sie sichtlich angeheitert war. Ob der Kollege das dann auch ausgeführt habe, entziehe sich Hofers Kenntnis.

Die Tuareg hatte ihr Gespräch abgebrochen. Hektik stand ihr ins Gesicht geschrieben, als sie entschied:

»Wir warten nicht mehr, uns läuft die Zeit davon. Fangen wir endlich an!« Sie begrüßte kurz die Versammelten, gab das Wort an Mellers Vertretung weiter und setzte sich zu den anderen.

»Hhmkmm«, räusperte Mike Lehner sich, nahm die Brille ab und sah ernst in die Runde.

Seine Stoppl hatte ihn so lang bearbeitet, bis er endlich zum Augenarzt gegangen war, um sich eine Lesebrille verschreiben zu lassen. Natürlich hatte es seine Zeit gedauert, bis Lehner endlich dazu bereit war. Doch heute störte ihn alles. Der Punschkiller, denn der killte nicht nur Menschen, sondern auch Lehners wertvolle Freizeit. Die Brille, weil sie kitzelte, juckte und lästig auf den Nasenrücken drückte.

Aber wenigstens waren die Buchstaben wieder scharf und die Verspannung im Nacken würde nachlassen, hatte ihm der Arzt prophezeit. Als Lehner sich am Abend zuvor das erste Mal mit Brille im Spiegel gesehen hatte, war er damit recht zufrieden gewesen. Wie ein Professor käme er daher, hatte ihn Stoppl bewundert. Anders sah es Sohn Tobias, der trocken bemerkte, dass seinem Antilieblingslehrer dasselbe bescheuerte Drahtgestell auf der Nase sitze. Ein ehrliches Urteil über Papas Aussehen war ihm jedoch nicht zu entlocken. Er wollte sein Weihnachtsgeschenk nicht in Gefahr bringen …

»Sie wissen, warum ich das heute und die nächsten paar Tage in Vertretung zu machen habe«, sagte Lehner und setzte die Brille wieder auf.

Stummes Kopfnicken von den achtzehn Personen, die zur Sondereinheit »Punschkiller« aufgestellt worden waren. In der vorderen Reihe saßen Irene Schneider, Manuela Kohn, Andreas Hofer und auch Claudia Rotter.

Die Sekretärin hatte sich bereit erklärt, für ihren Chef eine Sonderschicht zu schieben. Lo Bianco hatte kaum Zeit für sie, seit er sich mit seiner Adventaktion die halben Nächte um die Ohren schlug.

»Also, gehen wir's an«, begann Lehner erneut, die Brille irritierte ihn sehr, »und beginnen wir von ganz vorn.«

Der gutmütige Waldviertler Zwei-Meter-Mann war das Referieren vor versammelter Mannschaft nicht gewohnt. Unter Mellers Leitung im Team zu arbeiten, lag ihm mehr.

Lehner zeigte auf eins der aufgezeichneten Kästchen, abseits des Organigramms auf der Flipchartseite.

»Den Fall Hamlinger brauchen wir nicht erneut aufrollen, der scheint wohl allen klar zu sein. Ich möchte jedoch dazu bemerken, dass dieser Giftanschlag, hervorgerufen durch einen siebenjährigen Jungen, vermutlich unseren Punschkiller animiert hat, in ähnlicher Weise vorzugehen.«

Verschnaufpause …

»Zu den Straftaten. Fakt ist: Der erste Giftanschlag wurde am Samstag, dem 6. Dezember, in der Mödlinger Fuzo mit Strychnin verübt, bei einer Punschhütte. Franz Wurstbauer heißt der Betreiber. Dabei gab es zwei männliche Opfer – Werner Mader, 34 Jahre alt, und Heiner Baumann, 36 Jahre alt. Wobei Mader den Anschlag nicht überlebt hat. Das Strychnin war in seinem Fall aber nicht die unmittelbare Todesursache. Nachdem er das vergiftete Punschgetränk zu sich genommen hatte, stürzte er so unglücklich, dass er mit dem Hinterkopf auf dem Kopfsteinpflaster aufschlug und noch vor Ort verstarb. Das zweite Opfer,

Heiner Baumann, befindet sich im Krankenhaus Mödling und liegt noch immer im künstlichen Tiefschlaf. Ob Baumann dieses Giftattentat überleben wird, ist laut Aussage der Ärzte ungewiss. Man muss mit schwerwiegenden gesundheitlichen Schäden rechnen. Gibt es dazu Fragen?«

Lehner nahm die Brille ab, drehte sie nervös zwischen den Fingern und sah prüfend in die Runde.

»Hat man die Frau von dem Baumann schon aufgetrieben?«, wollte einer der V-Agenten in der zweiten Reihe wissen.

»Dazu kommen wir gleich, Herr Kollege. So viel vorweg – Frau Baumann ist in der Zwischenzeit verhört worden. Die Wohnungen der Opfer sind durchsucht worden. Mit dem Ergebnis, dass keine Hinweise gefunden wurden, die zielführend auf einen Täter hinweisen. Auch die Verdachtsmomente gegen Julia Mader, die Ehefrau des Todesopfers, konnten nicht aufrechterhalten werden, sage ich mal so. Sie steht jedoch weiterhin unter Beobachtung – das ist ja ohnehin Ihre spezielle Aufgabe, Frau Kollegin.« Lehner deutete auf Manuela Kohn hin, die bejahend nickte.

»Die Einvernahme von Iris Baumann, der Ehefrau von Heiner Baumann, hat keine Hinweise erbracht, aus denen hervorgehen könnte, sie in diesem Vergiftungsfall als Verdachtsperson zu sehen. Zu erwähnen ist, dass im weiteren Umfeld von Iris Baumann noch nicht ausreichend ermittelt wurde. So viel nur: Iris Baumann ist laut ihrer Aussage bei ihren Eltern in Wartmannstetten gewesen. Wir werden uns dieser Sache noch widmen.«

Lehner sah kurz Mellers Sekretärin an, die ihm aufmunternd zulächelte. Er zeigte auf einen weiteren Namen im Kästchen auf dem Flipchart.

»Es hat sich herausgestellt, dass Martin Weinlich, 40 Jahre alt und frisch entlassener Häftling, nicht als der gesuchte Punschkiller überführt werden konnte. Trotzdem steht er weiterhin unter Beobachtung.«

Verschnaufpause …

»Jetzt zum zweiten Giftattentat. Fakt ist: Ein gewisser Ingenieur Walter Höglinger, 50 Jahre alt, ist das zweite Opfer. Das Verbrechen geschah am Mittwoch, dem 10. Dezember, um etwa 18.30 Uhr in einem … einem – wie soll ich sagen – in einer Hausattrappe im Mödlinger Museumspark. Aber jetzt kommt's, meine Damen und Herren – nach Überprüfung des Mageninhalts und der Blutanalyse starb Walter Höglinger nicht wie vermutet an einem vergifteten Punschgetränk, sondern durch den Biss einer Spinne.«

»Was … eine Spinne?«

Höchst erstaunt wollten die V-Agenten Näheres darüber erfahren. Lehner fuhr fort:

»Sie hören richtig! Durch das Gift einer Trichternetzspinne. Eigentlich starb das Opfer aber nicht am Biss dieser Spinne, sondern durch eine Injektion, mit der das tödliche Spinnengift in Höglingers Blutbahn gespritzt wurde und binnen Minuten zum Exitus führte … Kurz einige Informationen über das Gift, damit Sie wissen, mit welchen perfiden Methoden dieser Verbrecher vorgeht. Die sogenannte Sydney-Trichternetzspinne ist eine der giftigsten und gefährlichsten Spinnen der Welt. Wer nicht innerhalb von Minuten ein Gegengift verabreicht bekommt, ist dem Tode geweiht. In dem uns vorliegenden Fall geht es um das Gift des männlichen Tieres, welches fünf Mal wirksamer als das des Weibchens ist. Je nach Giftmenge tritt der Tod nach zwei bis fünfzehn Minuten ein. Robustotoxin heißt dieses Nervengift, die Symptome reichen von Übelkeit, Erbrechen, allgemeinen Krämpfen bis hin zur Atemlähmung. Dass wir das so schnell erfahren haben, verdanken wir dem Arzt im

Krankenhaus, dessen Hobby es ist, sich mit Spinnen zu beschäftigen. Er fand auch die Einstichstelle der Injektion auf dem Rücken des Opfers.«

»Giftige Spinnen, pfui Teufel!«, rief Manuela Kohn, die sich vor Ekel schüttelte.

»Wie groß wird denn so ein Viech überhaupt?«, fragte Irene Schneider ungerührt davon.

»Da muss ich nachschauen«, erwiderte Lehner, setzte die Brille auf, suchte seine Unterlagen durch, zeigte ein Bild und las vor:

»Hier – Sie werden's nicht glauben, das Männchen wird maximal drei Zentimeter groß, das Weibchen etwa einen Zentimeter größer. Gemolken werden diese Ungeheuer, indem man ihre Giftklauen reizt und die Gifttropfen mit einer Spritze absaugt. So einfach funktioniert das. Noch jemand Fragen?«

»Wie schwierig ist es denn hier zu Lande, an solche Tiere ranzukommen?«, war die Frage eines V-Agenten.

»Sehr einfach. Jeder kann sich eine Trichternetzspinne besorgen, aus Australien schicken lassen oder selbst vom Urlaub mit nach Hause nehmen. Dabei gibt es auf diesem Kontinent noch eine Menge anderer höchst giftiger Tierarten, die man auch für kriminelle Absichten einsetzen könnte … leider.«

»Waaahhh!«, kam es erneut von Manuela Kohn. »Das halte ich nicht aus. Wenn ich nur dran denke, wird mir schlecht«, sagte sie und eilte aus dem Versammlungsraum.

»Warten wir, bis sich unsere Kollegin wieder gefasst hat«, entschied Lehner kurz.

Die Kollegen ereiferten sich inzwischen über allerlei Giftiges im Land der Aborigines. Von den S-C-ONE Leuten war bis jetzt noch niemand auf diesem Kontinent gewesen – ausgenommen Meller. Doch der Chef der V-Gruppe 4 war zurzeit anderweitig in einer tragischen Mission unterwegs. Sein Todfeind war nicht zu fassen gewesen. Hilflos hatte der Kommissar mitansehen müssen, wie ihm das Liebste genommen wurde.

Als Manuela Kohn wieder so weit war und Platz genommen hatte, fuhr Lehner mit seinem Bericht fort:

»Also, so viel zum Ergebnis des zweiten Giftattentats. Und jetzt kommt's«, Lehner machte ein kurze Pause, »unser Verdächtiger, der sich tagelang geweigert hatte, seinen Namen bekannt zu geben, wurde von Anna Höglinger, das ist die Ehefrau des Spinnengift-Opfers, erkannt. Er heißt Martin Weinlich und ist ihr Bruder, also der Schwager von Ingenieur Walter Höglinger. Was sagt uns dieses Indiz also?«

»Ist anzunehmen, dass zwischen Schwager und Bruder ein emotionell fatales Verhältnis herrschte?«, meldete sich Irene Schneider, korrigierte sich jedoch sogleich. »Allerdings – als Höglinger vergiftet wurde, saß der Mann doch bei uns ein!«

Lehner: »Richtig. Also kann Weinlich nicht der Täter sein.«

»Und wenn der Weinlich einen Komplizen ghabt hat?«, fragte V-Agent Hofer.

»Das müssen wir herausfinden«, erwiderte Lehner. »Hat er einen gehabt, dann zwingt sich die Frage auf: Ist der Giftanschlag Nummer eins bereits von Weinlich und Komplizen verübt worden? Oder aber auch anders gefragt: Besteht überhaupt ein Zusammenhang zwischen Fall eins und zwei? Beziehungsweise: Ist der Punschkiller vielleicht in einem ganz anderen Täterkreis zu suchen?«

Lehner blätterte eine Flipchartseite um. Seine Kehle war trockengeredet, er räusperte sich und erklärte:

»Hhmkmm … Deswegen sitzen wir hier, um wie folgt vorzugehen …« Er leerte das Glas Mineralwasser, das auf dem Tisch stand, in einem Zug. So lange zu reden, machte durstig.

»Also, wir sind insgesamt einundzwanzig Personen, einschließlich der Kollegen Körner und Meller. Was Körner bewogen hat, heute nicht zu erscheinen, wird noch zu klären sein. Jedenfalls wird unser V-Gruppenleiter in den nächsten Tagen wieder zu uns stoßen.« Lehner deutete auf den Flipchart. »Diesen Einsatzplan hat ja jeder bekommen. Entnehmen Sie bitte daraus, wo sich Ihr Standort zum Observieren befindet. Da die wenigsten Punschhütten den ganzen Tag geöffnet sind, machen Sie sich bitte untereinander aus, wer auch vormittags observiert. Zu den Hauptstunden jedenfalls sind alle auf ihren Posten. Was Sie im Dienst trinken dürfen, braucht wohl nicht extra erwähnt zu werden. Ihre Konsumation bitte täglich mit Kollegin Rotter abrechnen, sonst kommt ein Durcheinander raus. Wichtig ist, wirklich jeder Person auf die Finger zu schauen, damit nichts, was nicht sein darf, in ein Punschhäferl geschüttet wird. Ja, und bitte nicht vergessen – immer in Kontakt mit der Zentrale bleiben.«

»Und wie soll das am Abend funktionieren, wenn die Hütten voll belagert sind?«, wagte Manuela Kohn einen Vorstoß. »Da müssten doch mindestens drei Leute pro Hütte observieren.«

»Die Frage reiche ich sogleich an die S-C-ONE Chefin weiter«, entgegnete Lehner grimmig triumphierend. Es ärgerte ihn, weil viel zu wenig Leute für die Punschhütten-Überwachung abkommandiert worden waren.

»Ich werde zusehen, was sich noch machen lässt«, erwiderte die Tuareg knapp.

»Nun – dann wär's das fürs Erste … Hat noch jemand Fragen?«

Niemand hatte Fragen. Lehner blickte in die Runde und drehte gedankenlos seine neue Brille – scheinbar sein therapeutisches Spielzeug gegen Nervosität.

»Dann kann sich die Observierungsgruppe entfernen. Die Kolleginnen Schneider und Kohn sowie der Kollege Hofer bleiben bitte noch. Wir haben die Aussagen der Verdächtigen und der Zeugen sowie die Ergebnisse der Durchsuchungen durchzugehen«, entschied Mike Lehner.

»Ich bleibe auch«, sagte Claudia Rotter, was ihr Lehner mit einem Lächeln dankte.

Die verbliebene Gruppe rückte zusammen und der Ersatzgruppenleiter ging seine Fakt-ist-Liste Punkt für Punkt durch.

»Fakt ist« war Lehners Lieblingswort, seit er Meller zu vertreten hatte. Er las aus dem Bericht vor:

»Erstens – Fakt ist: Die Punschreste auf den Kleidern von Werner Mader und Heiner Baumann sind analysiert worden und bestätigten den ersten Verdacht – die beiden Männer wurden mit Strychnin vergiftet.«

»Zweitens – Fakt ist: Julia Mader hat sich von Beginn an verdächtig verhalten. Auch wenn sie zur Tatzeit angeblich in der Wohnung von Raum zu Raum staubsaugend unterwegs war. Sie war frustriert. Ihre Ehe stand vor der Scheidung. Gab es schon einen Lover? Einen, der sich zu einem Mord anstiften ließ oder der von sich aus einen Schlussstrich unter ihre Ehe zog? Aber – wie Julia Mader sagte – bei der Scheidung bekäme sie ohnehin den größeren Anteil. Das stimmt, das hab ich bereits eruiert. Auch in der Firma, in der sie beschäftigt ist, konnte sich Manuela Kohn vergewissern, dass die Verdächtige zwar nicht beliebt, jedoch eine taffe, erfolgreiche Frau ist, die gut verdient. Und auch die Lebensversicherung steht jetzt zur Auszahlung. Allerdings kommt sie nur dann in den Genuss der Versicherungssumme in der Höhe von immerhin hunderttausend Euro, wenn sie nachweislich nicht die Täterin war. Als wir sie einvernommen haben, hatte sie was Gehetztes im Blick. Als hätte sie etwas zu verbergen gehabt ... Erinnern Sie sich, Frau Kollegin?«

Lehner sah Manuela Kohn an, diese nickte.

»Ich werde sie mir nochmals vorknöpfen, ihr Telefon überwachen lassen und die Anruflisten der letzten Monate durchgehen«, erwiderte die V-Agentin.

Lehner las weiter:

»Drittens – Fakt ist: Bei Iris Baumann konnte kein direkter Verdachtsmoment festgestellt werden. Die Frau war sehr liebenswürdig, geduldig und hatte eine offene, freundliche Art, ganz im Gegensatz zu Julia Mader. Iris Baumann war vor Jahren Werner Maders Freundin gewesen. Sie hielt bis zuletzt den Kontakt zu ihrem Exfreund aufrecht, was auch die Freundschaft zwischen Werner Mader und Heiner Baumann festigte – sehr zum Missfallen von Julia Mader ... Wie schaut's konkret bei Iris Baumann aus? Sie haben Sie ja befragt«, wollte Lehner von Irene Schneider wissen. »War sie die ganze Zeit bei ihren Eltern in Wartmannstetten?«

»Ihre Eltern muss ich erst befragen. Das heißt aber auch, dass ich mindestens einen Tag hier fehlen werde. Bei dem Schnee dort in der Wildnis den Bauernhof von Iris' Eltern zu suchen, das ist wie eine Fahrt nach Sibirien«, gab die V-Agentin übertrieben zu bedenken. Man sah ihr an, dass sie diesen Job am liebsten abgeben würde.

»Dann fahr halt ich zum Bauernhof«, erklärte sich Claudia Rotter bereit.

»Das muss jetzt aber wirklich nicht sein«, entgegnete Lehner.

»Bei so viel Schnee fahr ich gern aufs Land. Bevor ich mich stundenlang zu Lo in die PunschBar stelle – das hätte er nämlich gern –, mache ich lieber einen erholsamen Ausflug in die Natur. Obendrein kann ich gut mit älteren Menschen.«

»So alt sind die noch nicht. Iris Baumann ist erst ... Moment«, Lehner sah in den Unterlagen nach, »... erst 28 Jahre alt. Also werden ihre Eltern so um die fünfzig, sechzig sein.«

»Ein Bauernhof – genau richtig für mich. Ich fahr morgen gleich in der Früh hin. Gib mir die Adresse, das GPS führt mich schon nicht in die Wüste«, grinste Claudia Rotter.

»Ich bitte dich, denk an die Überstunden. Deswegen gab es auch schon Diskussionen mit der Zentrale«, warf Lehner ein.

»Geh, Mike, vergiss das, dann schreib ich sie eben nicht auf. Wenigstens komme ich ein bisschen weg von dem ganzen Zirkus da«, erwiderte die Sekretärin mit einem Seitenblick auf die S-C-ONE Chefin.

»Also, wenn Sie das *so* sehen, Frau Rotter, dann danken wir natürlich für Ihre Unterstützung«, sagte diese.

Das Handy der Tuareg dudelte. Sie sah auf die Nummer, deutete Lehner, dass es wichtig sei, nahm das Gespräch an und verließ eilig den Raum.

»Richtig peinlich war ihr jetzt das«, grinste Lehner.

Claudia kostete das einen Lacher und sie erwiderte: »Haha … soll s' nur wissen, dass wir auch ohne sie können, wenn's drauf ankommt. Wäre Meller jetzt noch der S-C-ONE Chef, hätten wir mehr Leute für den Fall bekommen.«

»Es ist, wie es ist«, seufzte Lehner, widmete sich wieder seinen Akten und las weiter:

»Viertens – Fakt ist: Anna Höglinger gehört in einer gewissen Weise zu den Verdächtigen und muss ebenfalls observiert werden. Die familiären und wirtschaftlichen Hintergründe sind genauestens zu durchleuchten. Walter Höglinger war Inhaber einer Fahrschule in Wien. Wer wird der nachfolgende Nutznießer sein? Wie war die Ehe der Höglingers wirklich? Hatte der Mann ein Verhältnis? Die Frau – hatte sie eine Affäre? Alles Fragen, die zu klären sind.«

Lehner holte kurz Luft und sah in die Runde.

»Fünftens – Fakt ist: Es liegt auch ein gewisser Verdacht nahe, dass Martin Weinlich mit seiner Schwester Anna den Mord an Walter Höglinger geplant haben könnte. Also ist das soziale Umfeld von Weinlich aufs Genaueste zu durchforsten. Er kam erst vor ein paar Wochen aus dem Gefängnis. Der Grund seiner Haftzeit – Tötung im Affekt, begangen an seinem besten Freund. Da er als mustergültiger Häftling galt, wurde ihm ein Teil der Strafe erlassen. Laut Gefängnisbericht ist Martin Weinlich resozialisiert entlassen worden, auch sein Bewährungshelfer stellte ihm ein einwandfreies Zeugnis aus. Aber wer kann schon in einen Menschen hineinschauen. Ich werde mich darum kümmern … mit Meller, wenn er wieder bei uns ist. Zuletzt wären auch noch die Zeugenaussagen zu bearbeiten …«

Lehner schwieg und dachte an seinen Chef. Er tat ihm wirklich leid. Meller und Bella waren sehr glücklich und hatten eine gemeinsame Zukunft geplant, im neuen Haus im Auholz.

Auch wenn es Meller nie so deutlich aussprach, hatte Lehner von Claudia Rotter erfahren, dass Meller viel daran gelegen war, mit Bella und ihrem Sohn zusammenzuziehen.

Dann dieses plötzliche Ende.

Gerade jetzt, wo sie jeden Mann gebrauchen konnten. Aber so war das Leben. Wut stieg wieder in Lehner auf, als er bei fehlendem Personal an Axel Körner denken musste.

»Und ich, wofür werd ich eingeteilt?«, riss ihn der V-Jungspitz Andreas Hofer aus seinen düsteren Gedanken.

»Sie …? Also, für Sie hab ich eine Spezialaufgabe. Sie observieren das Personal der Punschhütten. Aber vorher liefern Sie mir den Kopf unseres V-Agenten auf einem Silbertablett, damit ich ihm den ordentlich waschen kann. Kollege Körner und Sie werden diese Observierungen durchführen. Also, je früher Sie Ihren Kollegen auftreiben, desto schneller ist das Team voll einsatzfähig.«

Lehner nahm die Brille ab und verkündete abschließend:

»So, das wär's fürs Erste. Machen wir uns auf die Socken, damit wir diesen verdammten Punschkiller schnellstens in die Finger kriegen, bevor er uns ein neues Opfer präsentiert.«

V-Agent Andreas Hofer war sauer. Gerade er sollte mit Körner, der ihn andauernd lächerlich machte und zeigte, was er von ihm hielt, gemeinsam auf Tour gehen.

So sehr ihm der Job beim S-C-ONE Spaß machte, dieser Kollege würde es tatsächlich noch schaffen, dass er sich versetzen ließ. Dabei war er froh, der Provinz endlich entflohen zu sein. In Tirol hatte er keine wirklichen Perspektiven mehr gesehen, schon gar nicht in seinem Heimatort Hall. Als dann sein Vater befördert und nach Wien ins Ministerium berufen wurde, hatte Andreas sofort die Chance ergriffen und seinen Alten gebeten, ihn – egal, bei welcher Einheit – unterzubringen. Nur weg aus der engstirnigen Region, weg aus dem Kaff, aus der örtlichen Enge, in der er sich wie gefesselt vorkam.

»Bub, ich verschteh dich nitt, es isch doch dei Hoamat! Wieso gfallt's dir nitt in Tirol? Sisch doch schian do?«

Sicher, es war *schian*. Aber genauso *schian* war es für den erfolgshungrigen Andreas Hofer in Wien. Und erst die Möglichkeiten, die sich ihm hier bieten würden. Zuerst Fuß fassen und später vielleicht ins Ausland gehen – die EU war groß!

Hofer erinnerte sich, wie sie Jahre zuvor von der Schule aus eine Woche in Wien verbrachten. Er war schon damals der Einzige, der von der Stadt rundum begeistert war und auch vor seinen Schulkameraden lautstark verkündete, dass er sofort nach Wien übersiedeln würde. Das hatte ihm eine schlechte Betragensnote eingebracht, weil er mit einem Klassenkameraden, der ihn als Landesverräter beschimpft hatte, ins Raufen gekommen war. Leider kam ein Lehrer dazwischen … Na ja, so war's halt damals, doch seine Begeisterung für Wien stieg mit dem Alter.

»Und du, Papa, du giasch doch auch nach Wian!«, hatte Andreas seinen Vater zurechtgewiesen.

»Ja, ja – weil ich halt muss!«, hatte der sich verteidigt.

»Geh, Papa, miassn tuasch lei schterben, sunst gar nix!«

Andreas Hofer hatte seine Polizeiausbildung mit Auszeichnung absolviert, Papa und Mama waren höchst zufrieden und stolz auf ihren einzigen Sprößling, der es bestimmt einmal mindestens so weit wie der Vater bringen würde.

Doch er hatte in erster Linie nur weg, weg, weg gewollt, so sehr fühlte er sich zwischen den Bergketten eingezwängt, während sein Ruf nach Freiheit wie ein sehnsuchtsvolles Echo in seinem Innersten widerhallte …

Missmutig saß er an seinem provisorischen Platz in Mellers Büro und machte sich an die Arbeit.

Seinen Einstieg beim S-C-ONE hatte er sich wahrlich anders vorgestellt, nicht so gehässig, wie sich der Kollege Körner ihm gegenüber aufführte. Was konnte er dafür, dass er aus dem Westen kam. Innerlich rührte sich Hofers stolzes Tirolerherz, und er dachte nach, wie er Körner beweisen konnte, dass ein echter Kerl in ihm steckte.

Und gerade dieser Körner ließ die gesamte Mannschaft kaltschnäuzig in Stich, das war überhaupt nicht in Ordnung.

Wenigstens war sein Chef voll okay – eh klar, ein Tiroler.

Hofer ging den Einsatzplan durch, in dem sämtliche Hütten und deren Betreiber angeführt waren. Noch war er nicht zur Tür hinaus, da schoss es ihm wie ein Blitz ein.

Er ging wieder zurück, ließ sich kurzerhand in Mellers Bürosessel fallen und versetzte sich in die vergangene Nacht, als er mit seinem Kollegen das letzte Mal gesprochen hatte.

Wie war das noch, als Körner mit dieser attraktiven Frau bei dem Punschstand flirtete und ihn abgewimmelt hatte? Der war doch nur eifersüchtig, das hatte er genau bemerkt.

Was hatte die Frau gesagt … wo wohnte sie?

Richtig, in Gaaden – und dann sagte sie noch was. Ja – *mein Ferry!* Das war die Abkürzung von Ferdinand. Es konnte nicht so schwer sein, sämtliche Ferdinands aus Gaaden und Umgebung anzurufen. Lästig war's und Zeit hatte er auch keine.

Was soll's, Körner wird sich schon melden, dachte sich Hofer und machte sich auf den Weg in die Fußgängerzone.

– – –

Als Meller ins AKH gekommen war, traf er Manuel im Schwesternzimmer an. Sie hatten den Jungen ins Herz geschlossen, seit sie sein trauriges Schicksal kannten. Die Nachricht jedoch, die sie Manuel überbracht hatten, ließ ihn noch schmaler aussehen. Er bekam von den Schwestern ein Frühstück, sonst wäre der Junge zusammengeklappt.

»Warum hast du mir nichts gesagt. Ich hätte dich doch …«

»Ich wollte sie allein besuchen«, war Manuel ihm trotzig dazwischengefahren und hatte zu weinen begonnen.

»Warum gerade sie! So viele Arschlöcher dürfen leben, aber meine Mama muss sterben!«

Darauf hatte auch Meller keine Antwort gewusst und gegen seine Tränen ankämpfen müssen …

Seit knapp einer halben Stunde standen Meller und Manuel in diesem kahlen Raum. Ein schwarzes, schlankes Metallkreuz hing an der Wand oberhalb von Bellas Kopf.

Die Jalousien waren heruntergelassen und es war kalt.

Zwei Kerzen spendeten dürftig Licht, warfen dieses flackernd an die Wände, wenn ein Luftzug die Flammenzungen bewegte. Orange-gelb-rot züngelten sie, tanzten und bogen sich zuckend oder standen plötzlich unbeweglich auf den Kerzen.

Undefinierbare Geräusche drangen schemenhaft dumpf durch die Tür … wurden leiser … entfernten sich wieder.

Die Stille hatte sich in Mellers Herz festgekrallt und versetzte ihn in einen Zustand, in dem Zeit und Raum zu einem einzigen Klumpen zusammenschmolzen. Der Atemhauch war sichtbar. Kaum geboren, starb er, sich in der Kälte des Raums auflösend.

Manuel wimmerte leise vor sich hin. Alle Augenblicke schniefte er – wieder und wieder. Seine Hände hielt er wie zum Beten verschränkt. Sein Herz war voll Trauer, aber auch voll Wut, das zeigte seine angespannte Körperhaltung. Meller kannte Manuels Reaktionen, wenn er wütend war.

Bellas totes Gesicht war bleich, die Lider waren geschlossen.

Flackerndes Kerzenlicht warf lebendige Schattengestalten an die Wand. Ein stummer Totentanz, als würden sie den Tod verhöhnen …

Plötzliches Sambagedudel knallte wie ein Peitschenschlag in die Stille hinein. Vor Schreck riss es beide.

Meller hatte vergessen, den Hinweisschildern im AKH Folge zu leisten: *Handys bitte ausschalten!*

Hastig versuchte er, seines abzustellen.

Manuel sah böse zu ihm auf und stöhnte:

»Bitteeee …!«

Meller entschuldigte sich leise und ging aus dem Raum.

Wenn er schon gestört worden war, konnte er auch nachsehen, wer seine Totenandacht unterbrochen hatte.

Die Nummer kannte er nur zu gut. Er überlegte kurz, ob er zurückrufen sollte, entschied aber dann, den Anruf später zu tätigen.

Irritiert stand er vor der Tür zum Andachtsraum und wusste nicht, ob er wieder hineingehen sollte.

Doch Manuel nahm ihm die Entscheidung ab. Er kam heraus, schniefte und fragte Meller:

»Darf ich mit dir mitfahren?«

»Ist doch klar, Manuel. Ich muss aber noch in die Krankenstation. Die Sachen von … von deiner Mutter sind abzuholen. Geh du inzwischen vor und warte im Kaffeehaus in der Eingangshalle auf mich.«

Manuel nickte nur und ging.

Das Gespräch mit dem Arzt, der Bella bis zuletzt behandelt hatte, tröstete Meller. Wenigstens hatte sie nicht mehr leiden müssen, hatte nichts mehr mitbekommen und war vom Koma direkt in den Tod übergegangen.

Ein Übergang ohne Wiederkehr – seltsame Formulierung. Wann werde ich wohl rübergehen müssen und wie wird sich das anfühlen?, dachte Meller still für sich.

Da er in keinem Verwandtschaftsverhältnis zu Bella stand, war der Behördenkram allerdings nicht so ohne Weiteres zu erledigen. Genervt von dieser Bürokratie, konnte er nach knapp zwei Stunden mit Bellas Habseligkeiten in einer Tragtasche und ihrem Laptop unterm Arm endlich die Station verlassen.

Im Kaffeehaus eingetroffen, suchte er vergeblich nach Manuel. Der Kommissar fragte eine Kellnerin, ob sie einen etwa dreizehnjährigen, dunkelhaarigen Jungen gesehen hätte.

»Ja, der war hier, ist aber nach einer Weile gegangen. Er sagte, falls ein Herr Meller nach ihm frage, soll ich ihm sagen, er sei heimgefahren.«

»Ich bin Herr Meller«, entgegnete er voll Sorge.

Der Junge – Mensch, wie komme ich an ihn ran!

Kaum war Meller aus der Tiefgarage des AKH herausgefahren, rief er Erika in der Südstadt an und bat sie, ihn zu verständigen, wenn Manuel daheim angekommen sei.

Daheim, dachte Meller, nachdem er wieder aufgelegt hatte.

Wohin gehörte der Junge denn wirklich?

Manuel verbrachte, seit Bella ins Spital gekommen war, seine Freizeit entweder bei Erika in Mellers ehemaligem Kinderzimmer vor dem Computer oder er steckte mit Tobias, dem Sohn von Mike Lehner, zusammen. Selten war er allein in Bellas Wohnung.

Stichwort: Bellas Wohnung. Sie war aufzulösen und zu räumen. Auch darum würde er sich kümmern müssen. Dazu noch den ganzen Behördenkram erledigen, das Begräbnis organisieren, einen traumatisierten, halbwüchsigen Jungen betreuen … und sich baldigst wieder seiner beruflichen Tätigkeit widmen – den Punschkiller zu stellen.

Doch mit der Gewissheit und dem Schmerz fertig zu werden, dass ihn ein einzigartiger, wunderbarer Mensch verlassen musste, das hatte eine tiefe Kerbe in Herz und Seele geschlagen und machte es unmöglich, locker zur Tagesordnung überzugehen.

Meller fuhr zu Bellas Wohnung.

Stickige Luft schlug ihm entgegen, als er die Tür öffnete. Er riss die Fenster auf und ließ die klirrende Kälte hereinströmen.

Kein Manuel. Er hatte insgeheim gehofft, den Jungen hier anzutreffen, um mit ihm das Begräbnis, die weiteren Schritte und Manuels Zukunft zu besprechen.

Als die Kälte empfindlich in Mellers Knochen kroch, schloss er die Fenster und stellte Teewasser auf.

Von irgendwo her läutete gedämpft ein Telefon.

Er kannte das Signal und es irritierte ihn so sehr, dass er dem Geräusch hektisch nachging, bis er es endlich in der Tragtasche, die er im Vorraum abgestellt hatte, orten konnte – Bellas Handy.

Fieberhaft kramte er in der Tasche. Als er das Handy endlich in den Fingern hatte, war das Signal verstummt. Er sah auf das Display. Die Nummer war unterdrückt. Enttäuscht und wütend warf er das Handy auf den Boden, wo es in mehrere Teile zerbrach. Dann sank er in einem Anfall von seelischem Schmerz auf die Knie, begann bitterlich zu weinen und zu schluchzen, trommelte mit beiden Fäusten auf den Plastikbelag und zog sich dabei eine Verletzung zu, die er aber nicht bemerkte.

Erst als er das verschmierte Blut auf dem Boden sah, begann die Wunde an der Hand zu brennen. Ein spitzer Plastikteil des Handys steckte in seinem Handballen. Er riss den Splitter heraus und starrte auf das tropfende Blut, das rote Flecken wie Signalpunkte auf den Boden zeichnete.

Das Teewasser begann zu pfeifen.

Fluchend sprang Meller auf, hielt sich die Wunde zu und rannte in die Küche, um den Wasserkessel von der Herdplatte zu ziehen …

Mit eingebundener Hand saß er beim Küchentisch und las. Zuerst hatte er ein schlechtes Gewissen gehabt, weil er sich wie ein Einbrecher vorkam, der in Bellas Seele eingedrungen war.

Meller hatte Bettwäsche und Kleidung für Manuel gesucht und war dabei auf die Kartonschachtel in Bellas Schrank gestoßen. Wäre nicht der seltsame Titel »Ein ganz normaler Tag« auf dem Deckel gestanden, er hätte sie nicht weiter beachtet.

Vor ihm lag jetzt die offene Schachtel, aus der er mehrere Notizhefte entnommen hatte, und je mehr er sich einlas, desto berührter, aber auch betroffener war er.

Das erste Heft begann mit jenem Tag, an dem er Isabella

Fischer kennengelernt hatte. Damals bei diesem jungen Priester in der Sakristei der Spitalskirche.

Mittwoch, 14. Juni 2006
Heute hat mein Leben endlich eine Wendung bekommen.
Ich habe ihn gesehen und es sofort gespürt:
Er wird der Mann meines neuen Lebens sein.
Wenn es etwas gibt, woran ich noch glaube, dann ist es das Schicksal, das mich leiten wird. Heute hat es mich zu diesem Mann geführt. Ich danke dir, mein Schicksal ...

Auch ich habe dir gedankt, mein Schicksal, dachte Meller.

Jedem Tag hatte Bella eine Seite gewidmet. Er blätterte weiter, überflog das Geschriebene. Erinnerungen kamen hoch und sein Herz verkrampfte sich vor Wehmut. Es tat ihm entsetzlich weh, von gemeinsamen Erlebnissen zu lesen.

Meller klappte das Heft zu und atmete tief durch. Minutenlang saß er still und verlor sich in der Vergangenheit.

Schließlich nahm er das letzte Heft zur Hand und schlug die letzte Eintragung auf.

Donnerstag, 11. September 2008
Heute weiß ich das erste Mal, dass ich bald sterben werde.
Welch seltsames Gefühl, welch seltsames Datum.
Ich hatte einen Traum. Nein, es war kein Traum, es war ein Blick in meine Zukunft. So erschreckend, so realistisch. Schweißgebadet bin ich davon aufgewacht und wusste, es wird mich treffen. Das Schicksal, dem ich so viel abverlangt hatte, holt sich wieder alles zurück. Mein Lebensglück, meine Lebensfreude, meinen Lebensmann, mein Leben ...
Ab heute wird alles anders werden. Böses greift meinen

Körper an. Ich fürchte mich vor der Zukunft …
Vor sieben Jahren starben Tausende Menschen beim Einsturz der Twin-Towers. Auch ich fühle mich, als würde ich zusammenstürzen.
Ich habe entsetzliche Angst, bin unfähig, mich zu wehren …

Meller legte das Heft zur Seite. Seit September hatte Bella bereits geahnt, dass sie krank war. Warum hatte sie die ganze Zeit über nie etwas gesagt! Das war überhaupt nicht ihre Art – sie, die starke Bella –, sich dem Schicksal so kampflos auszuliefern!

Er wäre mit ihr zu den besten Ärzten der Welt geflogen. Er hätte alles für sie unternommen, damit der Krebs, wenn schon nicht besiegt, wenigstens hinausgezögert werden würde.

Die Angst vor Enttäuschungen, weil sie nicht geheilt werden könnte und vor einem langen Leiden – waren das die Gründe ihres Schweigens?

Bella hatte kapituliert und ihr Schicksal entscheiden lassen.

Es war zu spät …

Acht

Montag, 15. Dezember 2008 …

Der Mann schob den Deckel des Müllcontainers zurück und sah hinein – reine Routine.

Oft warfen die Leute Sachen weg, die nicht hineingehörten, manchmal aber auch noch Verwertbares. Einiges hatte er schon aus dem Müll gefischt, wieder repariert und auf dem Flohmarkt zu Geld gemacht.

Als Alleinverdiener mit drei halbwüchsigen Töchtern in einer Dreizimmer-Mietwohnung und einem kleinen Gehalt ließen sich keine allzu großen Sprünge machen.

Jetzt, nach zehn Jahren, hatten die Gülmez endlich eine unbefristete Aufenthaltsbewilligung bekommen und durften im Land bleiben. Die Kinder waren alle hier geboren – zehn, acht und sechs Jahre alt –, seine muntere Orgelpfeifenfamilie.

Seine Frau putzte bei verschiedenen Leuten in der Umgebung, schwarz natürlich. Er war stolz auf seine Hülya. Sie war allseits beliebt, fleißig, ehrlich und könnte noch mehr Haushalte betreuen. Aber das mit dem Putzen ging nur vormittags, wenn die Kinder in der Schule waren.

Die Gülmez haben weit gebracht, lachte Erkan innerlich. Er tat sich schwer mit der deutschen Sprache. Seine Kinder hingegen sprachen sie perfekt.

Das frostige Wetter an diesem Morgen machte ihm nicht viel aus. Er war es gewohnt, an der frischen Luft zu arbeiten. Schon seit fünf Uhr war er mit seinen Kollegen unterwegs, um die Mistkübel und Container aus den Wohnblocks herauszukarren.

Wenn sie mit dem Müllwagen die Straßen und Gassen abgefahren waren und die geleerten Behälter wieder zu den Häusern zurückgestellt hatten, war die meiste Arbeit getan. Dann legten sie eine Frühstückspause ein. Anschließend war die nächste Tour zu fahren – schon war's zwölf, Mittagspause. Da ging er nach Hause. Hülya war dann schon daheim und kochte ihm stets eine warme Mahlzeit …

Erkan stand vor einem Wohnblock in der Gärtnergasse und wollte den Deckel des Containers schon wieder zuschieben.

Da sah er einen dunklen Plastiksack obenauf liegen. Er tupfte ihn leicht an, zupfte daran. Der Sack war prall gefüllt und weich zugleich. Kleider, kombinierte er und kippte den Inhalt des Sacks aus. Vielleicht war etwas dabei, das er noch gebrauchen konnte. Ein gefütterter Anorak, ein Hemd, eine Jeans, alles gut erhalten, lagen auf dem stinkenden Müll. Doch je kälter es war, desto weniger war der Müllgestank zu riechen – immerhin ein Vorteil.

»Werde waschen, dann gut verkaufen«, sagte er halblaut vor sich hin, stopfte den Inhalt wieder zurück in den Plastiksack und lehnte ihn an den Mauersockel des Gartenzauns.

Wenn der Container geleert wurde, würde Erkan den Sack mitnehmen. Neben dem Stehpodest oder am Haltegriff des Müllwagens würde er ihn befestigen oder zum Fahrer in die Kabine stellen. Die Kollegen kannten seine Sammelsucht …

»Pfui, Erkan! Was bringen so grauslige Klumpert nach Hause?«, ekelte sich seine Frau, als sie den Sack öffnete, den er ihr in das

Vorzimmer gestellt hatte. Bestialischer Gestank verbreitete sich im Nu.

»Was is, Hülya! Waschen, dann nix mehr stinken! Hose is gut, mindest fünf Euro auf Flohmarkt. Und Jacke is zehn Euro, wetten? Oder ich ziehen an, wenn nix verkaufen.«

Die Frau schüttelte vom Gestank angewidert ihren Kopf und begann vorsichtig die Taschen des Anoraks und der Jeans zu durchsuchen. Vielleicht steckte etwas Kleingeld darin.

Sie fand nichts, bis auf einen kleinen Zettel in der Gesäßtasche. Sie las, drehte und wendete das Stück Papier und rief schließlich:

»Habe gefunden Los, Erkan!«

»Kann gewinne man was?«, kam es neugierig von ihrem Mann aus der Küche, der eine Rote-Linsen-Suppe schlürfte und nebenbei die Zeitung las.

»Wundascheene Haus«, rief ihm Hülya zu …

– – –

Meller war verzweifelt und der S-C-ONE stand Kopf.

Der Montag war ohnehin selten ein guter Tag. Bis alle sich in ihren gewohnten Arbeitsrhythmus einklinkten, das dauerte am Wochenbeginn seine Zeit.

Auch der Kommissar, malträtiert und geplagt von den letzten Ereignissen, fühlte sich vom Schicksal verhöhnt und wäre am liebsten wieder nach Hause gegangen.

Manuel Fischer war seit Samstagvormittag verschwunden und der Kommissar war der Letzte, der ihn gesehen hatte.

Jetzt war der Junge für abgängig erklärt worden. Am Sonntagabend wurde in den TV-Nachrichten darüber berichtet und ein Foto von Manuel gezeigt.

Meller hatte noch am Samstagabend den Hund zu sich genommen, da Erika Hauser plötzlich an einer Grippe erkrankt war. Auch ihr ging Bellas Tod sehr zu Herzen. Jetzt noch Manuels Verschwinden – das hatte ihr Immunsystem belastet.

Da konnte Meller sie schlecht mit dem Hund allein im Haus lassen. Schließlich war sie eine betagte Frau, wenn auch eine rüstige. Doch eine Grippe konnte für sie gefährlich werden.

Er hatte kurzwegs eine private Krankenschwester organisiert, die sich bis zu Erikas Gesundung um sie kümmern sollte. Meller selbst wollte ihr besser fernbleiben, um nicht grippal darniedergestreckt zu werden.

Joe ging im Büro unruhig hin und her und suchte sein ursprüngliches Plätzchen. Gewiss, er war jetzt nicht mehr so oft bei seinem Herrchen, aber dass er deswegen sein kleines Reich abtreten musste, das fand er überhaupt nicht okay. Ein Fremder, dieser neue V-Agent, hatte ihn verdrängt, ans andere Eck des Zimmers, das er noch nie gemocht hat.

Missmutig ließ er sich dort niederfallen …

Sie saßen in Mellers Büro. Mike Lehner berichtete von der bisherigen Observierung.

»Der Erfolg war mäßig, wenn nicht saumäßig. Lediglich zwei Neuigkeiten gibt es, eine gute und eine schlechte.«

»Zuerst die schlechte«, bat der Kommissar.

»Wir haben weder etwas gefunden noch entdeckt, was uns auch nur im Entferntesten auf die Spur des Punschkillers hätte bringen können«, lamentierte Lehner.

»Und die gute?«

»Es gibt kein weiteres Opfer.«

»Na, wenigstens was.«

»Und wenn sich der Kollege Körner endlich wieder melden täte, wär's für uns auch etwas leichter. Na ja, wenigstens kann ich die Leitung wieder an dich abtreten und mich meinen eigentlichen Aufgaben widmen.«

Meller überhörte den leisen Vorwurf und fragte erstaunt:

»Körner? Ist der immer noch nicht aufgetaucht? Weiß seine Mutter, wo er steckt?«

»Der ist wie vom Erdboden verschwunden«, antwortete Lehner frustig. »Ich habe jetzt den Kollegen Hofer auf ihn angesetzt. Unser Neuzugang hat Körner zuletzt gesehen. Soll sich der Hofer gleich einmal nützlich machen.«

Lehner lächelte säuerlich.

»Entschuldige, Mike, wenn ich noch nicht hundertprozentig bei der Sache bin, du weißt ...«

»Alle wissen wir's. Es tut uns auch ehrlich leid für dich.« Mike Lehner sah seinen Chef mitfühlend an. »Aber den Punschkiller müssen wir trotzdem schnellstens dingfest machen, sonst gibt's die nächste ... nächste ...«

Leiche wollte Lehner nicht über die Lippen kommen, in Anbetracht von Bellas Schicksal.

»Ich versteh dich, Mike, lass es gut sein«, erwiderte Meller. »Eine Frage noch: Weißt du, wo Claudia steckt?«

»Heute hab ich sie noch nicht gesehen.«

Meller sah auf die Uhr und ärgerte sich:

»Was soll das? Ist überhaupt niemand mehr zu erreichen? Wo sind denn alle?«

»Also, jetzt bist aber schon ein bisserl unfair«, wehrte Lehner sich. »Alle reißen sich die Haxen aus, auch ich. Sogar Claudia hat sich bereit erklärt und ist gestern – bitte, am Sonntag – nach Wartmannstetten gefahren, um die Eltern von Iris Baumann, zu befragen. Das hätte sie nicht machen müssen.«

Meller erwiderte nichts, sondern wählte eine Nummer und wartete. Es dauerte, bis sich jemand meldete.

»Hatschiie!«, schallte es in Mellers Ohr, dann ein verschnupftes Krächzen: »Rotter – bei Bianco, bitte?«

»Hallo, Claudia, Mario hier. Dich hat's ja ordentlich erwischt!«

»Ohja!« Claudia schnäuzte sich einhändig. »Das gestern hätt ich mir echt ersparen können. Ich komm heute besser nicht, sonst sandle ich euch alle an.«

»Bleib schön im Bett. Mike sagte mir, dass du bezüglich Iris Baumann unterwegs warst.«

»Ich bin grad dabei, die Daten vom Voicerecorder umzuwandeln und meine Eindrücke niederzuschreiben. Zwei Stunden gib mir bitte, dann hast alles auf deinem Computer.«

»Claudia, du bist ein Schatz, danke dir. Ja – noch was, sei bitte so lieb lass Lo nicht in meine Nähe. Den hast du sicher schon angesteckt. Und krank werden wäre das Letzte, was ich jetzt gebrauchen kann … also, gute Besserung.«

Meller legte auf und sagte zu Lehner:

»Vielleicht hat der Punschkiller auch die Grippe, weil wir nichts mehr hören. Das gäbe uns eine kleine Atempause.«

»Schön wär's«, erwiderte Lehner, »dann könnten Stoppl und ich endlich unsere Weihnachtseinkäufe erledigen. Davor graust mir schon, je näher der Heilige Abend rückt. Nicht einmal einen Christbaum hab ich besorgen können. Stoppl ist schon ganz …«

»Bitteee …!« Meller verdrehte die Augen und spontan kam ihm eine Idee: »Aber weißt was, Mike – fahr los und kauf dir den schönsten Baum. Ich kümmere mich inzwischen um das hier, muss mich ohnehin erneut in den Fall vertiefen.«

Meller winkte mit dem Bericht.

»Das war doch nicht soo gemeint!«, schwächte Lehner seine Jammerei ab.

»Komm, jetzt geh schon«, bestand Meller darauf.

Das ließ sich Lehner nicht zwei Mal sagen.

Halbherzig widmete sich Meller dem Fall Punschkiller.

In Gedanken war er allerdings bei Manuels Verschwinden und bei Bellas Vermächtnis. Ihren Laptop hatte er ins Büro mitgenommen. Er wusste, dass sie vor der Operation noch darauf geschrieben hatte, kam aber nicht ins Programm, da er das Codewort nicht kannte. Er würde Claudia bitten, sich darum zu kümmern. Sie wusste, wie man Codes knackte, und hatte dem S-C-ONE schon hervorragende Dienste diesbezüglich geleistet.

Meller riss sich aus seiner tristen Gedankenblase und rief bei der V-Gruppe 3 an, die unter anderem auch für die Suchaktion von Manuel Fischer zuständig war.

»Leider noch nichts. Wenn wir etwas erfahren, werde ich Sie sofort in Kenntnis setzen«, vertröstete ihn die Gruppenleiterin …

Der Bericht von Claudia Rotter war eingelangt.

Meller konzentrierte sich wieder auf seinen aktuellen Fall.

Die Eltern von Iris Baumann besaßen einen Biobauernhof mit ein paar Schweinen, Kühen, Schafen und Hühnern. Die Landwirtschaft warf genügend ab, und sie konnten davon gut leben. Ihr Ab-Hof-Verkauf war in der Region bestens bekannt.

Iris war ihr einziges Kind. Nach dem Gymnasium ging sie nach Wien, studierte erst Naturwissenschaften, wechselte aber mittendrin auf Psychologie. Als ihre Beziehung mit Werner Mader in Brüche ging – die Eltern kannten ihn, er war öfter zu Besuch –, war Iris für ein paar Monate durch Australien und Neuseeland getrampt. Sie hätte das gebraucht, um Abstand zu gewinnen und eine Neuorientierung zu finden.

Damals hatten sie große Angst um ihre Tochter gehabt, eine junge Frau so ganz allein auf Trampertour. Aber Iris war erwachsen genug, und wenn sich etwas in ihrem Dickschädel festgesetzt hatte, war dagegen nicht anzukommen.

Von überall her kamen ihre Ansichtskarten.

Dann war sie wieder daheim und hatte einen sonderlichen Burschen mit Dreadlocks – Herr Baumann nannte sie gedrehte Haarwürste – mitgebracht. Einen Engländer, den Iris auf ihrer Reise kennengelernt hatte und der bei den Baumanns nur kurz Zwischenstation machte, bevor er nach Liverpool weitertrampen wollte. Roger hätte sie vor einer großen Dummheit bewahrt, hatte Iris ihren Eltern angedeutet, aber nie erzählt, was sie damit meinte.

Nach vierzehn Tagen war Roger – den Familiennamen kannten sie nicht – weg. Da er im Heustadel übernachtete, hatten sie nicht bemerkt, wann genau er fortgegangen war. Etwas unhöflich empfanden sie es schon, weil er sich von den Baumanns nicht verabschiedet hatte. Auch wenn sie froh waren, dass der seltsame Kerl weg war.

Roger hatte sich nie bei ihnen im Haus aufgehalten. Aufgefallen war ihnen, dass in den letzten Tagen zwischen Iris und Roger etwas vorgefallen war. Am Tag, als Roger verschwand, war Iris sehr erregt und bedrückt gewesen, berichtete der Vater

Er hatte mit ihr sogar einen handfesten Krach, weil damals der Heustadel beinahe abgebrannt wäre.

Iris hatte hinterm Heustadel ein großes Feuer angezündet und alle alten Möbel verbrannt, die jahrelang im Schuppen herumgestanden waren. Der Vater hatte sie extra für Iris aufbewahrt, weil sie die Stücke später einmal restaurieren wollte.

Das waren keine schönen Szenen damals, auch weil die Baumanns ihre Tochter das erste Mal betrunken erleben mussten. Der Trennungsschmerz war schuld, hatte ihnen Iris am nächsten Tag gebeichtet. Die Überreste der Feuerstelle beseitigte sie. Sogar frische Erde brachte sie auf und säte Grassamen an.

Der Mutter war auch aufgefallen, dass Iris in den letzten

Wochen etwas belastet haben musste. Ihre Tochter überspielte zwar ihre Traurigkeit, aber eine Mutter spürt das intuitiv.

Überhaupt war es eine andere Iris, die von ihrer großen Reise zurückgekommen war. Mal aggressiv und aufbrausend, dann wieder völlig sanft und freundlich. Es wechselte sprunghaft und irritierte die Eltern sehr. Langsam gewöhnten sie sich aber daran und da sie nicht mehr so oft nach Hause kam, waren ihre Gefühlsschwankungen zu ertragen. Auch weil sie wussten, welche Themen in ihrer Gegenwart nicht angesprochen werden durften, kamen sie halbwegs miteinander aus.

Seit Iris mit Heiner verheiratet war, hatte sich ihr Verhältnis wieder gebessert. Die Eltern verstanden zwar ihre überhastete Eheschließung nicht ganz, aber wenn sich Iris was in den Kopf setzte, wurde es durchgezogen. Heiner hatte sogar ihren Namen angenommen. Kein Wunder – er hieß Zipflmeier.

Von Heiners Vergiftung hatten die Eltern aus den Nachrichten erfahren. Iris war plötzlich nach Hause gekommen und hatte sich in ihrer Wohnung verkrochen.

Als Claudia Rotter die Eltern gebeten hatte, ihr die kleine Wohnung von Iris zu zeigen war es ihnen nicht möglich, da sie versperrt war und die Baumanns den Schlüssel dazu nicht fanden. Das war natürlich ärgerlich, aber der Vater war ein etwas schusseliger Mann, der schon öfter was verstreut hatte, wie seine Frau es bezeichnete.

Die Wohnung lag am anderen Ende des Bauernhauses im Erdgeschoss. Als sich Claudia von den Baumanns verabschiedet hatte, stapfte sie durch den tiefen Schnee, um von außen einen Blick durch die Fenster in eines der Zimmer werfen zu können. Leider sah sie nicht viel, da die Vorhänge zugezogen waren. Wenigstens durch das Küchenfenster hatte sie einen ungehinderten Blick in das Innere. Es war nichts Auffallendes oder Verdächtiges zu erkennen. Etwas seltsam vielleicht war der große, durchsichtige, halb volle Sandsack, der neben der Tür stand. Wofür braucht man Sand in der Küche?, hatte sich Claudia Rotter gewundert …

Das Gesprächsprotokoll war in einer eigenen Datei abgespeichert. Als Meller sie öffnen wollte, stürzte sein Computer ab.

Er startete sein Gerät und probierte es erneut – und wieder hängte sich der Computer auf.

Verärgert darüber wollte er Claudia anrufen, besann sich jedoch ihrer Krankheit und ließ es bleiben.

Er lehnte sich zurück, schloss die Augen. Sofort waren seine Gedanken wieder bei Bella und Manuel.

»Nicht jetzt«, mahnte er sich, richtete sich auf, kramte in seiner CD-Sammlung, entschied sich für Chopins Klavierkonzert Nr. 1 in e-Moll und wartete, bis die ersten Töne erschallten.

Nicht passend, entschied er nach den ersten Takten, nahm die CD aus dem Player und suchte ein anderes Werk. Schuberts Sinfonie Nr. 8 in h-Moll fiel ihm in die Finger, er legte sie ein.

Dann nahm er Lehners Berichte zur Hand, ging zum Fenster, lehnte sich an das Fensterbrett und las sich bei mäßiger Lautstärke ein. *Auf Zimmerlautstärke,* erinnerte er sich, hatte ihn die Tuareg gebeten. Ach was, wenn's ein bisschen lauter wurde, auch egal. Vor Weihnachten müsste ohnehin mehr Musik in den Herzen Einzug halten, entschied er. Wo eh alles so trist war. Der Kommissar brauchte diesen Powersound, um sich gehörig in kriminalistische Denkweisen reinzudenken, und der bei ihm einquartierte Tiroler war observierend unterwegs.

War es Mellers »stille« Rache der S-C-ONE Chefin gegenüber, weil sie ihm den V-Agenten ins Büro gesetzt hatte? Das würde er jedoch, darauf angesprochen, vehement abstreiten.

Drohend begannen die ersten tiefen Töne …

Jetzt war er wieder ganz Kommissar und voll bei der Sache.

Ob die beiden Vergiftungsfälle von ein und derselben Person verübt worden waren, ließ er einmal so dahingestellt.

Dem Bericht nach versetzte er sich in die jeweilige Situation und verfolgte gedanklich die Schritte, spielte jede Möglichkeit, jegliche Annahme durch, die Lehner skizziert hatte.

Da schoss dieser eine Gedanke wie irregeleitet durch sein Hirn. Was hatte ihn darauf gebracht?

Er ging zum Schreibtisch, setzte sich auf seinen spartanischen Bürosessel, wippte vor und zurück ... vor und zurück ...

Was war es, was mich ... richtig, der Prospekt!

Er stöberte seine Post durch und hielt das Blatt in der Hand.

»Diese Scherben bringen Glück!«, stand als Titel über einer zerbrochenen chinesischen Vase. Ein Makler pries eine Haushaltsversicherung mit einem saftigen Weihnachtsrabatt an, bei der dennoch sämtliche Schäden gedeckt wären.

Saftige Rabatte, was für eine Werbelüge, dachte Meller, saftig sind Äpfel, Birnen, Orangen oder Weintrauben.

Aber das chinesische Tonscherbenbild ließ ihn nicht mehr los.

Bilderfetzen fegten vorüber und versetzten den Kommissar in die Fußgängerzone. Er erinnerte sich an den Burschen, der die gewaschenen Häferln auf einem Karren vor sich herschob und diese bei den Punschhütten ablieferte.

Er suchte im Bericht die Stelle, wo die zwei Burschen und das Mädchen, die diesen Waschdienst erledigten, befragt, observiert und ihre familiären Hintergründe durchleuchtet worden waren.

Erst undeutlich, eher wie aus einem Nebel, formte sich diese vage Idee, die sich plötzlich glasklar vor seinem inneren Auge ausbreitete. Meller fragte sich halblaut:

»Häferln gehen zu Bruch ... woher kommt der Nachschub?«

Von einer Lieferfirma war im Bericht nichts zu lesen.

Leise begann das Dröhnen in seinen Ohren. Doch dieses Mal war es Mellers *Favela-Ton,* der Schuberts Sinfonie verdrängte und vom Kommissar voll Besitz nahm.

Ein gutes Zeichen, empfand Meller, weil er ahnte, dass er mit seiner Vermutung richtig lag.

»Komm, Joe, wir gehen jetzt auf einen Punsch.«

Das ließ sich der Hund nicht zwei Mal sagen und sprang aus seiner verhassten Mulde hervor.

Alles war im S-C-ONE zurzeit vorübergehend und wer Joes traurigen Blick verstand, der wusste, was er dachte:

»Möge alles schnell vorübergehen und sich der ursprüngliche Zustand wiederherstellen.«

– – –

Sechzig Stunden verfliegen im Nu, sind es schöne Stunden. Quält einen jedoch seit drei Tagen ein Backenzahn und es ist kein Zahnarzt weit und breit, weil man – zum Beispiel – mutterseelenallein in der Wüste liegt, dazu die Kehle wie ein Wadi ausgetrocknet und kein Schluck Wasser in Sicht ist, dann sind sechzig Stunden die pure Hölle. Schlimmer noch. Wer weiß, ob es überhaupt bei den sechzig Stunden bleiben würde. Wie viele Stunden werden es noch sein? Und die wievielte wird die letzte sein? Jene, in der ich abnipple, dachte er.

Axel Körner lag da, von einem Albtraum aufgewacht, und starrte mit brennenden Augen an die Decke. Eine in Hunderte Teile zerlegte unrasierte Fratze starrte ihm ebenso hilflos entgegen.

Das Schlimmste aber war, sein Albtraum ging unmittelbar in die Realität über.

»Das überlebe ich nicht«, keuchte er matt flüsternd.

Bereits den dritten Tag quälte ihn mörderischer Durst und das Schlucken schmerzte höllisch im Hals. Doch er musste ausreichend Luft bekommen und atmete, den Mund weit offen, tief durch. Langsam und nicht aufregen, auch wenn sein Herz vor Panik klopfte.

Bitte keinen Hustenanfall mehr, flehte er innerlich.

Bevor er eingeschlafen war – das musste vor Jahren gewesen sein, so lang kam es ihm vor –, wäre er beinahe erstickt.

Er hatte den Fehler gemacht, mit ausgetrockneter Kehle um Hilfe zu rufen. Obwohl er wusste, dass dies zwecklos war.

Der letzte Hilfeschrei war ihm dann im wahrsten Sinne des Wortes im Hals stecken geblieben. Verzweifelt hatte er nach Luft gerungen …

Sein Körper schmerzte, die Arme, die Beine.

Finger und Zehen waren taub. Vermutlich hatte er sich im Schlaf drehen wollen und dabei die Fesseln angespannt.

Axel Körner versuchte sich vorsichtig zu strecken. Dass er sich schon mehrmals angepinkelt hatte, dass er in der eigenen Scheiße lag, störte ihn längst nicht mehr. Die Angst vor dem Verdursten hatte seinen Geruchssinn betäubt.

Wenn er sich nur seitlich legen könnte, Hände und Füße an den Körper heranziehen, sich wie ein Baby einrollen, den Daumen in den Mund stecken und daran nuckeln!

Frühkindliche Erinnerungen rasten durch sein Hirn. Waren diese Vorstellungen bereits Vorboten des baldigen Sterbens? Es heißt doch, dass in der Sekunde des Todes das gesamte Leben an einem vorüberzieht.

Wenn ich also abstürze, habe ich nicht viel Zeit für meinen letzten Film, dachte er. Sein Sterben würde sich ja in die Länge ziehen, also konnte es schon sein, dass erste auftauchende Lebensbilder ihn darauf vorbereiten sollten.

Körner war nur irritiert, weil sein Film in der Geburtsphase begann. Er hatte gelesen, dass einen das Leben von der Gegenwart in die Vergangenheit führt. Aber wer sollte das wissen, bisher konnte niemand beweisen, wie es denn wirklich war.

Wenigstens brachte ihn diese Hirnspinnerei auf andere Gedanken, auch wenn sie keineswegs seine Lage verbesserte.

Von der Lebensfilm-Grübelei ermattet, fiel er in einen todesähnlichen Schlaf.

Dankbar nahm sein Körper das sanfte Hinweggleiten in ein Stadium zwischen Hüben und Drüben an …

»Halloo …!«

»Haallooo … ist da weeer …?«

Körner schüttelte sich wild im Schlaf, versuchte sich aufzubäumen – zwecklos. Was für ein grausames Spiel.

Seine Schmerzensschreie hätten ihn aus dem Schlaf gerissen, Im Traum hatte er sich ans Bett gefesselt gesehen, aber auch gleichzeitig als Befreier, der ihm mit Buschmesserhieben seine Hände und Füße abhakte. Entsetzt war Körner hochgefahren, sich selbst anklagend die Hand- und Fußstummeln entgegenstreckend. Doch der Befreier hatte mit Fingern auf ihn gezeigt und ihn ausgelacht:

»Körner, das wehleidige Lulu, muss einsam verrecken!«

Noch hielt er seine Augen geschlossen und atmete schwer.

»Haaallooo! … Kollege Köörneer! … Sind Sie da wo?«

Verdammte Sinnestäuschung – träum ich immer noch?

Der V-Agent presste die Augen zu, bis sein Kopf vibrierte und versuchte, sich endlich wach zu kriegen.

Gepolter und ein Klirren ließen ihn die Augen aufreißen.

»Hoppala, jetzt isch kaputt«, hörte er fern, aber deutlich.

Das war kein Traum, das war real.

Körner, Hilfe naht!

Seine Nervenstränge reagierten fieberhaft, sein ausgetrockneter Rachen keuchte und röchelte.

»Hier ... hier ... bin ich!«, japste er, holte tief Luft und ein letztes Mal gelang ihm ein Schrei, ein klägliches:

»Hiiilfeee ...!«

»Sodala, han i Sie endlich gfunden, Herr Kollege!«

Was für eine schöne Sprache, das Tirolerische!

Eine Woge der Wonne durchzuckte Körners Körper, als er die Stimme seines Jungspitz-Kollegen vernahm. Vorbei war sein Martyrium. Körner war gerettet, durfte weiterleben.

Vor Freude begann er wie ein Kind zu heulen. Die Tränen brannten salzige Spuren in sein vertrocknetes Gesicht.

Wie schön das Leben war – er würde es wieder genießen dürfen. Vorbei der Lebensfilm, vorbei die Endzeitträume.

»Du hast mich nicht bekommen und wirst noch lang darauf warten müssen, hehe«, flüsterte Körner dem zersplitterten Spiegelbild an der Decke zu und dachte an den Sensenmann.

»Jössas na, Herr Kollege!«, rief ihm Hofer, der ins Zimmer gekommen war, entsetzt zu. »Da schtinks aber grauslich. Entschuldigen Sie, wenn ich zerscht ein Fenster aufmachen muss!«

Der V-Agent eilte, sich die Nase zuhaltend, zur Fensterfront und riss die Doppeltür auf, die auf einen Balkon führte.

»Wasser ... «, flehte Körner krächzend, »Wasser ... Wasser!«

Die Fesseln konnte er nachher lösen, dachte Hofer, eilte ins Erdgeschoss und kam mit einer Flasche Mineralwasser wieder. Die Küche hatte er entdeckt, als er gewaltsam in die Villa eingedrungen war. Die Flasche fand er in der Schnelle im Kühlschrank. Vorsichtig setzte er sie an Körners Mund, der gierig zu trinken und schlucken begann. Links und rechts der Lippen rann das göttliche Nass über Körners Gesicht und Hals.

»Halt, nitt so gierig, Herr Kollege! Luft schnappen nitt vergessen, sunscht verkutzen Sie sich Ihnen«, ermahnte er Körner.

Doch schon kotzte, spuckte und japste der noch immer gefesselte Körner nach Luft. Hofer setzte die Flasche ab und wartete, bis der V-Agent sich wieder gefasst hatte.

»Wasser …!«, flehte Körner. Hofer gab ihm wieder zu trinken.

»Sodala, des hätt ma!«, sagte der V-Agent, als er die letzte Fessel an Körners linkem Fußgelenk gelöst hatte.

Körner lag leise wimmernd in seinem eigenen Kot, hielt die Augen geschlossen und wagte nicht, sich vom Bett zu erheben.

»Bitte … Herr Hofer«, jammerte er schließlich, »würden Sie draußen warten, bis ich …«

»Freilich, klar doch«, sagte Hofer und ging aus dem Zimmer.

Körner atmete tief durch.

Es dauerte eine Weile, bis er in der Lage war, Arme, Hände und Finger sowie Beine, Füße und Zehen zu bewegen.

Über sechzig Stunden Rückenlage ohne jegliche Nahrung hatten nicht nur seiner Psyche extrem zugesetzt, sondern auch seinen Körper enorm geschwächt.

Jetzt, wo er langsam zu Kräften kam und sein Geruchssinn sich wieder einstellte, schämte er sich in Grund und Boden.

Was musste sich Hofer von ihm gedacht haben, als er ihn so aufgefunden hatte – nackt, inmitten seiner eigenen Ausscheidungen, an das Leintuch festgeklebt!

Vorsichtig begann Körner, sich vom Leintuch zu lösen.

Endlich aufrecht sitzend, sah er minutenlang zur Balkontür hinaus und verlor sich in aufkeimender Wut auf sich selbst, bis er vor Kälte zu zittern begann. Er raffte sich auf und schleppte sich ins Badezimmer.

Was Körner geahnt und befürchtet hatte, sah er vor sich.

Natalie Kaiser lag nackt, den Kopf in einer Blutlache, auf dem Fliesenboden. Er dachte an die verhängnisvolle Freitagnacht, wie prickelnd sie begonnen hatte und wie sie endete.

Wie Natalie zu Tode kam, würde man bald ermitteln, was so viel hieß wie: In Kürze würde es hier nur so von Spurenermittlern und V-Agenten wimmeln.

Auf Zehenspitzen holte er sich ein Badetuch aus dem offenen Glasregal, das seitlich in der Wand eingelassen war, wickelte es um seine Körpermitte und ging zum Kollegen ins Erdgeschoss.

Andreas Hofer stand im Foyer, besah sich die Gemälde an den Wänden und die Kunstobjekte, die auf Säulen und Podesten platziert waren.

»Vorsicht, Scherben!«, rief er Körner zu, der barfuß auf ihn zukam. Auf dem Fußboden lagen verstreut Keramiksplitter.

Zu spät, der halb nackte Körner ging mit einem Fluch auf den Lippen vor Schmerzen in die Knie.

»I han doch gsagt aufpassen, Herr Kollege«, klang es wie eine Entschuldigung seitens Hofer, der auf ihn zueilte und ihm hochhelfen wollte.

»So lassen Sie das … bitte!«

Wütend blickte Körner zum Kollegen auf, besann sich jedoch sofort reumütig, weil Hofer ja wirklich nichts dafür konnte.

Da schoss Körner mit voller Wucht sein durchlebter Horror ein – die Tage und Nächte, der Durst, der Hunger, die Verzweiflung, die Todesängste – und jetzt kniete er vor seinem Retter, dem er sein Leben zu verdanken hatte.

Körner konnte nicht anders, er umschlang Hofers Beine.

»Sie haben mich gerettet, ich muss … ich möchte … danke … danke!«, flüsterte er und drückte sich fest an Hofers Hosenbeine.

Der Gefühlsausbruch bescherte ihm erneut einen Tränenfluss, den er einfach rausrinnen ließ. Es tat so gut, zu leben.

Hofer hielt still und wartete, bis Körner sich beruhigt hatte.

»Des isch ma aber jetzt a bissele peinlich«, sagte er und befreite sich aus Körners Umklammerung.

»Herr Kollege, kommen S', dort können Sie sich waschen!«

Hofer half Körner auf die Beine und führte ihn auf eine Tür zu, hinter der sich ein Badezimmer verbarg.

Körner huschte hinein und zog die Tür hinter sich zu.

»Ich mach derweil einen schtarken Kaffee, Herr Kollege! Wollen S' auch einen«, rief Hofer ihm nach, ging ohne eine Antwort abzuwarten in die Küche und murmelte halblaut vor sich hin:

»So wia der aus der Wäsch außaschaugt, braucht der an Kübel voll Kaffee.«

»Ich bin der Axel – samma per Du«, schlug Körner vor und hielt dem Kollegen seine Hand hin. »Ich möchte mich vielmals entschuldigen, dass ich zu Ihnen ... zu dir so überheblich war. Das wird sich ab jetzt ändern. Versprochen!«

»A lass lei, isch schon guat, bin eh nimmer bös«, erwiderte Hofer und drückte gerührt Körners Hand. »Also guat, ich bin da Andi – bitte nitt Andreas sagen. Des mag ich nitt so, weil mit dem Andreas-Hofer-Schmäh haben s' mich in der Schul schon immer pflanzt.«

Sie saßen in der Küche der Kaiser-Villa und Andi Hofer berichtete, wie er seinen Kollegen gefunden hatte ...

Natürlich war Hofer wütend gewesen, weil Körner ihn beim Observieren im Stich gelassen hatte. Jetzt, wo er wusste, warum, waren seine Vorwürfe jedoch vergessen. Nur, wenn Axel am vergangenen Freitag gesagt hätte, wohin er noch fahren würde, hätte er seinen Kollegen früher gefunden.

Hofer jedenfalls erinnerte sich noch, dass die Dame etwas

von einem Katzensprung nach Gaaden und von einem gewissen Ferry sprach. Zuerst hatte er geglaubt, der Freund der Dame hieße Ferry. Gaaden ist ja nicht allzu groß und diesen Ferry zu finden – vermutlich ein Ferdinand – konnte auch nicht allzu schwer sein.

Leider fand er unter den Ferdinands, die er aus dem Telefonbuch und aus dem Personenregister zusammengesucht hatte, keinen, der von seiner Angetrauten Ferry genannt wurde. Überhaupt konnte dieser mysteriöse Ferry ganz woanders wohnen. Was also tun?

Doch so schnell ließ Hofer sich nicht entmutigen. Da er tagsüber mit den Observierungen im Punschkiller-Fall beschäftigt war, konnte er sich nur zeitweise an Ferrys Spur hängen. Am Montagmorgen, er war gerade Richtung Fuzo unterwegs, fiel ihm ein knallroter Ferrari in der Klostergasse auf. Was ihn sofort auf die Idee brachte, dieser Ferry könnte ja auch ein Auto sein. Eins, das zu dieser teuer gekleideten, noblen Dame passte. Und der Name Ferry mit »Y« unterschied sich in der Aussprache nicht so eindeutig von einem Ferri mit »I«, sofern überhaupt jemand seinen Ferrari so nannte.

Irgendwie ein blödes Hirngespinst, aber dieser Gedanke ließ ihn nicht mehr los. Also hatte er sich im Kfz-Register schlau gemacht und tatsächlich einen Ferrari gefunden. Es gab nur einen in Gaaden und der war auf eine gewisse Natalie Kaiser zugelassen.

Allerdings, bis Hofer endlich bei der Kaiser-Villa aufgetaucht war, vergingen noch zwei weitere mühsame Stunden. Erst hatte ihm ein Einheimischer den Weg so umständlich beschrieben, dass er völlig davon abkam. Als er beim Umherirren plötzlich Körners Auto sah, wusste Hofer: Jetzt war er auf dem richtigen Weg!

Leider rutschte er ebenso in die Schneemulde ab und saß fest.

Wäre nicht zufällig der Förster mit seinem Geländefahrzeug vorbeikommen, der den Wagen aus dem Graben herausgezogen und Hofer bis vor die Villa gelotst hatte, dann würde Körner vermutlich noch immer in Fesseln liegen, verkündete der V-Agent grinsend seinem neu gewonnenen Du-Freund.

Axel Körner konnte darüber nicht so recht lachen.

Wenigstens genug zu essen hatte er in Kaisers Kühlschrank gefunden und sich inzwischen gestärkt.

Wie es zur Fesselung gekommen war, überging er und berichtete nur von einem plötzlichen Gepolter im Badezimmer und dass er dann von Natalie Kaiser keinen Mucks mehr gehört hatte. Wie und was passiert war, hatte er nicht sehen können. Eben, weil er ans Bett gefesselt war.

Wie die beiden V-Agenten sofort erkannten, musste Frau Kaiser eine Prise Koks geschnupft haben. Eine flache, offene Dose mit dem weißen Pulver und Reste davon fanden sich auf der dunklen Waschtisch-Marmorplatte, Natalies letzte »Line«. Verräterische Spuren klebten noch an ihren Nasenlöchern.

Vermutlich war sie mit dem Kopf hochgefahren und hatte sich an der offenen Spiegeltür des Badezimmerschranks den Kopf blutig geschlagen. Das musste sehr heftig gewesen sein. Körner erinnerte sich an das Geräusch. Infolgedessen war sie gestürzt und mit dem Hinterkopf auf die erste Stufe der erhöhten Plattform geknallt, in der die Badewanne eingebettet war.

Die beiden V-Agenten standen in der Türöffnung zum Badezimmer und blickten auf die tote Frau.

»Wir müssen Meller anrufen«, entschied Körner. Er wusste, bald würde eine Lawine an Ärger über ihn hereinbrechen.

Verdammter Mist – die Verhöre, die Medien, die Kollegen, das Gerede und erst, wenn seine Mutter das erfuhr. Er bat Hofer:

»Andi, bitte – wenn Meller dich verhört – keine langen, ausschweifenden Schilderungen. Erzähl einfach kurz und knapp die nackte Wahrheit … du verstehst, was ich meine.«

Hofer grinste kumpelhaft und versprach:

»Klar doch, Axel. Hab verschtanden! Keine Ausschweifungen, die nackte Wahrheit.«

– – –

Es war bereits später Vormittag und wenige Hütten hatten geöffnet. Der Kommissar ging an der Spitalskirche vorbei durch die Fußgängerzone. Er wusste nicht, wo sich die Waschstation befand, vermutete sie aber beim Schrannenplatz. Dort, wo die meisten Hütten standen.

Joe nützte diese Stunde der Abwechslung, zog an der Leine, tanzte kreuz und quer über die Straße, bis Meller dieses Gezerre zu blöd wurde.

Genervt steuerte der Kommissar auf eine der geöffneten Holzbuden zu – es war Wurstbauers Punschhütte –, um nach der Waschstation zu fragen. Vier Männer standen davor, diskutierten und lachten. Von Hund und Kommissar nahmen sie vorerst keine Notiz, so sehr waren sie punschmäßig gedopt.

Joe wurde durch die lauten Stimmen noch mehr angestachelt und wollte den Männern raufspringen. Auf Blaugesoffene reagierte er ähnlich wie ein Stier auf die Farbe Rot.

»Joe, steh!«, befahl Meller dem quirligen Fellbündel, das sich einfach nicht beruhigen wollte. Zwecklos.

»STEH UND AUS!«, brüllte er.

Das saß, Joe stand augenblicklich und hechelte sein Herrchen verdutzt an. Auch die Männer erschraken und machten dem Kommissar Platz.

Aus einem unerklärlichen Grund begann Joe plötzlich zu knurren, dann sprang er einen der Männer an und tapste ihm mit den Pfoten die Hose schmutzig. Wütend bellend mit aufgestellten Nackenhaaren umkreiste er sein »Opfer«. Dabei verhedderten sich Mann und Hund in der Leine.

So hatte Meller Joe noch nie erlebt. Er hatte alle Kraft aufzubieten, um den Hund zu bändigen.

»Joe … verdammt noch mal … AUS!«, fluchte Meller, schnappte den Cockerspaniel am Genickfell und befreite den Umwickelten von der Hundeleine.

Der von Joe Attackierte sah erst auf den Hund, dann auf den Kommissar und schnauzte ihn lautstark an:

»Haben Sie Ihren Köter nicht im Griff? Da, schauen S' her!«

Er zeigte demonstrativ die schmutzigen Spuren auf einer ohnehin stark benutzten, verwaschenen Jeans.

»Entschuldigen Sie vielmals. Ich bin selbst völlig überrascht. So hat er sich noch nie aufgeführt!«, versuchte Meller friedvoll einzulenken.

»Der ghört ja eingschläfert!«, blaffte der andere giftig zurück.

»Ich habe mich höflich entschuldigt, guter Mann«, erwiderte Meller mit eisiger Miene, »und ich bezahle auch die Reinigung Ihrer Hose. Aber behalten Sie bitte Ihre tierfeindliche Einstellung für sich. Einen Moment … warten Sie!«

Er war jetzt richtig wütend und sah sich suchend um. An der Türschnalle der Punschütte band er Joe an und befahl ihm ruhig zu sitzen. Meller hatte zwar das Gefühl, als wollte ihn der sensible Hund auf etwas hinweisen, doch in diesem Moment überging er Joes Signale.

Der Kommissar wandte sich wieder an den Mann, gab ihm seine Visitkarte und sagte knapp:

»Für die Putzereirechnung – und nochmals – Entschuldigung.«

Dabei war sein Blick auf die Punschhütte gerichtet und zwar auf jene Plakate, die links und rechts an die Holzwand gepinnt waren.

PUNSCHKILLER-MENÜ FÜR 6,– EURO
1 Punsch, 1 Schnaps, 1 Punschkrapfen

Dieser Wirt ist einfach taktlos, dachte Meller verärgert.

Mehrere Menschen waren inzwischen vergiftet worden, ein weiterer lag im Koma. Und jetzt versuchte dieser geldgierige Punschpanscher, aus dem unseligen Begriff »Punschkiller« Kapital zu schlagen.

Der Kommissar war dementsprechend frostig, als er vom Wirt wissen wollte, wo sich die Häferlwaschstation befand.

Wurstbauer erklärte es ihm, auf das Postamterl zeigend:

»Sehn S' dort den Bankomaten?«

Meller verneinte.

»Eh klar, weil eine Punschhütte davorsteht, haha … Aber dahinter ist der Bankomat. Also, an dem vorbei, die Hofeinfahrt links vom Casita durch und schon sind Sie da.«

Meller fragte, auf die Poster deutend:

»Diese Geschmacklosigkeit – muss die sein?«

»Die muss, ja«, entgegnete Wurstbauer ungerührt, »weil dieser Verbrecher unser Weihnachtsgeschäft ruiniert. Aber genehmigen Sie sich ein Punschkiller-Menü, dann kommen S' auch auf den Geschmack, und das völlig frei von Gift. Obendrein helfen Sie, die Mödlinger Wirtschaft anzukurbeln.«

»Danke, nein«, lehnte Meller kopfschüttelnd ab. Er weigerte sich, auf diese Weise wirtschaftlich mildtätig zu sein.

Während er Joe losband, beobachteten ihn die Männer. Einer zeigte sich von der spendablen Seite:

»Wir sollten dem Viech ein paar Punsch spendieren, vielleicht mutiert er zum Punschkiller, hahaha …«

Haba – wie lustig! Dem Kommissar war diese benebelte Meute für eine Antwort zu bescheuert.

Bei der Hofeinfahrt angelangt, kam ihm ein Bursche mit einer Fuhre gewaschener Häferln entgegen.

»Sind Sie heute allein dafür zuständig?«, fragte Meller ihn und zeigte auf die gestapelten, blauen Plastikboxen.

»Nein, die Valerie ist auch da, sie wäscht gerade die letzten von gestern«, antwortete er und zeigte auf eine Tür.

Als Meller die Tür zur Waschstation aufmachte, strömte ihm dampfender Dunst entgegen. Drinnen stand ein etwa zwanzigjähriges, blondes Mädchen, ihre Haare hatte sie zu einem Rossschwanz zusammengebunden. Sie bediente einen der beiden Geschirrspüler und trällerte laut zur Melodie eines englischen Songs, der aus einer nicht sichtbaren, dafür umso mehr hörbaren Quelle den Raum beherrschte. Sie war so vertieft in ihre Arbeit und bemerkte den Kommissar erst, als Joe zu bellen begann. Erschrocken sprang sie zurück.

»Jetzt hat's mich aber ordentlich gfetzt«, schrie sie in den Lärm, griff über sich in ein Regal und stoppte den CD-Player. Sie sah Meller entgeistert an und meinte: »Und wenn ich nicht wissert, dass des net gibt, dann tät ich glauben, der George Clooney steht leibhaftig vor mir.«

»Mich fetzt's nicht mehr. Weil mir geht's jeden Tag so, vorm Spiegel«, lächelte Meller belustigt. Endlich wieder mal ein unbeschwertes, fröhliches Gesicht.

»So tät's mir auch gern passieren. Der Klum vielleicht ähnlich schauen und in Germany's Next Topmodel damit Geld verdienen. Das bräuchte ich dringend, weil meine Rostschüssel ist bald eine Leiche«, erwiderte sie und blickte zu Joe, der sie schwanzwedelnd begrüßte. Sie kraulte seinen blonden Haarschopf.

»Der ist aber süß! Ist der echt?«

»Wer? Der Hund?«

»Den Haarschopf meine ich.« Sie lachte.

»Auch der ist echt«, erwiderte er jetzt amüsiert.

Sie wiederum: »Sie müssen neu hier sein, weil Sie wären mir sofort aufgefallen«, und Meller anstrahlend: »Ich bringe Ihnen die Häferln. Wo steht denn Ihre Punschhütte?«

»Ich hab keine. Aber ein paar Fragen hab ich, Frau Valerie.«

»Sie kennen mich?«, war sie erstaunt.

»Ihr Kollege hat mir vorhin Ihren Namen verraten«, gestand Meller und zeigte seine Dienstmarke. »Wie gesagt – ein paar Fragen nur. Ich bin Kommissar Meller vom S-C-ONE und ermittle in der Sache mit dem vergifteten Punsch.«

»Da war doch eh schon ein Herr bei uns und hat uns eingehend ausgefratschelt. Habts den Punschkiller schon gefasst?«

»Nicht so direkt, aber fast. Eine Frage gilt es noch zu klären: Da Häferln auch kaputt werden, werden doch neue gebraucht. Woher kommen die?«

»Ich zeig's Ihnen«, erwiderte das Mädchen und öffnete die Tür zu einem angrenzenden Raum. »Hier lagern wir sie. Viele sind nimmer da. Wir brauchen nämlich ständig Nachschub, weil viele die Häferln als Souvenir mit nach Hause nehmen.«

An einer Wand des winzigen, fensterlosen Raums standen in einer Reihe aufgestapelt Kartons.

Er prüfte die Kartons – alle bis auf einen waren original mit Klebeband verschlossen. Aus dem aufgerissenen Karton fehlten vier der insgesamt zwölf Häferln. Inklusive geöffnetem Karton waren es einunddreißig Pakete. Er rechnete kurz – dreißig mal zwölf plus acht, das waren dreihundertachtundsechzig Stück.

»Werden die vorm Ausliefern gewaschen?«, wollte er wissen.

»Nicht so direkt, die sind eh sauber«, erwiderte die Blonde.

»Es darf kein Häferl mehr von hier weggenommen werden. Die sind somit beschlagnahmt. Dieser Raum wird versiegelt und erst wieder von den Spurenermittlern freigegeben«, sagte der Kommissar. Er rief im S-C-ONE an, um den Abtransport der Kartons zu organisieren.

»Und wenn wir welche brauchen?«, wollte Valerie nach seinem Telefonat wissen.

»Das muss erst mal warten«, antwortete Meller. »Wer liefert denn die Ware?«, fragte er das Mädchen.

»Ich schreib's Ihnen auf«, sagte sie, fischte Schreibzeug und einen kleinen Notizblock vom Regal, notierte eine Nummer, riss den Zettel ab und gab ihn dem Kommissar.

Meller musste nun warten, bis der Kollege auftauchte.

Der Dunst der Geschirrspülmaschinen machte ihm langsam zu schaffen. Einen Tag lang in diesem engen Raum und man war halb gedünstet. Auch Joes Fell begann sich aufgrund der extremen Feuchtigkeit zu ringeln.

Während Valerie die Geschirrspüler bediente und die fertigen Plastikboxen zur Abholung zurechtstellte, befragte Meller sie.

Das Mädchen verdiente sich ein bisschen Geld fürs Studium. Auch eine Woche Schifahren in Sölden nach den Feiertagen sollte noch drinnen sein, wenn ihr Auto halten würde. Ab der zweiten Jännerwoche musste sie wieder auf die Uni.

»Ich hab mich heuer für diesen Dienst beworben. Gerd und Harald machen ihn ja schon das zweite Jahr. Eine ziemliche Plackerei, wenn ich das gewusst hätte – aber ein paar Tage noch, dann ist eh Weihnachten.« Valerie grinste Meller fröhlich an. »Und dann geht's die Pisten runter, dass der Schnee nur so staubt. Heuer hab ich's mir redlich verdient«, erzählte sie und ihre Augen blitzten vor Freude. Valerie leuchtete wie ein Sonnenstrahl in dieser Dampfkammer – in dieser düsteren Zeit, die Meller gerade durchmachte.

Er dachte an Bella und wurde ganz traurig. Kein einziges Mal war er mit ihr auf Schiurlaub gewesen. Er wusste nicht, ob sie jemals gefahren war. Wie wenig er eigentlich von Bella wusste.

Überhaupt – wann stand er das letzte Mal auf den Brettern? Ob er es noch einmal wagen sollte? Wenn er aber an die Meldungen von Zusammenstößen auf den Pisten, die Knochenbrüche, dachte, da verging es ihm wieder.

Man muss nicht alles haben. Aber gern wäre er mit Bella einmal auf der Piste gestanden ... und mit Manuel.

Ach Gott, der Junge! Vor lauter Schmerz und Wut über den Verlust seiner Mutter war er ausgebüchst. Schon begannen Mellers Sorgen mit »seinem Sohn«. Von der V-Gruppenleiterin hatte er bezüglich Manuels Verschwinden noch immer nichts gehört.

Meller wählte ihre Nummer – die Leitung war besetzt.

Joe begann zu bellen.

Zwei Beamte kamen, um die Kartons abzuholen. Die Spurenermittler würden prüfen, ob Strychnin oder ein anderes Gift in einem der Häferln zu finden war. In Punsch oder Glühwein aufgelöst, konnte das den allerletzten Schluck bedeuten.

Eigentlich der perfekte Mord, dachte Meller. Denn wenn der Täter es nicht auf eine bestimmte Person abgesehen hatte, war es schier unmöglich, eine emotionelle Verbindung zwischen Täter und Opfer zu finden. Wenn auch eine vage Spur, aber er war überzeugt, dass die Häferlkontrolle Erfolg bringen würde. Als Nächstes wollte er sich die Keramikfirma zur Brust nehmen.

Sein Handy dudelte – noch immer dieser Sambasound. Der ging ihm zurzeit ebenfalls gehörig auf die Nerven, er wollte ihn aber dennoch nicht ändern. Er brauchte was, woran er sich halten konnte. Jetzt, wo sein Leben wieder völlig umgekrempelt wurde. Sollte er nicht doch wieder nach Rio?

Wieder mal auf der Flucht, Herr Meller?, lachte ihn sein Hirn aus. Das hatte leicht lachen! Gedanken fliegen unbeschwert und überall hin. Nur, denen zu folgen, fällt der Seele unheimlich schwer, wenn sie nicht will, nicht kann oder nicht darf. Und Mellers Seele steckte zurzeit bis zur Oberkante Unterlippe in einem Sumpf von Verbrechen, Trauer und Verpflichtungen und durfte nirgendwohin.

»Meller, ja ...?«

Wer war dran? Der verschollene Körner?

Er war es tatsächlich, nur klang er ziemlich ramponiert und hatte eine Leiche zu melden ...

Bis Meller am Ort des Geschehens war, das brauchte seine Zeit. Erst musste er Joe unterbringen. Mitnehmen konnte er ihn nicht, da er nicht wusste, wie lang der Einsatz dauern würde.

Wo waren sie alle, die sich bisher um Joe gekümmert hatten? Heike Schröder lebte in Berlin. Claudia Rotter war krank, Erika Hauser ebenfalls. Und Eva Roth war ... war was?

Ein abgeschlossenes Kapitel war sie, auch wenn sie sich hin und wieder via Handy bei ihm meldete.

Warum nicht, dachte er, schließlich sollten Freunde füreinander da sein, wenn Not am Mann war. Meller rief an.

Mehr als Nein sagen kann sie nicht ...

Eva war da, freute sich riesig über den Anruf und war sofort bereit, Joe zu übernehmen.

Als Meller ihr erklärte, dass er nicht selbst kommen könnte, da er dringend ermitteln musste, lachte sie und meinte, dass er »ganz der Alte« geblieben sei.

Meller eilte mit Joe zum Taxistand bei der Pestsäule.

»Würden Sie auch einen Hund befördern?«, rief er dem Taxilenker durch die Scheibe zu, der gelangweilt im Auto saß und sich beim Nasenbohren gestört fühlte. Die Scheibe senkte sich und die Antwort kam prompt:

»Wenn's kein blöder Hund ist, dann schon.«

»Der tut nix und wenn er Leckerlis bekommt, merken Sie nicht einmal, dass er im Auto sitzt«, erwiderte Meller.

»Aber das kostet wie eine normale Fuhr. Und wenn des Viech mir die Sitze versaut, zahlen Sie die Reinigung, klar?«, erklärte der Taxifahrer seine Geschäftsbedingungen.

»Joe ist so was wie ein Polizeihund, hier ...«

Meller überreichte dem Mann seine Visitkarte.

»Ah, Sie san der Meller!«, rief der Taxler. »Von Ihnen hat man ja schon einiges gelesen. Jetzt sind S' dem Punschkiller auf den Fersen, stimmt's? Na, des ist erst ein Hund! Wann habts eahm denn endlich, damit ich wieder einen Punsch saufen kann?«

»Wann Sie mi lang aufhaltn, dauert's no länger«, antwortete Meller im ärgsten Dialekt, um dem Taxler auf gleicher verbalsozialer Ebene zu begegnen. Das konnte nie schaden.

»Rein mit dem Hundsviech! Wohin geht die Fuhr?«

»In die Giannoni-Gasse. Die Dame erwartet ihn.«

Meller nannte die Hausnummer und erklärte:

»Eine schwedenrote Villa, leicht zu finden.«

Er bezahlte und gab ihm noch ein paar Leckerlis für *das Hundsviech* mit, wie der Taxifahrer Joe titulierte.

Meller sah dem bellenden Hund nach und wartete, bis der Mercedes in die Enzersdorfer Straße eingebogen war. Dann stieg er ins zweite Taxi und fuhr in den S-C-ONE, um sich einen Wagen zu holen, damit er endlich nach Gaaden kam.

Feiger Hund, schalt er sich. Aber wäre er mit Joe bei Eva Roth aufgetaucht, hätte das wieder gedauert und für nebensächliches Blablabla war jetzt weder Zeit noch war ihm danach.

– – –

»… da stand sie plötzlich vor mir!«

Annas Stimme überschlug sich vor Aufregung.

»Wer?«, fragte er neugierig.

»Was glaubst du – wer wohl!«, kam es beinahe aggressiv.

Sekundenlang verharrte er und starrte durch das Fenster auf die Herzoggasse hinunter. Die Kälte zeigte sich auch optisch. Dick eingepackt und mit tief eingezogenen Köpfen eilten die Menschen vorüber. Längst vergangene Bilder pressten sich in sein Hirn und ließen Hassgefühle aufkommen.

»Du hast dich sicher nicht getäuscht?«, fragte er lauernd.

»Nein … weiß nicht. Als ich sie ansah, erschrak sie! Vielleicht war es nur Einbildung. Auch wenn sie anders aussah – der Haarschnitt, die Farbe –, aber ich spürte, sie war es!«

»Und?«, fragte er.

»Ich bin ihr nach und hab gesehen, wie sie im Gürtelhof verschwunden ist.«

»Wo?«

»Im Hotel Gürtelhof. Sag, was soll das?«, fragte sie irritiert. »Du wirst sie doch nicht …?«

»Weshalb«, unterbrach er sie, »rufst du mich dann an?«

»Weshalb? Weil ich … weil ich momentan völlig fertig war! Sag, kommst du heute zu mir? Es geht mir gar nicht gut!«

»Ja, aber erst abends … ich lieb dich … baba.«

Er unterbrach die Leitung.

»Wer war denn dran?«, rief die Mutter aus der Küche.

»Niemand!«, antwortete er widerwillig.

»Und warum sprichst du mit einem Niemand so lang?«

»Es war ein Keiler, der mir was andrehen wollte!«, log er.

»Willst du Kaffee oder Tee?«, rief die Mutter.

»Danke, ich muss fort«, fiel ihm plötzlich ein.

Die Mutter kam aus der Küche und fragte ihn:

»Soll ich dir was warmhalten, falls du später kommst?«

»Lass nur. Ich bleibe heute über Nacht bei ihr. Sie hat wieder ihre depressive Phase.«

Mutters »Na, dann grüß sie von mir«, hörte er nicht mehr, das Quietschen der Tür hatte es übertönt. Das störte ihn schon seit seinem Einzug. Aber sie war dagegen, dass er Öl auf die Scharniere gab. Sie meinte, das Gequietsche würde nicht nur die Mäuse, sondern auch die Einbrecher vertreiben.

Womit sie auch wieder Recht hatte …

Sein Verlangen nach einer Zigarette war plötzlich so stark wie seine Lust vorhin. Er begann, sich vorsichtig aus ihrer Umarmung zu befreien, doch sie hielt ihn sanft fest im Arm.

Sie lagen im Ehebett. Nach dem ersten Mal waren ihre moralischen Grenzen und Hemmungen überwunden. Sie glitt in ein Stadium totaler Hörigkeit über, sehnte sich mehr und mehr nach seiner Haut, seinem Geruch, seiner Stimme. Anna genoss das Zusammenspiel von Berührungen und den orgiastischen Schmerz in den Sekunden des Kommens, das Keuchen und Stöhnen im Rhythmus ihrer Bewegungen. Diese gemeinsamen Stunden waren zur Therapie geworden, ein Gesundbrunnen, und hatten eine totale Umstülpung ihres angeschlagenen Seelenlebens verursacht. Doch böse Vorahnungen plagten sie.

»Wir werden das noch bitter bereuen«, sagte sie traurig in das Dunkel hinein.

»Du solltest nicht daran denken, wenn es dir nicht gutgeht.«

Anna schmiegte sich an ihn und ließ nicht locker.

»So bleib doch noch ein wenig«, flehte sie flüsternd, kuschelte sich noch fester an ihn ran, weil er wegrücken wollte.

»Ich muss mal«, entschuldigte er sich.

»Sei ehrlich.« Sie ließ ihn los. »Eine rauchen oder aufs Klo?«

Anna lag plötzlich auf ihm und sah ihn liebevoll an.

»Beides«, gab er zu. »Ich mach das Fenster eh auf.«

»Du solltest damit aufhören, es verkürzt dein Leben.«

»Meine tote Zeit habe ich hinter mir, ich lebe jetzt … du, jetzt muss ich aber wirklich, außer, du willst frisch beziehen!«

Er lachte, sprang auf und zog sich ein T-Shirt über.

Als er wieder zu ihr ins Bett kroch, roch sein Körper nach Rauch. Sie rümpfte die Nase und sagte:

»Dich für immer und rauchfrei – meine einzigen Wünsche.«

»Wenn das mit dem Aufhören so leicht ginge … die Häfenzeit ist schuld.« Er dachte nach.

»Du, ich muss für längere Zeit weg. Ich brauche Geld. Kannst du … ?«

»Wie viel?«, unterbrach ihn Anna.

»Drei- bis viertausend … wenn's geht, fünf.«

»Das ist viel. Ist sie der Grund?«

Darauf gab er keine Antwort, sagte aber:

»Es war zu spät. Sie hatte bereits ausgecheckt.«

Er musste sie anlügen, es ging nicht anders.

»Das ist gut.« Sie seufzte tief und lang.

»Zum ersten Wunsch – ich komme wieder, für immer.«

»Das ist sehr gut.«

Sie lächelte ihn an. Dann verschwand sie unter der Decke und ihre Lippen begannen in einer Art zu sprechen, die ihm einen erneuten Höhepunkt bescheren sollte. Inmitten dieses wortlosen Spiels riss er sich von ihr los und nahm sie so heftig, als hätte er nach Jahren das erste Mal wieder eine Frau in seinen Armen.

Das war nicht einmal so entfernt gedacht …

– – –

Körner saß im Wohnsalon der Kaiser-Villa und musste eine Standpauke seines Chefs über sich ergehen lassen.

Drei Tage zuvor war er noch unter völlig anderen Voraussetzungen auf dieser ozeanblauen Lümmellandschaft gesessen.

Wie schnell sich eine Situation drehen kann, wenn nur genug Schicksal dabei die Rolle spielt, dachte Körner geknickt und sah in Gedanken, wie sich Natalie über ihn gebeugt und ihn Stück für Stück entkleidet hatte.

Irgendwie total irre, kam es ihm und er wünschte sich fingerschnippend einen Zeitsprung in die Vergangenheit.

Doch sein Schnippen war erfolglos. Meller saß noch immer vor jener Stelle, an der Natalies roter Umhang zu Boden geglitten war, und hämmerte auf ihn ein.

Dass sein missliches Abenteuer Konsequenzen nach sich ziehen würde, dessen war Körner sich schon bewusst gewesen, als er noch gefesselt im Bett gelegen hatte. Jetzt aber lebte er wieder sein normales V-Agenten-Leben und hatte sich mit den Konsequenzen auseinanderzusetzen.

Schöne Aussichten, so knapp vor Weihnachten! Das gab mindestens eine Meldung ins Innenministerium und, und, und … Ach was, er konnte es ohnehin nicht ändern, und dass Natalie ihr Leben verloren hatte, geschah ohne sein Zutun. Hätte sie ihn nicht ans Bett gefesselt, wäre ihr auch nicht mehr zu helfen gewesen, weil auf den Kopf fallen und tot sein endgültig ist.

Mensch – genauso hätte er mit Natalie gegen einen Baum

oder in ein Auto knallen können. Axel Körner – verunglückt unter Einsatz seines Lebens für eine Bürgerin, außerhalb der Dienstzeit. Er wäre ein stiller Held gewesen, ein toter allerdings.

Das war's – außerhalb der Dienstzeit –, ein kleiner Lichtschimmer am Argumentehorizont, denn privat konnte er machen, was er wollte, und es würde niemanden etwas angehen.

Doch Meller ließ das nicht gelten. Seine Crew hatte, bezüglich Vorbildwirkung in der Öffentlichkeit, moralisch einwandfrei aufzutreten. Gemäß dem Credo – sich täglich mit gutem Gefühl in den Spiegel schauen können und so weiter, blablabla …

»In den Spiegel schauen? Haha, der Witz ist gut!«

Das hatte Körner drei Tage in seinen Exkrementen liegend ausgehalten. In hundertfacher Weise von der Decke reflektiert, inklusive düsterster Visionen über Hölle, Tod und Teufel.

Der Kommissar konnte sich eines heimlichen Grinsers nicht erwehren, als er das besagte Bettgefängnis inspiziert hatte.

Immerhin hatte Körners Fesselung einen völlig neuen Fall ins Rollen gebracht. Doch da mussten die Indizien erst zugeordnet und genauestens ermittelt werden. Noch war es zu früh, mit Erkenntnissen an die Öffentlichkeit zu treten. Brisant jedenfalls waren die ersten Ergebnisse aus der Kaiser-Villa allemal und Körner durfte sich – wenn auch unfreiwillig und mit viel Glück – als *der* Aufdecker schimpfen.

Mit dem Schimpfen war zurzeit noch der Kommissar beschäftigt. Für die Konsequenzen war die Tuareg zuständig, die sich Körner noch vorknöpfen würde – und jetzt Schluss mit den Strafpredigten, jetzt musste weitergearbeitet werden.

Meller wollte sich nicht mit Disziplinarkram herumschlagen, was Körner die nüchterne Aussage abzwang:

»Nichts ist so fesselnd wie Ursache eines Geschehens zu sein und dessen Folgen verfolgen zu dürfen.«

»Darauf kannst du Gift nehmen«, entgegnete Meller kryptisch.

»Danke, mir reicht verdursten«, wehrte Körner ab.

»Was Gutes hat deine Fesselung immerhin bewirkt und das freut mich ungemein«, fand Meller lächelnd.

»Was kann an meiner Fesselung gut gewesen sein?«

»Du wirst deine Revierkämpfe mit deinem Lebensretter ad acta legen müssen. Wobei ich dir noch was verrate: Hofers Vater sitzt im Ministerium als oberster S-C-ONE Chef. Nach deinem Lapsus könnte es sein, dass du Andreas Hofer als Fürsprecher brauchst.

»Des a no«, sagte Körner im ärgsten Wiener Dialekt …

Die Arbeiten der Spurenermittler zogen sich bis in die Abendstunden.

Genauso wie Körner vermutet hatte, war Natalie Kaiser zu Tode gekommen. Im Badezimmer wurde ein Rauschgiftdepot gefunden. Kokain und andere Drogen, der Menge nach mehr als nur für den Eigenbedarf. Die Villa war groß, daher dauerte das Durchsuchen sämtlicher Räume. Für die nächste Zeit würde das Anwesen behördlich versiegelt werden.

Doch das hier war nicht Mellers »Baustelle«, dafür waren die Kollegen der V-Gruppe 1 zuständig.

Mellers berufliche Baustelle hieß derzeit Punschkiller – wahrlich keine erfreuliche –, und seine private stand im Auholz, wo eine halb fertige Villa auf ihn wartete, für die ihm nicht eine Minute Zeit blieb. Doch Bianco hatte das Bauvorhaben unter Kontrolle und war zeitlich im Plan. Angeblich.

In der Kaiser-Villa war seine Anwesenheit nicht mehr vonnöten. Eigentlich hatte er die Keramikfirma aufsuchen wollen. Sein Blick zu den Fenstern hinaus und auf die Uhr zeigte, dass es keinen Sinn mehr ergab, noch in den 23. Bezirk zu fahren.

Den V-Agenten Hofer hatte Meller wieder nach Mödling zur Observierung abkommandiert.

Er wartete, bis Körner, der von einem der Spurenermittler befragt wurde, fertig war, und winkte ihn zu sich. An seinem Lieblingsagenten wollte er noch einmal Gnade walten lassen und forderte ihn auf:

»Wir ziehen jetzt dein Auto aus dem Schnee. Dann fährst du nach Hause und erholst dich von den Strapazen. Aber morgen sehe ich dich um acht Uhr frisch und munter in meinem Büro und nicht eine Sekunde später. Und dass die letzten drei Tage als Urlaub eingetragen werden, setze ich voraus.«

»Das ist jetzt aber nicht fair«, murrte Körner.

»Ist es fair, deinen Kollegen im Dienst hängen zu lassen?«

»Das geschah ja nicht absichtlich, ich hätte doch …«

Mellers Handy dudelte. Er drehte sich weg.

»Meller, ja …?«

»Spricht dort der Herr Kommissar Meller?«, fragte eine schüchterne, weibliche Stimme. Ein Schulkind?, dachte er.

»Ja, hier spricht Meller … und wer will das wissen?«

Eine Weile war Stille und es knackste im Hörer. Dann flüsterte jemand und das Mädchen meldete sich wieder.

»Jaa, das ist soo … ich heiße Marlene Staudinger und ich … ich muss Sie bitte dringend sprechen.«

»Wir sprechen doch gerade, liebe Marlene.«

Meller spürte sofort, dieses Mädchen war aufgeregt, unsicher und wusste nicht so recht, wie es sich ausdrücken sollte.

»Was möchtest du mir denn sagen?« Er versuchte, so beruhigend wie möglich auf das Kind einzuwirken.

»Bitte … es geht um Leben und Tod …«, flüsterte sie plötzlich atemlos. »Ich möchte am Telefon nicht sagen, warum. Nur bitte, bitte, Sie müssen sofort herkommen!«

Die Stimme des Mädchens klang verzweifelt.

Höchst beunruhigend, dachte er und fragte:

»Wo befindest du dich jetzt, Marlene?«

»Bitte kommen Sie schnell!«, flehte sie noch eindringlicher.

»Wenn du mir nicht sagst, wohin, wird das nicht klappen«, ermahnte sie der Kommissar.

»Ach so, jaa …«, das Mädchen schien nachzudenken. »Beim Schranken, wo die Schiller-Straße über die Schienen geht. Ich warte dort … ich habe eine gestrickte, bunte Wollhaube auf.«

»Warte – eine Frage noch!«

Tut-tut, tut-tut, tut-tut …

Das Mädchen hatte bereits aufgelegt.

Axel Körner, der Mellers Antworten mitgehört hatte, wusste, was das bedeutete.

»Ich weiß, ich weiß«, schmollte er, »ich soll mir einen anderen Abschlepper suchen. Sind ja genügend vorhanden.«

Er deutete mit dem Kopf auf einen der Spurenermittler, der im weißen Ganzkörperanzug wie ein Außerirdischer durch die hell erleuchtete Kaiser-Villa huschte.

»Du hast es erfasst«, erwiderte Meller und verließ den Tatort.

Sie trat plötzlich aus der Dunkelheit und kam auf das Auto zu. Im Lichtkegel der Scheinwerfer stand ein etwa zwölfjähriges Mädchen. Sie hielt eine Hand vor die Augen, um nicht geblendet zu werden. Mit der anderen winkte sie kurz und ging auf die Fahrerseite zu. Meller ließ das Fenster runter.

»Du bist also Marlene.« Meller lächelte sie an. »Wie du siehst, bin ich sofort deiner Bitte gefolgt.«

»Darüber bin ich auch sehr erleichtert, Herr Meller.«

»Es ist kalt da draußen. Steig ein, Marlene.«

Sie lief um das Auto. Zaghaft nahm sie neben dem Kommissar

Platz und zog die Tür sachte zu, die aber schnappte nicht ein. Da rüttelte und zog sie hektisch mehrmals daran.

»Komm, lass mich das machen.« Er beugte sich zur Tür hin und zog sie mit einem kräftigen Ruck zu sich.

»Sie geht ein bisschen streng«, erklärte Meller dem Mädchen.

»Und nun?«, fragte er, sie anblickend.

»Es geht um ... um Manuel«, erwiderte Marlene leise.

»Hey – um Manuel?«, rief er ein bisschen zu laut. »Weißt du etwa, wo der Junge steckt?«

Er bemühte sich, locker und cool auf das Mädchen zu wirken und ihr Vertrauen zu gewinnen. Als ob es das Normalste sei, einfach mal so zu verschwinden.

Marlene war bei seinem Ausruf zusammengezuckt. Sie sprudelte drauflos, als wäre sie froh, ihr Geheimnis endlich loswerden zu können.

»Wir können wirklich nichts dafür! Manuel hat uns angedroht, dass er sich umbringen wird, wenn ... wenn wir ihn verraten!«

»Wer sind wir?«, wollte Meller jetzt wissen.

»Wie wir? Ach so, ja ... das möchte ich nicht sagen.«

»Also, Marlene – so läuft das nicht! Wohin soll ich denn überhaupt fahren?«

»Da drüber.« Sie deutete mit dem Kopf auf den geschlossenen Schranken der Südbahn.

Marlene Staudinger, die in einer braunen Jacke steckte, war ein ausgesprochen hübsches Mädchen. Dunkelblonde Haare ringelten sich unter der dicken Strickhaube über ihre Schultern. Nervös zupfte sie abwechselnd an den Fingern ihrer gestrickten Handschuhe, die farblich zur bunten Haube passten. Das sportliche Mädchen steckte in einer verwaschenen Jeans.

»Wir warten, bis der Schranken hochgeht, und währenddessen erzählst du mir von Beginn an eure Geschichte, okay?«

»Okay … hhmkmm.« Sie räusperte sich.

»Also, der Flo und ich sind gute Freunde. Und Flo hat mir gesagt, dass er Sie kennt, und mir Ihre Nummer gegeben. Deswegen habe ich Sie auch angerufen.«

»Flo? Wer ist Flo?«

»Na, das ist doch der, der immer dabei ist, wenn Manni und Tobi mit dem Camcorder Filme drehen, mit Joe, Ihrem Hund. Wissen Sie das denn nicht?«

»Wie, was … welche Filme?«

»Na solche, wo sie die Leute erst schockieren und dann ihre Reaktionen aufnehmen. Sie haben sogar schon Filme zum Fernsehen geschickt. Ich dachte, Sie wüssten davon?«

»Nie was davon gehört … doch halt, da fällt es mir wieder ein. Stimmt, einen Florian habe ich letztes Jahr einmal kurz mit Manuel und Tobias angetroffen«, erinnerte sich der Kommissar.

»Genau, das ist der Flo. Er wohnt mit seinem bescheuerten Vater in der aufgelassenen Lackfabrik … und da müssen wir schnellstens hinfahren, weil Manni nämlich auf Neuseeland ist und sich was antun will, der Trottel, der.«

»Neuseeland? Was soll das schon wieder? Marlene, drück dich bitte deutlicher aus.«

»Das ist die Insel im Ozean von Flo … aber das zu erklären, ist jetzt unwichtig. Wir müssen Manni schnellstens von seinem Vorhaben abbringen, bitte!«

»Soll ich den Schranken niederfahren?«

»Wenn das blöde Ding nicht aufgeht, fahren wir eben den Umweg über die Bahnbrücke zur Neudorfer Straße. Dann weiter durch die Schustersiedlung bis zur Lackfabrik. Ich kann Sie ja hinlotsen«, entgegnete Marlene ungeduldig.

Der Kommissar startete, wendete und fuhr den vorgeschlagenen Weg.

Als er vor der Lackfabrik anhielt, bat sie ihn:

»Der Alte von Flo muss das nicht spitzkriegen. Würden Sie bitte erst dreihundert Meter weiter vorn stehen bleiben? Da kommen wir direkt über die Wiese nach Neuseeland.«

»Was soll denn diese Geheimnistuerei?« Meller war verärgert.

»Bitte, Herr Meller, tun Sie einmal nur, was ich vorschlage!«

»Das mache ich doch schon die ganze Zeit«, murrte er.

»Ja eh … es ist nur so, vor Weihnachten ist der Alte meistens betrunken. Wenn der uns erwischt, kriegt Flo wieder mächtige Wickel«, sprudelte es über Marlenes Lippen und sie flehte erneut:

»Bitte, bitteee … es geht doch um Manni!«

»Gut, dieses eine Mal noch«, entschied er mit strenger Miene und innerlich unendlich erleichtert. Was auch immer die Kids ausgeheckt hatten – Hauptsache, Manuel war gefunden …

Die Nacht war bitterkalt. Der Mond zeigte eine abnehmende Scheibe am Sternenhimmel.

Marlene stapfte durch den tiefen Schnee und zog eine kleine Schneise. Meller folgte ihrer Spur. Ihr beider Atem stieg wie weißer Rauch auf und verschwand in der Dunkelheit.

Meller ärgerte sich, dass er nicht das geeignete Schuhwerk trug. An diesem Tag noch durch fast knietiefen Schnee zu waten, damit hatte er nicht gerechnet. Innerhalb kürzester Zeit füllten sich seine Halbschuhe mit Schnee und die Zehen waren unbarmherzigen Kühlschranktemperaturen ausgesetzt.

Im »unbarmherzig« steckt noch immer ein Herz, dachte er wütend und suchte nach einem Argument, warum er sich zu diesem scheinbar endlosen Weg durch die Schneelandschaft überreden hatte lassen. Wie er im Dunkeln zu sehen geglaubt hatte, wären sie durch den Haupteingang auf schneegeräumten Asphalt in die Fabrik gelangt!

Das Mädchen stapfte unbeirrt tapfer voran, ohne sich auch nur einmal nach ihm umzudrehen.

Was ging in diesen Kindern vor? Mein Gott, auch sie hatten ihre Probleme, ihre Sorgen und Wünsche. Meller versetzte sich in ihre Lage und suchte Parallelen in seiner Kindheit.

Dieses Mädchen gefiel ihm immer mehr. Sie hatte ein positives, selbstbewusstes Auftreten und das Herz am rechten Fleck, denn sie setzte sich mutig für andere ein.

Er musste an Manuel denken. Der arme Junge war völlig durch den Wind, kein Wunder. Auch wenn er mit seinem Verschwinden einigen Menschen ziemliche Sorgen bereitet hatte. Mit Marlene und diesem Flo hatte Manuel tolle Gefährten, die sich für ihn einsetzten.

Wie konnte er da noch länger wütend sein! Mit jedem Schritt verschwand seine Wut mehr und mehr.

Sie blieb plötzlich stehen. Ein gleichmäßiges Schneefeld breitete sich vor ihnen aus.

»Der Ozean«, erklärte Marlene atemlos. Auch für sie war die schneebedeckte Buckelpiste anstrengend gewesen.

»Vorsicht, der Schnee liegt nur locker auf dem Eis«, warnte sie.

Zu spät. Mit den glatten Schuhsohlen wurde Meller zum Spielball der Eisfläche. Mit einer Wucht riss es ihm die Beine weg und er legte einen Bauchfleck hin.

»Das tut mir jetzt leid, Herr Meller«, sagte das Mädchen mitleidsvoll und bemühte sich, dabei ernst zu bleiben.

»Na, lach schon«, murrte Meller, während er sich hochrappelte und sogleich wieder der Länge nach hinfiel.

Marlene prustete drauflos, legte aber sofort einen Finger warnend auf den Mund. Zur nahen Halle deutend, sagte sie leise:

»Psst, der Alte darf uns nicht hören! Halten Sie sich an mir fest. Es ist eh nicht mehr weit.«

Mit kleinen Schritten tapsten sie über das schneebedeckte Eis bis etwa zur Mitte des Teichs. Eine Ansammlung aufgestapelter Holzpaletten entpuppte sich bald als eine Holzhütte mit einer Fahne auf dem Dach. Durch ein dunkles Blechrohr im Dach kräuselte sich Rauch in die Finsternis.

»Das ist Neuseeland«, erklärte Marlene dem Kommissar und bat ihn: »Lassen Sie mich zuerst hineingehen. Ich muss mit ihnen reden und … und … erklären, dass Sie da sind.«

»Wenn's nicht zu lang dauert. Ich bin völlig durchgefroren.«

»Ich beeile mich«, versprach Marlene und verschwand in dem Holzverschlag.

Erst hörte Meller nur Gemurmel, dann Manuels aufgebrachte Stimme durch die Hütte:

»Warum hast du das gemacht? Ich will nicht mit ihm reden! Das ist meine Sache … meine ganz allein!«

Dann hörte Meller das Mädchen, das auf Manuel einredete:

»Manniii – sei doch nicht so deppert! Der Herr Meller ist extra nur wegen dir herkommen. Der will dir doch helfen!«

»Ich will aber nicht mehr zurück!«, rief Manuel verzweifelt.

Ein weitere Stimme klang aus der Hütte:

»Mensch, Manni! Was wäre ich froh, wenn ich so einen Alten wie den Kommissar daheim hätte!«

»ICH WILL DAS ABER NICHT!«, rief Manuel aufgebracht. »Wohin soll ich denn? Daheim halte ich es nicht mehr aus und … und die alte Ziege in der Südstadt geht mir auf den Geist! Der Meller hat überhaupt keine Ahnung! Jetzt, wo meine Mama tot ist, sucht sich der bestimmt eine Neue! … Scheißleben! Ich will nicht mehr! Mein Vater hat sich einen Scheiß um mich gekümmert, meine Mama ist jämmerlich krepiert und ich werde ihr folgen. Ein paar Alkopops, bis ich nix mehr spür, und die Tabletten, die ich Mama gefladert hab, und tschüss!«

Meller wartete nicht mehr länger. Er rutschte zum Eingang, öffnete die Tür, bückte sich und kroch auf allen vieren hinein.

»Hallo, Jungs! Entschuldigt, wenn ich so hereinplatze, aber ich bin ehrlich froh, Manuel, dass ich dich gefunden habe!«

Meller sah sich kurz um, wo er sich hinsetzen konnte. Der Boden war mit alten Teppichen und zerschlissenen Matratzen ausgelegt. An den Wänden hingen ein paar Poster und herausgerissene Seiten von Magazinen mit Film- und Popstars. Auf einem Regalbrett standen drei Kerzenstummel und verbreiteten ein flackerndes Licht. Ein kleiner, gusseisener Ofen verströmte angenehme Wärme.

Da die Hütte für vier Personen wenig Platz bot, blieb der Kommissar beim Eingang, setzte sich im Schneidersitz nieder und sagte:

»Marlene hat mir alles erzählt und ich möchte euch eins zu allererst sagen. Ihr könnt mächtig stolz auf dieses Mädchen sein.« Er sah zu ihr, die ihn angrinste. »Und auch dir, Flo – wir kennen einander ja –, danke ich, dass du dich so um deinen Freund kümmerst. Ihr seid einfach ein unschlagbares Team. Ich wäre stolz, wenn ich solche Leute bei mir im S-C-ONE hätte.«

Die drei sahen den Kommissar stumm an und warteten, was nun kommen würde. Das Holz im Ofen knisterte.

Verlegen öffnete Flo mit einem Lappen das Eisentürchen.

Züngelnd schlugen Flammen heraus. Er ließ ein Holzscheit in die Glut fallen und verschloss den Ofen. Der kurze Hitzeschub ließ dem Kommissar ein wohliges Kribbeln über seinen Rücken wandern.

»Ich schlage euch jetzt einen fairen Deal vor«, begann Meller. »Auch wenn ihr drei mir einen ganz schönen Schrecken bereitet habt mit eurem Versteckspiel. Eins vorweg, von mir hört ihr deswegen keinen Vorwurf. Ich möchte nur kurz unsere Leute verständigen, damit sie die Suche abbrechen. Es wäre unfair, sie in dieser Kälte weiter nach dir suchen zu lassen – einverstanden, Manuel?«

»Okay«, erwiderte Manuel und sah bedrückt zu Boden.

Meller holte sein Handy aus der Tasche, wählte die V-Gruppenleiterin an und wartete. Sie meldete sich. Meller gab ihr kurz Bescheid, dass er Manuel gefunden hatte und bei ihm war. Über die Details würde er sie am nächsten Morgen informieren.

Er steckte sein Handy ein und fragte in die Runde:

»Würdet ihr euch kurz draußen eine Schneeballschlacht liefern? Ich möchte mit Manuel allein sprechen. Es dauert nicht lang.«

»Okay«, erwiderte das Mädchen und deutete Flo.

»Komm, wir brauchen eh Holz zum Nachlegen.«

Meller machte ihnen Platz, damit sie ins Freie gelangen konnten, und zog hinter ihnen die Tür zu. Dann setzte er sich Manuel gegenüber.

Der Junge hielt plötzlich etwas rundes Glitzerndes, das er von einer Hand in die andere gleiten ließ.

»Was ist das?«, wollte Meller wissen.

»Hab ich gefunden, eine Glaskugel«, erwiderte Manuel frostig.

»Wie gefunden? Wo findet man so was?«, fragte Meller.

»Einfach so. Da war ein Loch im Schnee und ich hab hineingegriffen und diese Kugel gefunden«, sagte er bockig. Doch flüsternd setzte er nach: »Die hat mir Mama geschickt.«

»Darf ich sie mal sehen? … Bitte.«

Manuel warf sie ihm zu. Meller betrachtete und drehte einen kugelförmigen Briefbeschwerer in seinen Händen. Die geschliffenen Fassetten glitzerten im Kerzenlicht und zauberten bizarre Blitze an die klobigen Holzwände.

»Die muss tatsächlich vom Himmel gefallen sein, schön, wie

die strahlt. Das ist bestimmt eine Botschaft von deiner Mama. Die darfst du nie verlieren …«

Er warf Manuel die Kugel wieder zu, der sie geschickt auffing.

»Meine Schuhe sind völlig durchnässt. Ich muss meine Socken trocknen und mir die Zehen aufwärmen.«

Meller zog die Sachen aus, stellte die Schuhe in die Nähe des Ofens und hing die Socken über ein vorstehendes Brett.

»Aahhh …!« Er massierte sich die Zehen und streckte sie genüsslich zum Ofen hin.

»Wenn ich noch einmal so jung wäre wie ihr, ich würde mir auch so eine Hütte bauen. Dein Freund hat wirklich Glück.«

Manuel sah kurz auf, senkte aber seinen Blick sofort wieder und antwortete in den Boden hinein:

»Ihr Erwachsenen habt von uns überhaupt keine Ahnung! Flo und Glück, ha! Sein Alter ist ein Riesenarsch, dauernd besoffen! Und mein Vater? Der schleicht sich einfach und ich …!«

»Du hast Recht, Manuel«, unterbrach ihn Meller. »Wir Erwachsenen sind nicht gerade die besten Vorbilder für euch Kids. Aber nicht immer sind wir schuld, dass eure Welt so ist, wie sie ist. Oft sind es Schicksale, die uns in die Knie zwingen. Dann sind wir genauso verzweifelt und hilflos wie ihr. Da fängt der eine oder andere schon mal an zu trinken. Andere wiederum flüchten, laufen davon … auch du, Manuel, läufst davon.«

Mit Tränen in den Augen sah der Junge den Kommissar an.

»Meine Mama fehlt mir so sehr … das tut so weh!«, schluckte er und wischte sich mit dem Ellbogen über die Augen.

»Und mir fehlt Bella … das tut genauso weh. Deine Mama und meine Bella. Für uns beide war sie unser Ein und Alles, Manuel. Glaub mir, auch wenn ich deine Mama noch nicht so lang gekannt habe wie du, aber sie ist … sie ist … mir verdammt ans Herz gewachsen.«

Meller riss sich zusammen.

Nicht vor dem Jungen heulen.

»Komm schon her, du kleiner, tapferer Manuel«, sagte er nur.

Ein Ruck ging durch den Jungen und zögerlich setzte er sich neben Meller. Sie starrten auf den Ofen und lauschten dem Knistern des brennenden Holzes.

»Wir beide schaffen das, Manuel. Ich hab Bella versprochen, dass ich für dich wie ein Vater sein werde, aber nur, wenn du einverstanden bist. Ich wäre aber stolz, einen so fantastischen Jungen als Sohn zu haben. Und wenn wir zusammenhalten, sind wir zwei genauso unschlagbar wie deine Clique.«

Da lehnte Manuel seinen Kopf an Mellers Schulter und heulte, schluchzte auf und wand sich vor seelischem Schmerz.

Meller hielt still und war froh, dass der Junge nicht bemerkte, wie auch ihm die Tränen die Wangen runterrannen.

Jetzt hatte er *seinen Sohn* in den Armen liegen. Vergangenheit und Gegenwart verschmolzen zu einem einzigen Zukunftswunsch: Es wird alles gut!

Ich – der Vater für Manuel? Na, wenn das nur gut geht!

Minutenlang verharrten die beiden und hielten einander fest

Zwei Heuler im ewigen Schnee, dachte Meller. Das klang wie der Titel einer rührseligen Schmonzette. Er lächelte.

Plötzlich sah Manuel zu ihm auf und bat:

»Ich möchte aber nicht mehr nach Hause. Ich halte es dort nicht mehr aus, seit … seit … Mama tot ist.«

»Das musst du nicht«, versprach Meller.

»Ich will auch nicht mehr bei Erika wohnen. Sie will andauernd wissen, ob's mir eh gut geht. Danke – mir geht's beschissen! Dann ist sie auch so pingelig und jammert gleich, wenn ich etwas nicht so mache, wie sie es gewohnt ist.«

»Das geht nicht, Manuel, noch nicht. Dazu muss ich dir was

erklären. Erika ist eine alte Frau und hat ihre Eigenheiten. Sie und ihr Mann haben sich ein Leben lang für andere Leute aufgeopfert. So etwas prägt einen Menschen, gibt ihm aber auch Halt und Orientierung im täglichen Leben … Also, ich werde mit Erika – nein, *wir* werden mit ihr reden. Nur so kommen wir zu einer Lösung, mit der jeder zufrieden sein wird. Und wenn mein Haus im Auholz fertig ist, übersiedeln wir. Dort wird dann jeder seine persönlichen Bedürfnisse, aber auch Verpflichtungen festlegen. Wenn uns das Schicksal schon zu einer bunt zusammengewürfelten Familie gemacht hat, dann sollten wir uns gegenseitig das Leben nicht schwer machen. Also, Manuel, kann ich mit deiner Hilfe rechnen?«

»Du willst mich also wirklich zu dir nehmen und nicht abschieben, wenn du etwa eine … eine … andere findest?«

»Ab jetzt bist du mein Sohn, Manuel. Egal, was kommt, wer kommt – Indianerehrenwort, so wahr ich Kommissar bin! Allerdings musst du noch was Wichtiges dafür tun.«

»Äh … und was?«, wand sich Manuel vorsichtig.

»Du musst in meine Hand einschlagen, so, wie es unter Freunden üblich ist. Erst dann ist ein Versprechen eins, das man halten muss. Also, schlag schon ein.«

Meller hielt ihm die Hand hin und wartete. Da schlang der Junge seine Arme um Meller, drückte ihn innig und lang.

»Das gilt jetzt aber nicht als eingeschlagen, Manuel«, flüsterte Meller gerührt, überrascht von der Reaktion des Jungen.

Manuel löste sich, wischte sich Tränen aus seinem verheultem Gesicht, grinste und schlug in die Hand des Kommissars ein, dass es nur so knallte. Plötzlich knallte noch etwas.

Die Tür war aufgeflogen und ein verschwitztes, nach Alkohol riechendes Gesicht sah die beiden böse an.

»Was treibt ihr denn da?«, fauchte der Mann die beiden Überraschten an. »Das ist Sperrgebiet und … und Unbefugten ist der Zutritt verboten. Wenn ihr euch nicht sofort schleicht, rufe ich die Polizei!«

»Ich bin die Polizei«, antwortete Meller ruhig.

»Und ich heiße Papst«, spöttelte der Mann.

»Hier, bitte …!«

Meller hatte seine Dienstmarke gezogen und hielt sie ihm unter die Nase. Der Mann nahm sie, drehte sie in den Fingern und versuchte zu entziffern, was drauf stand.

Ätzend erklärte der Kommissar:

»Das ist englisch und heißt Security-Circle-One – kurz S-C-ONE – und steht da im Kreis, falls Sie nicht lesen können. Ich bin Kommissar Meller und will meinen Sohn von seinem Freund Flo abholen. Ja, Herr Papst, Sie kenne ich auch. Sie waren doch jener, der heute Vormittag meinem Hund ein paar Punsch spendieren wollte, damit er zum Punschkiller wird. Sie erinnern sich? Ich will Ihnen auch was spendieren. Ein Stück Seife, damit Sie sich waschen. Sie stinken nämlich erbärmlich. Das wollte ich Ihnen heute vor Ihren Saufkumpanen nicht sagen, um Sie nicht zu blamieren.«

»Der heißt Streber, nicht Papst«, flüstert der Junge Meller zu …

Neun

Freitag, 19. Dezember 2008 …

War es ein Zufall? Egal.

Auch ein Kommissar durfte einen Treffer landen, eine Art Adventgeschenk erhalten, wenn auch nicht lieblich verpackt und überhaupt nicht schön anzusehen.

Aber das war eine Sache des Betrachters und des Blickwinkels. Was einem gewöhnlichen Bürger den Schauer über den Rücken laufen lässt, das kann einem Ermittler höchste Freudenrufe entlocken, etwa wie:

»Das gibt's doch nicht! Leute, schaut euch das an!«

In den letzten Tagen war endlich Bewegung in die Causa Punschkiller gekommen. Genauer gesagt, V-Agent Axel Körner war der Auslöser.

Ohne jetzt weiter zu spekulieren, was mit ihm geschehen wäre, hätte diese Frau ihren Badezimmersturz überlebt. Vermutlich würde die gesamte S-C-ONE Crew vereint vor einem V-Agenten-Grab stehen, während die eine oder andere Träne von frostkalter Erde aufgesaugt werden würde.

Doch wie's der Teufel nicht wollte – das gnädige Schicksal war Körners lebenserhaltende Weihnachtsamnestie und sein amouröses Abenteuer das Weihnachtspackerl, das die Ermittler neugierig aufgerissen und mit großen Augen bestaunt hatten.

Daher auch kein Begräbnis – Himmel halleluja!

Dabei waren es nur Kaisers Lederhandschuhe, die zufällig in der Garderobe unter dem antiken, bestimmt sehr teuren Möbelstück gesteckt hatten. Man durfte den Ermittlern keinen Vorwurf machen, dass es so lang gedauert hatte – überhaupt, dass es ein fantastischer Zufall war. Was heißt fantastisch?

Blöder konnte so ein Zufall nie sein – für Täter.

Auch wenn das verdächtige Subjekt bereits im Kühlhaus der Prosektur in Mödling lag. Doch die Unschuldsvermutung galt selbst bis über den Tod hinaus. Erst wenn nachweislich und mit stichhaltigen Indizien jemand überführt werden konnte, war's vorbei mit der vermuteten Unschuld. So wurden Toten noch nachträglich Straftaten nachgewiesen.

V-Agent Hofer und Kollege Körner hatten in der Kaiser-Villa vor den Ermittlern das Szenario noch einmal detailgetreu nachgespielt. Der gefesselte Körner, das Zerbrechen der wertvollen Vase, die Befreiung durch Hofer und schließlich das Auffinden von Natalie Kaiser im Badezimmer. Nicht alle Fingerabdrücke waren eindeutig zuzuordnen, es gab auch viele unbekannte.

Wenn Rauschgift im Spiel war, wurde möglichst jeder Fingerabdruck-Hinterlasser ausgeforscht, nach dem Prinzip: Jeder Schnupfer, Kokser oder Spritzer hatte seine Lieferanten, sprich Dealer. Und über diese gelangte man in die nächste Verteilerebene. Das Observieren und das Einschleusen in diese Kreise kostete jedoch Geld und Geduld. Für Rauschgiftermittler ein wahrlich mühsamer Job …

In der Kaiser-Villa spielte dabei ein Besen eine tragende Rolle. Eigentlich eine kehrende, denn Andreas Hofer hatte an dem bewussten Tag die Scherben zur Seite gefegt und dieses schwungvoll genauso wiederholt. Dabei löste sich der Borstenteil des Besens und verschwand unter der antiken Anrichte.

Als der V-Agent sich auf den Bauch warf, um mit dem Besenstiel das verschwundene Teil wieder hervorzuholen, kamen auch jene schwarzen Lederhandschuhe zum Vorschein.

Körner erinnerte sich zwar nicht, dass Natalie in jener verhängnisvollen Freitagnacht diese Handschuhe anhatte, aber das besagte nichts.

Zu jenem erstaunten Ausruf: »Das gibt's doch nicht! Leute, schaut euch das an!«, kam es aber erst, als einer der Rauschgiftermittler die Handschuhe näher betrachtete.

Im linken steckte nämliche eine Einwegspritze, die Nadel ragte aus der Mittelfingerhülle etwa einen Zentimeter heraus, wie der ausgefahrene Stachel einer aggressiven Hornisse.

Wofür dieses Instrument gut sein sollte, war den Ermittlern sofort klar, als sie Spuren von Strychnin in der Kanüle entdeckten. Es hatte Körner nachträglich ein recht mulmiges Gefühl verpasst, die Schlüsselfigur im Punschkiller-Fall unbewusst zum Objekt seiner Begierde ausgewählt zu haben. Es war ihm zwar schon an jenem Abend etwas seltsam vorgekommen, dass Natalie bei solcher Kälte Sekt statt Punsch trank, aber dass diese Frau der Punschkiller war – nein, darauf wäre er nie gekommen.

Die Zeitungen verkündeten tags drauf:

»Bankierstochter als Punschkillerin entlarvt!«

– – –

Die Lagebesprechung war für zehn Uhr im Festsaal angesetzt. Der Kommissar hatte das Material fein säuberlich vor sich auf dem Tisch aufgebreitet. Es war eine halbe Stunde vor Beginn und er ging gedanklich noch einmal Punkt für Punkt durch.

Seine Crew hatte gute Arbeit geleistet, er war zufrieden, wenn auch noch nicht ganz, denn der Spinnengift-Fall wartete noch immer auf Aufklärung. Ob die Kaiser tatsächlich der Punschkiller – eigentlich die Punschkillerin war? Ob sie allein agiert hatte? Der Mord mit dem Spinnengift passte nicht ins Täterprofil. Es musste noch einen Strohmann geben.

Oder eine Strohfrau?

Manche Frauen hatten sich ja mörderisch emanzipiert, kam es dem Kommissar in den Sinn.

Das Handy störte dudelnd seine Gedankenwelt.

Lo Bianco war dran: »Mario, sitzt du?«

»Ja. Nur wo, verrate ich nicht.«

»Hauptsache, du bleibst sitzen …«

»Mach's nicht so spannend, ich hab für Späße keine Zeit.«

»Na, dann halt dich fest … bei uns wurde eingebrochen!«

»Eingebrochen? Wo?«

»Mario, wo wohl? In der Auholz-Villa! Und die Handwerker stehen ohne Werkzeug da.«

»Wie konnte das passieren?«

»Na, wie wohl? Tür eintreten, Fenster einhauen und alles, was nicht niet- und nagelfest ist, rein ins Auto und weg. Und niemand hat's gesehen. Aber vielleicht haben die Herren Einbrecher künftig mehr Respekt, wenn sie wissen, ein Kommissar wird dort wohnen. Probieren geht über studieren – schreib's groß auf deine Hütte!«

»War das jetzt lustig?«, erwiderte Meller verärgert.

»Überhaupt nicht, weil die auch das gesamte Material gfladert haben. Die Armaturen in den Badezimmern abmontiert, die Keramikwaschtische, dann die kompletten Dielenbretter mitgenommen und was am schlimmsten ist, die Einbaugeräte für die Küche und dann noch die …«

»Lo, mach's kurz«, unterbrach Meller ihn, »meine Konferenz beginnt bald. Was soll ich von hier aus machen?«

»Erst eine Frage: Deckt das die Versicherung?«

»Ich denke schon. Ich werde den Makler verständigen, der soll sich mit dir in Verbindung setzen und den Schaden aufnehmen.«

»Dich scheint das nicht sehr zu erschüttern«, bemerkte Lo.

»Nicht so direkt. Ich wohne ja noch nicht dort, also steckt meine Seele noch immer … immer … na ja, woanders halt.«

»Kann ich nachvollziehen, aber jetzt was anderes: Den Heiligen Abend in der Villa feiern, daraus wird wohl nix werden.«

Meller dachte nach.

»Hallo, bist noch dran?«, meldete sich Bianco ungeduldig.

Meller seufzte: »Das trifft mich jetzt schon sehr, weil ich …«

»Feierst halt bei Claudia und mir«, unterbrach ihn sein Freund.

»Lass mich das noch überlegen, Lo … Hast du bei der Polizei schon die Anzeige gemacht?«

»Mit wem red ich denn grad, Herr Kommissar?«

»Sehr witzig. Bleib dran, ich stelle dich zur zuständigen Abteilung durch. Tschüss, ich muss jetzt … wir sehen uns.«

Meller legte das Gespräch auf eine Durchwahl.

Was für eine Dreistigkeit, einem Kommissar die halb fertige Hütte auszurauben!

Urplötzlich kam er sich verlassen und einsam vor.

Er war es auch – und das so knapp vor Weihnachten.

Wo feiern? Warum überhaupt feiern? Für ihn gab es keinerlei Grund zu feiern, dafür Tausende Gründe, um abzuhauen!

Nicht lang überlegen und ab durch die Mitte, so wie Manuel?

Bella lag im Kühlhaus. Er hatte mit dem Jungen vereinbart, dass sie die Begräbnisfeierlichkeiten erst nach den Feiertagen durchführen würden. Manuel hatte ihn gebeten, dass nur er, Meller und ein Pfarrer dabei sein sollten. Die anderen konnten ja später Bellas Grab besuchen.

Meller hatte alle Freunde und Bekannten um Verständnis für Manuels Wunsch gebeten. Von Verwandten aus der Fischer-Familie wusste er nichts und Manuels Vater war seit Jahren in Thailand untergetaucht.

Da unternahm Meller etwas Spontanes. Er sah auf die Uhr – zehn vor zehn, Unterrichtspause. Er rief seinen Jungen am Handy an.

Manuel war sofort dran.

»Mario hier … sag, Manuel, was wir noch nicht besprochen haben: Mit wem willst du am liebsten Weihnachten feiern?«

»Weißt eh, mit wem. Und weil das nicht mehr möglich ist, überhaupt nicht.«

»Das ist auch meine Meinung. Vorschlag: Willst mit mir über die Feiertage nach Rio fliegen?«

»NACH RIO …?«

Kurzes Atem-Innehalten, dann forderte er:

»Aber nur, wenn Flo und Marli mitfliegen dürfen.«

»Wie? Also, ich weiß nicht!«

Meller überlegte kurz. Warum eigentlich nicht? Die beiden hatten ihm geholfen, standen zu ihm. Mit ihnen fühlte Manuel sich wohl in dieser für ihn so schweren Zeit.

»Also gut. Klär das mit ihnen, sofern sie von ihren Eltern überhaupt die Erlaubnis bekommen.«

»ECHT, EHRLICH …?«

»Mein Ehrenwort gilt so viel wie ein Indianerehrenwort, schon vergessen? Sag den beiden aber, ohne gültige Reisepässe gibt's kein Rio.«

Bei der Lagebesprechung kam das erste Mal etwas wie Euphorie auf. Wenn sie Glück hatten, würde der Punschkiller-Fall noch vor dem Heiligen Abend aufgeklärt sein.

Bescheiden feierlich wirkte der Adventkranz in der Mitte des langen Tisches. Jemand hatte die vier roten Kerzen angezündet.

»Warum vier? Es ist doch noch nicht Sonntag!«, stellte Manuela Kohn fest.

»Weil für uns heute so was wie Weihnachten ist!«, erwiderte Körner freundlich, vermutlich der Kerzenzündler.

Seit der V-Agent wieder diensttauglich war, schien er wie ausgewechselt. Keine gehässige Bemerkung Hofer gegenüber, die beiden schienen überhaupt die besten Freunde zu sein.

Stille Freude und Genugtuung waren an diesem Vormittag allgemein angesagt. Da konnte auch die Tuareg nicht meckern, weil von höchster Stelle aus dem Ministerium die ersten Belobigungen eingetrudelt waren, wie sie einleitend erklärt hatte.

Meller erläuterte daraufhin die Ermittlungsergebnisse.

Natalie Kaiser hatte in ihrer Villa verschiedene Rauschgiftmittel gebunkert. Der Menge entsprechend, konnte der abgelegene Standort auch ein Verteilerplatz sein. Ob Dealer und Süchtige die Villa aufgesucht hatten, das sollten die laufenden Ermittlungen der Rauschgiftabteilung ergeben und war für die Sitzung nicht relevant. Hier und jetzt ging es um Indizien zum Punschkiller-Fall, auf die man rein zufällig gestoßen war. Dank Körner, Hofer und einem Paar schwarzer Lederhandschuhe.

Denn nachweislich wurde festgestellt, dass ausschließlich Natalie Kaiser jene Handschuhe benützt, ergo auch die tödliche Spritze betätigt hatte.

Die Aktion an sich war teuflisch geplant und die Verteilung des Gifts äußerst hinterlistig durchgeführt worden. Eindeutige Indizien und Beweise zeigten zwei mögliche Varianten auf.

Die Handels GmbH Ton-in-Flammen.at verkaufte Keramikware und hatte ihren Standort im Industriegebiet, im 23. Bezirk von Wien. Im aktuellen Fall waren es neutrale Keramikhäferln, die aus dem Ausland zugekauft wurden und bei genannter Firma nachträglich Mödlinger Motive eingebrannt bekamen.

Hanna Mahr, die Inhaberin von Ton-in-Flammen.at, war eine Bekannte von Natalie Kaiser, seit Schulzeiten ihre Freundin. Nur so ließ sich erklären, dass die Täterin bei ihrer Freundin nahe genug an die Keramikware herankommen konnte.

Die erste Variante: Um ein paar Tropfen Strychnin in diverse Häferln zu spritzen, musste das vor dem Verpacken geschehen, was in der Versandabteilung jederzeit möglich war. Ein kleiner Plausch mit dem Personal in einem unbeobachteten Moment, schon war das Gift aus dem linken Lederhandschuh heraus abgedrückt. Denn Natalie Kaiser fehlte der Mittelfinger. Laut Körners Aussage hatte sie diesen bei einem Reitunfall verloren. Für ihre mörderischen Absichten steckte sie nun eine Spritze in den Handschuh. Durch das Zusammenpressen von Hand und Fingern konnte sie unauffällig Gift tropfenweise in ein Häferl abgeben. Mit etwas Übung stellte das kein Problem dar, wie Tests ergaben.

Dass Natalie Kaiser so vorgegangen sein musste, entdeckten die Ermittler in jenen 31 Kartons, die in den S-C-ONE gebracht wurden.

In vier Häferln wurden nachweislich Spuren von eingetrocknetem Strychnin gefunden – das hieß, im schlimmsten Fall, vier weitere Giftopfer. Sofern die frisch gelieferte Ware nicht extra gewaschen werden würde. Das wusste die Täterin natürlich nicht.

Daher die zweite Variante: Um sicherzugehen – oder bereitete es ihr einen besonderen Kick, Herrin über Leben und Tod zu sein –, besuchte Natalie Kaiser den Mödlinger Adventmarkt und mischte sich unauffällig unters Publikum. Im geeigneten Augenblick trat sie in Aktion und drückte den tödlichen Inhalt in ein gefülltes Punschhäferl. Vielleicht auch in ein noch leeres Häferl, das auf der Theke stand. Da gab es genügend Möglichkeiten, Gift zu verteilen. In sicherer Entfernung konnte sie dann die Folgen ihrer teuflischen Tat beobachten.

Strychnin ist zwar bitter, lässt sich aber mit hochprozentigem Alkohol gut mischen. Auch das Bittere schmeckt man im Punsch nicht mehr, da dieser neben Schnaps, Rum und Gewürzen viel Zucker enthält.

Die Symptome der Opfer nach ihrer Strychninvergiftung waren eindeutig. Was allerdings die Frage aufwarf: Was bezweckte Natalie Kaiser damit? Strychnin ist im Körper sofort nachweisbar, also durfte sie kein Interesse daran gehabt haben, ihre Tat zu verheimlichen. Vielmehr musste der Täterin viel daran gelegen sein, den Punschkiller-Hype bzw. die allgemeine Angst unter der Bevölkerung zu schüren. Ein typisches Verhalten von Serienkillern. Denn nachweislich stand sie mit keinem der Opfer in irgendeiner Weise in Kontakt. Also musste man emotionelle Gefühle wie zum Beispiel Eifersucht, Rache, Hass auf eine gewisse Person ausschließen. Zu vermuten war, dass es sich bei Natalie Kaiser um eine extrem gestörte Persönlichkeit handelte, die für ihre schweren psychischen Differenzen die Gesellschaft allgemein verantwortlich machte. Sie setzte ihre Wut in die Tat um – um zu strafen, zu morden. Egal, wen. Als Vergeltung für alles, das in ihrem Leben schiefgelaufen war.

Abschließend berichtete Meller über die Opferbilanz:

»Zu den bedauernswerten Opfern zählen bisher Werner Mader, 34 Jahre alt, der durch einen fatalen Sturz schließlich ums Leben kam, sowie Heiner Baumann, 36 Jahre alt, der noch immer im Koma liegt. Eine Heilung ist vermutlich aussichtslos, da sein Gehirn irreparable Schäden abbekommen hat.

Jetzt zu den überprüften Personen, die sich im unmittelbaren

Umfeld der Opfer befinden. Es gab laut den Ermittlungsergebnissen keinerlei Verbindung zur Täterin. Julia Mader und Iris Baumann sind daher frei von jedem Verdacht. Ebenso ist Hanna Mahr von der Keramikfirma über jeden Verdacht erhaben. Als sie von dieser Wahnsinnstat ihrer Freundin erfahren hatte, erlitt sie einen Schwächeanfall und muss zurzeit psychologisch betreut werden.

Wir können von großem Glück sprechen, dass wir die bereits an die Waschstation in Mödling gelieferten Häferln rechtzeitig aus dem Verkehr gezogen haben. Die restliche Ware, die noch in der Firma Ton-in-Flammen.at lagerte, wurde ebenfalls kontrolliert. Dort fanden sich jedoch keine Spuren von Strychnineinlagerungen. Zur Sicherheit wurde die gesamte Produktrange zusätzlich doppelt gereinigt.

So weit die bisherigen Ergebnisse aufgrund der Indizien und Ermittlungen in diesem Fall.«

Der Spinnengift-Fall war völlig anders gelagert. Da gab es leider noch keine zielführenden Ergebnisse. Und ob es dabei eine Verbindung zu Natalie Kaiser gab, das stand ebenfalls offen.

Mike Lehner war auf Anna Höglinger angesetzt und hatte sie mehrmals einvernommen und verhört. Sie waren auch in Wien, im 16. Bezirk, in der Fahrschule von Ing. Walter Höglinger, gewesen.

Gefunden hatte man dort nichts, aber auch schon gar nichts, was die Frau in irgendeiner Weise als verdächtig erschienen ließ. Anna Höglinger war eine depressive Frau und hatte Probleme in ihrer Ehe. Aufgrund des Mordes an ihrem Mann verstärkte sich ihr ohnehin labiler Zustand.

Ihr Bruder, Martin Weinlich, war bar jeden Verdachts, da er zurzeit der Ermordung seines Schwagers im S-C-ONE einsaß – ein besseres, wasserfestes Alibi konnte es nicht geben.

Weinlich war somit aus der Nummer heraus.

Eins allerdings fand Mike Lehner im Büro der Fahrschule. Ein Wertkartenhandy, von dem Anna Höglinger nichts wusste. Immerhin war sie die Sekretärin und rechte Hand ihres Mannes.

Es konnte eruiert werden, dass Höglinger zwei Wertkartenhandys gekauft hatte. Wer dieses zweite Handy besaß, wusste man bis dato noch nicht. Diese Person könnte zur Aufklärung beitragen, käme aber auch als Täter infrage. Eifersucht oder ein anderes emotionelles Motiv – Geld, Schulden etc. – könnten dabei eine Rolle spielen.

Seither hatte Mike Lehner das Handy stets eingeschaltet bei sich. Im Speicher befand sich nur die letzte angenommene Nummer – die des zweiten Handys. Mehrmals täglich und auch des Nachts wählte der V-Agent diese Nummer, in der Hoffnung, den unbekannten Anrufer in der Leitung zu haben.

Zwei Tage zuvor war sein Anruf angenommen worden. Eine gewisse Birgit Wasserer war in der Leitung. Von ihr erfuhr Lehner, dass dieses Handy ihrer Nichte Julia Mader gehöre, bei der sie gerade auf Besuch sei. Julia sei nur kurz zum Bäcker gegangen und käme gleich wieder.

Es dauerte keine zehn Minuten und Lehner saß mit Kollegin Schneider in der Wohnung und erwartete Julia Mader, um sie sofort in den S-C-ONE zu bringen, als Hauptverdächtige im Spinnengift-Mord an Ing. Walter Höglinger.

Bei der Einvernahme gestand Julia Mader unter Tränen, dass sie seit August ein Verhältnis mit dem Fahrschulbesitzer gehabt hatte. Ein Autounfall war der Beginn der Affäre. Julia Mader hatte mit ihrem Mini die Vorfahrt missachtet, der Blechschaden am Fahrschulauto war gering. Man war übereingekommen, den Schaden ohne Versicherungsmeldung zu regeln. Daraus wurde mehr, erst ein paar Essenseinladungen, dann Hotelzimmerbuchungen sowie das geschenkte Wertkartenhandy für Terminabsprachen und Ausweingespräche. Alles hinter dem Rücken der gehörnten Ehepartner.

Was die beiden verband, war die finanzielle Quelle, die Höglinger freigiebig sprudeln ließ und an der sich Julia Mader reichlich bediente. Zudem hatte ihr Walter Höglinger versprochen, sich von seiner Frau zu trennen.

Sofort sah Julia Mader Chancen, aus dem Verhältnis Kapital zu schlagen. Nach ein paar Wochen bedrängte sie ihn erstmals, sein Versprechen wahr zu machen. Doch dem Fahrschulbesitzer war eine Trennung von seiner Frau zum gegebenen Zeitpunkt zu riskant gewesen.

Als Julias Mann dem Punschkiller zum Opfer fiel, war sie frei und begann Höglinger zu erpressen. Wenn er sich nicht alsbald entscheide, werde sie zu seiner Frau gehen und reinen Tisch machen. Weihnachten war kein idealer Anlass für eine Trennung, aber im Jänner – hatte er versprochen – würde er die Sache in Angriff nehmen. Ein vorweihnachtliches Geldgeschenk machte Julia Mader die Wartezeit erträglicher.

Doch das Gift einer Trichternetzspinne zerstörte letztendlich die Träume der beiden. Übrig blieb die geschockte Julia Mader. Zwei Verluste innerhalb kürzester Zeit!

Aber dass bei ihr Tränen flossen, bezweifelten die V-Agenten.

Zudem hatte die junge Witwe zwei schwerwiegende Fehler begangen. Sie hatte das Handy behalten und Höglingers Geld auf einem Sparbuch gehortet. Genau jene Summen, die von einem seiner Sparbücher abgehoben worden waren. Die Buchungen konnten auf den Cent genau zurückverfolgt werden.

Allerdings – und das verpasste den V-Agenten einen Dämpfer, Julia Mader war nicht die Mörderin von Ing. Walter Höglinger, auch wenn es kurzfristig danach ausgesehen hatte.

Erstens hatte Julia Mader für den besagten Zeitpunkt ein Alibi, das von 23 ehemaligen Schulkolleginnen – sie war bei einer Weihnachtsfeier gewesen – bestätigt wurde. Und zweitens stammten die Fingerabdrücke an der im Wunschhaus aufgefundenen Spritze nicht von Julia Mader.

Auch die Fingerabdrücke von Anna Höglinger sowie sämtlicher Personen, die sich zum Zeitpunkt in unmittelbarer Nähe des Giftopfers befunden hatten und deren Personalien aufgenommen worden waren, brachten den Ermittlern nicht das gewünschte Ergebnis – leider, leider, leider.

Die Abdrücke an der Giftspritze waren im internationalen Datenarchiv nicht gespeichert und konnten bis dato keiner Person zugeordnet werden …

Sie saßen im Festsaal und besprachen die letzten Ergebnisse, als die Meldung hereinkam. Die Tuareg übernahm das Gespräch, während die anderen weiterdiskutierten.

»WAS …?«

Die schrille Stimme der S-C-ONE Chefin ließ manche zusammenzucken und alle verstummen.

»Sagen Sie das bitte noch einmal! Moment … warten Sie, ich schalte Sie auf die Raumsprechanlage!«

»Geht's schon?«, hörte man die Rezeptionistin mit den langen schönen Beinen fragen.

»Es geht«, erwiderte die Tuareg mit finsterer Miene.

»Also, werte Kollegen«, klang säuselnd ihre Stimme über Lautsprecher, »in der Fußgängerzone ist soeben eine männliche Person im Alter von etwa 55 Jahren nach Konsumieren eines Punsches zusammengebrochen. Und zwar bei der Punschhütte von einem gewissen Herrn Wurstbauer. Die Rettung ist schon vor Ort. Was Sie zu tun haben … na ja«, seufzte die Rezeptionistin, »da hat er wieder zugeschlagen, unser Punschkiller.« Sie legte auf.

Große Bestürzung allerseits. Die Kollegen sahen sich entgeistert an und Körner donnerte los:

»Wenn mir der Hund jetzt auch noch Weihnachten versaut, hat der die längste Zeit gelebt … beim Wurstbauer, des a no!«

»Geh, Axel, kimm«, tröstete ihn Andreas Hofer, »den schnapp ma uns, bevor noch des Chrischtkindl mit der Glockn bimmelt!«

Doch bis dahin waren es nur noch fünf Tage und ebenso viele Nächte. Das hieß Dienst schieben rund um die Uhr!

Der Punschkiller hatte wieder zugeschlagen!

Keine zwei Kilometer Luftlinie entfernt, mitten im Zentrum, am hellichten Tag, während die gesamte Mannschaft des S-C-ONE in ihrem überfüllten Bunker saß. Was für eine Blamage!

Jetzt war Feuer am Dach.

Der Punschkiller hatte es darauf angelegt, nicht nur die Bevölkerung in Angst und Schrecken zu versetzen, sondern auch die V-Agenten um ihren Schlaf zu bringen, sie ihre Weihnachtseinkäufe nicht in Ruhe erledigen zu lassen und vor allem, das soeben besprochene Konzept über den Haufen zu werfen.

Man musste sofort konkrete Schritte unternehmen.

Meller bat Lehner, in gewohnter Weise die Observierungen zu koordinieren. Er selbst wollte mit Körner den Tatort aufsuchen.

Innerlich kochte er, denn die Dreistigkeit des Täters kratzte an seinem Ego und um vieles mehr an seinem Status als Chef der V-Gruppe 4.

Doch was half es. Der Täter war immer um einen Schritt voraus. Ihn zu überholen und ins aufgespannte Netz laufen zu lassen, wäre traumhaft, aber das spielt's selten und in diesem Fall eben nicht. Denn das Netz musste erst speziell gesponnen werden, um den Richtigen zu erwischen.

Mensch, Meller, wach auf, du Träumer! Irgendein Indiz, eine Sache – was hast du bis jetzt übersehen?, schalt er sich, während Axel Körner stumm, mit verbissenem Gesicht, mit ihm zum Tatort raste.

Bei Wurstbauers Punschhütte war der Teufel los.

Eine Menschengruppe hatte sich vor seiner Hütte versammelt. Vorhaltungen wurden laut, dass seine Punschkiller-Werbung den Mörder erst recht animiert habe. Am lautesten schrie der bei allen Punschhütten bereits bekannte Cvitkovits.

»Immer wenn's wo einen Wickel gibt, ist der Bsoffene dabei. Wenn ich nicht wüsste, dass der zu blöd ist, um der Mörder zu sein, dann hätt ich ihn schon verhaftet«, ärgerte sich Körner, während sie auf die Punschhütte zugingen.

»Dann nimm ihn fest – prophylaktisch – und lass ihn eine Nacht bei uns dunsten. Verpass dem Großmaul einen Denkzettel«, erwiderte Meller frustriert, weil ihm der Mann ebenfalls auf den Geist ging. Ein Vorschlag, ein Befehl?

»Sie ...! Herr Cvitkovits ...!«

Körners Stimme dröhnte über die Menge hinweg.

Die Menschen verstummten, drehten sich den V-Agenten zu und machten ihnen Platz.

»Sie sind verhaftet, Herr Cvitkovits ...!«, donnerte Körner weiter. »Sie werden verdächtigt, der Punschkiller zu sein!«

Er hielt die Handschellen schon bereit und mit einem geübten Griff klickten sie um die Handgelenke des verdutzten, angesäuselten Gregor Cvitkovits.

Das saß. In Sekundenschnelle herrschte Stille. Nur das Gedudel des nahen Ringelspiels und das Gebrumm und Gebimmel des nach Diesel stinkenden Bummelzugs, der soeben auf den Schrannenplatz bog, durchbrachen das Schweigen. Die Menschen wichen von Cvitkovits ab und sahen ihn feindselig an.

»Der? Grad der, der am meisten sauft und umadumschreit?«

»Genau! Solche unauffällige Typen san meistens die Mörder!«

»Hauptsach, sie haben den Punschkiller endlich gschnappt!«

Aussagen solcher Art zeigten, dass sich die Passanten vom Schreck relativ schnell erholten.

Meller machte sich bereits Gedanken, ob er nicht doch etwas zu weit gegangen war. Aber, mein Gott, man konnte sich ja ein bisschen irren. Wer weiß, vielleicht hatten die Leute sogar Recht und Cvitkovits war der Punschkiller! In einer gewissen Weise war er es ja – die Menge Punsch, die sich der Mann bereits hinter seine Binde gegossen hatte, gereichte einem Punschkiller, dem Worte nach, gewiss zur Ehre.

Körner führte Cvitkovits zum Auto, befahl ihm einzusteigen und den Mund zu halten. Der Mann war völlig geschockt und befolgte widerstandslos die Anweisungen. Starr wie eine Puppe saß er im Auto und stierte vor sich hin, was Körner ein befriedigtes Grinsen ins Gesicht zauberte.

Der Kommissar vernahm Wurstbauer und erfuhr, dass ein Mann mehrere seiner speziellen Punschkiller-Menüs konsumiert habe und dann plötzlich umgekippt sei …

Das Opfer war im Krankenhaus bereits untersucht worden und der Arzt, der auch für die bisherigen Punschkiller-Opfer zuständig war, hatte das Ergebnis sofort an den S-C-ONE weitergeleitet.

Lehner verständigte daraufhin den Kommissar.

Minutenlang hörte Meller zu, dann erheiterte sich seine Miene zusehends, bis er schließlich über beide Ohren grinste und sich wegdrehte, damit ihn die Leute nicht beobachten konnten. Er ging etwas abseits und Körner folgte ihm.

»Was ist, Chef?«, wunderte er sich, als Meller das Handy wegsteckte.

Es war seit vielen Tagen das erste Mal, dass er ein lachendes Gesicht seines Chefs erblickte.

»Unser sogenanntes Opfer ist Diabetiker und hätte unter keinen Umständen das essen dürfen, was er gegessen hat – picksüße Punschkrapfen! Das hat was mit den Broteinheiten zu tun ... Ich weiß nicht, wie die ärztliche Bezeichnung heißt. Mike erklärte was von Hyperglykämie, glaube ich, und von zu hohem Blutzuckerspiegel – egal. Der Mann hatte vier Punschkrapfen, vier Schnäpse und vier Häferln Punsch intus – das rächte sich. Jetzt hängt der arme Tropf am Tropf.«

Meller lachte und seufzte erleichtert auf.

»Und was machen wir mit dem Cvitkovits?«

Körner deutete mit dem Kopf zum Auto hin.

»Mit dem? Das ist der Punschkiller! Der wird jetzt arrestiert und in der Nacht von mir verhört! Ich schlaf zurzeit eh sehr schlecht – und der sicher auch!«

»Super. Dann kann ich ja jetzt für zwei Stunden weg. Ich muss für meine Mutter ein Geschenk besorgen. Sie wünscht sich einen speziellen Mixer und wenn ich noch lang zuwarte, kauf ich bestimmt einen verkehrten, ich kenn mich. Was so viel heißt, dass ich stundenlang Schlange steh, wenn die Umtata sind.«

»Die was?«, fragte Meller.

»Umtata – Umtauschtage, nach Weihnachten. Noch nie was gehört davon?«, erwiderte Körner. »Also, wenn du nichts dagegen hast, tät ich jetzt gern – abhauen.«

»Und wer fährt den da?«, Meller deutete zum Auto hin.

»Du – der is eh blau und in Handschellen.«

– – –

Als der Kommissar spätabends allein in seinem Büro saß und seine Gedanken mit ihm wieder einmal Ping-Pong spielten, fiel ihm das Protokoll von Claudia Rotter ein – die Vernehmung der Eltern von Iris Baumann.

Es schoss ihm deswegen urplötzlich ein, weil Cvitkovits beim Verhör etwas von einer Weltreise gefaselt hatte, die er mit seiner heißen Braut unternehmen wolle, wenn er geschieden sei.

Dass der Mann nie und nimmer der Punschkiller war und sein konnte, war Meller ohnehin klar. Aber der Denkzettel, der saß.

Cvitkovits hatte sein meckerndes Gegluckse schlagartig verloren und den Kommissar angefleht, dass er dringend nach Hause müsse, weil sonst seine Alte – blablabla ...

Der Kommissar hatte ihn zum Teufel geschickt.

Jetzt grübelte Meller vor sich hin. Das Wort Weltreise ging ihm nicht aus den Sinn. Allein deswegen, weil er ja selbst in ein paar Tagen um die halbe Welt fliegen würde. Die Freunde von Manuel, Flo und Marlene, durften Gott sei Dank nicht mit. Florians Vater war natürlich dagegen und Marlene wollte nicht mit, weil Flo nicht durfte. Die Einstellung des Mädchens gefiel dem Kommissar. Noch mehr aber, dass er mit Manuel allein nach Rio fliegen würde. Natürlich hätte er nichts dagegen gehabt, wenn die beiden auch mitgeflogen wären. Aber so abrupt wollte er auch nicht Ersatzvater von drei Halbwüchsigen sein. Das Schicksal war ihm ein wenig gnädig.

Bei Schicksal fiel ihm wieder Bella ein. Seine Flucht um die halbe Welt nach Rio. Bei halbe Welt dachte er an den blöden Cvitkovits, dessen geplante Weltreise und an Australien, weil das ja das entfernteste Ziel war ... und war bei Iris Baumann gelandet, die ja auch durch Australien getrampt war.

Jetzt, wieder an dem Punkt angelangt, suchte er das Protokoll aus dem Stapel hervor, der sich inzwischen auf seinem Tisch auftürmte. Es fehlte ihm einfach die Zeit, die Tagesbelange abzuarbeiten, ein altes Problem vor Weihnachten. Dass gerade im letzten Monat des Jahres doppelt so viel zu erledigen war. Er ärgerte sich. Ab dem 20. Dezember rührte niemand mehr ein Ohrwaschel, weil gedanklich darin schon die Weihnachtszweigerl steckten. Und vom 20. Dezember bis zum 6. Jänner war sowieso tote Hose. Innerhalb wie außerhalb des S-C-ONE und auf der ganzen Welt …

Meller las sich erneut in den Bericht ein. Er sah auf die Uhr, halb zwölf. Erst überlegte er, wählte aber dann doch die Nummer.

»Wer stört zu so später Stunde noch?«, krächzte Lo Bianco.

»Hallo, Lo, tut mir leid, aber ich … sag, was ist mit dir … auch schon krank?«

»Nicht ganz, aber bald. Der Job in der PunschBar zehrt an meiner sensiblen Statur.«

»Könnte ich Claudia noch kurz sprechen, es wär dringend.«

»Warte, sie ist beim Fernsehen eingeschlafen.«

»Ach so! Lass sie schlafen … hat morgen auch noch Zeit!«

»Was ist denn?«, klang es verschlafen im Hintergrund. »Dein Chef will dich«, erklärte Bianco und reichte ihr den Hörer.

»Hallo, Claudia! Das tut mir jetzt aber furchtbar leid, dass ich dich aufgeweckt habe«, entschuldigte sich Meller.

»Macht nix. Bin nur kurz eingenickt.« Claudia gähnte. »Wollt grad schlafen gehen … Was liegt an, Mario?«

»Ich beschäftige mit gerade mit Iris Baumann. Sag, was haben ihre Eltern über diesen Roger, den Freund den Iris von ihrer Reise mitgebracht hat, genau gesagt?«

»Ja … also, der Baumann sagte, dass das ein ganz seltsamer Vogel war. Vermutlich meistens eingeraucht oder sonst irgendwie auf Drogen und …«

»Ich meine, wie der verschwunden ist«, unterbrach Meller sie.

»Die Tochter war an jenem Tag sehr aufgeregt und hatte angeblich einen Streit mit Roger gehabt. Als Iris dann die alten Möbeln angezündet hat, kam es zu dieser Auseinandersetzung mit dem Vater. Der Baumann sagte nur – und das ist mir aufgefallen – Iris hatte nach dem Feuer alles picobello weggemacht, frische Erde drüber getan, sogar Rasensamen gesät.«

»Hast du dir die Stelle vielleicht angeschaut, wo dieses Feuer war?«

»Ja, warum?«

»Und hast du was entdecken können?«

»Schnee, nix als Schnee, bis über die Knie.«

»Ich danke dir, Claudia. Schlaf gut.«

»Du auch, tschüss!«

Zehn

Samstag, 20. Dezember 2008 …

Vater Baumann stand mit dem Kommissar hinter dem Stadel.

»Wo genau hatte Ihre Tochter das Feuer entzündet?«, fragte Meller, eine Schneeschaufel in der Hand.

»Ungefähr hier«, erwiderte der Bauer, ging ein paar Schritte vom Stadel weg aufs Feld hinaus und stellte sich breitbeinig auf die vermutete Stelle.

Meller ging nach und begann den Schnee großflächig wegzuschieben. Baumann konnte das nicht mitansehen.

»Geben S' schon her. Ich helf Ihnen«, sagte er und nahm dem Kommissar den Schieber aus der Hand.

»Haben Sie noch einen?«, fragte Meller.

»Im Schuppen stehen ein paar.«

Gemeinsam legten die beiden eine etwa zehn Quadratmeter große Fläche frei.

Atemlos stand Meller vor dem vollbrachten Werk.

»Ganz schön anstrengend!«, schnaufte er.

»Wer's net gwohnt ist, sollt's net machen!«, erwiderte Baumann, dem nicht die Spur einer körperlichen Kraftanstrengung anzusehen war, mit leiser Ironie.

Dass es nach so langer Zeit nichts mehr zu entdecken gab, hatte Meller befürchtet. Dennoch hatte er gehofft, irgendetwas zu erspähen. Doch sein Verdacht hatte ihm so lange keine Ruhe gelassen, bis er den Entschluss gefasst hatte und in aller Früh losgefahren war. Nach Wartmannstetten, das lag in der Nähe von Neunkirchen.

Unangemeldet war Meller bei den Baumanns aufgetaucht, natürlich beabsichtigt …

»Und, was jetzt?«, fragte der Bauer, die freigelegte Fläche mit einer gewissen Skepsis betrachtend.

»Nichts … wir gehen wieder.«

Meller hatte genug gesehen. Enttäuscht klopfte er mit dem Stiel auf den Boden.

Es klang anders als erwartet, wenn man mit einer Holzstange auf einen Wiesenboden klopft – irgendwie hohl.

Meller ging ein paar Schritte weg und klopfte erneut.

Hier klang es seiner Ansicht nach so, wie wintergefrorener Wiesenboden zu klingen hatte.

Wieder an der vorherigen Stelle, probierte er nochmals – dumpf und hohl. Da bohrte er mit aller Kraft den Holzstiel in den harten Boden. Er schaffte es etwa zehn Zentimeter tief.

»Was ist da drunter?«, fragte er den Bauern.

»Kann sein, dass Sie den Deckel von der alten Zisterne getroffen haben. Die ist aber seit Ewigkeiten nicht mehr benützt worden und schon ganz zugewachsen.«

»Gehen wir uns aufwärmen. Lassen Sie aber bitte alles so. Ich schicke sofort Leute her, die kümmern sich darum.«

Meller erwischte Mike Lehner, als er beim Weihnachtsshoppen durch die SCS geschoben wurde. Ihn dennoch zu bitten, so schnell wie möglich Iris Baumann habhaft zu werden und zur Vernehmung in den S-C-ONE zu bringen, kam schlecht an. Lehner war derart ungehalten:

»Mensch, Meller, es reicht! Ich hab heute frei und bin mit

Stoppl unterwegs! Die explodiert, wenn ich heute nur ein Wort vom S-C-ONE sage!«

Meller bat Mike, das Handy an Stoppl weiterzureichen. Er wollte sich bei ihr entschuldigen.

»Hallo, Stoppl. Es tut mit entsetzlich leid. Aber ich bin auch seit sechs Uhr früh unterwegs und hätte ebenfalls frei. Doch hier passiert gerade etwas, das hat absolute …«

Da unterbrach ihn Stoppl wütend:

»Du hast auch keine Familie, die Weihnachtsgeschenke erwartet. Ich würde das auch lieber während der Woche …!«

»Stimmt. Bella gibt's nicht mehr«, unterbrach Meller sie, »aber einen Sohn habe ich jetzt, den Manuel.«

»Entschuldige, Mario … das ist mir im Ärger so rausgerutscht. Bitte, das tut mir leid. Wie konnte ich mich nur so gehen lassen … alles nur wegen der blöden Einkauferei. Ich könnt mich abwatschen!«

»Lass das Mike machen. Schönen Einkauf noch.«

Meller beendete das Gespräch. Er rief Körner an, berichtete von seiner Vermutung, und Körner raste los …

Die Ermittlungsbeamten hatten in Wartmannstetten auf Baumanns Biohof ganze Arbeit geleistet. Hinter dem Stadel wurde der überwachsene Betondeckel freigelegt und geöffnet. Taucher waren in die bis zur Hälfte mit Wasser gefüllten Zisterne gestiegen und hatten Rogers Leiche, die wie ein aufgeblähter, unförmiger Zeppelin aussah, ins Freie gehievt.

Was für ein grässlicher Anblick, der längst nichts mehr mit einem menschlichen Wesen zu tun hatte. Ein dicke, wachsartige Schicht hatte sich über das unförmige Etwas gebildet. Ganz zu schweigen vom Gestank, der von der Kälte nur wenig abgeschwächt wurde.

Dem Kommissar war übel geworden. Selbst er, für den der Tod Gewohnheit sein sollte, hatte sich übergeben müssen. Dieses konservierte Verwesungsstadium übertraf alles bisher Gesehene. Kein Wunder, die Leiche lag seit über sechs Jahren in absoluter Finsternis in eiskaltem Wasser.

Der Kommissar hatte den Baumanns verboten, das abgesperrte Areal zu betreten, um ihnen diesen Anblick zu ersparen. Doch das Bild von ihrer Tochter würden sie wohl von Grund auf ändern müssen.

Den restlichen Tag über hatte Meller diesen widerwärtigen Geruch in der Nase. Da half kein Kaffee – etwas zu essen, war unmöglich –, nur Kaugummi mit Fruchtgeschmack, das half ihm darüber hinweg. Und viel Rotwein ...

– – –

Der kahle Raum reflektierte eine Trostlosigkeit, die von der großen Spiegelwand zusätzlich verstärkt wurde. Dahinter saß Axel Körner und überwachte die Aufnahme des Verhörs.

Es war bereits Abend, aber das zählte im Verhörraum nicht. Mit enormer Fantasie könnte man sich bei bei der kargen Beleuchtung sogar eine romantische Abendstimmung vorstellen, doch hier hatte niemand Interesse an Romantik. Jetzt war einzig und allein ein Geständnis gefragt.

»Iris Baumann ... was haben Sie uns mitzuteilen?«

Die Frau saß dem Kommissar gegenüber.

»Dass ... dass ... dass ich ihn nicht ... umgebracht habe«, kam es stockend von Iris Baumann. Sie rang nach Worten.

»Ich habe an dem Abend ein bisschen was genommen, aber Roger hatte sich total zugedröhnt. Dann ... dann wollte er mit mir schlafen, ich wollte aber nicht. Doch er gab keine Ruhe, wurde richtig wütend. Er hat sich plötzlich auf mich geworfen. Das war oben im Heustadel. Er drückte mich auf den Boden und würgte mich. Da bekam ich Panik. Roger ist total außer sich gewesen und hat mich in die Brust gebissen. Das tat höllisch weh. Da habe ich ihm einen Tritt in … in seine Genitalien verpasst. Er ist in die Knie gegangen und hat gestöhnt … Dann drohte er mir, mich umzubringen! Ich hatte totale Angst um mein Leben … da war dieses Metallrohr! Ich weiß nicht mehr wie, irgendwie hatte ich es plötzlich in der Hand und habe auf ihn eingeschlagen. Immer wieder. Sein Kopf war voller Blut, überall war Blut … furchtbar!«

Sie schlug die Hände vors Gesicht. Dann erzählte sie weiter:

»Roger hat sich an den Kopf gegriffen und ist getaumelt. Dabei muss er über die Kante gestolpert sein … dann … dann ist er hinuntergefallen … und … war tot. Ich hab total die Panik bekommen! Meine Eltern durften ja nicht merken, dass wir uns Drogen reingezogen haben. Ich hab fieberhaft überlegt, was ich machen sollte, und da ist mir die alte Zisterne eingefallen. Zuerst hab ich die Spuren vom Kampf beseitigt, das Blut und so. Dann hab ich Roger zur Zisterne geschleppt, den Deckel mit der Eisenstange hochgestemmt und ihn hineinplumpsen lassen. Die Eisenstange habe ich nachgeworfen und den Deckel wieder drübergeschoben. Dann habe ich alles, was Roger gehörte, auf den Deckel gelegt und angezündet. Das brannte nicht so recht und rauchte fürchterlich. Da habe ich einfach die alten Möbel aus dem Stadel geholt und mit verbrannt. Mein Vater ist plötzlich aufgetaucht, weil er glaubte, der Stadel brennt ab. Als er sah, wie ich die schönen, alten Möbel verbrenne, wurde er ganz fuchtig und machte mir einen Mordszirkus. Mir war das nur recht, weil so bemerkte er nicht, dass ich Rogers Sachen verbrannt hatte. Meinen Eltern sagte ich, Roger sei weitergetrampt, weil wir uns zerstritten hätten. Das war ihnen wieder recht, weil sie mochten Roger nicht. Am nächsten Tag habe ich die Feuerstelle sauber gemacht, Sand und Erde über den Deckel gegeben und Rasensamen drübergestreut. Ich wollte eine grüne Fläche sehen und nie wieder an Roger denken müssen ...«

Iris schwieg und atmete heftig.

»Trinken Sie Wasser, Frau Baumann, sonst kippen Sie uns noch um«, forderte sie Meller auf.

Ihr ganzer Körper zitterte, als sie danach griff. Gierig trank sie und stellte den leeren Becher wieder ab.

»Ihre U-Haft wurde von der Staatsanwältin beantragt. Am besten, Sie schlafen sich ordentlich aus. Morgen bekommen Sie die Möglichkeit, mit einem Anwalt zu sprechen, wenn Sie es wünschen. Dann wird Ihre Aussage auch zur Unterzeichnung bereit sein ... gute Nacht, Frau Baumann. Ich lasse Sie wieder in Ihre Zelle bringen.«

Meller erhob sich und verließ den Verhörraum.

Iris Baumann stand auf und ging auf die Spiegelwand zu. Unbeweglich starrte sie sich an, so dass Körner glaubte, ihre Gedanken auf seiner Haut zu spüren.

Der Kommissar war hundemüde und seine Augen brannten. Nur nicht krank werden, dachte er. Körner kam ihm entgegen.

»Für heute reicht's«, sagte er zu ihm. »Den Rest sollen die anderen machen. Ich danke dir, Axel. Gute Nacht.«

Schon wieder ein Abend, den Meller im Büro verbrachte.

»Noch drei Mal schlafen!«, hatte ihm Manuel per Handy verkündet, der schon ganz aufgeregt war. »Weihnachten in Rio, echt cool. Da haben alle blöd dreingschaut in der Klasse.«

Meller gönnte ihm den kleinen Triumph, wo er doch das Wichtigste in seinem jungen Leben verloren hatte, seine Mutter.

Manuel hatte vom Schuldirektor eine Sondererlaubnis bekommen und musste erst am 12. Jänner wieder in der Schule sitzen.

17 Tage Rio und weit weg vom hiesigen Wahnsinn. Da bekam selbst Meller ein mittelschweres Vorfreudekribbeln in der Herzgegend. Die alte Heimat sehen, alte Freunde treffen – toll!

Sein heutiger Erfolg hätte ihn eigentlich zufrieden stimmen sollen. Seiner bewährten Intuition folgend, hatte er wie ein Spürhund den richtigen Riecher bewiesen.

Doch leider lief weiterhin ein Spinnengift-Mörder frei herum. Und, wer weiß, vielleicht schlug er gerade in diesem Moment wieder zu. Das machte den Kommissar ganz wurlert. Innerlich packten ihn sein Ehrgeiz und sein Verantwortungsgefühl, aber sein Erholungsbedürfnis gewann die Oberhand.

Sollten die anderen auch eine Chance bekommen, dachte er.

Er lehnte sich zurück und streckte sich. Nahm sich die Zeitung, blätterte sie durch und blieb bei drei Artikel hängen.

Einbrecher versteckte sich im Kasten ...

Die Polizei fand einen Armenier, der schon des Längeren wegen diverser Einbrüche in Häuser und Wohnungen gesucht wurde, daheim in seinem Kasten versteckt. Der gute Wolf und das böse Geißlein – eine schräge Version des Grimm-Märchens.

Baustellen-Gang stahl tonnenschwere Baumaschinen ...

In Wiener Neudorf wurden über Nacht zwei Bagger samt montierten Schaufeln gestohlen. Schau, schau – nicht nur auf Mellers Baustelle waren Diebe umtriebig. Bald würden wohl ganze Häuser gestohlen und abtransportiert werden.

Priester in Kirche geohrfeigt ...

Liebe und Hiebe, wie makaber. Knapp vor der Messe trieb es ein Liebespärchen recht heftig in einer Kirche in Tirol. Als sie der Pfarrer verscheuchen wollte, attackierte ihn der Mann mit Ohrfeigen und Fausthieben.

Meller legte das Blatt zur Seite. Er überlegte: Sollte er noch eine CD einlegen? Er entschied sich dann jedoch anders, ging zum Fenster, öffnete es und starrte in die Nacht hinaus.

Der Atemhauch glänzte silbern, flog federleicht weg, doch die gierige Dunkelheit ließ ihn nicht lang leben.

Er dachte an Bella, an Lilian und an diese grausame Parallele. Das Schicksal war nicht gerecht. Damals floh er von Rio – und jetzt von Mödling? Zurück zum Ursprung all seines Schmerzes?

Wenn ein geliebter Mensch aus dem Leben geht, dringt er in dein Herz und krallt sich verzweifelt fest – weil du es so willst. Lässt du ihn aber los, dann flieht auch die Erinnerung an ihn, sie verblasst. Was bleibt, ist ein trauriger Schatten, der sich wie ein Schleier über deine Seele legt – stiller Schmerz, ein Leben lang. Meller hatte einen weiteren Menschen, der seine Seele zudecken würde. Doch noch krallte sich Bella an seinem Herzen fest. Er ließ es zu. Soll es schmerzen, wehtun, brennen – ach was. Tränen kamen, er wischte sie weg wie einen schlimmen Gedanken.

Claudia Rotter fiel ihm ein, sie hatte Bellas Laptop und wollte den Code herausfinden. Seinem Sohn zuliebe.

Meller lächelte. Manuel sollte erfahren, was Bella zuletzt geschrieben hatte. Vielleicht auch eine letzte Botschaft an ihn?

Lang stand er und sah in den Nachthimmel. Seine Gedanken vermischten Zeiten, Menschen, Erlebnisse, Wünsche und Hoffnungen.

Als ihm fröstelte, schloss er das Fenster und ging nach Hause. Was für bittere Worte: *nach Hause.*

Mellers Zuhause war in diesem Augenblick ein schwarzgrauer Himmel und ein schwacher, glitzernder Stern, den eine Wolkenwand kurz freigab. Genauso sah es in seiner Seele aus – düster und schwarz, aber in der Ferne funkelte ein zartes Licht …

– – –

Das war knapp!

Blitzartig hielt er das Magazin vor seinen Kopf, stellte sich in die Reihe, bezahlte an der Kassa und eilte unauffällig aus dem Zeitungsladen.

Was machte der Kommissar hier am Flughafen?

Er beobachtete aus sicherer Entfernung, wie Meller sich mit einem hochgewachsenen, schlaksigen Jungen unterhielt. Die beiden schienen recht fröhlich zu sein.

Wenn der nun mit derselben Maschine flog?

Jedenfalls vermied er es, in ihre Nähe zu kommen. Er hatte zwar nichts zu verbergen, aber was weiß man, was einem Krimineser so alles einfällt. Deshalb wollte er nicht von ihm gesehen werden. Er selbst hatte schon eingecheckt und wartete, bis es Zeit fürs Boarding war.

Endlich – die beiden gingen durch den Zoll.

Er ließ noch gute zehn Minuten verstreichen, dann beeilte er sich und ging durch die Schleuse. Beim Sicherheitscheck standen nur noch wenige Leute. Er reihte sich ein, ließ sich kontrollieren, nahm sein Handgepäck, das durch den Scannertunnel kam, und fuhr mit der Rolltreppe in den Gate-Bereich. Nach dem Kommissar Ausschau haltend, schlenderte er zu seiner Gate-Nummer.

Der Kommissar und der Junge waren verschwunden.

Das werde auch ich bald sein, dachte er und lächelte befreit.

– – –

Endlich durchatmen können!

Der Flug von Wien nach Frankfurt verlief wie alle Flüge einen

Tag vor Weihnachten – Hektik pur und ein voll besetztes Flugzeug. Gedränge und Geschiebe bereits im Bus, dann beim Platznehmen im Flieger sowie beim Verlassen. Selbst die Suche des betreffenden Gates für den Anschlussflug und die erneute Sicherheitskontrolle hatten es in sich. Der Frankfurter Flughafen trug die Bezeichnung »Drehkreuz Europas« zu Recht. Es war ein beinahe halbstündiger Weg bis zum Gate für den Flug nach Rio de Janeiro.

Der Kommissar hatte noch genug an Arbeit und Wirbel zu bewältigen gehabt. Als einige fast beleidigt waren, weil er ihre Weihnachtseinladung dankend abgelehnt hatte, reichte es ihm.

Weihnachten sei ein Familienfest! Da zähle Zusammenhalt!

Er hatte wieder mal keine, sein Halt war Manuel.

Kein Weihnachtsbaum! Das könne er dem Kind nicht antun!

Manuel pfiff auf den Baum, er wollte mit ihm nach Rio.

Der arme, arme Joe! Wer passt auf den Hund auf?

Überraschenderweise übernahm das Eva Roth – Gott sei Dank.

Und die alte Frau in der Südstadt?

Erika Hauser hatte in ihrer Rentnerrunde genügend Freunde.

In Wahrheit neideten alle Meller das Abhauenkönnen …

Jetzt war Ruhe im Flieger.

Die Triebwerke düsten ihn und weitere 343 Passagiere brav in Richtung Rio de Janeiro. Der Junge schlief ruhig atmend. Meller sah ihn an und strich ihm eine Haarlocke aus dem Gesicht.

Zwei Stunden Flug waren bereits verflogen.

Um 20.05 Uhr hatte die Boing 747 in Frankfurt abgehoben. Nach einer Zwischenlandung in São Paulo würden sie am 24. Dezember um 9.30 Uhr in Rio de Janeiro landen, wenn nichts dazwischenkäme.

Zuerst war Manuel aufgeregt gewesen. Kein Wunder, so weit zu fliegen, dazu in so einer feinen Klasse. Nach dem Essen war er müde geworden und sofort eingeschlafen.

Meller hatte die First Class gebucht, damit sie sich wie in einem Bett richtig fein ausschlafen konnten. Langstreckenflüge buchte er aus Erfahrung nur in dieser Kategorie.

Das hatte er unter anderem Lilian zu verdanken und ihrem Reichtum, den er von ihr geerbt hatte. Mein Gott, über fünf Jahre war das schon her!

Jetzt hatte er wieder einen geliebten Menschen verloren.

»Wo bist du jetzt wohl?«, flüsterte er. Bellas Laptop hatte er aufgeklappt vor sich stehen. Claudia war es gelungen, den Code zu knacken – *mamabe,* eine Kürzelversion von *manuel, mario, bella,* so vermutete sie. Das klang logisch, nur auf das draufkommen, das musste man erst einmal.

Tatsächlich war es eine Wortschöpfung von Manuel.

Als er noch klein war, nannte er seine Mutter so – weil alle zu ihr statt Isabella nur Bella sagten – Mama Bella … Mamabe.

Doch das wusste Meller nicht.

Mit *mamabe* fühlte er sich mit Bella verbunden.

Er startete den Laptop und wartete, bis nach dem Codewort verlangt wurde. Das Zeilenfeld erschien, er tippte *mamabe.*

Meller war drin, er war bei Bella …

– – –

So ein Gedränge, wie es hinter dem Museum herrschte, erlebte Mödling sonst nur am Faschingssonntag! Doch heute schrieb man den 24. Dezember 2008.

Während der Adventzeit hatten die Medien ausgiebig über diese Spendenaktion berichtet.

Um 12 Uhr mittags sollte der Wunschhaus-Gewinner gezogen werden!

Kein Wunder, dass dabei alles, was Mödling an Politikern und sonstiger Prominenz zu bieten hatte, in der Menge ihr Gesichtsbad nahm.

Die Menge war das ordinäre Fußvolk, wie Körner es sarkastisch ausdrückte. Wobei er dem Vorwurf, beleidigend zu sein, zuvorkam und darauf hinwies, dass »ordinär«, laut Duden, auch für »gewöhnlich« stand und er sich dazugehörig fühle – vor allem, weil er zehn Lose in der Hand hielt.

Tausende waren gekommen, aus umliegenden Ortschaften, aber auch aus Wien und dem Burgenland.

Alle wollten nur das Eine: das Wunschhaus gewinnen.

Ein Fernsehteam interviewte und filmte Passanten, die davon träumten, wo sie sich das Haus hinstellen lassen würden. Ein Geschäftsmann schwärmte von seinem Zehn-Hektar Grundstück in Kanada, auf dem sich das Haus perfekt machen würde. Auf die Frage des Reporters, wie er sich das bei der Entfernung vorstelle, gab sich der Mann gelassen und lachte siegessicher in die Kamera:

»Ich hab dreitausend Lose gekauft – damit gewinn ich!«

Er könnte Recht haben, bei einem solchen Einsatz hatte der Mann verdammt gute Chancen!

Doch sah man die Klarsichtbox, die wie eine überdimensionale Waschtrommel auf der Bühne stand und bis oben hin mit Losen gefüllt war, musste selbst der Halbkanadier seine Chancen etwas dezimieren.

Lo Bianco hatte an diesem Tag alle Hände voll zu tun und freute sich mit dem Sponsor des Wunschhauses über die gelungene Aktion. Es waren weit mehr Lose verkauft worden, als man zu Beginn erwartet hatte.

Bis um zwölf Uhr konnten noch immer Lose gekauft und in die Trommel geworfen werden. Es entstand beinahe ein Hype, denn je mehr Lose man besaß, desto größer war die Chance.

Für die akustische Untermalung sorgten verschiedene Musikgruppen. Sie sangen, spielten oder rockten auf der Bühne.

Die Betreiber der Bundesländerhütten waren heillos überfordert, aber glücklich über das Bombengeschäft.

Biancos PunschBar wurde belagert und war schon um elf Uhr leergetrunken. Nachschub musste geliefert werden.

Das Wunschhaus diente als Hauptbühne.

Die Planen des Erdgeschosses waren vom Gerüst abmontiert worden, so dass man weithin die überdimensionale Waschtrommel mit den Losen auf dem Podium sehen konnte …

Knapp vor zwölf bestiegen der Bürgermeister, der Notar und der Wunschhaus-Sponsor unter Beifall das Podium.

Erst sprach der Bürgermeister ein paar einleitende Worte und lobte das Engagement der Veranstalter. Als Nächstes kam der Firmeninhaber der Wunschhaus GmbH zu Wort und verkündete zuletzt die gespendete Summe.

Es stecken 214.336 Lose in der Trommel, ebenso viele Euro waren gespendet worden. Das war einen tollen Applaus wert.

Doch jetzt war es an der Zeit, das Wunschhaus zu verlosen.

Der Notar trat in Aktion und ein kleines Mädchen, das als Engelchen verkleidet auf die Bühne trippelte, trällerte, vom Chor der »Ohrwürmer« unterstützt, ein Weihnachtsliedchen. Nach dem Applaus wurde es im Museumspark mucksmäuschenstill. Sogar die Ansage vom entfernten Bahnhof hörte man:

»… Zug nach Graz … nächster Halt in Wiener Neustadt …«

Vom Bürgermeister sollte die Klarsichttrommel gedreht werden. Die Hand an der Kurbel, rief er den Leuten zu:

»Heute ist der vierundzwanzigste! Daher drehen wir jetzt vierundzwanzig Mal die Glückstrommel … und alle zählen mit! Eins … zwei … drei … vier … fünf … sechs … sieben … acht … neun … … … zweiundzwanzig … dreiundzwanzig … vierundzwanzig!«

Unter Gejohle und Applaus stoppte er die Trommel.

Der Notar trat nun heran, öffnete eine kleine Klappe.

Das Engelchen griff hinein, wühlte erst heftig, grinste in die Menge, übergab das gezogene Los dem Notar, machte schüchtern einen Knicks und wartete.

Der Notar prüfte das Los, erklärte es für gültig und reichte es dem Mädchen. Dann hielt er dem Glücksengerl das Mikrofon hin, damit es die Nummer verkünden konnte. Laut und deutlich – das Kind hatte wohl brav geübt – flötete es:

»Das Los mit der Nummer … null-null-zwei-drei-vier-null … hat das Wunschhaus gewonnen!«

Das Los gab die Kleine wieder dem Notar.

Atemlose Stille, dann ein Raunen Tausender Enttäuschter – und ein Mörderschrei aus den hinteren Reihen:

»Hülya …! Was habe gesagt, Hülya – eh? Habe gesagt, wasche Hose mit Los. Und jetzt? Jetzt gewinne Haus von Wunsch!«

Die Gülmez – Vater Erkan, Mutter Hülya und drei Kinder – schoben sich durch die Menge.

Auf der Bühne gab der Mann sein Los dem Notar. Als die Echtheit bestätigt wurde, wollte unter dem Publikum keine so rechte Begeisterung aufkommen. Doch Vater Gülmez vollführte einen Freudentanz, der die Menge erheiterte, die zu applaudieren begann.

Bürgermeister, Notar, Wunschhaus-Sponsor und alle anderen, die Ausländern gegenüber keine Vorurteile hatten, freuten sich, dass es diese Familie getroffen hatte.

»Jetzt mit Haus von Wunsch haben Gülmez alles geschafft!«

Erkan jubelte und küsste alle der Reihe nach ab. Frau, Kinder, Bürgermeister, Notar, Wunschhaus-Sponsor und schließlich Lo Bianco, der jetzt auf die Bühne gekommen war.

Hülya sah ihren Mann misstrauisch an und meinte trocken:

»Und wo ist Grund für Haus von Wunsch?«

»In Rapottenstein ist Hausgrund, habe gesehn in Fernsehen. Bürgermeister von dort geben Grundstück gratis, wenn wohnen in Rapottenstein!«, rief er ihr durch den Lärm zu und dachte an die Bedingungen, die er aber für sich behielt.

Grinsend verriet er Lo Bianco:

»Musse nur machen neue Baby mit meine Hülya, dann nix koste Grundstück. Wo ist Problem?«

Voll des Neides, mit einem grimmigen Blick auf die türkische Familie, konnte ein Mann älteren Semesters seine Emotionen nicht zurückhalten und meckerte:

»Muss des grad ein Ausländer gwinnen?«

Seine Gattin, ebensolcher Einstellung, meckerte zurück:

»Des war sicher eine gschobene Partie!«

Doch Erkan Gülmez war auf der Bühne in die Knie gegangen. Vollends in sich gekehrt, betete er inbrünstig.

Seine Augen strahlten, sein Herz pochte wie wild und seine Gedanken formulierten Worte, die er unter Freudentränen wieder und wieder vor sich hinstammelte:

»Die Gülmez haben weit gebracht … haben geschafft!«

– – –

Anna schreckte hoch – ein böser Traum.

Draußen wütete ein Sturm, peitschte Zweige des nahen Baumes an die Scheiben.

Das Telefon hatte sie aus ihrem Traum gerissen.

Sie sah auf die Uhr, kurz nach drei Uhr. Ihre Finger suchten im Dunkeln nach dem Handy, erwischten es.

Verschlafen meldete sie sich:

»Hallo … hallo …?«

»Habe ich dich geweckt?«

Als säße er neben ihr, so nahe klang er.

»Ein schönes neues Jahr, Anna.«

»Martin …! Wo bist du …?« Anna war plötzlich hellwach.

»Ich habe sie gefunden«, antwortete er ausweichend.

»Ich … ich … hab's befürchtet … bitte pass auf, Martin!«

»Sie hat Walter auf dem Gewissen … und wollte auch dich …«

Er sprach nicht weiter.

»Was …? Woher weißt du das?«

»Sie hat es mir … gestanden.«

»Bist du bei ihr?«

Er schwieg.

»Martin?«

Er schwieg noch immer.

»Du fehlst mir so sehr«, sagte sie unendlich traurig.

»Du mir auch«, erwiderte er.

»Kommst du … wieder zurück?«

»Weiß nicht … nein.«

Da ließ sie das Handy sinken und drückte es an ihren Bauch. Sie spürte seine Frucht in sich und eine plötzliche, unbändige Angst wachsen.

Nichts anmerken lassen, befahl sie sich und sagte leichthin – mehr für sich:

»Alles wird gut.«

Martin erwiderte nur:

»Ich kann dir das Geld zurückgeben.«

»Behalte es … ist geschenkt.«

»Danke, Anna … ich lieb dich.«

Das ertrug sie nicht mehr. Sie unterbrach die Leitung.

Erinnerungen flogen im Zeitraffer durch ihr Hirn und quälten ihre ohnehin wunde Seele.

Weinen? Wozu!

Wie in Trance verließ Anna ihr Schlafzimmer und ging die Treppe hinunter in die Küche.

Sie nahm ein Trinkglas aus der Vitrine, holte zwei Packungen aus der Lade, schüttete alle Tabletten in das Glas, zerdrückte sie mit einem Stößel zu einer weißen Masse, füllte das Ergebnis mit Rotwein auf und rührte mit dem Finger um.

Anna steckte den Finger in den Mund.

Brrrrrr – eklig bitter!

Da holte sie den Honig aus dem Vorratsschrank, stellte ihn in den Mikrowellenherd und erhitzte ihn.

Stumm starrte sie auf das Honigglas, das sich langsam drehte. Nach einer Minute schaltete sich der Herd mit einem Klack aus.

Fünf Löffel voll klebriger Süße ließ sie, Figuren zeichnend, in den Wein rinnen. Zuletzt rührte sie minutenlang um.

»Mein Leben war nicht süß. Mein Ende wird es sein. Wetten, Martin?«

Anna lächelte leise, während sie schluckweise den tödlichen Mix trank.

Ich muss auf ihn nicht mehr aufpassen, dachte sie, während sie die Treppe hochstieg und sich wieder in ihr Bett legte …

– – –

Am Samstag, dem 17. Jänner 2009, war in einer bekannten Tageszeitung auf Seite 7 folgender Artikel zu lesen:

Wie das Österreichische Konsulat in Melbourne bekannt gab, verunglückte eine sportbegeisterte Österreicherin bei einer Tour in einem beliebten Kletterparadies.
Lydia Hogan, die seit Jahren in Australien gelebt hatte und mit einem bekannten Arachnologen (Spinnenforscher) verheiratet war, wurde etwa 250 Kilometer westlich von Melbourne, im Grampians Nationalpark im Bundesstaat Victoria, von einer Klettergruppe tot aufgefunden.
Die Frau musste bereits Tage dort gelegen haben, wie die örtliche Polizei ermittelt hatte.
Vor Jahren war Lydia H. in einem spektakulären Prozess als Zeugin geladen. Es ging um Tötung im Affekt. Ihre Aussage, mit der sie ihren damaligen Lebensgefährten schwer belastet hatte, brachte ihn für Jahre ins Gefängnis.

Unter dem Foto einer lachenden Frau mit kurzen schwarzen Haaren stand:

Lydia Hogan, 42 Jahre – ihre Leidenschaft wurde ihr zum Verhängnis.

– – –

Epilog

Stille Nacht – einsam macht…

Danke…

Weihnachten, das Fest der Liebe – manchmal auch der Hiebe.

Aber es wäre kein Krimi, wenn es in den 351 Seiten nicht unmenschlich menschlich, nicht teuflisch hinterlistig, nicht mörderisch zuginge.

Unverändert wähle ich meine Wahlheimat samt Umgebung als Austragungsort für Recht und Unrecht, für Liebe und Tod, für Rat und Verrat – als *das* mörderische Arbeitsfeld von Kommissar Mario Meller und seinem Team vom S-C-ONE.

Mö(r)dling. Die Straßen und Gassen, die Häuser und Parks, nicht zu vergessen, die Fuzo – sie alle sind real im Geschehen eingebunden. Nur das Wetter spielte nicht so mit.

Seit Jahren wünsche ich mir Weihnachten in Mödling unter einer meterhohen Schneedecke – vergeblich.

So musste ich mittels Fantasie und Computer einen schneeweißen Adventzauber herbeischreiben …

Sämtliche Personen, Weihnachtsmänner, Tiere und Geschichten sind frei erfunden, Ähnlichkeiten im Detail oder im Ganzen ebenso.

Wenn sich dennoch jemand »wiederzufinden« glaubt, dann ist es nur purer Zufall und in keiner Weise beabsichtigt.

Danke, Eva und den lieben Freunden Gabi und Alex, die sich auf die Seitenreise begeben haben und mit dem Killerstift vorweg manch »Böses« ausgelöscht haben ...

Danke dem kriminaltechnischen Berater Robert. Erneut unterstützte er mich mit seiner jahrelangen Erfahrung und seinen beruflichen Erlebnissen ...

Danke, Mareike. Als Lektorin griff sie mit professioneller Sicherheit in das kriminelle Geschehen ein ...

Danke, Emil. Mit seinen berührenden, aber auch markanten Erzählungen hat er mir eine Welt dargestellt, in der prägende Phasen nur mit Humor zu überleben sind ...

Danke auch wieder allen Menschen, die mich – verdient wie unverdient – dazu inspiriert haben, dieses oder jenes so zu schreiben, wie es zu lesen ist ...

Joe, der Cocker, erhält als *Dankeschön* ein fulminantes Fresspaket. So wie ich ihn kenne, verdrückt er das auf einen Sitz ...

Zuletzt ein großes *Danke* an Marlene und Flo (bekannt aus dem Jugendroman »Bröselbär lebt!«), die sich so sehr um Manuel kümmern ...

Wie wird »Mellers fünfter Fall« wohl beginnen, wohl enden?

Ich weiß es nicht, wie denn auch ...

Hahaha – angeschmiert!

Ich weiß es doch schon längst, verweise den geneigten Leser jedoch gnadenlos ein Jahr lang auf einen Sitzplatz im Wartesaal der Geduld.

So viel sei nur verraten – selbst ein hieb- und stichfestes Alibi kann »stichwörtlich« mit tödlicher Sicherheit platzen.

KrimiRoman

Wolfgang Weiss
FRÜHLINGSROLLE – Mellers erster Fall

Eva Roth, die ausgeflippte und schwer verliebte Malerin, spaziert mit Mellers Hund Joe oft durch den Wienerwald, da der Kommissar weder Zeit für sie noch für Joe hat. Eines Tages läuft der Cockerspaniel davon und schlägt sich auf dem Jennyberg in die Büsche. Atemlos hetzt sie dem Ausreißer hinterher und ertappt ihn, wie er eine vergrabene Teppichrolle freibuddelt.
Was Eva Roth sieht, lässt ihr das Blut in den Adern gefrieren ...

Mit »Frühlingsrolle« beginnt Kommissar Mellers erster Fall. In der bezaubernden Babenbergerstadt Mödling ...

Taschenbuch, 349 Seiten
ISBN 978-3-902578-01-3

KrimiRoman

Wolfgang Weiss
TODESFÄLLE – Mellers zweiter Fall

Sandra Kramer ist endlich neunzehn und überglücklich. Da zerplatzt ihr Traum wie eine Seifenblase, weil *er*, dieser Feigling, es plötzlich mit der Angst zu tun bekommt. Ausgerechnet an ihrem Geburtstag!
Am nächsten Morgen liegt Sandra tot unter dem Aquädukt nahe dem Mödlingbach. Eine verhängnisvolle Affäre, zerschellt auf kaltem Asphalt.
Ein Unglücksfall? Ein Selbstmord? Oder war es gar ...?

Dieser und weitere Todesfälle bringen Kommissar Mario Meller vom S-C-ONE im Zuge seiner Ermittlungen selbst in höchste Lebensgefahr ...

Taschenbuch, 355 Seiten
ISBN 978-3-902578-02-0

KrimiRoman

Wolfgang Weiss
KAMPFGEISTER – Mellers dritter Fall

Am 7. 7. 2007 befindet sich die »Hochzeitsstadt Mödling« in einer Bombenstimmung.
77 Trauungen an einem Tag sowie zwei Explosionen, die frühmorgens die Bürger des bezaubernden Babenbergerstädtchens aus dem Schlaf reißen ...
Eine mysteriöse Gruppe bekennt sich zu den Anschlägen und kündigt weitere an. Der Beginn einer Terrorwelle?

Kommissar Mario Meller und sein Team vom S-C-ONE haben alle Hände voll zu tun, um diesem mörderischen Treiben ein Ende zu bereiten. Es ist ein Kampf gegen wirre Hitzköpfe und hinterhältige »Kampfgeister«.

Taschenbuch, 355 Seiten
ISBN 978-3-902578-03-7

Taschenbuch, 552 Seiten
ISBN 978-3-902578-00-6

Biografie

Wolfgang Weiss
SECHSTER-SECHSTER-FÜNFZIG

Zu Tränen rührend, aber auch zum Lachen komisch. So waren die ersten Jahre von Wolfgang Weiss, seine Geschichten, Erlebnisse und Abenteuer. Als er und sein älterer Bruder Schlimmes auf einem Pflegeplatz in Tirol erlebten. Erst die Jahre im SOS-Kinderdorf Altmünster machten aus den beiden wieder das, was sie schon immer sein wollten: glückliche Buben, die sich vor *nix und neamd* fürchten wollten.

Ein authentisches Schicksal. Eine einzigartige Dokumentation. Ein atemberaubender Roman, der sich in den Jahren von 1950 bis 1964 abspielt.

Taschenbuch, 161 Seiten
ISBN 978-3-902578-11-2

JugendRoman

Wolfgang Weiss
BRÖSELBÄR LEBT! – Erstes Abenteuer

Das Leben von Florian Streber ist alles andere als schön. Er haust mit seinem alkoholkranken Vater in einer aufgelassenen Lackfabrik. Für Flo – wie er genannt wird – schlimm genug. Doch da gibt es noch Rüssel, Latte und Rosti, die ihm das Leben schwer machen. Aber er kämpft verbissen – auch um Marli zu beeindrucken –, denn so leicht lässt sich Flo nicht unterkriegen.
Eines Tages werden ein geheimnisvoller Stein und ein Bär, der alles andere als ein Bär ist, seine Beschützer …

Mit »Bröselbär lebt!« beginnt eine Romanserie für Jugendliche ab 12 Jahren sowie für jung gebliebene Erwachsene.

schenbuch, neu ab 11/2009
ISBN 978-3-902578-12-9

JugendRoman

Wolfgang Weiss
BRÖSELBÄR BRENNT! – Zweites Abenteuer

Flo ist Schlagzeuger der Band »Urgeile Töne« geworden – dank Marli. Da greift die Wirtschaftskrise um sich.
Sogar die Band leidet darunter, denn sie steht von einem Tag auf den anderen ohne Proberaum da …
Flo hat mächtig Ärger mit seinem Vater und Bröselbär bekommt diesen eines Nachts brennend zu spüren. Wäre nicht Manni in letzter Sekunde rettend eingesprungen – nicht auszudenken, was alles hätte passieren können!
Manni wird daraufhin Flos bester Freund.

Plötzlich verschwindet Einstein spurlos und Flo ist völlig verzweifelt …